U0097662

唐詩的故事

王曙◎著

特別推薦

〈名作家王蒙〉

這本書確有其特點。

其一、它不像一般唐詩「選本」、「賞析」之類就詩論詩，而是以唐詩的歷史大事、文化藝術、名勝古蹟、風土人情和邊塞風光等為主線，用唐詩巧妙地串接起來，有機地講述詩的創作背景，分析同一時代不同詩人作品的聯繫與區別，並適當穿插詩人的生平際遇和遊蹤軼事，其中不乏作者獨到的見解和體會。

其二、撰寫這部《唐詩的故事》的王曙，居然是一位研究地質學的自然科學家，無怪乎他的作品立意新穎，風格別具了。作者自幼熟讀唐詩，多年潛心鑽研，走訪詩中涉及的古蹟外勝，蒐集唐陵漢墓的傳聞與變遷。增刪多次，完成了此書。

中國人的思鄉、憶舊、惜別、懷古、詠春、登臨、言誌直到悼亡，幾乎都早在唐詩裡已經形成了自己獨特的語言範式與心理範式，唐詩和中華民族精神的一大成果，也是一大源泉。

作者簡介

王曙　筆名栗斯，安徽太湖人。1950年入北京大學，畢業後一直在高等院校及地質部門工作。現為中國作家協會會員，中國攝影家協會會員，教授級高級工程師，中國地質學會礦相學委員會副主任，中國寶石學會理事及《礦物學報》編委等。

王曙致力於研究唐詩和宋詞，對陝西、河南的唐宋時代古蹟進行過多次實地考察，寫作出版了《唐詩故事》《唐詩故事續集》《宋詞故事》《新編唐詩故事集》《宋詞故事集》及《唐詩名句詳解辭典》等。

目錄

第一章　帝國之都

長安即今日的西安市，位於渭河平原中部。渭河平原土地肥沃氣候溫和，農業生產發達，古代曾是全國最富庶的地區之一。由於有函谷關（今河南靈寶縣東）、南有武關（今陝西丹鳳縣境內）、西有散關（今陝西寶雞市境內）、北有蕭關（今甘肅固原縣東南），故自古以來就稱為「關中之地」，形勢非常險要。佔據關中後，進可攻退可守，因此，史上有西周、秦、西漢、隋、唐等朝代在此建都。而今日的西安市，則正是一千多年前隋唐首都安城的舊址。

唐太宗李世民曾在他寫的一首《帝京篇》中，以雄渾的氣魄，描繪了唐都長安的壯觀景象。

▷ 帝京篇（選一）　［李世民］

秦川雄帝宅，函谷壯皇居。
綺殿千尋起，離宮百雉餘。
連甍遙接漢，飛觀迥淩虛。
雲日隱層闕，風煙出綺疏。

〔譯文〕秦地的平川是雄偉的帝王之家，函谷關拱衛著皇家的居留之地（「秦川」泛指由陝西潼關至寶雞之間的渭河平原；「函谷關」在潼關之東，秦時是極其險要的關隘）。你看那華麗的殿堂高有千尋，離宮的外牆足有一百餘雉（「尋」為古長度單位，八尺為一尋；「雉」，古代計算城牆面積的單位，長三丈高一丈為一雉；「離宮」是皇帝出行時臨時居住的宮殿，亦稱行宮）。那接連不斷的屋脊

太宗皇賜房玄齡（李世民）　（明）黃鳳池編《唐詩畫譜》

似乎碰到了天上的銀河，高聳的樓觀飛凌在虛空之上。在陽光照射的霧氣中，隱約見到一層又一層的宮闕，微風吹散了輕煙，露出雕鏤了精美花紋的窗格。

初唐四傑之一的駱賓王，也寫了一首《帝京篇》，可以從中看到長安城的威嚴和壯麗。

▷ 帝京篇（摘錄） ［駱賓王］

山河千里國，城闕九重門。
不睹皇居壯，安知天子尊。
……………，八水分流橫地軸。
秦塞重關一百二，漢家離宮三十六。

〔譯文〕我大唐的山河縱橫千里，首都城闕門有九重。您如果沒有見過這皇家宮殿的雄壯，又怎能知道天子的尊貴。涇、渭、灃、灞、滻、滈、潏、澇等八條河流環繞著長安。秦地的關塞險固，有二萬精兵足以抵擋百萬大軍；長安附近，漢家的離宮多達三十六處。

經過多年的考古研究，唐代首都長安城的概貌，已經大致清楚了。城市為長方形，東西長九千七百二十一米，南北為八千六百五十一米，全城面積約八十四平方公里，比現存城牆（明代修建）所圈的西安城，幾乎大十倍。城四周有高達六米的城牆，牆基厚九米至十二米，全由板築夯土而成（俗稱乾打壘），牆面均未砌磚。城牆共開有十二座城門，每邊三座，以南邊的明德門規模最大。根據考古研究，明德門東西長約五十六米，南北約十八米，有五個城門洞。

長安城內有筆直的南北向大街十一條，東西向大街十四條。由這些大街劃分出的一塊塊像菜畦一樣的面積叫做「坊」，長安城共有一百一十坊，每個坊都有名字。坊內是房屋建築，即人們生活居住的地方。詩人白居易在一首七絕中，描述了登高眺望長安城的情景：

▷ 登觀音台望城　　［白居易］

百千家似圍棋局，十二街如種菜畦。
遙認微微入朝火，一條星宿五門西。

〔譯文〕長安城內百千家的分布像圍棋盤一樣，十二條大街把城市分隔得像整齊的菜田。遠遠望見官員們上朝打的火把，像一串星宿一樣在大明宮的宮門附近。

唐代很多著名的人物，都在長安的「坊」裡住過。例如白居易先後住在新昌坊、宣平坊、昭國坊和常樂坊，文學家韓愈住在靖安坊，柳宗元住在親仁坊，書法家褚遂良住在平康坊，名臣魏徵住在永興坊，名將郭子儀住在親仁坊，而奸相楊國忠和虢國夫人則住在宣陽坊等。

在長安城內外，共有三處皇帝居住的宮殿。即城北中部的太極宮（稱為西內）、城東北角外的大明宮（稱為東內）和城東的興慶宮（稱為南內）。這三處皇宮合稱三大內。其中太極宮在隋朝就已建成，唐初皇帝唐太宗就住在這裡主持政務，取得了著名的「貞觀之治」。大明宮和興慶宮則都是唐代修建的。

天街小雨潤如酥

長安地處溫帶，氣候溫和，四季分明。唐代時，氣候比現代要溫暖濕潤，因此，更適宜居住和生活。

我們從中唐詩人韓愈所寫的絕句中，看看長安春天的開始：

▷ 早春呈水部張十八員外　　［韓愈］

天街小雨潤如酥，草色遙看近卻無。
最是一年春好處，絕勝煙柳滿皇都。

〔譯文〕綿綿的春雨，像油一樣滋潤著首都長安大街小巷的土地。遙望初萌的春草已有綠意，可近看反而不明顯。一年最美好的時候就是現在，這比春深之時全長安都滿是煙柳要強多了啊！

由詩題可知，此詩是韓愈寫給他的好友詩人張籍的，張籍當時官職為水部員外郎，他在叔伯兄弟中排行十八。據記載，韓愈此詩寫於唐穆宗長慶三年（西元823年）。

韓愈此詩，寫早春之景之異常美妙，尤其是「草色遙看近卻無」，是人人都有親身體驗的初春現象，可被觀察敏銳的詩人先總括出來了。

著名詩人賀知章在年輕時離開家鄉，到長安考進士，於武則天證聖元年（西元695年）考中後，一直在朝廷做官，到天寶三年（西元744年）八十多歲時才返回故鄉。他離家五六十年，家鄉的親朋好友多已亡故，而一些孩子們不認識他，常把他當作外來的客人。對此，詩人感慨繫之，遂寫出了名作七絕《回鄉偶書二首》：

▷ 回鄉偶書二首 [賀知章]

（一）

少小離家老大回，鄉音無改鬢毛衰。

兒童相見不相識，笑問客從何處來。

（二）

離別家鄉歲月多，近來人事半銷磨。

惟有門前鏡湖水，春風不改舊時波。

第一首詩寫得明白如談話，可又非常生動，孩子們問這位鬚髮雪白的老公公時的音容笑貌，躍然紙上。在第二首詩中，詩人深感幾十年來故鄉風景依舊，可人事已非，情調有些低沉。

▷ 詠柳 [賀知章]

碧玉妝成一樹高，萬條垂下綠絲絛。

不知細葉誰裁出？二月春風似剪刀。

〔譯文〕這高高的柳樹像是用碧玉妝飾而成，垂下的萬千枝條猶如綠色絲帶。那尖尖的細小柳葉是誰剪裁的？原來是二月間春風那像拿了剪刀一樣的巧手啊！

詩人韋應物是長安人，老家住在杜陵。有一年的寒食節，他出門在外，一人感到非常孤寂，寫下了七絕《寒食寄京師諸弟》，很好地表達了旅居在外的人，在節日中倍加思念親人的心情。

▷ 寒食寄京師諸弟　〔韋應物〕

雨中禁火空齋冷，江上流鶯獨坐聽。
把酒看花想諸弟，杜陵寒食草青青。

〔譯文〕寒食禁火，春雨綿綿，空蕩蕩的書齋中一片冷清。我獨自靜坐，遠處傳來江上黃鶯的啼聲。端著酒杯看著窗外盛開的鮮花，心中思念遠在長安杜陵家中的弟弟們，那杜陵郊野上的野草，想來在寒食節已長得繁茂碧綠了吧？

寒食節是唐代的重大節日，時間一般認為是農曆清明節前一兩天，節日一共三天。另一說寒食節在冬至之後第一百零五天，這樣就在清明節之後一兩天。大約到明、清之後，寒食節逐漸被人們忘記了。

韋應物的山水詩也寫得非常好，他的七絕《滁州西澗》不僅是極佳之作，而且對後世有深遠的影響。

▷ 滁州西澗　〔韋應物〕

獨憐幽草澗邊生，上有黃鸝深樹鳴。
春潮帶雨晚來急，野渡無人舟自橫。

〔譯文〕我特別喜愛那長在澗邊的嫩綠青草，樹林深處有著黃鶯在鳴叫。春天的東風帶著急雨在傍晚襲來，荒涼的渡口上寂靜無人，只有一隻空船斜橫在水中。

此詩是韋應物在唐德宗建中二年（西元781年）出任滁州（今安徽滁

縣）刺史時所寫。詩中繪出了一幅美妙的自然景色。這首詩雖然僅寥寥二十八個字，可寫出了大量的內容，在幽草、深樹、渡口、橫舟這樣一幅寂靜的畫面裡，加入鳥鳴和風雨聲，使得靜中有動，動中又不失其靜，藝術手法是相當高明的。

北宋的著名宰相寇準，對「野渡無人舟自橫」一句極為欣賞，於是在自己寫的詩《春日登樓懷歸》中，將此句改為兩句後納入。

▷ 春日登樓懷歸 ［宋　寇準］

高樓聊引望，杳杳一川平。
野水無人渡，孤舟盡日橫。
荒村生斷靄，古寺語流鶯。
舊業遙清渭，沉思忽自驚。

寇準的「野水無人渡，孤舟盡日橫」這兩句詩，得到了北宋著名政治家兼文學家司馬光的讚賞。在司馬光寫的《溫公續詩話》中，有這樣一段話：「寇萊公詩，才思融遠。年十九進士及第，初知巴東縣，有詩云『野水無人渡，孤舟盡日橫』……為人膾炙。」

由於韋應物這首七絕的流傳，滁州西澗的景色為無數國內外遊人所嚮往。西澗俗名上馬河，故址在今安徽滁縣城之西。遺憾的是，就在北宋時，據歐陽修說西澗已經無水，可能在那時就已淤塞。「野渡無人舟自橫」的景象，只能存在於詩歌中了。

清初的文學家王士禎，在讀了《滁州西澗》之後，曾專門到滁縣的西澗去訪古，當時那裡已有人們據詩意建的野渡庵，王士禎在庵前題了下面這首七絕：

▷ 西澗 ［清　王士禎］

西澗瀟瀟數騎過，韋公詩句奈愁何。
黃鸝喚客且須住，野渡庵前風雨多。

〔譯文〕西澗上風雨蕭蕭，幾騎人馬走過。韋公的那首佳詩，喚起了人們多少愁思。黃鶯兒的叫聲像是讓客人們暫且住下，野渡庵前的風雨，自古以來就很多啊！

中唐詩人杜牧，寫了一首極其著名的七絕《秋夕》：

▷ 秋夕 ［杜牧］

銀燭秋光冷畫屏，輕羅小扇撲流螢。
天階夜色涼如水，臥看牽牛織女星。

〔譯文〕燭光和月光照在彩畫的屏風上，姑娘揮動著絲絹的小團扇，在追逐撲打著飛螢（詩中「流」字用得極妙，在黑暗的夜空中，飛舞的螢火蟲宛如一條條亮光，在你身旁輕輕流過）。這滿是繁星的夜晚清涼如水。她跑累了，正躺在草地上（或納涼的竹床上），仰望著天上的牛郎織女星出神呢！

這首《秋夕》大多數人都認為是描述唐代皇宮中宮女寂寞孤獨生活的作品。從全詩的境界看，應該是一位活潑可愛的少女在初秋之夜乘涼或嬉戲時的情景，並沒有寂寞孤獨的味道。至於「天階」，它不是石臺階，而是我國古代天文學中星的名字。「天階」即「三台」，亦稱天柱、泰階、三階、三衡或三奇。

初秋時即相當於我國陽曆九月的上半夜，在我國中部和東部，牛郎星和織女星在頭頂，仰臥正好看見。

中唐詩人趙嘏，在唐代時即被人們稱為「趙倚樓」，這一雅號來自他所寫的一首七律《長安晚秋》：

▷ 長安晚秋 ［趙嘏］

雲物淒清拂曙流，漢家宮闕動高秋。
殘星幾點雁橫塞，長笛一聲人倚樓。
紫豔半開菊籬靜，紅衣落盡渚蓮愁。
鱸魚正美不歸去，空戴南冠學楚囚。

〔譯文〕拂曉時淒清涼冷的雲霧在緩緩飄遊，長安宮闕中的花木凋零，一派深秋景象。天邊上只餘有幾點殘星，北方邊塞歸來的雁群正向南飛。有人在高樓上斜倚欄杆吹笛，一聲長笛傳來使人黯然神傷。竹籬旁紫色酌菊花半開一片靜謐；紅豔的蓮花落盡荷葉枯萎使人愁思難解。秋風起了，鱸魚正肥，為何不及早歸去？何必要像囚徒似的留在長安，在無聊中打發時光呢？

西晉時，吳郡（今蘇州）人張翰在首都洛陽做官。一年秋風起時，他想起故鄉的鱸魚等美味，於是辭官回家。上詩第七句即用此典故。詩第八句中的「南冠」、「楚囚」都是囚犯的意思，來源於《左傳》，說有一次晉國的國君到軍府中，問下屬鍾儀說：那個頭戴南方帽子被監禁的人是誰？管事的人回答說：這是鄭國人所獻的楚國囚犯。

唐代名詩人杜牧，在讀到這首《長安晚秋》時，對其中的「殘星幾點雁橫塞，長笛一聲人倚樓」這一聯特別欣賞，不僅反覆吟詠不已，而且稱作者為「趙倚樓」，於是，這個雅號就一直流傳到了後世。

從隋代開始，實行用科舉考試選拔官吏的制度，到了唐代，科舉制度更加發展，並且設有各種考試科目，其中最為人們重視的是「進士科」。進士科考試有一個項目是考寫詩，當時叫做試帖詩。對試帖詩的格式，有嚴格的規定，即要求寫五言六韻的長律。考試時，由主考官出詩題，參加考試的舉子們則按試帖詩的要求寫詩，凡不符合要求的，則不予錄取。

唐玄宗開元十二年（西元724年），詩人祖詠到長安參加進士科的考試，試題為《終南望餘雪》。祖詠一看，這倒是一個富於詩意的題目，在經過一番構思之後揮筆迅速地寫下了四句：

▷ 終南望餘雪 ［祖詠］

終南陰嶺秀，積雪浮雲端。

林表明霽色，城中增暮寒。

〔譯文〕終南山的北坡一片秀色（長安在終南山之北，由長安眺望，見到的是積雪未化的山北坡），山嶺高聳入雲端，積雪好似浮在雲層之上。黃昏雪晴，淡淡的陽光抹在林梢；天色晚了，一陣陣寒氣向城中襲來。

山行（杜牧）　　（明）黃鳳池編《唐詩畫譜》

按照試帖詩的要求，還缺八句，要想有被錄取的可能，就必須再添上這八句才行。祖詠想了又想，推來敲去，竟然連一句也續不出來。因為他想，我這四句已經將意思全寫完了，正好是一個完整的作品，如果硬要再加上幾句，豈不是畫蛇添足？不如就這樣交卷，這就代表我的才學了。

於是，祖詠就提前交了卷。主考官一看他只寫了四句，便很奇怪地問他：現在還有時間，你為何不把詩寫完呢？祖詠回答說：詩已經寫完了，因為我的意思已經表達完全了。

這位主考官，倒是一位有水準的人，他反覆讀了祖詠寫的這四句詩，覺得的確是佳作，這樣的人才不可失掉，於是破格錄取了他，祖詠於是在這一年考中了進士。

火樹銀花合

在唐代，首都長安每天晚上都要戒嚴，夜間街上有軍隊巡查，除皇帝特許外，對私自夜行的人要處以極重的刑罰。可一年中有三天例外，那就是正月十五元宵節前後，只有這三天晚上准許百姓上街通宵遊玩，主要是觀賞各種特製的燈火。

長安正月十五的花燈非常有名，唐睿宗先天二年（西元713年），正月十五、十六及十七日夜，在長安安福門外搭起二十丈高的巨大燈輪，用綢緞包裹，裝飾以金玉，上面點了五萬盞燈，燦爛猶如鮮花盛開的樹叢。燈輪之下有穿著錦繡衣服，滿飾珠翠的少女千餘人，按著音樂的節拍跳舞唱歌，就這樣狂歡了三晝夜。

初唐詩人蘇味道，精彩地描寫了長安正月十五晚上的熱鬧情景：

正月十五夜 [蘇味道]

火樹銀花合，星橋鐵鎖開。
暗塵隨馬去，明月逐人來。
游伎皆穠李，行歌盡落梅。
金吾不禁夜，玉漏莫相催。

〔譯文〕《正月十五夜》這首詩頭一句寫長安城內燈火的輝煌，像火樹銀花一樣的燦爛美麗。第二句說裝飾著星星一樣燈火的橋打開了鐵鎖，任人通行（因為晚上不戒嚴了）；第三、四句說人們騎著馬上街遊玩，塵土隨著馬蹄飛揚，天上明亮的圓月也緊緊地追逐著人而來；第五、六句說歌女們都打扮得像桃李花一樣的美豔，街上還奏著《梅花落》的樂曲；結尾兩句說，執行戒嚴的官兒們（即金吾）今天晚上不管事，漏壺啊！你慢點滴吧，別讓快樂的夜晚過得太快了。

漏壺是古代用以計時的儀器，相當於現代的鐘。在北京故宮交泰殿內，就陳列著一台清代的計時漏壺。

蘇味道是武則天當政時代的大臣，當過好幾年宰相。他的詩雖然寫得不錯，可為人卻是一個極其圓滑的官僚。傳說他當宰相剛上任時，部下有人向他請示說：「現在有很多急事，相公大人您看怎麼辦？」他不置可否，只是用手摸胡床（即交椅）的棱。這個人就是這樣，凡遇大事都不拿主意，不做決斷。因此，當時的人給他取了個外號，叫做「模棱宰相」，又稱「蘇模棱」。

金闕曉鐘開萬戶

唐肅宗至德二年（西元757年）秋，郭子儀率領的唐軍打敗安史叛軍，收復了首都長安。次年春，即乾元元年春天，唐朝廷有了一點中興的氣象。

這時詩人賈至、王維、岑參和杜甫都在朝中供職，他們彼此唱和寫了一組關於長安大明宮的詩篇。詩由賈至最先寫了一首，其他人則和作，格式都採用典雅的七律。下面先看看賈至的作品：

▷ 早朝大明宮呈兩省僚友　〔賈至〕

銀燭朝天紫陌長，禁城春色曉蒼蒼。

千條弱柳垂青瑣，百囀流鶯繞建章。

劍佩聲隨玉墀步，衣冠身惹御爐香。
共沐恩波鳳池裡，朝朝染翰侍君王。

〔譯文〕天還沒亮，點著蠟燭踏著漫長的道路趕去上朝，這紫禁城中的春色在拂曉中顯得蒼蒼茫茫。在那宮中塗青色的雕飾門窗外，成千條柔軟的柳枝低垂，黃鶯兒婉轉的鳴聲環繞著建章宮（本為漢宮名，此處借指唐宮殿）的殿堂。緩步走上皇宮的玉石臺階，身上的劍佩叮噹作響，大殿中香煙飄浮，薰染得臣子們的衣冠都那麼芬芳。我們都在這中書省（即鳳池）受到朝廷的恩典，每天提筆起草公文替皇上辦事。

詩的作者賈至，是與杜甫、李白同時的詩人，安史之亂唐玄宗向成都逃亡時，他曾跟隨而去，被任命為中書舍人、知制誥（替皇帝起草詔書的祕書），故別人常稱他賈舍人。

賈至的《早朝大明宮呈兩省僚友》詩寫出後，真是起了「拋磚引玉」的作用，因為隨之由王維、岑參和杜甫寫的和詩，藝術水準都比賈詩要高。其中尤以王維和岑參作品更為歷來的人們稱道，以至於在著名的唐詩選本《唐詩別裁》和《唐詩三百首》中，都只選入了王詩和岑詩，賈至的詩反而沒有選入。

▷ 和賈至舍人早朝大明宮之作 〔王維〕

絳幘雞人報曉籌，尚衣方進翠雲裘。
九天閶闔開宮殿，萬國衣冠拜冕旒。
日色才臨仙掌動，香煙欲傍袞龍浮。
朝罷須裁五色詔，佩聲歸到鳳池頭。

〔譯文〕頭上包著紅布（象徵雞冠）的雞人敲著更籌（古代夜間報更的竹牌），在宮中報告清晨的到來。掌管衣裳服飾的尚衣局給皇帝送上了翠雲裘。那高聳好似在雲端的宮殿中，宮門慢慢地開啟了。文武百官、各國使臣一齊向著天子朝拜。太陽剛出仙掌（宮中銅鑄仙人像，伸掌托盤以接露水）影子在移動，御爐中燃燒的異香煙霧，圍繞著皇帝的龍袍在飄浮。早朝散後賈舍人要起草詔書，身上玉佩的叮噹響聲一直伴隨著他回到中書省。

王維這首詩寫得富麗堂皇，氣派宏大，尤其詩中的第三、四兩句，歷來為人們所稱頌。

▷ 和賈至舍人早朝大明宮之作　［岑參］

雞鳴紫陌曙光寒，鶯囀皇州春色闌。
金闕曉鐘開萬戶，玉階仙仗擁千官。
花迎劍佩星初落，柳拂旌旗露未乾。
獨有鳳凰池上客，陽春一曲和皆難。

〔譯文〕曙光初露天氣猶寒，上朝的路上聽見雞鳴喔喔。黃鶯也於春末時在長安婉囀啼叫。隨著宮闕裡的曉鐘聲，千萬扇宮門大開，玉石臺階兩側排著皇家儀仗，文武百官肅立朝見。鮮花迎著飾有劍佩的官員們，曉星初落，露水未乾的柳條拂著儀仗的旌旗。唯有中書省的賈舍人，他這一首陽春白雪和起來實在困難。

杜甫的和詩是這樣的：

▷ 奉和賈至舍人早朝大明宮　［杜甫］

五夜漏聲催曉箭，九重春色醉仙桃。
旌旗日暖龍蛇動，宮殿風微燕雀高。
朝罷香煙攜滿袖，詩成珠玉在揮毫。
欲知世掌絲綸美，池上於今有鳳毛。

〔譯文〕在夜間的漏壺聲中不覺天已微明（漏壺為古代計時儀器，曉箭為壺上指示時間的箭狀物），春色穠麗，宮中桃花盛開如醉。旭日初升，旌旗上繪的龍蛇隨風飄動，宮殿上空，燕雀迎著微風高翔。散朝時滿袖香霧芬芳，更有那賈至揮筆寫下了珠玉般的詩篇。要想知道起草詔書人文章的華美（絲綸指皇帝的詔書），看看如今中書省賈至舍人父子兩代任知制誥，他們的文才真使人欽佩啊（稱讚別人有文才的兒子叫做鳳毛，賈至的父親也曾任中書舍人）！

在北京故宮翊坤宮的中間牆上，貼有恭楷書寫的岑參的《和賈至舍人早朝大明宮之作》及杜甫的《奉和賈至舍人早朝大明宮》等詩篇，可見連後世的帝王們也非常重視。

興慶宮位於長安城東偏北方，它原來是唐玄宗即位前當親王時的王府。開元二年（西元714年）改興慶宮。開始只是玄宗偶爾來玩玩的離宮，後經多次擴建，開元十六年竣工後，玄宗就基本上在這裡居住和處理政事。興慶宮因在太極宮和大明宮之南，故稱南內。

興慶宮內的主要建築有正殿興慶殿，還有大同殿、南薰殿、沉香亭以及著名的勤政務本樓和花萼相輝樓等。

「花萼相輝樓」建在興慶宮西南角西側，隔一條街的對面，是唐玄宗幾個兄弟居住的勝業坊和安興坊，樓名題作「花萼相輝之樓」，是稱頌他們兄弟友愛的意思。花萼樓面臨西面的大街，每逢節日，樓前非常熱鬧。

有個沒留下名字的詩人，寫了一首這樣的《宮詞》：

▷ 宮詞　［無名氏］

花萼樓前春正濃，濛濛柳絮舞晴空。
金錢擲罷嬌無力，笑倚欄杆屈曲中。

〔譯文〕花萼樓前春意正濃，濛濛薄霧一樣的柳絮在晴空飛舞。那擲完了金錢的嬌氣宮女累了，正靠著欄杆望著樓下官員的樣子笑呢！

這首詩寫的是開元年間，玄宗帶著妃嬪宮女等在花萼樓上飲酒作樂，文武百官陪同侍宴的情景。皇帝喝得高興的時候，想出了新鮮玩意兒，命宮女取來一些黃金製成的錢幣賞賜給百官。賞的方法是派宮女們從樓上往下撒，文武官員在樓下爭拾，誰拾到就是誰的。可以想像，在黃金錢幣面前，這些官員們連架子、面子都不要了，爭先恐後地搶拾。皇帝、妃嬪和撒錢的宮女們在樓上看見大官們的這種樣子，都高興得哈哈大笑。從唐人詩中所描述情況看，開元年間在遊樂盛會時撒金錢助興，並不限於對百官，甚至對於百姓們也曾有過，距開元年間不過幾十年的中唐詩人顧況，在他寫的《宮詞》中，就記述了這種情況：

▷ 宮詞五首（選一）　　[顧況]

九重天樂降神仙，步舞分行踏錦筵。
嘈嚝一聲鐘鼓歇，萬人樓下拾金錢。

〔譯文〕在九重天上仙樂一樣的皇家樂曲聲中，裝飾得美如神仙的演員出場了。她們在舞臺上（「錦筵」為舞臺）排列成行載歌載舞。忽然間繁雜的鐘鼓聲一齊停歇，只見成千上萬的百姓們在勤政務本樓前爭拾撒下的金錢。

勤政務本樓建於開元八年（西元720年），它也位於興慶宮的西南角，面臨南面的大街，凡是重大典禮如皇帝宣布大赦、改元（改年號）、受降，以及賜民大酺（招待老百姓參加宴會）等，都在這裡舉行。

李白一斗詩百篇

傳說詩仙李白的母親夢太白金星入懷，因而生李白，號太白。李白天資絕高，性格清奇，嗜酒如命，詩才如仙，自號青蓮居士，人稱李謫仙。

一次李白在湖州（今浙江吳興）酒樓飲酒，醉後高歌，旁若無人。湖州司馬經過，聽見歌聲而派人詢問，李白隨口答詩道：

▷ 答湖州迦葉司馬問白是何人　　[李白]

青蓮居士謫仙人，酒肆藏名三十春。
湖州司馬何須問，金粟如來是後身。

〔譯文〕我這個青蓮居士是因有過錯被罰下凡的仙人，在酒店中混跡了三十年不為人所知。至於我是誰您湖州司馬何必還要問呢？我原是金粟如來的化身（金粟如來即佛教中的維摩詰，是如來佛的好友）。你這個迦葉怎麼連我都不認識了呢！

由詩題可知，問李白是何人的湖州司馬姓迦葉，這個姓很少見，也很有意思，因為「迦葉」是釋迦牟尼的大弟子之一，在廟宇的如來佛塑像兩側，常有二弟子塑像侍立，其中一名「阿難」，一名「迦葉」，李白上面這首詩，就是根據湖州司馬的姓和他開了個玩笑。

天寶元年（西元742年），李白與道士吳筠共同隱居在今浙江曹娥江上游的剡中，吳筠在會稽遊覽時，遇到唐玄宗召他入京，他乘機向玄宗推薦了李白。此外，玄宗的妹妹玉真公主（當時已出家為道士）久聞李白詩名，也支援李白來長安，於是唐玄宗下詔書召李白入京。李白認為這是實現自己政治抱負的機會到了，非常興奮。在南陵（今安徽南陵縣）與家中妻兒告別時，寫了下面這首七言古詩：

▷ 南陵別兒童入京 ［李白］

白酒新熟山中歸，黃雞啄黍秋正肥。
呼童烹雞酌白酒，兒女嬉笑牽人衣。
高歌取醉欲自慰，起舞落日爭光輝。
遊說萬乘苦不早，著鞭跨馬涉遠道。
會稽愚婦輕買臣，余亦辭家西入秦。
仰天大笑出門去，我輩豈是蓬蒿人。

〔譯文〕家釀的酒熟了，我剛從山中歸來，秋天了，正在啄食的黃雞長得多麼的肥。叫家人宰雞備酒給我祝賀，孩子們笑呵呵地拉著我的衣裳。邊喝邊唱自尋快樂，酒酣興濃，起身舞劍，劍光與落日爭輝。我向皇帝表達自己的政治主張太晚了一點（李白時年四十二歲），現在就要跨馬揮鞭遠行了。朱買臣的妻子嫌家貧而離開了他，我現在是向家庭告別向西到長安去。臨行出門時仰天大笑，我哪能是那種沒沒無聞在草野間過一輩子的人呢！

李白剛到長安時，的確受到了皇帝的特殊優遇，召見時，唐玄宗親自下輦步迎，讓他坐在七寶床上賜食，皇帝親手調羹招待他吃飯，並且說：

「您是個平民，名氣為我所知，若不是一向道德文章好，哪能這樣。」此後還問過他一些國家大事，請他起草過詔書，並且在玄宗一次召見時，李白真的不客氣，叫高力士脫靴，高力士無奈給脫了，從此記恨在心。

李白在長安受到唐玄宗召見後，玄宗讓他做翰林供奉，也可叫學士。這實際上不是一種官職，而是皇帝的文學侍從。玄宗召李白來長安，並不是要他參與國家大事（當時國家大權早被奸相李林甫一手把持了），只是讓他創作些精美詩詞，作為他享樂生活的點綴。

在興慶宮的龍池東面，以及沉香亭下，種了各色各樣的牡丹花。天寶二年（西元743年）四月，牡丹盛開。玄宗與楊貴妃前來賞花，挑了十六名樂工，以著名樂師李龜年為首，各執樂器準備奏樂唱歌助興。玄宗說：「今天賞名花，對妃子，怎麼可以再聽舊樂詞。」命令李龜年速召翰林學士李白進宮，寫新歌詞再唱。李龜年帶人到翰林院，說學士一早出去喝酒去了。於是龜年到長安市中找尋，忽聽得一座酒樓上有人高聲狂歌：

三杯通大道，一斗合自然。
但得酒中趣，勿為醒者傳。

李龜年知道一定是李白，於是上樓去請，誰知李白已酩酊大醉。龜年上前高聲說：「奉旨立宣李學士至沉香亭見駕。」誰知李白全然不理，口中念道：「我醉欲眠君且去。」說完趴在桌上睡著了。龜年無奈，只好叫從人抬著李學士下樓，用馬馱至興慶宮。這件事在杜甫寫的《飲中八仙歌》詩中有所記載。

李白在酒樓上所狂歌的四句，是李白所寫的《月下獨酌四首》中的第二首，它的全詩更為有趣，充分顯示了李白那種狂放不羈的性格，可惜的是李龜年當初不曾聽全，下面我們從李白全集中錄出全詩，與讀者一起欣賞這篇妙文：

▷ 月下獨酌（其二） [李白]

天若不愛酒，酒星不在天。
地若不愛酒，地應無酒泉。
天地既愛酒，愛酒不愧天。

已聞清比聖，復道濁如賢。
賢聖既已飲，何必求神仙。
三杯通大道，一斗合自然，
但得酒中趣，勿為醒者傳。

〔譯文〕老天爺如果不喜歡酒的話，那天上就不會有酒星（在二十八宿的星宿中，名酒旗，傳說它主宴席酒食）；土地爺如果不喜歡酒的話，那地上就應該沒有酒泉這個地方。既然天和地都愛酒，那我愛酒就是理所當然了。我已聽人說清酒是聖人，又聽說濁酒如同賢人，既然聖賢都已喝了起來，那人又何必求當神仙呢？喝上三杯，就可以融會貫通世間的大道理，喝上一斗，那就到達了完全超脫的自然狀態。只有愛喝的人，才能體會到這酒中的樂趣，可千萬別告訴那些不喝酒的人們。

李龜年將李白一直扶到沉香亭見了玄宗，因醉極了不能朝拜。玄宗命鋪毛毯於亭畔，讓他睡一會兒，見他口角流涎，親自用袍袖拭去。後命歌女念奴含冷水灑面。李白醒了，見到皇帝，忙掙扎起來跪在地下說：「臣罪該萬死。」玄宗叫人立即做醒酒湯來，湯來後又親自用調羹調溫後，讓李白喝下，然後說：「今日芍藥花（唐時稱牡丹為木芍藥）盛開，我和妃子賞玩，不欲聽舊樂，故請你來作新詞。」李白聽後，要求皇帝賜酒，玄宗說：「你剛醒，再喝醉了怎麼辦？」李白答道：「臣是斗酒詩百篇，醉後詩寫得更好。」玄宗乃命人賜酒，李白飲畢，立即賦了三首極其著名的《清平調詞》：

▷ 清平調詞 ［李白］

（一）

雲想衣裳花想容，春風拂檻露華濃。
若非群玉山頭見，會向瑤台月下逢。

醉興（李白）　（明）黃鳳池編《唐詩畫譜》

（二）

一枝紅豔露凝香，雲雨巫山枉斷腸。

借問漢宮誰得似，可憐飛燕倚新妝。

（三）

名花傾國兩相歡，長得君王帶笑看。

解釋春風無限恨，沉香亭北倚欄杆。

〔譯文一〕穿著雲霞般衣裳的貴妃，她容貌像花一樣美麗。欄杆外春風輕拂著帶露的牡丹。多麼的美啊！只有在女神王母娘娘所住的群玉山頭能夠見到，或者王母娘娘的宮殿瑤池裡在月光下的仙女才能和她比美。

〔譯文二〕一枝含露的紅牡丹花豔麗而芳香，古代楚王只夢見虛幻的巫山神女，哪比得上今天美豔就在眼前。漢朝宮殿中哪位美人有點像貴妃呢？只有那新妝扮好的趙飛燕罷了（趙飛燕是西漢成帝的皇后，著名的美人。傳說她身輕似燕，能立在人托的盤子上跳舞）。

〔譯文三〕豔麗的牡丹花和傾國傾城美貌的貴妃，互相輝映，君王高興得帶笑地看個不停。在沉香亭倚著欄杆欣賞名花和美人，不管有多少春愁春恨，都會消失得無影無蹤了。

唐玄宗讀了這三首《清平調詞》後大喜，命李龜年等即時演唱。於是盛唐時代的一些著名音樂家齊上陣，李謨吹笛，花奴擊羯鼓，賀懷智擊方響，鄭觀音彈琵琶，張野狐吹篳篥，演唱起來。楊貴妃在旁手執花枝笑領歌意，非常高興。玄宗興致一來，也拿起玉笛吹著伴奏。

唱畢，玄宗命貴妃執七寶杯，賜李學士一滿杯西域產的葡萄酒。在我國唐代，還不會釀造酒精含量高的白酒，一般人喝的是用糯米或黃米（黏小米）釀成的米酒，相當於現代的醪糟酒，酒熟以後，不是用蒸餾法而是用過濾法取酒。因此，李白才敢說：「百年三萬六千日，一日須傾三百杯。」要是六十度的白酒，一天喝三百杯，恐怕誰也受不了。對於愛喝酒的人來說，這種酒自然不太過癮。不過，當時人們認為酒味愈辣愈佳，太甜的酒是沒人愛喝的。

因此，含有特殊香味，同時酒精含量較高的葡萄酒，是當時人們喜愛的酒類。尤其直接從西域運來的葡萄酒，品質比較高，更為人們所珍視。故玄宗在李白賦《清平調》後，特賜西域葡萄酒以示寵倖。

詩人杜甫在他寫的七言古詩《飲中八仙歌》中，描繪了當時先後在長安的八個愛喝酒的名人的生活和醉態，其中就有上面所說的李白的故事：

▷ 飲中八仙歌 ［杜甫］

知章騎馬似乘船，眼花落井水底眠。
汝陽三斗始朝天，道逢曲車口流涎。
恨不移封向酒泉。左相日興費萬錢，
飲如長鯨吸百川，銜杯樂聖稱避賢。
宗之瀟灑美少年，舉觴白眼望青天，
皎如玉樹臨風前。蘇晉長齋繡佛前，
醉中往往愛逃禪。李白一斗詩百篇，
長安市上酒家眠，天子呼來不上船，
自稱臣是酒中仙。張旭三杯草聖傳，
脫帽露頂王公前，揮毫落紙如雲煙。
焦遂五斗方卓然，高談雄辯驚四筵。

此詩中關於李白的四句，正是寫的李龜年奉聖旨到酒樓上找李白，李白酒醉睡了置之不理的故事。詩中其他七個人是賀知章、汝陽王李、李適之、崔宗之、蘇晉、張旭和焦遂。

賀知章是唐代詩人，李白的好友，前面已經談到。李璡是唐玄宗哥哥寧王李憲的長子。杜甫在長安時曾參加過他舉行的酒宴。詩中說李璡連去朝見皇帝時都要先喝三斗酒，路上碰見拉酒麴的車聞到酒味直流口水，恨不得被封到酒泉（今日甘肅酒泉，傳說城下有金泉，水味美如酒）去當酒泉王。李適之在唐玄宗天寶元年，與李林甫同時當宰相，名望很高。李林甫嫉妒他，在皇帝面前誣告他因而免官。他為了排解煩悶，每天在家開宴席喝酒，可是過去的客人因為怕得罪李林甫而不敢上門了，於是他吟詩說：「避賢初罷相，樂聖且銜杯，為問門前客，今朝幾個來。」後來李適之被貶為宜春太守。天寶五年，李林甫大殺賢臣，李適之也被迫服毒自殺。《飲中八仙歌》中說他一天花上萬錢開宴，喝起酒來像巨鯨吸乾了多少條大河，銜杯句指他吟的詩。

崔宗之做過侍御史的官。詩中說他長得漂亮，喝醉後搖搖晃晃好像一株潔白的玉樹被風吹動。蘇晉官至太子左庶子，信奉佛教，詩中說他喝醉酒後就忘了佛教的戒律。焦遂是一個平民，口吃得厲害，可是在酒醉之後卻高談闊論，使得四座客人都吃驚。

此詩中的張旭，是我國歷史上著名的大書法家，以草書見長，被尊稱為草聖。據說張旭寫草書時，經常先喝得大醉，脫帽露頂（在當時是很不禮貌的事），狂跑大喊。然後拿起筆來疾書，甚至用頭髮沾墨水寫，所寫的草書都極其精彩。他酒醒後，自己也驚奇怎麼能寫出這樣好的字。這就是《飲中八仙歌》詩中寫的脫帽露頂（露出頭髮）王公前，揮筆寫出的草書狀如雲煙。

唐玄宗天寶十四年（西元755年），李白在宣城（今安徽宣城）一帶漫遊。這時，涇川（今安徽涇縣）有位豪士汪倫，久慕李謫仙的大名，於是專門寫信邀請詩仙，信中說：「先生您不是喜歡遊覽嗎？這裡有十里桃花。先生不是喜歡喝酒嗎？這裡有萬家酒店。」

李白接信後，非常高興，立即前往。汪倫請李白住在自己家中，然後對詩仙說：「十里桃花是說這裡有一個桃花潭，距此十里，不過並無桃花；萬家酒店是這裡僅有的一家酒店，老闆姓萬，不是說有一萬家酒店。」胸懷豁達的李白聽罷，不禁哈哈大笑。

幾天之後，李白告辭了，汪倫贈送他名馬八匹，官錦十端，同時組織了一批村民，在汪倫的帶領下手拉著手，以腳踏地為節拍，齊聲唱歌歡送。詩人見此情景，異常感動，當場寫下了一首七絕送給汪倫，這就是李白的著名作品《贈汪倫》。

▷ 贈汪倫 ［李白］

李白乘舟將欲行，忽聞岸上踏歌聲。
桃花潭水深千尺，不及汪倫送我情。

〔譯文〕李白我上了船正要起程，忽然聽見岸上來歡送的人們踏地歌唱的聲音。你看那桃花潭雖然水深有千尺，可也比不上汪倫送別我的情意深。

關於汪倫，後代有人認為他是農民，但根據他與唐代許多詩人有交遊的記載可知，汪倫應該是一位讀書人或隱士，唐代宗時詩人劉復，就寫有一首五言詩《送汪倫》。

在今安徽省涇縣城西南二十公里處，有桃花潭，潭東岸有踏歌古岸，建有踏歌岸閣，相傳這裡就是汪倫及村民們歡送詩人李白的渡口。有趣的是，在安徽宿松縣城南的南河口，也有桃花潭，並有汪村，傳為汪倫後裔居住之地。當地人並傳說，汪倫是私塾教師，在桃花潭邊南台寺教書，李白臨別時，汪倫帶著學生在岸上踏歌相送。可實際上宿松縣的桃花潭，是由於李白的《贈汪倫》一詩廣泛流傳後，經後人附會而成。汪倫的真正老家，應該在涇縣而不是別處。

慈恩塔下題名處

唐太宗貞觀二十二年（西元648年），太子李治（後來的唐高宗）為紀念他的母親長孫皇后的「慈母之恩」，在長安城南的晉昌坊修建了一座宏大的佛寺，取名為「慈恩寺」。在唐時寺有十三個院落，一千九百間房屋，僧侶三百餘人。

玄奘法師從印度歸國後，主要就在慈恩寺翻譯佛經。後來，玄奘向朝廷建議在慈恩寺內按印度佛塔形式興建雁塔，用來貯藏從印度帶回的佛經。唐高宗永徽三年（西元652年），玄奘親自參加設計建造。初建時，雁塔為五層，高六十米，磚面土心，因此不能攀登。武則天長安元年（西元701年）重建雁塔，增高為十層，並由實心改成空心，內砌石臺階，使人們可以登臨塔頂遠眺。唐代詩人章八元，寫有《題慈恩寺塔》一詩，描述了這時的十層雁塔景色：

▷ 題慈恩寺塔 〔章八元〕

十層突兀在虛空，四十門開面面風。
卻怪鳥飛平地上，自驚人語半天中。
回梯暗踏如穿洞，絕頂初攀似出籠。
落日鳳城佳氣合，滿城春樹雨濛濛。

〔譯文〕十層的雁塔高聳在天空，四十座門都打開了，風從四面吹入。從塔頂往下看，鳥兒好像在平地上飛，塔下的人卻驚訝怎麼半空中有人說話。踏著塔內迴旋的石階上登好像穿洞，攀上塔頂一看，頓時心胸開朗如出牢籠。夕陽西下長安漸隱沒在暮靄中，濛濛細雨潤濕於滿城的春樹。

唐時遊覽慈恩寺和大雁塔的人們，不少都在寺內題詩於「詩版」上留念，章八元這首詩也寫在詩版上。大約在二十多年後，大詩人白居易和好友元稹到大慈恩寺遊覽，誦讀詩版上所題詩句後，叫人將其他人的作品全都除去，唯獨留下章八元這首寫得非常高明的好詩。

後來由於還不太清楚的原因，雁塔最晚在唐玄宗天寶十一年（西元752年）又變成七層。直到唐亡後五代時，後唐長興年間（西元930年至933年），西安留守安重霸又修了一次雁塔，目前雁塔大致就是這次修復之後的樣子。

在唐代，慈恩寺中還一年一度的盛舉，那就是「雁塔題名」。原來唐代進士非常難考，參加考試的常多達千人，每次不過錄取十餘人至三十人。因此考取進士在當時是極為榮耀的事情，錄取之後，皇帝要在曲江賜宴，然後全體新進士登大雁塔，在塔內題名留念。詩人白居易在唐德宗貞元十六年（西元800年）考中進士，當時年二十九歲，在錄取的十七名進士中，是年齡最小的一個。因此，白居易曾有「慈恩塔下題名處，十七人中最少年」的詩句。

唐玄宗天寶十一年（西元752年）秋天，著名詩人杜甫、岑參、高適、儲光羲和薛據，到長安城南的慈恩寺遊覽，並且登上大雁塔眺望長安的秋景，正像大詩人李白所描述的那樣，北眺所見的景色是：「隱隱五鳳樓，峨峨橫三川。」

詩人岑參當年三十八歲，在五人中最為年輕。他隨同唐軍駐守西域剛剛歸來，邊塞上的生活，使得他的詩筆雄渾豪放。

▷ 與高適薛據同登慈恩寺浮圖 〔岑參〕

塔勢如湧出，孤高聳天宮。
登臨出世界，磴道盤虛空。
突兀壓神州，崢嶸如鬼工。
四角礙白日，七層摩蒼穹。
下窺指高鳥，俯聽聞驚風。
連山若波濤，奔湊似朝東。
青槐夾馳道，宮館何玲瓏。
秋色從西來，蒼然滿關中。
五陵北原上，萬古青濛濛。
淨理了可悟，勝因夙所宗。
誓將掛冠去，覺道資無窮。

〔譯文〕雁塔好似從地下湧出，高高地直插天空。沿著在塔內盤曲的樓梯，一直登到塔頂端。這寶塔壓在大地之上，高峻的樣子猶如鬼斧神工。從塔下仰望，塔的四角遮住了太陽，七層的塔頂碰到了天。從塔頂向下看，飛得高高的鳥兒卻在腳下；俯身傾聽，呼嘯的風聲不絕於耳。那遠處山嶺好似水的波濤，急忙地向東海奔去。天子專用的馳道（寬廣的大路）兩旁槐樹青青，遠眺宮館樓閣，多麼的玲瓏美麗。秋天從西方來了，整個關中一片肅殺景象。北邊有著漢代五個皇帝陵墓的咸陽原，千秋萬代總籠罩在青濛濛的霧氣之中。佛教的道理我又有所領悟，勝因（佛教的善道因緣）是我一貫崇信的。我真想掛冠歸隱，去研究那無窮的佛法啊！

詩人杜甫也寫了一首《同諸公登慈恩寺塔》。這首詩不僅描寫了塔的自然景色，更重要的是詩人已預感到社會的動盪不安，危機可能隨時爆發。他懷念唐太宗時的貞觀之治，宛轉地批評了唐玄宗只顧享樂不理朝政的荒唐生活。

▷ 同諸公登慈恩寺塔 〔杜甫〕

高標跨蒼穹，烈風無時休。
自非曠士懷，登茲翻百憂。
方知像教力，足可追冥搜。
仰穿龍蛇窟，始出枝撐幽。
七星在北戶，河漢聲西流。
羲和鞭白日，少昊行清秋，
秦山忽破碎，涇渭不可求。
俯視但一氣，焉能辨皇州？
回首叫虞舜，蒼梧雲正愁。
惜哉瑤池飲，日晏昆侖丘。
黃鵠去不息，哀鳴何所投？
君看隨陽雁，各有稻粱謀。

〔譯文〕高聳的雁塔頂著蒼天，強勁的秋風無休止地吹來。我沒有那曠達者的寬廣胸懷，登上這塔頂反而百憂交集。我這才懂得佛教的力量，是要將人們的思想引到深遠而難以捉摸的地方。穿過塔內彎彎曲曲的樓梯，從支撐著木欄杆的幽暗底層登到塔頂。天已黃昏，北斗七星好像就掛在塔的北門前，連那銀河西流的水聲好像都聽到了。太陽神的御者羲和不停地鞭打著給太陽神拉車的天馬，催促時光流逝，秋神少昊隨著涼風又歸來了。在朦朧的暮色中，遠處山勢錯雜，好像破碎了，連那渾濁的涇河和清澈的渭河也沒法區分。景物已霧朦朧一片，哪還能看得清楚長安城呢？眼看著當前的國事日壞，多麼地懷念像舜帝一樣的太宗皇帝啊！可我見到的，只是遮蔽著昭陵的雲霧（昭陵為唐太宗的陵墓）。你看那驪山華清宮的遊宴，一直喝到太陽落到昆侖山下還不甘休。朝廷中賢臣正人像黃鵠（傳說中的神鳥）一樣不斷地離開，可到哪兒去才能排解心中的苦悶呢？你看那些趨炎附勢拍馬鑽營的傢伙吧！各有一套尋求升官發財的歪門邪道啊！

惟有牡丹真國色

在上古時代，沒有「牡丹」的名稱，通稱芍藥。到唐代時，才將木本芍藥稱為牡丹。牡丹因其花大，豔麗，且易於栽培，受到整個唐代社會的喜愛。在皇宮中，就種了很多牡丹，而在長安郊區的驪山則有專門的牡丹園，種牡丹萬株以上。

在詠牡丹的唐詩中，名氣最大的可能要數下面這首七絕了。

▷ 賞牡丹　　［劉禹錫］

庭前芍藥妖無格，池上芙蕖淨少情。
惟有牡丹真國色，花開時節動京城。

〔譯文〕庭院裡的芍藥花雖然妖豔，但格調不高；池子裡的荷花雖然潔淨，但缺少風情。只有牡丹真是天下最美的花卉，它國色天香，自然生成，在盛開的時候使整個長安城的人為之傾倒。

在劉禹錫的這首七絕中，最著名的是第三句，經常為人們所傳誦，因為他稱讚牡丹為「國色」而別具新意。可是據另一段記載說，唐文宗愛好詩歌，在大和年間一次賞牡丹時，文宗問大臣程修己說，如今京城中所流傳的詠牡丹詩，哪一首最佳？程回答說：中書舍人李正封的詩。

那麼，李正封的詩是怎樣的呢？遺憾得很，它僅殘存下兩句：

天香夜染衣，國色朝酣酒。

▷ 買花　　［白居易］

帝城春欲暮，喧喧車馬度。
共道牡丹時，相隨買花去。
貴賤無常價，酬直看花數。

灼灼百朵紅，戔戔五束素。
上張幄幕庇，旁織笆籬護。
水灑復泥封，移來色如故。
家家習為俗，人人迷不悟。
有一田舍翁，偶來買花處。
低頭獨長歎，此歎無人諭。
一叢深色花，十戶中人賦。

〔譯文〕京城長安的春末，街上喧鬧的車馬疾馳而過。原來正是牡丹盛開的時節，大家都買花去了。花價的貴賤不固定，要根據花的品種和花朵數量來付款。盛開的百朵大紅牡丹，要值二十五匹精好的白絹（唐代時，絲絹可以作為貨幣使用。「戔戔」為眾多之意；「一束」為五匹；「素」指精好白絹，五束素在當時對於平民百姓是一小筆財產）。為了保護盛開的鮮花，上面搭上布製帳幕遮住強烈的陽光，旁邊再豎上笆籬擋住大風。買好了運走時又是灑水又是封泥，運到家裡鮮花毫無損傷。長安城裡家家都這麼喜歡牡丹，已經成了難以改變的習俗，那些喜愛牡丹的人都愛得著了迷。這時有個老農民，偶然來到買花的地方。他低下頭一人長長地歎息。這個歎息無人明白。原來一叢深色牡丹花的價格，抵得上十戶中等人家繳納的賦稅啊！

人面桃花相映紅

貞元二十一年（西元805年）唐德宗死去，太子李誦即位，即唐順宗，改元永貞元年。順宗想有所作為，任用親信王任、王叔文，他們又聯絡了大臣中的名士柳宗元、劉禹錫、韓泰等，對朝政中的弊病進行了大刀闊斧的改革。例如免去民間對官府舊欠的捐稅，停止地方官賄賂皇帝的所謂「進奉」錢和「月進」錢，降低官賣食鹽價格，懲辦著名的貪官京兆尹（相當長安市長）李實等，當時很得民心。為了能徹底推行這些新政策，必須從宦官手裡奪回神策軍的兵權，但這卻失敗了。宦官聯合反對王懷、王叔文等朝臣，擁立順宗的長子李純為皇帝，即唐憲宗，迫使順宗退位，當了有名無權的太上皇。

憲宗即位後不分是非，將王懷、王叔文貶逐外地，接著殺了王叔文。並將與他們合作過的劉禹錫、柳宗元、韓泰等八人定為王叔文黨，全都貶官到邊遠州郡任閒散小官司馬。詩人劉禹錫原來貶到連州（今廣東連縣）任刺史，赴任途中經荊南（今湖北江陵）時，又接到詔書再次貶為朗州（今湖南常德）司馬。十年之後，有執政的當朝宰相賞識他的才幹，將他召回長安。這時有不少諫官上書說劉某人不能在朝中任職，皇帝唐憲宗和另一宰相武元衡也討厭他，正好在這時，發生了一件有關詩歌的事件。

原來劉禹錫回長安後，聽見很多人說長安朱雀大街旁崇業坊有一座玄都觀，觀內有道士種植的桃樹多株，初春時開花繁茂如紅霞。於是他前去觀賞，看後，詩人有所感，於是寫了一首七絕：

▷ 元和十年自朗州承召至京，戲贈看花諸君子 ［劉禹錫］

紫陌紅塵拂面來，無人不道看花回。
玄都觀裡桃千樹，盡是劉郎去後栽。

〔譯文〕長安大街上車馬捲起的飛塵迎面撲來，所有的人都說是去看花回來。那玄都觀裡的上千棵桃樹，都是我劉禹錫貶官出長安後所栽種的啊！

此詩題中諸君子指和劉禹錫一道被貶又同時召回長安的朋友柳宗元、韓泰、韓曄、陳諫等四人。

從詩題中「戲贈」的「戲」字就可以想到，劉禹錫寫這首詩更有進一層的深意。原來詩的最後兩句可以這樣理解：玄都觀暗指朝廷，桃千樹指朝內眾多的大官。因此，最後兩句可解釋為：現在朝廷裡眾多的現任大官，都是我劉禹錫被貶出京十年內由執政的宰相們提拔上來的。

劉禹錫的這首詩寫出後，在長安城內廣泛流傳。有平日嫉妒他的人，將詩抄了送給當朝宰相看，並且加油添醋地說劉有怨氣等等。不久宰相召見劉禹錫，接待很客氣，臨告別時對劉說：「您近來新寫的那首詩，可惹了麻煩了，真沒辦法啊！」不幾天，劉就接到命令將他又一次外放為播州（今貴州遵義）刺史。在唐代，播州是條件最差的邊遠州。劉禹錫的好友柳宗元，與劉同時召回長安，現在又同時外放為柳州（今廣西柳州）刺史。柳宗元認為劉禹錫有一個年老的母親，播州交通極其困難，怎麼能帶母親去上任，如果讓其母留在長安，那就是永別了。因此柳宗元向皇帝上書，請求讓劉禹錫去柳州而自己去播州。正好御史中丞裴度也上奏劉的困難，於是改任劉為連州（今廣東連縣）刺史。

劉禹錫在外調任了好幾個州的刺史，十四年之後，到唐文宗大和二年（西元828年），才由於裴度向皇帝建議而再次召還長安，任主客郎中官職。這年三月，劉又一次遊覽玄都觀，這時景色和十四年前大不一樣了。當時的滿觀桃樹已蕩然無存，只見有兔葵、燕麥在春風中搖動。劉禹錫感慨之餘，連想到自己的兩次外貶又召回京的遭遇，於是寫了一首語意雙關的七絕：

▷ 再遊玄都觀絕句　［劉禹錫］

百畝庭中半是苔，桃花淨盡菜花開。
種桃道士歸何處？前度劉郎今又來。

〔譯文〕百畝庭院中有一半都長了青苔，桃花全沒了而菜花正在盛開。當年種桃的道士到哪裡去了？前次看桃花的劉郎現在又來了。

此詩後三句有著另種含義，諷刺了一朝天子一朝臣的政局變遷。桃花暗指當年朝廷內執政宰相的親信官員們，菜花指現在朝內官員。種桃道士指當年的執政宰相。由此可知，後三句可解釋為：當年朝內那些大官們一個也不剩而換了一批新人，提拔那些大官的宰相到哪裡去了！我劉禹錫今天可又回到長安來了。

三百多年之後，玄都觀連廢墟都沒有了，留下的只有地基而已。長安已在金國的佔領下，金宣宗興定元年（西元1217年），金國詩人元好問寫了一組七絕《論詩三十首》，評論了自漢魏至唐和北宋的主要詩人及其作品，其中的許多見解，是非常精闢的。《論詩三十首》中，有一首即議論了劉禹錫兩次到玄都觀遊覽，感慨詠詩之事。我們可以看看元好問是怎麼

桃花磯（張顛）　　（明）黃鳳池編《唐詩畫譜》

想的：

▷ 論詩三十首　　［金　元好問］

亂後玄都失故基，看花詩在只堪悲。
劉郎也是人間客，枉向東風怨兔葵。

〔譯文〕戰亂之後玄都觀連它的廢墟都沒有了，只有劉禹錫的兩首看玄都觀桃花的詩歌流傳，想來使人悲傷。劉禹錫本人也是人間的一位匆匆過客，何必在見到桃花變成兔葵時，要向東風埋怨這人間的滄桑呢！

桃花不僅是唐代人們觀賞的對象，而且曾經成就過才子的美滿姻緣。唐德宗貞元初年，博陵（今河北定縣）的年輕舉子崔護，到長安考進士未被錄取。清明節那天，他一人到城南去遊玩，時間長了口渴，想找點水喝。走到一個農村莊院，非常幽靜，裡面草木繁茂，桃花盛開。崔護敲了半天門，裡面有個姑娘從門縫裡問說：是誰？崔護回答了自己姓名，並說：「我一個人出來春遊，走渴了想要點水喝。」姑娘於是開門讓他進去，給他端來椅子坐後，再倒了一杯水。崔喝水時，姑娘靠著一棵桃樹脈脈含情地望著他。崔護一看，這姑娘長得非常可愛，她那潔白光潤的面龐映著嬌紅的桃花，簡直是一幅極美的圖畫。崔喝完水告辭時，她送到門口，低聲道別，又互相對望了好久。

第二年清明，又是桃紅柳綠時節，崔護憶起了去年那幅人面桃花相映紅的圖畫，對姑娘想念不已。於是特地去尋找，到了那家莊院，見花木與去年無異，但大門緊鎖，悄無一人。崔護惆悵不已，於是在門的左扉上題了一首七絕。下面並署了自己的名字：博陵崔護。

▷ 題都城南莊　　［崔護］

去年今日此門中，人面桃花相映紅。
人面只今何處去，桃花依舊笑春風。

過了幾天，崔偶然經過城南，又去找那所莊院，聽到其中有哭聲，於是敲門詢問。有一個老翁出來，崔護問他怎麼回事。老翁反問他說：「你是崔護嗎？」回答說：「是我。」老翁大哭說：「你殺了我的女兒了！」崔護大吃一驚，不知說什麼才好。老翁說：「我女兒從小就懂詩書，長大後還沒有婆家。自從去年春天以來，她精神恍惚，常一個人坐在那裡呆想。前幾天我和她一道出門，回來時見門左扉有詩，讀完以後她就哭病了，幾天沒吃東西，現在眼都閉了，人也死了。我老漢孤身一人，想找個好女婿有所依靠，現在女兒讀你的詩而死，不是你殺了她嗎？」說著又哭了起來。崔護也忍不住哭了，請求讓他進去看一下。只見姑娘躺在床上，雙眼緊閉，已沒有氣了。崔護抱著她的頭，一面哭一面叫道：「崔護在這兒！崔護在這兒！」

過了一會，姑娘居然睜開了眼睛，發現自己在日夜思念的人兒的懷中，病頓時好了大半，不幾天姑娘的病就痊癒了。老翁也看上了這個有才學的年輕人，就把姑娘嫁給了他。貞元十二年（西元796年），崔護考中了進士。《題都城南莊》詩第三句的「只今」，有的版本作「不知」。

根據上面這個故事，從古代起就編了很多戲曲和雜劇。例如《人面桃花》《借水贈釵》等，一直到現代，仍是人們喜愛的劇碼之一。

拾得紅葉香惹衣

早在一千多年前的唐代，詩人李商隱在他的《贈荷花》詩中，就讚美了荷花的花葉相映之美。

▷ 贈荷花　[李商隱]

世間花葉不相倫，花入金盆葉作塵。
惟有綠荷紅菡萏，卷舒開合任天真。
此花此葉長相映，翠減紅衰愁殺人。

〔譯文〕世界上人們對待花和葉可不一樣，把花栽在美觀的盆中，葉子卻讓它落在地上成為塵土。只有荷花是紅苞綠葉相配，荷葉有卷有舒，荷花有開有合，襯托得那麼自然。荷花和荷葉長期互相輝映，當荷葉減少，荷花也衰落時，使人是多麼惆悵啊！

李商隱這首《贈荷花》，據傳是寫給他戀人的，她的名字或小名就叫做荷花。後不久荷花去世（也有人猜是有權勢人家強娶去），李又寫了下面這首深情的七絕：

▷ 暮秋獨遊曲江 ［李商隱］

荷葉生時春恨生，荷葉枯時秋恨成。
深知身在情長在，悵望江頭江水聲。

〔譯文〕春天時荷葉初生生氣盎然，深秋時荷葉枯萎一片淒涼。我這才知道只在它繁茂時才那麼有風情，現在只能惆悵地在曲江池邊聽著那無窮盡的流水聲。

由詩題可知，此詩是李商隱在深秋一個人遊曲江時見景生情所寫。其中第三句最為淒婉，如果不是親身經歷，詩人是很難有這種感情的。如果將此詩當作詩人悼念他的意中人的作品，則可以解釋為：在那春日荷葉初生時與你相遇，現在你像荷花一樣地凋謝了，只剩下一片淒傷。只要我身在人世，對你的情意就永不會消失。那曲江池頭無窮盡的流水聲啊，給人帶來了多少惆悵！

唐德宗貞元年間，湘潭縣縣尉鄭德璘家住在長沙，在江夏（今武昌）有個親戚，每年去探望一次，去時必然要過洞庭湖。湖中常遇見一個老翁划船賣菱角。鄭喜喝酒，常約老翁同飲。一次鄭在江夏將回長沙時，船停在黃鶴樓下，旁邊停有大鹽商韋某的船。韋有個女兒，長得非常美，正與鄭家另一少女在一起談笑。時間已快夜半了，可月正當空。這時鄰近的一隻小船中有個秀才崔希周，正在賞月時，覺得有東西碰在船邊上，撈起來一看，原來是一束芳香撲鼻的蓮花，於是崔寫了下面這首七絕：

蓮花（李白）　（明）黄鳳池編《唐詩畫譜》

▷ 江上夜拾得芙蓉 [崔希周]

物觸輕舟心自知，風恬浪靜月光微。

夜深江上解愁思，拾得紅蕖香惹衣。

〔譯文〕正在風和浪靜月光暗淡的時候，我知道有東西碰到船邊。拾得的這束紅蓮使我滿身芳香，在深夜的江上，它解了我多少的愁悶啊！

崔寫畢後，反覆朗誦，被鹽商船中兩位姑娘聽見。鄰女就取一張紅紙寫了下來。第二天一早，鄭的船與鹽商船同時起航，傍晚又同時停泊在洞庭湖畔。韋氏姑娘出來釣魚，被德璘看見，非常喜歡她，可沒法交談。於是德璘取了一尺紅綢，在其上題了一首七絕：

▷ 投韋氏 [鄭德璘]

纖手垂鉤對水窗，紅蕖秋色豔長江。

既能解佩投交甫，更有明珠乞一雙。

〔譯文〕秀美的小手在水窗中垂下了釣鉤，你像初秋的紅蓮，豔麗驚動了長江。江水中的女神能解下自己的玉佩贈給鄭交甫（古代傳說：天帝二女均為水神，一天在江邊遇到鄭交甫，解玉佩贈他），我求你能送給我一對明珠吧！

寫畢掛在韋女的釣鉤上。姑娘拿到後，反覆誦讀，可不懂得詩的含義。她想回答德璘，可又不太會寫書信。無奈之下，將昨晚鄰女記在紅紙上的詩，鉤在釣竿上扔給鄭德璘。德璘細吟詩意，正是回答自己的詩，並且隱示對自己的好感，於是非常高興，可仍是無法來往。

鄭德璘此詩的言外之意很清楚，是向韋氏姑娘求愛。在這種情況下，韋氏將《江上夜拾得芙蓉》詩扔給鄭德璘，那詩的含義就有些改變了，應該解釋為：正在風和浪靜月光暗淡的時候，我知道有東西（你的紅綢詩）碰到船邊。在深夜的江上，這柔情的詩歌給了我多少安慰，真像是拾得了美豔的紅蓮使我滿身芳香啊！鄭德璘覺得韋氏姑娘這樣讚美自己的情詩，那她的心情也就不言而喻了。

韋女非常珍愛鄭寫的這幅紅綢詩，將它繫在手臂上。天還沒亮，韋的船張帆起航。這時開始颳風，湖中湧起巨浪，鄭的船小，不敢在風浪中同航，只好眼望著心愛的姑娘漸漸遠去。當天傍晚，有漁人來告訴鄭說：「一早開走的那隻鹽商大船，已在風浪中沉沒了，全家沒有一人得救。」鄭聽後悲痛不已，神思恍惚，當天晚上，他寫了兩首悼念的七絕：

▷ 弔江姝　［鄭德璘］

（一）

湖面狂風且莫吹，浪花初綻月光微。

沉潛暗想橫波淚，得共鮫人相對垂。

（二）

洞庭風軟荻花秋，新沒青蛾細浪愁。

淚滴白蘋君不見，月明江上有輕鷗。

〔譯文一〕湖面上的狂風別再吹了，浪濤漸大月光暗淡。姑娘她沉在水底後，應該和龍宮的鮫人相對流淚不止。

〔譯文二〕洞庭湖上風小了，荻花帶來了秋意。剛淹沒了一個年輕貌美的姑娘，湖面的細浪也充滿了悲愁。我的眼淚灑在白蘋上你看不見，江上一片月光，只有鷗鳥在輕飛，可卻見不到你的蹤影。

詩寫成後，在船頭上朗誦遙祭，然後將詩篇投入湖水中。鄭的誠心感動了巡湖的水神，拿著這兩首詩呈送給洞庭府君。府君看後，將被淹死的幾個姑娘都召來問道：「誰是鄭德璘心愛的人？」韋氏姑娘不知鄭的名姓，也不敢承認。後有人看見她手臂上繫的紅綢詩，暗告府君是她。於是府君說：「德璘以後將任我這個地區的長官，而且過去曾多次款待我，這次讓他心愛的人活命吧！」說畢讓水神將韋氏姑娘送到鄭處。韋氏注意看這個洞庭湖的眾神之長，原來是個普普通通的老頭兒。水神帶著姑娘急跑，至路盡頭見一大池，水神突然將韋推入水中，半沉半浮而去。

當天半夜，鄭因思念不能入睡，反覆吟誦《江上夜拾得芙蓉》的詩，正在悲苦時刻，忽然覺得有東西碰到船邊。鄭用燭光一照，見有彩繡衣服，好像是個人，於是拉上船來，原來正是自己思念的姑娘，手臂上還繫著那題了情詩的紅綢。姑娘蘇醒後，告訴鄭說洞庭府君為了感謝鄭而放她活命，鄭想了好久，始終不知府君是誰。於是鄭德璘就娶了她為妻。

後來鄭任巴陵縣（今湖南岳陽）縣官，派船去接韋氏，船上有五個船工，其中有一老頭兒拉縴好像不用力，韋氏罵了他一句。老頭兒說：「我那年在水府讓你活命，你不感謝，反而罵我。」韋氏才想起老頭兒是洞庭府君，於是請他上船款待，並叩頭問說：「我父母都在水府吧！我可以去探望他們嗎？」老頭兒說：「可以。」轉眼之間，整個船就沉入水底，姑娘見到父母談了一會兒，府君催她快走。臨行時，老頭兒在韋氏的紗巾上題了一首七絕，讓她帶給她丈夫：

▷ 題韋氏巾上　［水府君］

昔日江頭菱芡人，蒙君數飲松醪春。
活君家室以為報，珍重長沙鄭德璘。

一瞬間，韋氏乘的船又從湖底浮出。韋氏至巴陵告知丈夫此事，鄭看了老頭兒題的詩以後，才想起洞庭水府君原來是洞庭湖中划船賣菱的老翁，由於自己多次招待他飲酒，得到了府君這樣珍貴的報答。

沖天香陣透長安

菊花是我國最著名的觀賞花卉之一。早在兩千多年前，著名文學家屈原在他的傑作《離騷》中，就寫到了秋菊。農曆九月九為我國重陽節，從漢代起，就有在這一天賞菊並喝菊花酒的習俗。晉代詩人陶淵明特別愛菊，他的名句「採菊東籬下，悠然見南山」，千百年來一直膾炙人口。

在唐代，菊花同樣是不少詩人吟唱的對象。詩人孟浩然在他的一首五言律詩中，談到了唐代重陽節賞菊的習俗：

菊花（元稹）　（明）黃鳳池編《唐詩畫譜》

▷ 過故人莊 〔孟浩然〕

故人具雞黍，邀我至田家。
綠樹村邊合，青山郭外斜。
開軒面場圃，把酒話桑麻。
待到重陽日，還來就菊花。

〔譯文〕老朋友準備了豐盛的飯菜，邀我到農村他家做客。茂密的綠樹在村邊連成一片，村外遠處青山橫斜綿延。打開窗戶面對著場院和菜園，端著酒杯閒談桑麻的長勢。等到重陽節那一天，我還要到您這裡來賞玩菊花。

在詠菊花的詩方面，黃巢也是很有名的。唐末政治極其腐敗，例如食鹽為政府專賣，收購價格每斗鹽十文，一轉手就賣一百一十文，價格暴增十倍。因此，販賣私鹽很盛行，黃巢從小就從事販私鹽活動。他武藝很好，又通詩書，並且行俠仗義，得到一些貧民的擁護。

相傳黃巢五歲時，他的祖父和父親在家一起作菊花詩，在誰也沒寫出時，黃巢隨口吟道：「堪與百花為總首，自然王賜赭黃衣。」他父親氣他說的句子有些怪，想要打他。祖父說：「讓他再賦一首。」於是黃巢高聲吟了下面這首七絕：

▷ 題菊花 〔黃巢〕

颯颯西風滿院栽，蕊寒香冷蝶難來。
他年我若為青帝，報與桃花一處開。

〔譯文〕在秋天颯颯的西風中院內栽滿了菊花，蝴蝶早已隨著夏日逝去，哪能來欣賞這寒蕊冷香。如果有一天我當了主管春季時令的青帝，一定要讓這美麗的菊花和桃花同時開放。

從這首詩的最後兩句看，具有更深刻的含義。可以認為詩人說：倘若我能掌握政權，就要使百姓從充滿肅殺的寒秋回到溫暖而又生意盎然的春天。因此，由詩意來看，認為是黃巢五歲時所作恐怕不大可靠？

黃巢在起義前，曾參加過唐王朝的進士考試，但未被錄取。他在落第之後，曾寫了一首《菊花》詩：

▷ 菊花 ［黃巢］

待到秋來九月八，我花開後百花殺。
沖天香陣透長安，滿城盡帶黃金甲。

〔譯文〕待到秋天九月初（農曆九月九為重陽節，傳統為登高、賞菊的日子），菊花盛開時百花凋謝。濃烈的菊香彌漫長安，滿城都是像穿著黃金甲的菊花。此詩也是語意雙關，可以解釋為：待到我的時節到來時，那些統治者們就會像百花一樣凋落了。瞧我率兵進入長安吧，滿城都將是穿著金色盔甲的將士。

由黃巢這兩首菊花詩可以看出，他很早就有著強烈的反抗意識，想要推翻唐末的腐朽統治。唐懿宗咸通十四年（西元873年），河南、河北、山東和淮北一帶遭受極嚴重的旱災，無數百姓死於饑荒。當時曹州（今山東菏澤南）流行一首民謠：「金色蛤蟆爭努眼，翻卻曹州天下反。」黃巢於唐僖宗乾符元年（西元874年）七月，率領幾千人起事，很快就發展到幾萬人。幾年之後，達到五、六十萬人，其鋒銳已不是腐朽的唐王朝所能抵禦的了。

唐僖宗廣明二年（西元881年）一月，黃巢軍隊攻入唐都長安，實現了他在《菊花》詩中「沖天香陣透長安，滿城盡帶黃金甲」的豪語。

第二章　唐玄宗與楊貴妃

唐玄宗和楊貴妃的故事與傳說，在唐代即已流傳得非常廣泛。很多詩人從各個角度寫了大量有關的詩篇，其中藝術水準最高而且記述又比較完整的，應該是白居易所寫的長篇七言古詩《長恨歌》。下面我們就以《長恨歌》為主線，配合其他有關的詩篇敘述唐玄宗和楊貴妃的故事。同時並談一點白居易在詩歌上的成就和影響。

童子解吟長恨曲

唐代三大詩人之一的白居易，所寫的詩以通俗易懂著稱。在唐代，傳說他的詩連平民老太婆都能聽懂。雖然如此，白居易的詩卻又是經過千錘百鍊，有著高度的藝術水準。

白居易的詩歌在他生活的當時，即已廣泛流傳。詩人在給他的好友元稹的信中寫道：「自長安抵江西三、四千里，凡鄉校、佛寺、逆旅、行舟之中，往往有題僕詩者；士庶、僧徒、孀婦、處女之口，每每有詠僕詩者。」不僅在國內如此，就在當時的國外，白居易的詩也非常著名。如日本的嵯峨天皇，當時是日本著名的書法家，曾抄寫大量的白詩吟誦；雞林國（即新羅，地在今朝鮮）宰相更出重金搜購白居易的新詩；契丹國王甚至親自將一些白詩譯成本國文字，令臣民誦讀。

白居易至遲在十五歲時即已寫詩。十五、六歲時，就寫出了「野火燒不盡，春風吹又生」的名句。他在七十五歲時逝世，整整六十年，從未間斷過創作，給我們留下了近三千首詩歌。其中像《長恨歌》《琵琶行》一類名篇，一千多年來一直膾炙人口。

就在白居易逝世那一年（西元846年）的三月，唐武宗死了，宦官們擁立皇太叔李忱當皇帝，即唐宣宗。李忱很欣賞白居易的詩和才能，想任命他當宰相，可白居易在八月就去世了。李忱在聽到白居易去世的消息後，非常悲傷，寫了一首悼念他的七律：

▷ 吊白居易　［李忱］

綴玉聯珠六十年，誰教冥路作詩仙。
浮雲不繫名居易，造化無為字樂天。
童子解吟長恨曲，胡兒能唱琵琶篇。
文章已滿行人耳，一度思卿一愴然。

在這首詩中，李忱對白居易的一生，做了一個很好的概括。頭兩句說詩人所創作詩篇中的每一個字，都像珠玉一樣的可貴，整個詩篇像是用珠玉穿綴而成，詩人就這樣辛勤的工作了六十年，可是他現在卻去到陰間當了詩仙。三、四句說白居易由於詩寫得好，到哪裡都受人歡迎，正像他的名字「居易」一樣，在任何地方居住都很容易；詩人的性格又是那樣的開朗，正像他的字叫「樂天」一樣，以至於命運之神對他也無可奈何。第五、六兩句是全詩的精華，它不僅寫出了白居易當時已名滿天下，而且詩句的對仗工整，形式也非常優美。它告訴我們就在唐代當時，不僅小孩能背誦《長恨歌》，連外國人也會吟唱《琵琶行》。對於一個詩人，這真是人民對他的最高褒獎啊！結束兩句說，詩人你的文章已傳遍天下，現在你離開了人間，使我每一次想起你來都非常悲傷。

唐代首都長安以西五十多公里的周至縣南，有一座仙遊寺。它位於秦嶺北麓的黑水峪口。寺附近有仙遊潭，亦稱五龍潭，潭水深而發黑，每逢天氣變化時，隨著陰晴雲雨，潭中的水光山色變化萬端，成為人們遊覽的好地方。

唐憲宗元和元年（西元806年）十二月，詩人白居易被任命為周至縣尉。此後，他曾幾次到仙遊寺遊覽，最有意義的一次是他和友人陳鴻及王質夫的同遊。那次他們在仙遊寺的酒宴上談起了五十年前唐玄宗和楊貴妃的故事，大家非常感歎。王質夫舉起酒杯對白居易說：「這樣少見的故事，如果不由有奇才的人記述，時間長了會消逝。您是善於寫詩而情感豐富的人，請您專門為唐玄宗和楊貴妃的故事寫一首記述的詩歌吧！」

就在這種情況下，白居易寫出了不朽的傑作《長恨歌》。同時，陳鴻還專門為之寫了一篇小說《長恨傳》。

▷ 長恨歌 ［白居易］

漢皇重色思傾國，御宇多年求不得。
楊家有女初長成，養在深閨人未識。
天生麗質難自棄，一朝選在君王側。
回眸一笑百媚生，六宮粉黛無顏色。
春寒賜浴華清池，溫泉水滑洗凝脂。
侍兒扶起嬌無力，始是新承恩澤時。
雲鬢花顏金步搖，芙蓉帳暖度春宵。
春宵苦短日高起，從此君王不早朝。
承歡侍宴無閒暇，春從春遊夜專夜。
後宮佳麗三千人，三千寵愛在一身。
金屋妝成嬌侍夜，玉樓宴罷醉和春。
姊妹弟兄皆列土，可憐光彩生門戶。
遂令天下父母心，不重生男重生女。
驪宮高處入青雲，仙樂風飄處處聞。
緩歌慢舞凝絲竹，盡日君王看不足。

漁陽鼙鼓動地來，驚破霓裳羽衣曲。
九重城闕煙塵生，千乘萬騎西南行，
翠華搖搖行復止，西出都門百餘里。
六軍不發無奈何，宛轉蛾眉馬前死。
花鈿委地無人收，翠翹金雀玉搔頭。
君王掩面救不得，回看血淚相和流。
黃埃散漫風蕭索，雲棧縈紆登劍閣。

峨嵋山下少人行，旌旗無光日色薄。
蜀江水碧蜀山青，聖主朝朝暮暮情。
行宮見月傷心色，夜雨聞鈴腸斷聲。
天旋日轉回龍馭，到此躊躇不能去。
馬嵬坡下泥土中，不見玉顏空死處。
君臣相顧盡沾衣，東望都門信馬歸。

歸來池苑皆依舊，太液芙蓉未央柳。
芙蓉如面柳如眉，對此如何不淚垂。
春風桃李花開日，秋雨梧桐葉落時。
西宮南內多秋草，落葉滿階紅不掃。
梨園弟子白髮新，椒房阿監青娥老。
夕殿螢飛思悄然，孤燈挑盡未成眠。
遲遲鐘鼓初長夜，耿耿星河欲曙天。
鴛鴦瓦冷霜華重，翡翠衾寒誰與共。
悠悠生死別經年，魂魄不曾來入夢。

臨邛道士鴻都客，能以精誠致魂魄。
為感君王輾轉思，遂教方士殷勤覓。
排空馭氣奔如電，升天入地求之遍。
上窮碧落下黃泉，兩處茫茫皆不見。
忽聞海上有仙山，山在虛無縹緲間。
樓閣玲瓏五雲起，其中綽約多仙子。
中有一人字太真，雪膚花貌參差是。
金闕西廂叩玉扃，轉教小玉報雙成。
聞道漢家天子使，九華帳裡夢魂驚。
攬衣推枕起徘徊，珠箔銀屏迤邐開。
雲髻半偏新睡覺，花冠不整下堂來。
風吹仙袂飄搖舉，猶似霓裳羽衣舞。

玉容寂寞淚闌杆，梨花一枝春帶雨。

含情凝睇謝君王，一別音容兩渺茫。

昭陽殿裡恩愛絕，蓬萊宮中日月長。

回頭下望人寰處，不見長安見塵霧。

唯將舊物表深情，鈿合金釵寄將去。

釵留一股合一扇，釵擘黃金合分鈿。

但教心似金鈿堅，天上人間會相見。

臨別殷勤重寄詞，詞中有誓兩心知。

七月七日長生殿，夜半無人私語時。

在天願作比翼鳥，在地願為連理枝。

天長地久有時盡，此恨綿綿無絕期。

《長恨歌》完成後，立即獲得了廣大人民的喜愛，不僅文人學士，就連當時社會底層的人如歌妓，也以能吟誦《長恨歌》為榮。

《長恨歌》這首詩，從內容看可以分成四大段：第一段由「漢皇重色思傾國」至「盡日君王看不足」；第二段由「漁陽鼙鼓動地來」至「東望都門信馬歸」；第三段由「歸來池苑皆依舊」至「魂魄不曾來入夢」；第四段由「臨邛道士鴻都客」至全詩結束。

下面即以《長恨歌》為主線，配合其他有關詩篇，講述唐玄宗和楊貴妃的故事。

六宮粉黛無顏色

《長恨歌》由開始至「始是新承恩澤時」，寫楊玉環如何被唐玄宗挑中，因而進宮的情況。這十二句的意思是：唐玄宗愛好女色，想得到有傾城傾國美貌的女人，可是他當了多年皇帝都找不到。這時楊玉環長大了，被唐玄宗看中選進宮裡。楊玉環是如此的美貌，她回頭一笑，那百種嫵媚千種風情，使得皇宮裡所有的婦女都不值得一看了。皇帝讓她在華清池裡

題西施石（王軒）　（明）黃鳳池編《唐詩畫譜》

洗澡，溫泉的水洗著她像凝結著的脂肪一樣潔白細膩的肌膚。皇帝看見她出浴時嬌美的樣子非常喜歡，這就是她受到寵愛的開始。

詩中「漢皇」原指漢武帝，這是借漢喻唐，用以指唐玄宗。因為當時的皇帝是唐玄宗的後代，白居易直接寫「唐皇」有所不便。詩第四段中「漢家天子使」實際也是指唐家天子使；「傾國」指美女。

實際上，白居易在《長恨歌》開始時所寫的楊貴妃進宮情況，不完全是真實的，其中故意隱去了一段宮廷穢史。

楊貴妃名叫楊玉環，唐時蒲州永樂（今山西芮城）人。可是陝西民間卻傳說她是陝西米脂人，因此有「米脂的婆姨綏德的漢」的諺語，意思是米脂的姑娘美而白，綏德的漢子英俊魁梧。楊玉環的父親楊玄琰早死，她小時寄養在叔父楊玄珪家，開元二十二年（西元734年）十一月她十六歲時，被冊封為壽王李瑁（唐玄宗的兒子）的妃子。

唐玄宗名李隆基（西元685年至762年），小名阿瞞，宮中常叫他三郎。他是唐睿宗的第三子，女皇帝武則天的孫子。先天元年（西元712年），睿宗讓位，李隆基當上了唐王朝的第七位皇帝，即唐玄宗。因死後被諡為至道大聖大明孝皇帝，故亦稱唐明皇。唐玄宗即位初年，勵精圖治，任用了姚崇、宋璟等賢臣為宰相，崇尚節儉，整頓吏治，發展經濟，形成了我國封建王朝的鼎盛時期之一——開元盛世。

可是，唐玄宗在做了三十年的太平皇帝後，暮氣沉沉，國家大事全交給大奸相李林甫，自己則一心一意講究享樂。當時宮中雖有婦女上千人，但他都看不中。於是下了一道密旨給總管太監高力士，讓他在宮外注意搜求美女。高力士向玄宗推薦了楊玉環，由於她是玄宗的兒媳婦，直接招進宮來有礙面子，於是搞了一個過渡。在開元二十八年（西元740年）正月前後，先讓楊玉環當了女道士，同年十月接入宮內，住在太真宮，取道號為太真（因此楊玉環有時亦稱楊太真或太真妃）。楊玉環就這樣當了玄宗六年的情婦。到了天寶四年（西元745年），玄宗先為壽王娶了左衛中郎將韋昭訓的女兒，然後在鳳凰園冊封楊玉環為貴妃，這樣，才算是名正言順了。這一年，楊貴妃二十七歲，而唐玄宗則已六十歲了。

楊貴妃的進宮，雖然搞了掩人耳目的過渡，其實誰都看得很清楚。在《長恨歌》中，雖然含糊過去，可在其他詩人的一些作品中，卻對此事進行了無情的嘲諷。

大約在唐玄宗之後一百年，詩人李商隱寫了兩首譏刺此事的七絕。

▷ 驪山有感　〔李商隱〕

驪岫飛泉泛暖香，九龍呵護玉蓮房。
平明每幸長生殿，不從金輿惟壽王。

〔譯文〕驪山下飛進出的溫泉泛起了溫暖的氣息，華清宮九龍殿旁的皇家浴池中，玉石雕刻的蓮花漂浮在水面。每次玄宗皇帝一早來到長生殿，只有壽王沒隨從皇帝前來。

由詩題可知，此詩是李商隱在途經驪山下，有所感觸而寫的。其他皇子親王都能隨父皇前來驪山的溫泉中沐浴，為何只有壽王不能來呢？道理一想就明白了，因為有楊貴妃在皇帝的旁邊呀！

三千寵愛在一身

由「雲鬢花顏金步搖」至「不重生男重生女」這十四句的意思是：玄宗讓梳著膨鬆如雲的鬢髮，像花一樣美貌的楊貴妃戴著金步搖，天天從早一起遊樂到深夜，因為每天起床太晚，玄宗早上再也不坐朝處理政事了。楊貴妃一年四季，白天晚上，都陪著皇帝尋歡作樂，忙著上妝侍宴，簡直一點閒工夫也沒有。宮裡雖然有幾千婦女，可皇帝就寵愛著貴妃一人。住在極其華美宮殿中的貴妃，妝扮得美豔無比伺候皇上，在高樓上歡宴，喝得醉醺醺的，真永遠是春意盎然啊！貴妃的兄弟姊妹，全都封了大官，楊家出了這麼一位娘娘，簡直榮耀極了，使得天下做父母的都覺得，生個美麗的女兒遠比男孩子更有出息。

「金步搖」為古代婦女戴在頭上的首飾，用金絲製成花枝狀，上有成串的珠玉垂掛，插在髮髻上，人走時珠玉串隨之搖動，謂之步搖。「金屋」指楊貴妃住的宮殿。源出漢武帝小時候，他姑母抱他在膝上問他，想不想娶媳婦，他說想，姑母指左右百餘人，都說不要。後來指自己女兒陳阿嬌問好否，武帝笑著說：若得阿嬌，當建金屋給她住。

唐玄宗在楊貴妃入宮後，簡直高興極了，曾對宮中人說：「我得到楊貴妃，如獲至寶。」於是專門制了一個樂曲《得寶子》。不僅對楊貴妃寵愛無比，楊家親戚能拉上關係的，通通升官發財。貴妃有三個姊妹，都長得很美，由於貴妃的關係，經常出入皇宮，玄宗稱呼她們為姨。並在同一天封大姨為韓國夫人，三姨為虢國夫人，八姨為秦國夫人。每人每月賜錢十萬做脂粉費（當時米價每石不到二百錢，十萬能買五百石米）。可虢國夫人自己以為長得美，常常不施脂粉，素面見玄宗。因此詩人張祜寫了一首七絕記此事。

▷ 集靈台　［張祜］

虢國夫人承主恩，平明騎馬入宮門。
卻嫌脂粉汙顏色，淡掃蛾眉朝至尊。

〔譯文〕虢國夫人得到了皇帝的深恩厚愛，黎明就騎馬入宮。她討厭脂粉這類化妝品，認為會遮掩了她的天生麗質；於是不施脂粉，素面朝見唐玄宗。

詩題《集靈台》，即驪山下溫泉宮中的長生殿。貴妃的堂兄楊合、遠房哥哥楊釗，都封了大官。楊釗本是無賴賭徒，玄宗和貴妃姊妹們賭博消遣，他在旁邊給算賭賬，據說又快又準。這樣的人居然得到玄宗的賞識，並且覺得「釗」字由金刀組成不吉利，賜他改名楊國忠。當然，人不是改個名字就改得了品質的，雖然改名國忠，仍是奸佞無比，最後還是死在義憤士兵們的刀下，這是後話。

楊國忠因為善於逢迎拍馬，又善於搜刮民財，因此深得玄宗信任，青雲直上，不久竟在奸相李林甫病死後接任了宰相職位。他當宰相後，身兼四十餘職，大權獨攬，廣收賄賂，家裡積累的縑就有三千多萬匹。他曾對別人說：「我不過是碰上了機會，現在不撈它一把，誰知道日後有什麼下場。想來我也不會有什麼好名聲，不如眼前盡情快活。」玄宗用這種人掌握大權，政治的腐敗可想而知了。

玄宗在宮中，幾乎一天到晚都在歌舞遊宴中過日子。一次新豐市送進宮一個善舞的女伶謝阿蠻，於是由寧王吹玉笛，玄宗親自敲羯鼓，貴妃彈琵琶，馬仙期打方響，李龜年吹篳篥，張野狐彈箜篌，賀懷智彈琴伴奏，從早一直跳到中午。觀眾呢！就秦國夫人一個人。演完後，玄宗還和秦國夫人開玩笑說：「我今天當演員，特為你表演，請多給賞錢。」秦國夫人說：「我大唐天子的阿姨，還能沒錢。」立即賞賜三百萬錢。

就在楊國忠做宰相的當時，詩人杜甫寫了一首七言古詩《麗人行》，諷刺了楊家這些人的所作所為。

▷ 麗人行 ［杜甫］

三月三日天氣新，長安水邊多麗人，
態濃意遠淑且真，肌理細膩骨肉勻。
繡羅衣裳照暮春，蹙金孔雀銀麒麟。
頭上何所有？翠㔩為葉垂鬢脣。
背後何所見？珠壓腰衱穩稱身。
就中雲幕椒房親，賜名大國虢與秦。
紫駝之峰出翠釜，水精之盤行素鱗。
犀箸厭飫久未下，鸞刀縷切空紛綸。
黃門飛鞚不動塵，御廚絡繹送八珍。
簫鼓哀吟感鬼神，賓從雜遝實要津。
後來鞍馬何逡巡，當軒下馬入錦茵。
楊花雪落覆白蘋，青鳥飛去銜紅巾。
炙手可熱勢絕倫，慎莫近前丞相嗔。

〔譯文〕農曆三月三日，正是遊春的好天氣。在長安東南郊外的水邊（指遊覽勝地曲江）有很多貴婦人遊玩。她們肌膚細膩胖瘦適中，神態嫻靜高貴。刺繡的綢衣在暮春的陽光下閃耀，上面繡著金線的孔雀和銀線的麒麟。她們頭上戴著什麼呢？是翠鳥羽毛做的首飾一直垂到鬢邊；從背後看，後襟鑲珍珠的衣服顯出美麗的身段。在遊春的貴婦人中，最尊貴的當然是楊貴妃的姊妹們，也就是皇帝親自封的虢國夫人和秦國夫人。看看她們在曲江舉行的豪華宴會吧！從那華美的翠色鍋中，盛出烹好的駱駝峰，水晶盤中裝著燒好的鮮魚。顯然她們早都吃膩了，那犀牛角做的筷子動都不動，但在旁邊伺候的人還在不停地用鸞刀（帶小鈴的刀）細細地切肉，準備繼續往席上送。遠處有太監飛馬而來，皇帝的廚房還在向這宴席上不停地送珍貴食物。宴席上的音樂是如此美妙，以至於都感動了鬼神。眾多的客人全是各方面的大官。你看那最後的客人來得這麼晚，可一點也不客氣，不等主人招呼就坐在錦繡地毯上。原來他就是丞相楊國忠啊！你看他那趾高氣揚不可一世的樣子，暗地裡還和虢國夫人有著見不得人的曖昧勾當。可是楊家的權勢正熱得燙手啊！我勸你小心點別靠近，免得惹楊大宰相生氣。

楊國忠在天寶十一年（西元752年）十一月當宰相，杜甫可能在次年寫的此詩。蹙金是唐代一種刺繡工藝，用金線在絲綢上繡出凸起的花樣，匐（音ㄜˋ）葉為古代婦女戴在髮髻上的花葉狀飾物；腰衱（音ㄐㄝˊ）的解釋不一，指衣後襟，或說是裙腰、裙帶，應為一種纏在腰上的寬腰帶。

「楊花雪落覆白，青鳥飛去銜紅巾」兩句，歷來有各種解釋。從字面看，可認為這兩句寫景。即楊國忠一到，車馬雜亂，從人眾多，鬧騰得楊花像雪一樣的落到水裡，覆蓋在白蘋上。紅巾是唐代婦女的飾物和手帕，因人多擁擠失落地上，被飛鳥銜去。另一種解釋認為，這兩句寫楊國忠和虢國夫人私通的曖昧關係。因為楊國忠權勢熏天，故不避人，不僅下朝後公開到虢國夫人家去，出遊時並馬而行，途中言笑戲謔，毫不避諱，因此，這件醜事當時是盡人皆知。由於楊國忠是正當權的宰相，杜甫只好寫得非常隱晦。傳說楊國忠本不是楊家子孫，是武則天面首張易之的兒子，後隨其母到楊家，成為貴妃的遠房哥哥。因此說他像楊花一樣是沒有根的，而白指虢國夫人。也有人認為杜甫在此處用楊花影射男女私通的典故：南北朝時北魏胡太后和楊華私通，後來楊華怕事情敗露活不了，逃到南方去了，太后思念他，寫下了《楊白華歌》，令宮人唱著跳舞，歌詞有「楊花飄蕩落南家」，「願銜楊花入窠裡」等。青鳥是傳說中神仙西王母旁的神鳥，經常作為西王母的使者飛來飛去傳遞消息。紅巾為婦女用品，故「青鳥」句可解釋為楊國忠與虢國夫人之間經常暗傳消息。關於青鳥為男女暗傳消息一說，唐詩中常有用到。如李商隱在《無題——相見時難》詩中，最後一句「青鳥殷勤為探看」也是這個意思。

華清宮殿鬱嵯峨

《長恨歌》由「驪宮高處入青雲」起以下四句的意思是：驪山上的宮殿高聳入雲，美妙的音樂隨風從山上陣陣飄來。原來是楊貴妃在樂隊的伴奏下跳著《霓裳羽衣舞》，那唐玄宗從早欣賞到晚也沒個夠啊！

驪山位於今西安市東臨潼縣，傳說周朝時少數民族驪戎在這裡居住，因而得名。驪山的風景非常優美，陝西八景之一「驪山晚照」，就是指晴天夕陽西下時，在峰頂所觀看的景色。

在驪山腳下廣布溫泉，自遠古以來就是沐浴和遊覽勝地。到了唐代，以溫泉為中心的驪山附近，進行了大規模宮苑修建。唐太宗貞觀十八年（西元644年），詔令著名建築家閻立德在驪山山麓營建了湯泉宮，到唐高宗咸亨二年（西元671年），改名為溫泉宮。

到了唐玄宗天寶六年（西元747年），對溫泉宮大加擴充，將溫泉水引到專門砌成的一系列皇家浴池中，這些浴池有蓮花湯、九龍湯、海棠湯，以及龍湯等十六所；同時，在驪山的上上下下，修建了大量的宮殿樓臺，著名的有長生殿（即集靈台）、鬥雞殿、朝元閣、飛霜殿、芙蓉園等。並在宮殿周圍築了城牆，同時將這個地方改名為華清宮，又因宮殿環繞著溫泉，故又稱華清池。

在中唐詩人張繼所寫的七律《華清宮》中，記述了宮內的某些建築及當時歡歌曼舞的情況。

▷ 華清宮　［張繼］

天寶承平奈樂何，華清宮殿鬱嵯峨。
朝元閣峻臨秦嶺，羯鼓樓高俯渭河。

玉樹長飄雲外曲，霓裳閑舞月中歌。
只今唯有溫泉水，嗚咽聲中感慨多。

〔譯文〕玄宗皇帝的天寶年間，天下太平，尋歡作樂。華清宮的殿堂高大雄偉。朝元閣建在陡峻的秦嶺支脈驪山的北山嶺上；閣東的羯鼓樓高高地俯視著渭河。類似《玉樹後庭花》（陳後主製的舞曲，著名的亡國之音）的樂曲聲飄上九霄；傳說來自月宮中的《霓裳羽衣舞》優閒曼妙。可如今華清宮人去樓空，只餘下流溢的溫泉水聲嗚咽，給人們帶來了多少世事變遷的感慨。

唐代時，驪山下的溫泉不僅供沐浴之用，而且設置了機構「溫湯監」，監的主管官員監丞負責用溫泉水種瓜和蔬菜。因此，當時在冬天也有少量類似現在的溫室瓜果蔬菜。中唐詩人王建，在他名為《華清宮》的七絕中，就清晰地描繪了早在農曆二月中旬，就已經向皇帝進貢的瓜果了。

▷ 華清宮 〔王建〕

酒幔高樓一百家，宮前楊柳寺前花。
內園分得溫湯水，二月中旬已進瓜。

〔譯文〕華清宮附近酒旗高掛的酒樓足有上百家，初春時宮前的楊柳新綠，宮旁官署前鮮花已盛開。宮內的園裡得到了溫泉水的灌溉，早在二月中旬就向皇帝進貢成熟的瓜果了。

每年十月一日，玄宗到華清宮去避寒，楊銛、楊國忠和秦國夫人、韓國夫人及虢國夫人一共五家都跟隨而去。每家的隨從人馬各自組成一隊，穿一種顏色的衣服和裝飾，五家隊伍一合，五彩繽紛。隊伍經過的道路上，連婦女們的首飾都滿地亂扔。幾位國夫人又比車，各做一牛車，用金翠裝飾，加上各種珠玉，一輛車子要花幾十萬貫錢（一千個銅錢為一貫，當時米價每斗不過十幾個銅錢，幾十萬貫錢是多大的一筆財產可想而知），結果車太重了，牛都拉不動。對這種奢侈浪費，長安的百姓們背後都悄悄地咒罵。

鞦韆（盧綸）　（明）黃鳳池編《唐詩畫譜》

晚唐詩人杜牧，在他寫的三首七絕《過華清宮》的第三首中，就描述了玄宗在華清宮通宵達旦的享樂生活。

▷ 過華清宮（其三）　〔杜牧〕

萬國笙歌醉太平，倚天樓殿月分明。
雲中亂拍祿山舞，風過重巒下笑聲。

〔譯文〕唐玄宗認為天下太平，處處笙歌，可以盡情享樂了。驪山上幾乎摩著天的樓殿裡，月光是分外的明亮。肥胖的安祿山在這雲端的宮殿中跳起了胡旋舞，他那迅疾如風的舞步，使旁邊鼓掌打拍子的人連拍子都打亂了。從華清宮下面經過的人們，哪能知道宮裡的這種荒唐生活，只是聽見隨著風從層層山峰上飄下來的歡笑聲。

一千多年過去子，不僅唐代當年的華清宮早已蕩然無存，連清代修建的浴池，也都已毀壞了。1956年，在華清宮舊址，按唐代的原名新建了華清池公園，其中有重修的飛霜殿、宜春殿、飛霞閣、貴妃池等數十座宮殿式建築；同時又修建了九龍湯、蓮花湯、海棠湯等浴池。

根據現代地質學的研究，華清池溫泉的熱水來自地下一千五百米的深處。這些熱水沿著岩石中的斷層和裂隙上升，從四個溫泉水眼湧出，每小時總流量一百一十二噸，水溫常年不變，為四十三攝氏度。水質滑膩，其中含有硫、鈣、鎂、鈉、鉀、錳等多種元素，可以治療某些疾病。

一騎紅塵妃子笑

楊貴妃生於四川，小時候就吃過四川產的荔枝，她非常喜愛這種美味的水果。荔枝必須吃新鮮的，愈新鮮愈佳。古人曾稱荔枝為「離枝」，即它不能離開樹枝。一離樹枝，則一日色變，二日香變，三日味變，四五天以後即使不腐爛，也什麼好味道都沒了。

荔枝主要產於福建和廣東。因為荔枝性喜溫暖，冬天在較冷的地區會凍死。可是，廣東、福建距離長安太遠了，在唐代的交通條件下，即使用快馬日夜飛奔，也不可能在幾天之內將鮮荔枝送到長安。因此，唐代向長安進貢的荔枝都來自較近的四川。

根據古氣象學的研究，我國在西元600年至1000年，是一個氣候溫暖時期。也就是說，唐代的氣候比現在溫暖。在唐朝時，四川成都就有荔枝。唐代詩人張籍在他的《成都曲》一詩中就寫出了這種情況。

▷ 成都曲　［張籍］

錦江近西煙水綠，新雨山頭荔枝熟。
萬里橋邊多酒家，遊人愛向誰家宿。

〔譯文〕成都南郊的錦江上煙霧濛濛水波碧綠，新雨之後，山頭上的荔枝紅熟了。萬里橋（成都附近錦江上的橋）邊有著眾多的酒家，遊客到此，得看哪家的酒好招待又殷勤，就在哪家住下了。

在唐代，荔枝產地離長安最近的是涪州（今四川涪陵），其次是成都、眉山、戎州和瀘州一帶。楊貴妃要吃新鮮荔枝，唐玄宗一聲令下，下屬當然要想一切辦法儘快送到。唐代交通工具最快的是馬。於是利用當時傳遞公文和軍事情報的驛站，站上備快馬，送荔枝的差人騎馬日夜飛奔，到驛站後立即換馬（或人馬同時換），像接力賽跑一樣向長安飛馳。

晚唐詩人杜牧，在他寫的三首《過華清宮》第一首就諷刺了這件事。

▷ 過華清宮（其一）　［杜牧］

長安回望繡成堆，山頂千門次第開。
一騎紅塵妃子笑，無人知是荔枝來。

〔譯文〕從長安回望驪山華清宮，只見宮殿、花木、蒼翠山色，宛如一堆錦繡。山上華清宮上千扇宮門緩緩地打開。遠處一騎捲起紅塵的快馬朝著華清宮飛馳而來，楊貴妃在宮裡遙遙望見，不禁嫣然一笑。她知道這是送荔枝的來了，百姓們看見這跑得火急的驛馬，還以為是傳送重要公文或軍事情報呢！

唐代荔枝產地涪州，距長安約六、七百公里，眉山則更遠些，約一千公里。用快馬日夜接力飛奔傳送，如果每晝夜能跑三百公里，送到長安快則兩天，長則三天，荔枝雖不如剛採下的好，但還基本保持新鮮。

馬嵬坡下泥土中

《長恨歌》由「漁陽鼙鼓動地來」至「東望都門信馬歸」這二十六句，敘述了楊貴妃的死和唐玄宗逃難時的悲傷情況。意思是：安祿山在漁陽發動了叛亂，那震動大地的戰鼓聲，嚇壞了正在欣賞《霓裳羽衣曲》的唐玄宗。戰亂到來，長安城煙塵滾滾，在大批禁衛軍的保護下，皇帝帶著貴妃和楊家的人向西南逃跑了。可只出了長安一百多里，皇帝的儀仗隊就停了下來，護衛的軍隊堅決不走了，他們要求殺掉誤國的禍首楊國忠和楊貴妃，皇帝眼看著貴妃縊死在馬前。她頭上戴的各種首飾，都散亂地扔在地下。玄宗雖然捨不得可也無法相救，只能遮住臉暗暗流淚。夏日的旱風捲起漫天黃塵，沿著回環曲折高入雲端的棧道經過劍閣，蜀地的高山是那麼荒涼少見行人，暗淡的太陽照著零亂不整的旌旗。蜀地的青山綠水，只是勾起皇帝對貴妃的日夜思念。旅途上的月亮看了倍覺傷心，淅瀝夜雨中傳來的鈴聲更使人愁腸寸斷。長安收復了玄宗回去，途經貴妃的死處馬嵬坡時，久久不忍離去。這裡再也見不到貴妃了，只空餘下她死去的地方。皇帝和隨從們哭泣著，無精打采地回到長安。

詩中所說的漁陽即今天津市的薊縣，當時歸安祿山管轄；翠華為皇帝儀仗隊用翠鳥羽毛裝飾的旗子；六軍指玄宗的衛隊；蛾眉為美女代稱，此處指楊貴妃；翠翹為形狀如翠鳥尾上長羽毛一樣的婦女首飾，金雀為製成鳥形的金釵，玉搔頭為玉制的簪，花鈿總指婦女所戴的各種首飾；峨眉山在今四川峨眉縣境內，玄宗到今四川成都就住下了，並未再向南到峨眉，詩中用峨眉山泛指蜀地的高山；天旋日轉比喻國家傾覆後得到恢復，此處指叛軍敗退唐軍收復長安。

唐玄宗天寶十四年（西元755年）十一月，平盧、范陽、河東三鎮節度使安祿山在范陽起兵叛亂。天寶十五年六月，安祿山打進潼關直逼長安。玄宗驚惶失措，帶著楊貴妃、楊國忠和楊氏姊妹，在禁軍的護衛下倉皇西逃。只走到離長安約一百多里的興平縣馬嵬坡時，饑餓疲困的禁軍將士對造成當前的局勢非常憤怒，不肯再前進，包圍了玄宗和貴妃等住的馬嵬驛，要求殺掉人人痛恨的奸賊楊國忠。正好楊國忠出來，有吐蕃國使者二十餘人擋住他的馬，要求發給食物。楊國忠尚未答話，軍士大叫：楊國忠與胡虜謀反。並用箭射他，楊國忠逃入西門內，被追上的軍士殺掉，並將屍體砍成肉泥。玄宗無法，拄著拐棍出驛門慰勞軍隊，並命令歸隊，可兵士們不聽，仍圍著不走。玄宗讓高力士問為什麼，禁軍將軍陳玄禮回答說：楊國忠謀反，貴妃不宜再侍奉皇上，希望陛下割愛正法。玄宗說：我會處理此事。說完進到門內，呆站著久久不決。京兆司錄韋鍔說：現在眾怒難犯，安危就在頃刻之間，希望皇上速決。玄宗說：貴妃住在深宮裡，怎麼會知道楊國忠的造反陰謀。高力士回答說：貴妃是沒有罪，但現在將士已殺了楊國忠，貴妃是他妹妹，常在皇上的身邊，將士們怎麼能放心。希望皇上考慮，將士們放心了。皇上你也就安全了。玄宗實在被逼得沒有辦法了，將貴妃叫出，命令高力士賜死。力士送羅巾給貴妃，遂在佛堂前梨樹下自縊而死，時年三十八歲。

貴妃剛死，從四川進貢的荔枝送到了。玄宗一見忍不住哭了。這時軍隊仍圍著不散。玄宗只好讓人將貴妃屍體放在床上，抬到院子中，叫領兵的將軍陳玄禮等人進來看。玄禮細看確實死了，出去向軍隊宣布，軍隊才解圍同意西進。貴妃的屍體就草草地葬在馬嵬坡。

虢國夫人和楊國忠的妻子裴柔等，先到了陳倉（今寶雞市之東）的官店。楊國忠被殺消息傳來，縣官薛景仙親自帶人追捕她們。虢國夫人殺了自己的兒子、女兒，然後殺國忠妻及女，最後自殺未遂，死在縣監獄中。

唐玄宗在馬嵬坡被迫殺了楊貴妃之後，準備繼續西逃入蜀地，這時當地的父老群眾遮住馬頭對玄宗說：「長安的宮闕是陛下的家，原上的陵寢是陛下祖宗的墳墓，陛下拋棄了這些，要往哪兒逃呢？皇上還是留下，率領我們保衛家鄉抵抗叛軍吧！」七十一歲、滿頭白髮的玄宗早已失去勇氣，一心只想逃命，在群眾的挽留下不得已只好將太子李亨留下主持軍國大事，自己則逃到成都去了。

這時政權實際上已交給了太子李亨。在少量軍隊的護衛下太子轉到靈武（今寧夏靈武縣），在靈武自作主張即皇帝位，即唐肅宗。玄宗在成都知道後也無可奈何，只好派人將傳國玉璽送到靈武去，承認李亨是正式皇帝，自己則當了有名無權的太上皇。

貴妃死後，玄宗非常悲傷，日夜思念。在進入蜀地時，遇到久雨不停，同時又經過棧道。在棧道最險處，道旁有鐵索供行人攀扶，索上掛有鈴鐺。人走時手扶索，鈴聲前後相應，以便互相照顧。

玄宗在雨中聽見斷斷續續的鈴聲，因悼念貴妃而有所感觸，寫了一首樂曲《雨霖鈴》寄託自己的思念。這就是後來詞牌《雨霖鈴》的起源。當時有梨園樂工張徽在玄宗身邊。玄宗將《雨霖鈴》曲讓他練習。回長安後，玄宗常叫張徽演奏此曲，聽後想起往事，常淒然淚下。

唐代詩人張祜，為此寫了一首題名為《雨霖鈴》的七絕：

▷ 雨霖鈴　　［張祜］

雨霖鈴夜卻歸秦，猶見張徽一曲新。
長說上皇和淚教，月明南內更無人。

〔譯文〕在又一個久雨聞鈴的夜晚，上皇回歸長安。樂工張徽帶來了一個新樂曲，他說這是太上皇（即玄宗）含著眼淚親自教他的。在月光明亮的興慶宮內卻是寂靜無人啊！

另一個說法是，在今四川梓潼縣有一個上亭，裡面有一些碑刻，據說這是唐玄宗夜雨聞鈴之處。玄宗旅途中在上亭的驛站過夜，雨中聽見牛鈴聲，玄宗有所感觸，起來問隨從的黃幡綽鈴聲在說些什麼？黃答道：「說陛下您吊兒郎當。」玄宗聽後一笑，就作了《雨霖鈴》曲。因此，上亭驛又名郎當驛。

一年多以後，長安收復，玄宗從成都回來，想將貴妃遺體遷出隆重改葬。這時他兒子已當了皇帝，即唐肅宗，實權在肅宗手中。禮部侍郎李揆對肅宗說：禁衛軍因為楊國忠謀反，所以殺了他，現在如果改葬貴妃，恐怕禁軍將士們不能安心。於是肅宗不同意改葬。當了太上皇的玄宗無奈，只好密令宦官偷偷地移葬。

貴妃初葬時，裹的紫褥，這次移葬挖開一看，屍體肌膚已壞了，只是胸前佩帶的一個絲織香囊還完好無損。主持移葬的宦官高力士取了香囊，同時又向馬嵬坡的錢老太婆買下了貴妃遺留的襪子，將這兩件紀念物獻給了唐玄宗。

玄宗見後，睹物思人，悲傷不已，對高力士說：這香囊是特殊的冰蠶絲織的，其中又裝著異香，所以沒有壞呀！

中唐詩人張祜寫了一首七絕，詠歎上面這一段往事。

▷ 太真香囊子　［張祜］

蹙金妃子小花囊，銷耗胸前結舊香。
誰為君王重解得，一生遺恨繫心腸。

〔譯文〕貴妃這個金線繡的小花香囊，還在她胸前裝著原來的異香。是誰給皇帝又一次解下來，使他看著這香囊抱恨終生哪！

陝西興平縣西十二公里處，就是著名的馬嵬坡，再往西不遠，緊靠西寶公路北側，便是貴妃墓。陝西民間相傳，在婦女的搽臉粉中混上一點楊貴妃墓上的黃土，會使皮膚特別白嫩。因此，經常有很多人到貴妃墳頭上包一包黃土帶走，後來，甚至專門有人在墳前收錢賣土。這樣，墳頭就越來越低，不得不經常培土加高。

現存的楊貴妃墓，是20世紀80年代重修的，它是座小小的陵園外有圍牆，裡面除貴妃那砌了磚的墳墓外，還有著名詩人白居易、劉禹錫、李商隱等的詩石刻及其他碑刻，陵園西北角還有唐代風格的石馬二尊。

月明空殿鎖香塵

《長恨歌》由「歸來池苑皆依舊」至「魂魄不曾來入夢」這十八句，以思念楊貴妃為主線，描述了玄宗孤寂淒涼的處境和心情。這十八句意思為：回長安後見到水池林苑還是原樣，太液池的荷花和未央宮的垂柳依然那麼繁茂。嬌豔的荷花多麼像貴妃的臉龐，細長的柳葉好似她的眼眉，看到這些怎麼不讓人傷心落淚。度過了桃李花開的春日，又是秋雨連綿梧桐葉落的時候。太極宮和興慶宮內都那麼荒涼，枯草遍地,凋落的紅葉滿階。梨園弟子新長出了白髮，宮內的太監和宮女們也都老了。黃昏時殿堂中的流螢使人倍感淒涼，一盞孤燈挑盡了燈草還無法入睡。聽著更鼓聲長夜慢慢過去，一直熬到那銀河回轉天將黎明。寒冷的鴛鴦瓦（兩片瓦一仰一俯構成一對，叫做鴛鴦瓦）結滿霜華，冰涼的翡翠衾中沒有誰來陪伴。貴妃啊！和她死別已好幾年，怎麼從沒見到她的魂魄來到夢中。

唐玄宗雖然不在位了，但畢竟還是太上皇，照說應有優裕的生活環境和享受，不應該有上面詩中描述的那種淒涼的心境。原來，回長安後，這位太上皇與他兒子唐肅宗之間矛盾重重，失掉了權力的玄宗後來實際過著類似軟禁的生活。《長恨歌》這一段中描述的心情意境也就不足為怪了。

玄宗在回長安後，住在南內興慶宮。這時楊貴妃已死了，他感到很寂寞淒涼，正像晚唐詩人羅鄴在七絕《駕蜀回》所寫的那樣：

▷ 駕蜀回 ［羅鄴］

上皇西幸卻歸秦，花木依然滿禁春。
唯有貴妃歌舞地，月明空殿鎖香塵。

〔譯文〕太上皇逃難到成都現在回來了，禁苑裡的花木仍是那樣茂盛。只有當年楊貴妃表演歌舞的地方，淒涼的月光照著那緊鎖的塵封殿堂。

《長恨歌》中說貴妃的「魂魄不曾來入夢」，可實際上呢？我們可以看看唐玄宗李隆基自己所寫的一首七絕：

▷ 幸蜀回居南內，夢中見妃子於蓬山太真院，作詩遣之，使焚於馬嵬山下 ［李隆基］

風急雲驚雨不成，覺來仙夢甚分明。
當時苦恨銀屏影，遮隔仙姬只聽聲。

唐玄宗在詩題中說，他逃難到成都（皇帝到了叫做「幸」，「幸蜀」

西宮秋怨（王昌齡）　（明）黄鳳池編《唐詩畫譜》

即到蜀地）回長安後，住在南內興慶宮，一天晚上夢見自己到了蓬萊仙山上的太真院，他寵愛的楊貴妃就在這裡。醒來後久久難忘，特地寫了一首詩，抄好後派人送到馬嵬坡去燒了，以寄給貴妃的靈魂。

那麼，唐玄宗在夢中又見到了什麼呢？從此詩的意思就可以知道：急風勁吹，烏雲驚飛，可這場雨始終未下。一覺醒來，夢中的一切仍記得那樣分明。當時，那座閃光的屏風影子有多麼可恨啊！是它遮住了豔美如仙的妃子使我看不清楚，只聽見了她那可愛的聲音。

御柳無情依舊春

《長恨歌》由「臨邛道士鴻都客」至全詩結束這四十六句，敘述了唐代即已廣泛流傳的有關楊貴妃的神話故事。雖然這個故事純屬虛構，但內容曲折宛轉，尤其經過白居易的藝術描寫，更是情深意長，真摯感人。

這一段《長恨歌》的意思是：有一個來到長安的臨邛（四川縣名，出道士）道士，說他有辦法找到死者的魂魄。由於君王的輾轉思念，他用盡方法四處找尋。道士升空駕雲快如閃電，天上地下都找遍，上面到天頂下至陰曹地府，兩處都沒有找到。忽然聽說海上有座仙山，山在虛無縹緲的地方；五色祥雲環繞著玲瓏的樓閣，其中住了很多美麗的天仙。內中有一人名叫太真，潔白的皮膚花一樣的容貌大約就是她。道士來到金闕的西邊輕輕敲著玉石院門，請侍女小玉、雙成轉報太真。聽說是大唐天子派來了使者（此處借漢喻唐），把她在九華帳裡從夢中驚醒。忙穿上衣裳推開枕頭起來，珍珠簾子和閃著銀光的屏風逐層打開，由於剛剛睡醒髮髻還半偏著，歪戴著花冠就走下堂來。風吹著她的衣袖輕輕飄動，像是昔日《霓裳羽衣舞》的美姿。她美麗的臉上流著眼淚，像是一枝帶著春雨的梨花。含著無限的深情感謝君王，分別以後音容笑貌都再也見不到了，在昭陽殿裡割捨了恩愛，我獨自一人在蓬萊宮中度著漫長的時光。回頭下望那遙遠的人間，茫茫的塵霧遮蔽了長安。只有拿當年的紀念物品表達情意，請將鈿盒金釵帶給君王。釵我留一股，盒我留一扇，擘斷了金釵分開了鈿盒。只要愛心像金鈿一樣的不變，天上人間總有一天會相見。臨別時再告訴這位使者一樁只有兩人知道的誓言，當年七月七日在長生殿，在靜悄悄的夜半立了這樣的盟誓：「在天願做比翼雙飛的鳥兒，在地上願為纏繞在一起的連理樹。」天雖長地雖久也有窮盡的時候，可這件悲傷的恨事啊！卻永遠也不會完結。

據唐代傳說，為玄宗升天入地尋找貴妃魂靈的道士是來自臨邛的楊通幽。像《長恨歌》中所述的一樣，他在見到貴妃後，貴妃讓他帶金釵一股鈿盒一扇（都是玄宗在和貴妃定情時送的紀念物）給玄宗，以作為見到了她的憑證。道士臨走時說：這兩樣東西為憑還不夠，因為可能是從別處弄到的。希望能告訴我一件當時沒有外人知道的事，這樣才能使太上皇相信。貴妃想了一會兒說：在天寶十年，和太上皇一起到驪山華清宮中，七月七日牛郎織女相會的晚上，我獨自一人陪上皇在院中，談起了牛郎織女的故事很感動，於是我們祕密地發誓：「願世世為夫婦。」說完後拉著手都哭了，此事只有太上皇知道。這就是《長恨歌》詩中結束時寫的「在天願作比翼鳥，在地願為連理枝」兩句誓言的來歷。

唐玄宗和楊貴妃的故事，在唐代即已成為很多詩人的題材。在後代，不少的詩詞、戲曲乃至小說，都採用它作為內容。詩人李商隱在七律《馬嵬》一詩中，用宛轉的筆法，譴責了釀成禍亂的主要負責人唐玄宗。

▷ 馬嵬二首（其二） 〔李商隱〕

海外徒聞更九州，他生未卜此生休。
空聞虎旅鳴宵柝，無復雞人報曉籌。
此日六軍同駐馬，當時七夕笑牽牛。
如何四紀為天子，不及盧家有莫愁。

〔譯文〕唐玄宗白白地聽說死去的楊貴妃住在海外的仙山上，他和貴妃「願世世為夫婦」的誓言來生能否實現很難說，可今生是徹底完了。在西逃的旅途上，夜晚只能聽見禁軍打更的梆子聲，再也不像在深宮中有專職的雞人給皇帝報天曉了。想當年七月七日笑牛郎織女只能一年一度相會，而皇帝和貴妃卻能永世相守，沒想到在馬嵬坡禁軍不肯前進，逼殺了楊貴妃。唐玄宗他雖然當了四十多年皇帝（一紀為十二年），但還比不上一個普通老百姓能和自己的妻子白頭偕老啊！

詩中的「更九州」意思是九州之外還有九州。遠古時代將中國分成九個州，故九州即代表中國。海外更九州說海外像中國這樣大的地方還有九處，在詩中實際上指《長恨歌》中道士見到楊貴妃的仙山。雞人為皇宮中給皇帝報曉的人，古代宮中不養報曉雞，用人代替，雞人頭包紅色頭巾象徵雞冠，手執更籌敲擊報曉，故稱「曉籌」。莫愁為唐以前洛陽少女，據南北朝梁武帝蕭衍的詩《河東之水歌》：「河中之水向東流，洛陽女兒名莫愁。」李商隱在詩中用以借指民間婦女。

在《馬嵬》這首詩中，諷刺的對象是唐玄宗。詩中所提到的一些事件，沒有一件不是玄宗自作自受。尤其最後兩句寫得更為深刻。玄宗貴為天子，當了四十五年的所謂太平皇帝，到頭來連一個心愛的寵妃的性命都保護不了。這一切，都是這位皇帝荒廢朝政，講究享樂，拒納忠言等等造成的。

唐僖宗廣明元年（西元880年）冬天，黃巢率領大軍攻入長安，皇帝唐僖宗沿著唐玄宗西逃的老路，又一直逃到成都。西元881年元月，詩人韋莊寫了一首七絕詠此事。

▷ 立春日作　［韋莊］

九重天子去蒙塵，御柳無情依舊春。
今日不關妃妾事，始知辜負馬嵬人。

〔譯文〕住在深宮裡的皇帝被迫逃難了，可長安的柳樹依舊帶來了春意。這一次逃難可是與宮中的妃妾們無關，其實當年也是冤屈了在馬嵬被殺的楊貴妃啊！

一篇長恨有風情

唐憲宗元和十年（西元815年），詩人白居易因上書言事得罪當權者，被貶為江州（今江西九江）司馬。到江州後，他將自己過去寫的詩整理後，編成了十五卷詩集，約包括八百首詩。詩集完成後，詩人心裡很高興，在卷末題了一首非常有趣的七律。

▷ **編集拙詩成一十五卷，因題卷末，戲贈元九、李二十**　〔白居易〕

一篇長恨有風情，十首秦吟近正聲。
每被老元偷格律，苦教短李伏歌行。
世間富貴應無分，身後文章合有名。
莫怪氣粗言語大，新排十五卷詩成。

〔譯文〕我的一篇《長恨歌》充滿深摯的感情，十首《秦中吟》發出正大的聲音，經常被老元學去了我作詩的風格韻律，硬是使短李對我的樂府詩心悅誠服。人世間的富貴看來我沒有份，死後我的文章會贏得聲名。別怪我口氣太大不謙虛，那是因為最近我的十五卷新詩集剛剛編成了呀！

詩中老元指白居易最要好的詩友元稹，他是著名傳奇小說《會真記》的作者。詩雖然比不上白居易，但寫得也不錯。在本書中即選用了他的長詩《連昌宮詞》。白居易在詩句「每被老元偷格律」下自注：「元九向江陵日，嘗以拙詩一軸贈行，自後格變。」意思是說唐憲宗元和五年（西元810年），元稹（「元九」指元稹在包括叔伯的兄弟姊妹中排行第九）被貶官去江陵（今湖北江陵）時，白居易送給他一卷自己寫的詩，元稹讀後受了很大影響，自此之後在作詩的立意、措辭等風格方面，都變得與白居易相近。在唐代當時，元、白二人詩作的風格被稱為「元和體」，對後代詩歌的發展有很重要影響。

短李指李紳，是元、白的好友，因為他長得短小精悍，當時人稱他

「短李」。李紳在元稹、白居易寫作《新樂府》之前，曾寫了《新題樂府》二十首（已失傳），送給元稹，元稹和作了十二首，白居易看了以後，創作了五十首，題名為《新樂府》。李紳經常認為自己那二十首《新題樂府》寫得好，可是在見到白居易寫的這五十首《新樂府》後，感到實在不如而非常佩服。因此白居易在詩句「苦教短李伏歌行」下自注道：「李二十（李紳排行第二十）嘗自負歌行，近見予樂府五十首，默然心伏。」李紳的詩流傳下來最著名的是《憫農二首》。

▷ 憫農二首　〔李紳〕

（一）

春種一粒粟，秋成萬顆子。

四海無閒田，農夫猶餓死。

（二）

鋤禾日當午，汗滴禾下土。

誰知盤中餐，粒粒皆辛苦。

〔譯文一〕春天種下一粒粟的種子，秋天將會收穫萬顆糧食。四海之內的田地都種滿了莊稼，可是農夫仍免不了會餓死。

〔譯文二〕烈日炎炎的中午在地裡鋤草，汗水不停地滴在禾苗下的土地上。城裡的人有誰知道盤中的飯食，一粒一粒都是得來不易的啊！

據說，李紳當年準備考進士時，曾拿著自己的詩文請當時的官員呂溫評賞。呂溫讀了這兩首憫農詩後，對另一官員齊煦說：「從李二十秀才的詩文看，他將來必然會當卿相。」李紳後於唐憲宗元和元年（西元806年）中進士，三十五年後，在唐武宗執政期間，李紳果然當了幾年宰相。

偶遊主人園（賀知章）　（明）黃鳳池編《唐詩畫譜》

第三章　安史之亂

「安史之亂」指唐玄宗天寶十四年（西元755年）安祿山和史思明發動的叛亂。這次叛亂遍及整個中國北部，規模很大，破壞嚴重，影響深遠，實際上成了唐朝由興盛走向衰落的轉捩點。

安史之亂前後共經歷七年，在此期間，大詩人杜甫、李白、王維等都親身經歷了整個過程。詩人們將他們所見、所聞、所感受的事件，寫成了大量的精彩詩篇。尤其是杜甫,他的詩連接起來幾乎可以當作一部安史之亂的歷史來讀，因此被後代人們稱讚為「詩史」。當然，杜甫的詩被人讚譽為「詩史」，不僅是描寫安史之亂的詩歌，但這是主要組成部分。這實在是唐詩中極高的成就。

明年十月東都破

安史之亂和唐玄宗與楊貴妃的故事，是密切相關的。安史之亂後的詩人們，利用這些題材寫了大量的詩篇。除了僅描寫某一件事或某一片段的詩，敘述較全面的長詩就有三首。一是詩人白居易寫的《長恨歌》，第二首是白居易好友元稹寫的《連昌宮詞》，第三首則是元、白之後的詩人鄭嵎寫的《津陽門詩》。從藝術上看，《長恨歌》最佳，《連昌宮詞》次之，《津陽門詩》則較差。《長恨歌》主要敘述的是唐玄宗和楊貴妃的故事，而《連昌宮詞》所記述的歷史事實卻比《長恨歌》多。下面介紹《連昌宮詞》，使我們對安史之亂前後情況有一個概略了解。

連昌宮位於唐代河南郡壽安縣（今河南宜陽縣境內），是唐代皇帝由長安到東都洛陽途中旅居的行宮之一。《連昌宮詞》借一個虛構的宮邊老人之口，敘述了安史之亂前後政治上興衰的現象和原因。

▷ 連昌宮詞 ［元稹］

連昌宮中滿宮竹，歲久無人森似束。
又有牆頭千葉桃，風動落花紅蔌蔌。
宮邊老翁為余泣，小年進食曾因入。
上皇正在望仙樓，太真同憑欄杆立。
樓上樓前盡珠翠，炫轉熒煌照天地。
歸來如夢復如癡，何暇備言宮裡事。
初過寒食一百六，店舍無煙宮樹綠。
夜半月高弦索鳴，賀老琵琶定場屋。
力士傳呼覓念奴，念奴潛伴諸郎宿。
須臾覓得又連催，特敕街中許燃燭。
春嬌滿眼睡紅綃，掠削雲鬟旋裝束。
飛上九天歌一聲，二十五郎吹管逐。
逡巡大遍涼州徹，色色龜茲轟錄續。
李謨擫笛傍宮牆，偷得新翻數般曲。
平明大駕發行宮，萬人歌舞在途中。
百官隊仗避岐薛，楊氏諸姨車鬥風。

明年十月東都破，御路猶存祿山過。
驅令供頓不敢藏，萬姓無聲淚潛墮。
兩京定後六七年，卻尋家舍行宮前。
莊園燒盡有枯井，行宮門閉樹宛然。
爾後相傳六皇帝，不到離宮門久閉。
往來年少說長安，玄武樓成花萼廢。
去年敕使因斫竹，偶值門開暫相逐。

荊榛櫛比塞池塘，狐兔驕癡緣樹木。
舞榭攲傾基尚在，文窗窈窕紗猶綠。
塵埋粉壁舊花鈿，烏啄風箏碎珠玉。
上皇偏愛臨砌花，依然御榻臨階斜。
蛇出燕巢盤斗拱，菌生香案正當衙。
寢殿相連端正樓，太真梳洗樓上頭。
晨光未出簾影動，至今反掛珊瑚鉤。
指似傍人因慟哭，卻出宮門淚相續。
自從此後還閉門，夜夜狐狸上門屋。
我聞此語心骨悲，太平誰致亂者誰？
翁言野父何分別，耳聞眼見為君說。
姚崇宋璟作相公，勸諫上皇言語切。
燮理陰陽禾黍豐，調和中外無兵戎。
長官清平太守好，揀選皆言由至公。
開元之末姚宋死，朝廷漸漸由妃子。
祿山宮裡養作兒，虢國門前鬧如市。
弄權宰相不記名，依稀憶得楊與李。
廟謨顛倒四海搖，五十年來作瘡痏。
今皇神聖丞相明，詔書才下吳蜀平。
官軍又取淮西賊，此賊亦除天下寧。
年年耕種宮前道，今年不遣子孫耕。
老翁此意深望幸，努力廟謨休用兵。

〔譯文〕連昌宮中長滿了竹子，年深日久無人砍伐，長得又高又密。牆頭伸出了碧桃花，風一吹紅花瓣紛紛落下。宮邊一位老人流著眼淚和我說起了往事，少年時因向皇帝進食進過宮裡。太上皇（指玄宗）正在望仙樓上（望仙樓實際在驪山華清宮，此處係借指），貴妃和他一起靠著欄杆。樓上樓前站滿了佩帶著珍珠翡翠的宮女，珠寶閃爍的光彩照耀得四處通明。回家後覺得簡直像做夢一樣人都傻了，宮裡事事都那樣的新奇，哪能一一地說清楚。冬至節後第一百零六天，正是小寒食節（寒食節的第二天），家家都沒有煙火，宮樹已開始綠了。半夜月兒高照的時候，宮裡奏起了音樂，賀懷智的琵琶壓住了陣腳。宦官高力士奉聖旨召歌妓念奴，念奴正伴著年輕的宮廷樂師歇宿。找到以後催她快進宮，皇帝特別准許在街上燃燭照明（因當時正是小寒食，按習慣全國禁止舉煙火）。念奴帶著滿臉睡意從紅紗帳中起來，輕攏頭髮趕緊妝扮。進到宮中為皇帝唱歌，一聲飛上九天，二十五郎所吹的小管音在後相追逐（二十五郎指邠王李承寧，善吹小管）。整套的涼州樂曲隨著舒緩的節拍，響亮的龜茲樂曲在輪番奏出。少年李謨拿著笛子靠宮牆，偷學到了幾首新製作的樂曲。天剛亮皇帝由行宮出發，成千上萬的人在路上歌舞。文武百官的隊伍都避開皇親岐王和薛王，楊家幾姊妹的車馬跑得快如疾風。

第二年十二月，東都洛陽被安祿山的叛軍攻破，洛陽到長安的大道上不斷地有叛軍經過。他們強迫供給食宿四處騷擾，百姓們不敢做聲只有暗暗地流淚。洛陽和長安從叛軍手中收復六、七年以後，我回來找自己在連昌宮邊的家舍。村莊已燒盡只剩下沒水的井，宮門關著只看見樹木。此後共經過六位皇帝（指唐肅宗、代宗、德宗、順宗、憲宗和穆宗），都不曾來過連昌宮。路過這裡的年輕人說到長安，在德宗時大明宮裡新蓋起了玄武樓，可玄宗時建在興慶宮內的花萼樓卻荒廢了。去年使者奉皇帝命令來砍竹子，在宮門開時我跟著進去看看。荊棘灌木叢生塞滿了池塘，狐狸野兔繞著樹叢轉也不怕人。樓閣都傾倒歪斜只剩下房基，雕花的窗子還那麼美，窗紗還有綠色。灰塵堆積在粉牆上掛著的婦女花鈿上（花鈿為婦女佩帶的裝飾品），烏鴉啄著房檐上的風箏，發出碎玉般的聲音。太上皇最愛臺階旁的花，皇帝的床仍然橫斜在臺階附近。蛇從燕子窩中爬出盤在房子的斗拱上，宮殿正門的香案已腐朽得長出蘑菇了。和寢殿相連的端正樓（本在驪山華清宮，此處係借指），當年楊貴妃在樓上梳洗打扮。那時候天還沒亮簾子就挪動了，現在只有珊瑚做的簾鉤一直反掛在那裡。在把宮中遺蹟指給別人看時，我自己忍不住哭了，直到出宮門後眼淚還在不斷地流。從那次以後又一直鎖著宮門，每天晚上只有狐狸爬到門上頭。

我聽見老人說這一番話後非常悲傷，問老人說，過去使天下太平的及使天下動亂的都是誰呢？老人說我這個鄉下老頭哪說得清楚，只將聽到和見到的告訴你吧。當年姚崇宋璟當宰相，勸諫皇帝道理說得透徹。政治清明五穀豐登，中外都安定沒有戰亂。地方官員廉潔奉公，選用人才都秉公辦理。開元末年姚宋死去，朝廷漸漸聽楊貴妃的了。安祿山受到寵信，並在皇宮裡將他作為貴妃的養子，虢國夫人等楊家親戚門前，來結交、鑽營的人絡繹不絕，熱鬧如市集。專權亂政的宰相記不清名字，大約是楊國忠和李林甫。國家大事弄得烏七八糟，天下動盪不安，一直五十年了，還留下這種殘破的局面。現在的皇帝（指唐憲宗）神聖，宰相賢明，很快就平定了吳蜀的叛亂。朝廷大軍又抓住了淮西叛亂的頭子吳元濟，清除了他天下得以安寧。我家年年耕種連昌宮前的大道，今年我有意不讓子孫去耕種，老頭兒的意思是現在洛陽已經沒有威脅了，希望皇帝去洛陽時能到連昌宮來。同時祝願朝廷早日結束戰事，不再用兵。

元稹之所以寫上述的《連昌宮詞》，實際上是受到白居易的《長恨歌》與陳鴻的《長恨歌傳》的影響。根據近代學者陳寅恪的研究，元稹此詩並非他途經連昌宮時有所感觸而寫，而是於唐憲宗元和十三年的暮春，在通州（今四川達縣）司馬任上時所作。元稹曾多年在洛陽任職及居留，對連昌宮的實際情況以及各種史實都很清楚，從而寫出了長篇巨作《連昌宮詞》。由於唐朝廷於前一年平定了淮西鎮（今河南汝南）的叛亂，生擒了叛亂首領吳元濟，這在《連昌宮詞》的結尾有所反映。

詩中引用了一些典故和故事：「進食」指唐玄宗時，貴戚和寵臣們盛行給皇帝進貢食品。宮中還特設有檢校進食使的官員，專門評比各家食品的精美程度。每一次進食，多達幾十盤，一盤食品價值等於十戶中等人家的財產。這種惡習不知浪費了多少百姓的勞力和血汗。寒食節在唐宋時代很盛行。詩中所寫的半夜三更叫高力士去找名歌妓念奴進宮演唱，因為一

汴河曲（李益）　（明）黃鳳池編《唐詩畫譜》

下子找不到，於是在全城街巷中大呼小叫，將很多居民從夢中驚醒，知道宮裡又是深夜行樂，並且寒食節不許舉火的習慣也不管了，為了找念奴進宮，街上點燃了通亮的蠟燭，這有什麼辦法呢？是皇帝聖旨特許的呀！

李謨是唐玄宗時一個善於吹笛的少年。有一年正月十四日，玄宗在上陽宮半夜曾吹了一首新作的樂曲。第二天晚上，皇帝偷偷出宮看燈，忽然聽見酒樓上有人吹笛，奏的就是昨夜宮中的新曲。玄宗大吃一驚，第二天派人祕密捉來了吹笛人，親自審問從何而知新曲。吹笛人答道：「我就是善吹笛的少年李謨，前晚在天津橋賞月，聽見宮中演奏新樂曲，於是我在橋上插小棍記下了譜，所以學會演奏此新曲。」玄宗聽後感到很驚訝，就將李謨釋放了。

唐朝自發生安史之亂後，整整五十年國無寧日，到處都是擁兵的軍閥割據，國家實際是分裂的。唐憲宗元和十二年（西元817年），唐軍在賢相裴度的指揮下，平定了淮西鎮的叛亂，生擒首領吳元濟。其他割據軍閥也紛紛歸順唐朝廷，國家暫時獲得了統一。這時，元稹在通州任司馬，他在元和十三年，根據上述背景寫作了《連昌宮詞》一詩。與此同時，他結識了在地方上當監軍的宦官崔潭峻。唐憲宗死後穆宗即位，崔潭峻受到穆宗的寵倖，將《連昌宮詞》抄給穆宗看，並將詩中「爾後相傳五皇帝」改成「爾後相傳六皇帝」，即加上了穆宗。穆宗看後非常欣賞，立即提升元稹為皇帝的親信秘書——知制誥。從此宮中都叫元稹為元才子。

《連昌宮詞》中寫的很多地名和有關人物活動，不完全符合事實，而常是借用。例如唐玄宗和楊貴妃並未到過連昌宮，詩中所寫的許多宮中建築名稱，也是借自驪山華清宮。雖然如此，詩中所寫的歷史事件卻都是真實的。

憶昔開元全盛日

唐玄宗是經歷了兩次宮廷政變後，才登上皇帝寶座並掌握實權的。他登基後用過兩個年號，頭一個是「開元」，歷時二十九年；第二個是「天寶」，歷時十五年。唐玄宗在開元年間，年輕有為，勵精圖治，他和太宗一樣，能做到兩點：一是任用賢明人才，二是能納諫。他先後所用的宰相，像《連昌宮詞》中提到過的姚崇、宋璟，還有張說、韓休、張九齡等，都是著名有才能的賢相，政治比較清明，經濟迅速發展，這樣，使唐朝在開元時期達到興盛的頂點。「開元盛世」不僅是唐朝人永遠懷念的好日子，也是歷史上封建時代興盛的典範之一。

唐代宗廣德二年（西元764年），大詩人杜甫在閬州（今四川閬中）寫了兩首七言長詩《憶昔二首》，由其中第二首，我們可以見到「開元盛世」的概貌。

▷ 憶昔二首（其二・摘錄） ［杜甫］

憶昔開元全盛日，小邑猶藏萬家室。
稻米流脂粟米白，公私倉廩俱豐實。
九州道路無豺虎，遠行不勞吉日出。
齊紈魯縞車班班，男耕女桑不相失。
宮中聖人奏雲門，天下朋友皆膠漆。
百餘年間未災變，叔孫禮樂蕭何律。

〔譯文〕回憶起開元年間全盛的好日子，人口眾多，小小的村鎮中也有著上萬戶人家。農業連年豐收，油光光的稻米和潔白的粟米滿倉滿囤，官府私人都很富足。全國到處都很安全，沒有豺狼虎豹（實指盜匪）攔路傷人，出遠門用不著選擇吉利的日子。齊魯地區運送絲織品的車子一輛接著一輛（古代齊魯地區，即今山東一帶的絲織品非常著名，即詩中的齊紈魯縞，實際上是泛指唐代當時的手工業很發達），男的種田女的養蠶各得其所。天下太平，皇帝按時祭祀天地，演奏《雲門》樂舞，祈求降福（「雲門」為樂舞名，據說是黃帝時所作）；天下的朋友們情誼像膠漆一樣不能分開。開國一百多年來沒有大災害變亂，其原因是用叔孫通制定的禮樂教化人民，並且嚴格執行了蕭何主持制定的法律。

據歷史記載，唐開元天寶年間，糧食是很充裕的。當時全國只有五千多萬人口，可在天寶八年（西元749年），僅政府的倉儲糧食就多達一億石，而且糧價也非常低廉。從開元十三年（西元725年）至天寶元年（西元742年）近二十年中，長安和洛陽米價始終保持在每斗十五文至二十文錢之間，賤時只有十三文。青州、齊州一帶一斗米五文，最賤時僅三文，可見社會生活是安定而富裕的。

中唐詩人李涉，在唐文宗大和年間（西元827年至835年），途經驪山下的溫泉宮，詩人回想起一百年前的「開元盛世」，於是寫下了七絕《題溫泉宮》，詩中盛讚了開元年間的君臣相得，認為這是天下太平四十餘年的主要原因。

▷ 題溫泉宮　［李涉］

能使時平四十春，開元聖主得賢臣。
當時姚宋並燕許，盡是驪山從駕人。

〔譯文〕能使開元至天寶年間四十餘年天下太平百姓安居樂業，是因為聖明的玄宗皇帝任用了大批的賢臣。例如當時的著名賢相姚崇、宋璟，還有被封為燕國公的張說和許國公蘇等等，他們全都是先後隨從玄宗皇帝到驪山華清宮的大臣。

武皇開邊意未已

唐玄宗在做了二十幾年皇帝，看見天下太平以後，便逐漸驕傲自滿起來，不僅過去那種不聽反面意見就睡不好覺的習慣沒有了，甚至不願再理朝政，一心只想享樂。當時老奸巨猾的李林甫當宰相，他一方面勾結宮中的宦官、妃嬪，打聽皇帝的動靜，摸透玄宗的心理，一切順從意旨；另一方面是堵塞玄宗的耳目。他公開地向諫官們說：「現在皇帝聖明，你們用不著多說話。看看立仗馬就知道，它吃的馬料相當於三品官的待遇，但是若要嘶叫一聲，就斥出不再用，那後悔就來不及了。」立仗馬是朝廷儀仗隊的馬匹，站立在宮門外，不許嘶叫。李林甫要諫官們像立仗馬一樣緊閉尊口，誰要敢上書議論朝政，第二天立即降級外調，這樣一來，沒有人再敢講話了。

開元末年的一天，唐玄宗在大同殿對親信太監高力士說：「如今天下太平，中外無事，我想深居於宮內，專門從事道家的修仙活動，軍國大事，全部委託李林甫去辦，你看如何？」高力士回答說：「治理國家的大權，是不能借給別人的，如果他用權造成威勢，不管好壞，誰還敢對他說不。」玄宗一聽這種不同意見，很不高興，說：「你十年來都很少議論政事，可今天說的，不合我的心意。」嚇得高力士連連叩頭請罪，說自己因為有瘋病，言辭荒謬，罪該萬死等。其實，李林甫的威勢早已養成了。

晚唐詩人李商隱，寫了一首五律《思賢頓》，諷刺唐玄宗不理朝政，貪圖享樂，把勵精圖治早拋到一邊的昏庸狀態。

▷ 思賢頓 ［李商隱］

內殿張弦管，中原絕鼓鼙。
舞成青海馬，鬥殺汝南雞。
不見華胥夢，空聞下蔡迷。
宸襟他日淚，薄暮望賢西。

〔譯文〕唐玄宗在皇宮裡奏樂享樂，自以為天下太平，不會有戰亂了。訓練青海產的名馬跳舞，為了玩樂，公雞都不知鬥死了多少。皇帝他連做夢也不會再想到勵精圖治了，成天迷戀在楊貴妃身旁。哪能想得到有這麼一天，他會逃難坐在望賢驛的樹下，憂鬱流淚，幾乎都不想活了呢！

思賢頓即陝西咸陽東的望賢驛。安史之亂時，玄宗向四川逃走時經此驛準備住宿，可地方官已逃散，玄宗只得在驛外樹下休息。傳說他當時心情憂鬱，幾乎不想活下去。華胥指華胥國，是古代傳說中一個理想的國家，詩中借指太平世界。下蔡迷形容美色迷人，把下蔡的人都迷惑了。

李林甫當了十七年宰相，於天寶十一年（西元752年）病死。接著是楊國忠當宰相，情況更壞了。這裡我們談一個當時著名的事件。

唐代時我國現在的雲南，有一個南詔國。在玄宗時代，本來是歸附唐朝，關係很友好的。天寶年間，南詔王閣羅鳳帶著妻子謁見都督，路過雲南時，唐地方官雲南太守張虔陀勒索賄賂，並且侮辱了他的妻子。這樣，迫使閣羅鳳於天寶九年起兵，殺了張虔陀。次年，張的上級劍南節度使鮮于仲通，帶了八萬軍隊攻打南詔。閣羅鳳派人解釋起兵原因，請求停戰講和。鮮于仲通不許，進軍至西洱河，結果被南詔打得大敗，死了六萬人，鮮于單身逃回。這時唐朝廷正是楊國忠當權，他和鮮于原來就有勾結，於是將打敗仗的事隱瞞起來，反而說鮮于有戰功。同時，另外又招募軍隊攻打南詔。老百姓早已聽說雲南有很多流行性疾病，不習慣水土的多病死，而且反對這種不義的戰爭，不肯應募當兵。楊國忠命令御史們四出抓人，戴上枷鎖送到軍中。軍隊出發之日，士兵們的父母妻子相送，哭聲震天。

杜甫當時住在長安，親眼見到了這個悲慘的情景。詩人懷著滿腔的同情，代替被徵發的士兵訴出冤苦，寫下了著名的詩篇《兵車行》。

▷ 兵車行　［杜甫］

車轔轔，馬蕭蕭，行人弓箭各在腰。
耶娘妻子走相送，塵埃不見咸陽橋。
牽衣頓足攔道哭，哭聲直上干雲霄。
道傍過者問行人，行人但云點行頻。
或從十五北防河，便至四十西營田，
去時里正與裹頭，歸來頭白還戍邊。
邊庭流血成海水，武皇開邊意未已，
君不聞漢家山東二百州，千村萬落生荊杞。
縱有健婦把鋤犁，禾生隴畝無東西。
況復秦兵耐苦戰，被驅不異犬與雞。
長者雖有問，役夫敢申恨！
且如今年冬，未休關西卒。
縣官急索租，租稅從何出。
信知生男惡，反是生女好；

生女猶得嫁比鄰，生男埋沒隨百草！
君不見，青海頭，古來白骨無人收，
新鬼煩冤舊鬼哭，天陰雨濕聲啾啾。

〔譯文〕車聲轔轔，馬嘶蕭蕭，出征的士兵們腰上掛著弓箭戰刀。在那灰塵蔽天的咸陽橋畔（咸陽橋在陝西咸陽西南五公里的渭河上，為唐時由長安向西行的必經之路），父母妻子拉著士兵們的衣裳，捶胸頓足地痛哭，那悲慘的哭聲啊！一直上沖到高高的雲霄。過路的人問士兵怎麼回事，士兵回答說這是又一次點兵出征。我們有的十五歲就被徵發到北邊防守黃河，一直到四十歲還在西部邊境屯田。剛離家鄉時年紀小，還要村長替我裹上頭巾，回來時頭髮都花白了，可現在又被徵發去邊疆打仗。邊境上士兵們的鮮血流得像海水一樣，可我們皇上開拓疆土的野心還大著呢！您難道沒聽說潼關以東二百餘州的土地上，成千上萬的村子裡都長滿了荊棘野草。即使有些健壯的婦女能鋤田犁地，倒底比不上男人，莊稼長得亂七八糟。我們關中的士兵因為肯吃苦能打仗，一次又一次地被徵調，簡直像驅使雞狗一樣。雖然蒙您老人家關心詢問，我這服役的人哪敢多說自己的冤苦。就拿今年冬天說吧，不讓我們關中士兵休假，縣官緊急地催促繳租，家裡哪來錢繳交租稅啊？真是生男孩還不如養個女兒，女兒可以嫁給街坊鄰舍，男兒早晚得戰死沙場，埋骨荒草間。您看看那青海邊上，自古以來征戰死者的白骨哪有人收埋。在天陰下雨的時候，聽那新舊鬼魂們啜泣的啾啾聲吧！

天寶後期，不僅征南詔連連戰敗，而且國內從天寶十一年（西元752年）開始，關中長安一帶水旱災相繼，不少老百姓沒有吃的。天寶十三年，秋天連雨兩個多月，不僅莊稼受災，房屋也倒塌了不少。天災加上人禍，人民生活痛苦不堪。宰相楊國忠挑了長得好一點的秋禾，獻給玄宗說：「雨雖然下了很長時間，並不損害莊稼。」杜甫在他的三首《秋雨歎》及李白在五言古詩《書懷贈南陵常贊府》中，記述了當時長安城的情況和人民的痛苦。

▷ 秋雨歎（其二）　［杜甫］

闌風伏雨秋紛紛，四海八荒同一雲。
去馬來牛不復辨，濁涇清渭何當分。
禾頭生耳黍穗黑，農夫田婦無消息。
城中斗米換衾裯，相許寧論兩相直。

〔譯文〕秋風帶著秋雨下個不停，好像四海之內普天之下都躲不開這漫天的烏雲。陰沉的天色使人連牛馬都分不清，那渾濁的涇河與清澈的渭河更是混在一起。穀粒生芽黍穗都長了黑黴，農民們今年可是一點收成也沒有了。長安城中米貴到一斗就可以換一套被褥，明知道這個交易不合算，可餓急了又有什麼辦法？

▷ 書懷贈南陵常贊府（摘錄）　［李白］

雲南五月中，頻喪渡瀘師。
毒草殺漢馬，張兵奪秦旗。
至今西洱河，流血擁僵屍。
將無七擒略，魯女惜園葵。
咸陽天下樞，累歲人不足。
雖有數斗玉，不如一盤粟。

〔譯文〕在五月的雲南，渡瀘水打南詔的軍隊多次全軍覆沒。那裡的毒草殺死了唐軍的馬匹，南詔的士兵奪去了唐軍的大旗。在唐軍兩次覆滅的西洱河（今雲南大理縣一帶）畔，堆滿了染血的屍體。大將又沒有諸葛亮七擒孟獲的謀略，人民哪能安居樂業。長安是天下的中心，接連幾年人們的糧食不夠吃。在這個時代，即使有幾斗玉石，也不如一盤糧食重要啊！

詩中的「魯女惜園葵」是指這樣一個典故：魯國有個未嫁的姑娘靠著柱子歎息。鄰婦說：「你是想嫁人吧！我給你找一個對象。」姑娘說：「不對，我是擔憂魯國國王老了，但王子又太小。」鄰婦笑著說：「這是

絕句（杜甫）　（明）黄鳳池編《唐詩畫譜》

魯國大官們考慮的事，我們女人管它幹啥。」姑娘說：「有一次山西客人住我家，將馬拴在菜園裡，馬跑了，踩壞了葵菜，使我一年沒吃上葵菜。如今國王老糊塗了，王子小而不懂事，魯國一旦有患難，不僅王公大臣，老百姓也不能免禍，所以我才這樣憂慮。」三年後魯國果然大亂，齊和楚國都攻打它，全國人民都受到戰亂的禍害。

從天寶十年到十三年，兩次進軍攻打南詔，都以全軍覆沒而告終。前後戰死和患病而死的士兵有二十多萬人。當時老百姓為了躲避抓兵，甚至故意把自己弄成殘廢。這次戰爭的惡劣影響，五十多年以後，猶記在人們的心中。詩人白居易在他的新樂府詩《新豐折臂翁》中，記述了一個殘廢老人對他的傾訴，並以此作為教訓來規勸當時的皇帝。

▷ 新豐折臂翁・戒邊功也 ［白居易］

新豐老翁八十八，頭鬢眉鬚皆似雪；
玄孫扶向店前行，左臂憑肩右臂折。
問翁臂折來幾年？兼問致折何因緣？
翁雲貫屬新豐縣，生逢聖代無征戰。
慣聽梨園歌管聲，不識旗槍與弓箭。
無何天寶大徵兵，戶有三丁點一丁。
點得驅將何處去？五月萬里雲南行。
聞道雲南有瀘水，椒花落時瘴煙起。
大軍徒涉水如湯，未過十人二三死。
村南村北哭聲哀，兒別爺娘夫別妻；
皆云前後征蠻者，千萬人行無一回。
是時翁年二十四，兵部牒中有名字，
夜深不敢使人知，偷將大石錘折臂，
張弓簸旗俱不堪，從茲始免征雲南。
骨碎筋傷非不苦，且圖揀退歸鄉土。
臂折來來六十年，一肢雖廢一身全。
至今風雨陰寒夜，直到天明痛不眠。

痛不眠，終不悔，且喜老身今獨在。
不然當時瀘水頭，身死魂飛骨不收，
應作雲南望鄉鬼，萬人塚上哭呦呦。
老人言，君聽取。
君不聞開元宰相宋開府，不賞邊功防黷武。
又不聞天寶宰相楊國忠，欲求恩幸立邊功。
邊功未立生人怨，請問新豐折臂翁。

〔譯文〕新豐的老頭兒八十八歲了，頭髮眉毛鬍鬚都似白雪，玄孫扶著他在店前走著，老頭兒左臂扶著玄孫的肩膀，右臂卻已經斷了。我問老頭兒手臂是怎樣斷的，斷了幾年了？老頭說自己是新豐縣人（新豐為唐時縣名，以產美酒著名），生在太平的開元盛世。從小就聽慣了梨園的音樂與歌唱，不懂得軍旗、刀槍和弓箭。誰知道天寶末年大徵兵，一戶有三個壯丁就要抽一個。徵集的軍隊準備派到哪兒去呢？要跋涉萬里在五月到達雲南。聽說雲南有一條河叫瀘水，在花椒花落的時候，毒人的瘴氣煙霧來了。大軍徒步蹚過熱湯似的瀘水，還沒見到敵人士兵就中毒病死了一半。在徵兵的時候，全村一片悲哀的哭聲，孩子和爺娘、丈夫和妻子都知道這是死別，因為前後幾次去征伐雲南的人，成千上萬沒有一個回來。當時我二十四歲，應徵者的名冊中有我的名字，只好在夜深人靜的時候，偷偷用大石頭砸斷了手臂。這樣既不能拉弓也無法打旗，才算沒被送到雲南去。為了能夠留在故鄉，只好忍住那骨碎筋傷的痛苦。我這手臂已斷了六十多年，人雖然殘廢可總算活了下來。直到現在每逢天陰下雨，這斷臂痛得我整夜不能安眠。雖然這樣我也絕不後悔，因為我現在還能活著。不然當時就會死在瀘水邊上，連屍骨也不會有人收埋。只能做雲南的望鄉鬼，在那亂墳堆上絕望地哭泣。尊貴的皇上啊，您聽聽這老頭兒的話吧！想當年開元的賢明宰相宋璟，故意不賞在邊境上立了戰功的將軍，以防止他們為了報功升官而故意挑起邊境上的戰爭。而天寶年間那個奸相楊國忠呢？卻為了得到皇帝的歡心而企圖在邊境上作戰建功，誰知道不僅仗沒打勝，把老百姓可坑害苦了。這個八十多歲的折臂老頭兒，就是很好的見證啊！

詩人杜甫在唐玄宗天寶十四年（西元755年）十一月，從長安出發到奉先縣（今陝西蒲城）去探望他的妻兒。路上經過驪山，當時唐玄宗帶著楊貴妃等正在驪山華清宮過冬，每天飲酒作樂。這時安祿山已在范陽起兵叛亂，由於古代交通困難，消息尚未傳到長安，大家還不知道。杜甫將旅途和歸家後的見聞感想，寫成了一首五言古詩《自京赴奉先縣詠懷五百字》。詩中有一段記述經過華清宮時的情況和感慨，深刻地表現了當時統治者的醉生夢死和廣大人民的痛苦，使讀者感到唐王朝當時危機四伏，動亂即將發生，事實上安史之亂已經爆發了。杜甫在這首詩中，可以說是做了一個預言。

▷ 自京赴奉先縣詠懷五百字（摘錄） [杜甫]

凌晨過驪山，御榻在嵽嵲。
蚩尤塞寒空，蹴踏崖谷滑。
瑤池氣郁律，羽林相摩戛。
君臣留歡娛，樂動殷膠葛。
賜浴皆長纓，與宴非短褐。
彤庭所分帛，本自寒女出。
鞭撻其夫家，聚斂貢城闕。
聖人筐篚恩，實欲邦國活。
臣如忽至理，君豈棄此物。
多士盈朝廷，仁者宜戰慄！
況聞內金盤，盡在衛霍室。
中堂舞神仙，煙霧蒙玉質。
暖客貂鼠裘，悲管逐清瑟。
勸客駝蹄羹，霜橙壓香橘。
朱門酒肉臭，路有凍死骨。
榮枯咫尺異，惆悵難再述。

〔譯文〕詩人一早經過驪山腳下，唐玄宗正住在山上。天下著大霧，山谷中的路很滑。山下溫泉水熱氣騰騰，大量的禁衛軍保衛著華清宮，使皇帝妃子和大臣們能安心地享樂，奏樂的聲音從山上飄到山下。在溫泉裡洗澡的都是達官貴人，參加歡宴的也沒有穿粗布短衣的老百姓。朝廷賞賜大臣親信的絹帛，本是窮人家婦女所織成。用刑法威逼她們的夫家，搜刮後送到京城去。皇帝賞賜的這種恩典，是要大臣們忠心盡力治理好國家。臣子們如果不懂得這個道理，那皇帝的賞賜就等於白扔了。朝廷中這麼多的大臣，有良心的應感到惶恐慚愧。現在皇帝賞賜極濫，聽說皇家倉庫裡的財寶幾乎全搬到楊家去了。看看楊家宴會的豪奢吧！大廳裡音樂齊奏，裹著輕煙樣薄紗的舞女們表演著輕歌曼舞。主人怕客人冷了，請他們披上名貴的貂皮衣。豐盛的宴席上，山珍海味不算，還有著希奇的駝蹄羹，飯後是經霜後愈加甜美的柳丁和香橘。在達官貴人們的家裡，酒肉堆積得都腐臭了，可大路邊上，卻有著凍餓而死的屍骸。眼看著這駭人的榮華富貴和饑餓貧困，我還能說些什麼呢？

嵽嵲（音ㄉㄞˋ ㄇㄧˋ），形容山高峻；蚩尤為古代一個部落首領，傳說他能作大霧，此處借指大霧；瑤池為神仙西王母居住之處，此處借指華清池；氣郁律形容熱氣騰騰；羽林即羽林軍，為皇家衛隊；摩戛形容衛隊人多，兵器互相碰撞；殷膠葛指聲音大廣泛傳播；纓為帽帶，長纓指達官貴人；短褐為粗布短衣，借指平民百姓；彤庭，指朝廷；城闕指首都；聖人指皇帝；筐篚為竹器，皇帝用來盛放絹帛等賞賜給臣子；衛霍指漢武帝時代的大將軍衛青和霍去病，他們都是漢武帝皇后衛子夫的親屬，這裡用以借指楊貴妃的親屬；神仙此處指舞女；煙霧形容輕薄的絲織舞衣。

由上述詩歌我們可以知道，在天寶末年，政治腐敗，民不聊生。表面上雖是太平景象，可一場巨大的動亂馬上就要發生了。唐玄宗不但不了解形勢的危急，在天寶十年，居然還對親信宦官高力士這樣說：「我現在老了，朝政交給宰相（楊國忠），邊境事務交給將軍們（安祿山等），這樣就可以安享清福了。」高力士還有點見識，他答道：「臣聽說雲南幾次打敗仗，北方邊境上將領（實指安祿山）的兵權又太大，一旦發生變亂，恐怕不可收拾。」玄宗聽後，大約心中也有些動，便說道：「你別再說了，我將會考慮的。」

舞破中原始下來

安史之亂的禍首安祿山，原是營州（今遼寧朝陽）胡人。他出身貧寒，年輕時曾因偷羊而幾乎被殺。後來他在范陽節度使張守珪部下從軍，逐漸升到了將軍。唐玄宗開元二十一年（西元733年），安祿山奉派來長安奏事，當時的中書令張九齡看見他那蠻橫傲慢的樣子後，對另一宰相裴光庭說：「以後在幽州作亂的，一定是這個胡人。」開元二十四年，安祿山因對契丹作戰失敗，按罪當斬，張九齡已在文書上批了：「祿山不宜免死。」可唐玄宗憐惜他的驍勇，特赦不殺，張九齡說：「祿山狼子野心，有逆相，應該現在就按他的罪殺掉，以絕後患。」玄宗聽後不大高興，說：「你別以為自己像王衍一樣，能識別石勒而殘害忠心的祿山。」強行免了祿山的罪。安史之亂發生後長安陷落，玄宗逃亡到成都，悔恨當年沒有聽張九齡的忠告。

玄宗所說的王衍，是西晉的大臣，他一次在集市上見到賣柴的胡人石勒長嘯，說：「將來禍亂中原的，必是此胡。」後來石勒果然起兵攻打西晉，消滅了王衍率領的大軍並且殺了他。

此後，安祿山在軍隊中逐漸升遷。由於他善於逢迎並且大量使用賄賂，不少人在玄宗前誇獎他有才幹，因此深得玄宗信任。玄宗常在興慶宮的勤政務本樓下舉行宴會招待百官。皇帝自己坐在樓上，而在御座之東特設一金雞大障，讓安祿山坐在障前。有時祿山撥開簾子出來，樓下的百官還以為是皇帝出來了，紛紛起立準備行禮。玄宗的太子李亨覺得太過分了，於是對玄宗說：「自古以來，正殿上是不能坐人臣的，今陛下與安祿山並排而坐，這樣寵信他，會使他過分驕縱。」玄宗對太子說：「這個胡兒骨狀怪異，我這是借此厭勝（用咒詛的方式使人降服）。」

晚唐的詩人崔櫓寫了一組七絕《華清宮三首》，其中第二首對唐玄宗這種所謂「厭勝」的說法，進行了無情的嘲諷。

▷ 華清宮三首（其二）　［崔櫓］

障掩金雞蓄禍機，翠華西拂蜀雲飛。
珠簾一閉朝元閣，不見人歸見燕歸。

〔譯文〕巨大的金雞障遮掩著禍亂的陰謀，安祿山終於發動了叛亂，玄宗皇帝倉皇西逃到蜀地成都。飾有珍珠的簾子放下，華清宮的朝元閣永遠關閉了，玄宗皇帝和他的妃嬪寵臣們再也沒有回來，只有燕子依舊年年飛入空寂無人的殿堂中。

安祿山為人狡猾，善於揣摩人意，可在皇帝面前，卻故意裝作誠樸不懂的樣子，以獲得皇帝的信任。玄宗一次命皇太子見安祿山，祿山不跪拜行禮，皇帝的左右責問為何不拜，祿山說：「臣是胡人，不懂朝廷規矩，不知太子是什麼官職。」玄宗說：「太子是繼承人，我百歲之後，傳位給太子。」祿山說：「臣愚笨，心裡只有皇上，不知有太子，罪該萬死。」於是才向太子行禮。當時正是楊貴妃特別得寵的時候，安祿山請求當貴妃的兒子。以後行禮時，總是先拜貴妃而後拜皇帝，玄宗奇怪而問他，祿山回答說：「我們胡人的習慣是先母而後父。」這些故意的做作，居然使玄宗認為是誠樸而大為高興。

天寶十年正月一日，是祿山的生日，皇帝和貴妃賞賜了大量的金銀和各種器物。後三天，楊貴妃召祿山入宮，把他當做嬰兒似地脫去衣服，裹在襁褓中，讓宮人抬著在宮中大笑大鬧。玄宗聽見後派人詢問，說是貴妃給祿山作三日洗兒，洗了又包在襁褓中，所以歡笑。玄宗也跑來看熱鬧，並且賞賜宮人洗兒金錢和銀錢各十千。此後，宮中都稱祿山為祿兒，並且准他隨便出入。由這時起，傳聞楊貴妃與安祿山有了勾搭私情。

當時唐朝從東北到西北邊境上共有六個軍事重鎮，安祿山竟擔任其中三鎮（范陽、平盧、河東）的軍事長官——節度使，掌握了大量的軍隊。他看見皇帝沉湎於酒色之中，昏庸無能，又任用一些奸臣如楊國忠之流，政治非常腐敗，於是認為可以乘機奪取天下。他在范陽積極擴充力量，招兵買馬，積草屯糧，提拔重用胡人將領做心腹，撤換漢人軍官等等。

安祿山的叛亂陰謀，朝廷中很多人早已覺察，並積極上書玄宗。連太子李亨和宰相楊國忠，也多次上告玄宗說祿山必反。玄宗對楊國忠的鬼話是一向聽從的，唯有這一次對楊正確的話卻反而不相信。後來對安祿山竟然信任到這種程度：凡是有告祿山將反叛的人，玄宗就將他捆起來送到范陽，讓安祿山親自處置。這種自己堵塞自己耳目的做法，真是愚蠢至極。

天寶十四年（西元755年），楊國忠等向玄宗獻計，召安祿山回長安當宰相，另派三名可靠將領分別掌管范陽、平盧、河東三鎮的兵權，這樣就安全了。玄宗同意了，可寫好詔書又不發出。而是派宦官輔璆琳帶了大柑去賜給祿山，實際上讓他暗中打聽祿山可靠否。祿山早知來意，給輔璆琳送了很多賄賂。輔璆琳回長安後，當然說祿山的好話，楊國忠的妙計也就告吹了。就在這一年的十一月，安祿山起兵反叛了。

安史之亂七、八十年後，晚唐詩人杜牧在途經華清宮時，回想起唐玄宗派宦官輔璆琳到范陽探聽安祿山動靜的往事，寫了下面的嘲諷的七絕《過華清宮》。

▷ 過華清宮（其二）　　[杜牧]

新豐綠樹起黃埃，數騎漁陽探使回。
霓裳一曲千峰上，舞破中原始下來。

〔譯文〕新豐市綠樹叢中的大道上黃塵滾滾，皇帝派到漁陽探聽安祿山動靜的宦官回來了。華清宮中的《霓裳羽衣曲》在驪山群峰上蕩漾，那供皇帝享樂的歌舞啊，直到叛軍打破中原方才甘休。

鴂鵲樓前放胡馬

天寶十四年（西元755年）十一月九日，蓄謀已久的安祿山叛變了，率領十五萬大軍從范陽（今北京一帶）長驅南下，向唐朝統治中心洛陽和長安進攻。當時天下太平日久，國內已一百多年不曾有過大的戰亂。一些州縣沒有武備，連盔甲兵器都鏽爛了。加上朝政腐敗，不少地方官都是貪生怕死之徒。在這種情況下，叛軍一路沒有遇到甚麼抵抗，不到一個月就渡過黃河進攻洛陽。

唐玄宗聽到叛亂消息時，先以為是謠言不信，等到證實時，又驚惶失措。派封常清和高仙芝二人為大將，臨時招募湊了幾萬人馬去鎮守洛陽，同時不放心，又派宦官邊令誠當監軍，監督二將作戰。封和高是當時有名的將軍，足智多謀，能征善戰。無奈部下軍隊全是烏合之眾，和叛軍一觸即敗，被迫於十二月十二日放棄洛陽退守潼關。

盛唐時代的詩人馮著，在洛陽做官時，正好遇到安史之亂。洛陽被叛軍攻佔後，他將自己的所見所聞，用樂府舊題《洛陽道》寫了一首記述的詩歌。

▷ 洛陽道 ［馮著］

洛陽宮中花柳春，洛陽道上無行人。
皮裘氈帳不相識，萬戶千門閉春色。
春色深，春色深，君王一去何時尋。
春雨灑，春雨灑，周南一望堪淚下。
蓬萊殿中寢胡人，鳷鵲樓前放胡馬。
聞君欲行西入秦，君行不用過天津。
天津橋上多胡塵，洛陽道上愁殺人。

〔譯文〕洛陽的皇宮中花柳爭豔春意盎然，可洛陽的大道上卻杳無行人。有的只是人們不認識的穿皮裘住氈帳的胡兵，百姓們千家萬戶門窗緊閉不見春色。春深了，春深了（洛陽於天寶十四年十二月十三日被叛軍攻佔，到春深時，應該是已被佔領兩三個月之後），玄宗皇帝離開洛陽不再回來。春雨在飄灑，春雨在飄灑，眺望洛陽使人淚下。皇宮中躺著入侵的胡兵，鳷鵲樓前放牧著胡兵的馬匹（「蓬萊殿」在長安的大明宮中，詩中用以借指洛陽的皇宮）。聽說您準備西去秦地，您千萬不要過天津橋，天津橋上有著大量的胡兵，這通向洛陽的大道真是愁死人啊！

洛陽失陷後，唐軍的監軍宦官邊令誠和高仙芝有私仇，乘機向唐玄宗進讒言，說二將無故退卻，失地數百里，並且捏造說他們剋扣軍餉。玄宗一聽大怒，也不調查，立即下令叫邊令誠在軍中殺掉二將。高仙芝臨死時說：「天在上，地在下，說我剋扣軍餉實在冤枉！」兵士們也大叫主將冤枉，可要報私仇的邊令誠哪管這些，立即殺掉二將，替敵人辦了想辦而辦不到的事。

接著，派哥舒翰鎮守潼關。哥舒也是久經戰陣的統帥，天寶十二年他當隴右節度使時，統兵打敗吐蕃，收復了西北大片失地，因而威名遠震，在民間流傳著這樣一首民歌：

▷ 哥舒歌　[無名氏]

北斗七星高，哥舒夜帶刀。

至今窺牧馬，不敢過臨洮。

〔譯文〕哥舒帶刀在夜裡巡察，像高高的北斗七星一樣威震遠方。敵人再也不敢越過臨洮（今甘肅岷縣附近，當時有兵駐守）到內地來騷擾劫掠了。

但是，哥舒翰守潼關統率的十幾萬軍隊，大多是未經訓練的新兵，同時哥舒翰本人又患有中風病，戰局形勢仍是極其嚴重。為了每天向長安迅速報告軍情，當時採用舉烽火的辦法。即每天傍晚在潼關上點燃烽火，一座座相距不遠的烽火臺看見後相繼點火西傳，很快就會傳到長安。這個烽火叫做「平安火」，唐玄宗和朝臣看見平安火以後，就可以放心睡覺了。

哥舒翰知道叛軍遠來，利在速戰，自己的軍隊是雜湊的，沒法和叛軍硬拼，因此堅守潼關不出，使叛軍無法前進，想等到有利時機再說，這個方案是很正確的。這時，安史叛軍形勢迅速惡化。唐將顏真卿、李光弼、郭子儀多次擊敗叛軍。天寶十五年（西元756年）五月，郭子儀和李光弼又在恒陽大破史思明，六萬叛軍被殺了四萬多，史思明幾乎被俘。河北有十幾個郡縣殺掉叛軍守將，歸順唐朝廷，從而切斷了在河南的叛軍與河北老巢的聯繫，迫使叛軍主力龜縮在河南洛陽一帶，前進過不了潼關，後退路已切斷。安祿山困守洛陽，急得將他的主要謀士嚴莊和高尚找來大罵道：「你們慫恿我起兵反唐，說是一定能成功，如今四面兵馬包圍著我

秋景（李白）　（明）黄鳳池編《唐詩畫譜》

們，成功在哪裡？你們這是在害我。」

就在這個時候，唐玄宗又幹了一件愚蠢到了極點的事。原來他懷疑哥舒翰堅守潼關不出是別有企圖，楊國忠更怕哥舒翰利用兵權幹掉他。於是，昏君結合奸臣，不停地催促哥舒翰出戰。這時不僅哥舒上書說不可出戰，郭子儀、李光弼也上書說潼關必須固守，由他們率軍進攻叛軍老巢范陽，這樣使河南叛軍士氣瓦解，不戰自潰。可是玄宗哪裡聽得進去，反而更加懷疑。派宦官拿了詔書去命令哥舒翰進兵。哥舒翰明知出戰必敗，但如不執行，封常清、高仙芝就是榜樣，只好捶胸痛哭，帶兵出關，在河南靈寶附近與叛軍會戰。結果是全軍覆沒，哥舒翰本人也被叛軍俘虜。

哥舒兵敗，潼關失守，當天晚上長安見不到平安火，頓時亂作一團，這是天寶十五年六月九日的事。楊國忠慫恿唐玄宗向四川逃跑，可又公開撒了一個大謊，命令禁軍（皇帝的警衛部隊）將軍陳玄禮調集人馬，說是皇帝要御駕親征。十六日晨，玄宗帶著楊貴妃姊妹和楊國忠等少數親信出皇宮西面的延秋門，向西逃走了。

唐肅宗乾元二年（西元759年）冬，李白在流放夜郎途中遇赦，來到了江夏（今湖北武昌），他寫了一首五言長詩，贈給當時的江夏太守韋良宰。詩中有一段記述了安史之亂的爆發和哥舒翰失陷潼關被俘、長安陷落及皇帝逃奔他方的經過。

▷ 經亂離後，天恩流夜郎，
憶舊遊書懷贈江夏韋太守良宰（摘錄） ［李白］

炎涼幾度改，九土中橫潰。
漢甲連胡兵，沙塵暗雲海。
草木搖殺氣，星辰無光彩。
白骨成丘山，蒼生竟何罪。
涵關壯帝居，國命懸哥舒。
長戟三十萬，開門納凶渠。
公卿如犬羊，忠讜醢與菹。
二聖出遊豫，兩京遂丘墟。

〔譯文〕夏去冬來年復一年地過去，在中國的土地上不幸發生了大亂。唐軍和安史叛軍在激烈地爭戰，戰塵紛飛，天色暗淡無光。連草木都露出了殺氣，星辰失去了光彩。叛軍的殘殺，使得白骨堆積如山，百姓們有什麼罪過？險固的潼關捍衛著京城（詩中用涵谷關代表潼關，實際上二關相連），國家的命運掌握在鎮守潼關的哥舒翰手中。守關的軍隊多達三十萬，可最後卻大開關門將叛軍放了進來（「凶渠」即罪魁禍首，指叛軍）。大臣們像犬羊一樣被屠殺，忠誠正直的人被剁成肉醬。玄宗和肅宗兩位聖人只好逃難（「遊豫」是遊樂的意思），東都洛陽和西京長安都被叛軍攻佔，破壞得成了廢墟。

唐玄宗逃離長安的事，絕大多數文武官員都不知道，一早照常上朝。誰知宮門一開，無數宮女太監拿著包袱四散奔逃，皇帝早已無影無蹤了。這時不僅長安城，連皇宮內也沒有人管了。一些不肖之徒乘機搶掠，不少人騎驢進宮，運載宮殿裡積存的財物。許多皇親國戚也不知道皇帝的逃亡，來不及跟隨而留在長安。

天寶末年，詩人杜甫原在長安做一員小官，因長安米貴，於天寶十三年（西元754年）他把家屬送到奉先居住。天寶十五年五月，杜甫又帶領全家由奉先到白水（今陝西白水縣），六月初長安失陷。他們向北逃亡，後來把家屬安置在鄜州（今陝西富縣）。七月唐肅宗在靈武（今寧夏靈武縣）即位，杜甫一人奔赴靈武，途中被安祿山的軍隊俘虜，帶到長安。因他官小而未被囚禁，他就在長安暫住。這年秋天的一個月夜，杜甫想念他的妻兒，寫下了名作《月夜》。

▷ 月夜　［杜甫］

今夜鄜州月，閨中只獨看。
遙憐小兒女，未解憶長安。
香霧雲鬟濕，清輝玉臂寒。
何時倚虛幌，雙照淚痕乾。

〔譯文〕今天晚上鄜州的月亮，只有我妻子一人獨看了（意思是不僅杜甫不在身邊，而且孩子們尚小不懂事）。可憐我那幾個年幼的孩子們，他們還不懂得想念遠在長安的父親。夜間的霧氣濕潤了我妻子的頭髮，清涼的月光又給她裸露的手臂帶來寒意。什麼時候才能和她一起靠著那柔薄的帷幕，讓月兒同時照著我們淚痕斑斑的眼睛啊！

安祿山的軍隊佔領長安後，藉口百姓拿了皇家的財物而大肆搶掠，並且搜殺皇族。前後殺了皇孫、公主、駙馬等百余人，採用了挖心擊腦等極野蠻的手段。王孫們為了活命，四處隱藏逃竄。詩人杜甫在長安寫了一首七言古詩《哀王孫》記述此事。

▷ 哀王孫　〔杜甫〕

長安城頭頭白烏，夜飛延秋門上呼。
又向人家啄大屋，屋底達官走避胡。
金鞭斷折九馬死，骨肉不得同馳驅。
腰下寶玦青珊瑚，可憐王孫泣路隅。
問之不肯道姓名，但道困苦乞為奴。
已經百日竄荊棘，身上無有完肌膚。
高帝子孫盡隆准，龍種自與常人殊。
豺狼在邑龍在野，王孫善保千金軀。
不敢長語臨交衢，且為王孫立斯須。
昨夜東風吹血腥，東來駱駝滿舊都。
朔方健兒好身手，昔何勇銳今何愚！
竊聞天子已傳位，聖德北服南單于。
花門剺面請雪恥，慎勿出口他人狙，
哀哉王孫慎勿疏，五陵佳氣無時無。

〔譯文〕象徵巨大不祥的凶鳥白頭烏鴉，半夜飛到延秋門（長安唐宮苑西門）上大叫：長安城的百姓們，大禍降臨了，等待著你們的是燒殺搶掠，趕快逃命吧！白頭烏又飛到高官的大屋上報警，這些大官們慌忙地逃避胡人。皇帝逃走得是那麼匆忙，打折了馬鞭，跑死了馬匹，連皇家的親骨肉也沒能同時帶走。那大路邊上有人在哭泣，腰下帶著玉佩和珊瑚，看樣子像是皇家的王孫。問他不肯說出姓名，只是請求收留他當奴僕。他已在荊棘中躲避了好多天，身上沒有一處完好的地方。皇帝的子孫有他特殊的相貌，和普通人不一樣，一看便知。現在是豺狼掌權（指安祿山在洛陽稱帝），真龍天子反而逃亡在外。王孫啊！你好好保重吧。這裡在大街邊上，不便長時間說話，只能和你說一會兒。昨天晚上東風帶來了血腥，叛軍由東邊拉來好多駱駝，滿載著在長安劫掠的財寶運往老巢范陽。由哥舒翰帶領鎮守潼關的朔方軍，過去和吐蕃作戰非常勇猛，可現在怎麼會一敗塗地。聽說皇上已傳位太子，回紇又來和新皇帝結好。他們割面流血發誓，要幫助唐朝消滅叛軍。我告訴你這些消息，不要和別人講，免得遭壞人告發。王孫啊，王孫！你要特別小心別大意，我們唐朝的中興是大有希望的。

唐玄宗西逃到成都去了。新登位的皇帝唐肅宗在靈武指揮，主要依靠郭子儀和李光弼的軍隊與叛軍繼續作戰。至德元年（西元756年）十月，宰相房琯請求帶兵討賊，肅宗同意了。房琯是書生，不懂得打仗，在咸陽的陳陶斜與叛軍相遇，結果幾乎全軍覆沒，死亡了四萬多士兵。當時杜甫還在長安，痛心官軍的慘敗，見到叛軍得勝後的驕縱樣子極為憤恨，寫了五言詩《對雪》。

▷ 對雪　［杜甫］

戰哭多新鬼，愁吟獨老翁。
亂雲低薄暮，急雪舞回風。
瓢棄樽無綠，爐存火似紅。
數州消息斷，愁坐正書空。

〔譯文〕戰場上多少新鬼在哭泣，我這個孤獨的老頭在愁悶中吟詩。黃昏時雜亂的烏雲低垂，雪片隨著迅急的旋風飛舞。罈子裡沒有酒，盛酒的瓢也扔了，爐子雖然沒有火，放在那裡也像有些熱氣。陳陶斜一敗各處消息斷絕，我愁坐著連紙都沒有，只好用手在空中比劃著寫下詩句。

唐肅宗至德二年（西元757年）三月，杜甫在長安已困居半年多。這時已是春回大地，萬物更新。可是詩人因感傷國事心情悲痛，結合當時春天的景色，寫下了極其著名的五言律詩《春望》。

▷ 春望 ［杜甫］

國破山河在，城春草木深。
感時花濺淚，恨別鳥驚心。
烽火連三月，家書抵萬金。
白頭搔更短，渾欲不勝簪。

〔譯文〕國家殘破了，可山河景色依舊，春天降臨到長安，草木繁茂生長。見到燦爛的鮮花反而使人傷心流淚，鳥兒的叫聲使我這久別親人的老頭驚心動魄。在今年這頭三個月裡戰爭不斷，一封家信真不知有多麼珍貴。憂愁使我的白頭髮越抓越稀疏了，恐怕都要梳不成髮髻，插不住簪子了。

這首詩是杜甫被叛軍俘虜後困居長安時的代表作。詩人將自然風景和自己的心情交織在一起。長安的春景是優美的，可這在詩人眼中反而更引起悲傷。他用極其精練的字句，表達出了這種思想感情，使我們現在讀了以後，仍激起深深的共鳴。

三年笛裡關山月

杜甫在安史叛軍佔領的長安住了八個多月後，聽說唐肅宗在至德二年（西元757年）二月由彭原（今甘肅寧縣西北的西峰鎮）進駐鳳翔（今陝西鳳翔），離長安只有一百五十多公里。於是在這年四月，杜甫由金光門逃出長安，冒著生命危險，從小路走到鳳翔，朝見了唐肅宗，杜甫被任命為左拾遺，這是一個八品官，職責是對政事提意見。在此期間，杜甫寫了一首五言古詩《述懷》，記述了從長安逃亡到鳳翔的經過以及對家中親人的擔心。

▷ 述懷 ［杜甫］

去年潼關破，妻子隔絕久。
今夏草木長，脫身得西走。
麻鞋見天子，衣袖露兩肘。
朝廷湣生還，親故傷老醜。
涕淚授拾遺，流離主恩厚。
柴門雖得去，未忍即開口。
寄書問三川，不知家在否？
比聞同罹禍，殺戮到雞狗。
山中漏茅屋，誰復依戶牖？
摧頹蒼松根，地冷骨未朽。
幾人全性命，盡室豈相偶？
嶔岑猛虎場，鬱結回我首。
自寄一封書，今已十月後。
反畏消息來，寸心亦何有？
漢運初中興，生平老耽酒。
沈思歡會處，恐作窮獨叟。

〔譯文〕自從去年潼關陷落，我就和妻兒分別了。今夏草木繁茂時，才脫身西逃鳳翔。穿著麻草鞋見天子，衣袖破得露出兩肘。朝廷同情我的生還，親友為我又黑又瘦而悲傷。含著淚水接受左拾遺的任命，真感謝皇上的恩典。雖然想回家探望，剛受任命不好開口。託人帶信去鄜州三川，不知我的親人們是否還健在。聽說長安附近一帶同時遭到災禍，殺得簡直雞犬不留。我妻兒住在山中的破茅屋裡，不知道還剩下誰靠著門邊在想念我？村子裡折騰得連松樹根都翻了個兒，新死的人屍骨未寒，活下來的能有幾個，要一家人都安全無恙簡直不敢想。叛軍像虎狼，到處燒殺擄掠，回想起真叫人氣憤填膺。自從上次寫信給家裡，已過去十個月了。現在反害怕家信帶來壞消息，心中總惦記著放不下。國家是開始中興的氣象，我這愛酒的人也許可以喝幾杯高興一下。可想起家庭音信毫無，與親人團聚的希望也許會徹底破滅，只剩下我這個窮困孤獨的老頭兒了。

根據歷史記載，安史之亂爆發的天寶十四年，全國總人口為五千二百多萬人。而在五年之後，人口銳減到一千七百萬人，可見當時百姓們死亡的慘重。

唐肅宗至德二年，安史叛軍內部發生了巨大的變亂。安祿山原患有眼病，起兵反叛後，眼病加劇，幾乎全瞎了，同時，他身上又長了嚴重的疽瘡。因此，安祿山的脾氣變得越來越暴躁，動不動就鞭打部下及左右，甚至殺人。他又特別寵愛妾段氏，想立段氏生的兒子安慶恩為繼承人，代替大兒子安慶緒。安慶緒很怕自己被廢去繼承人的身分，惶惶不安，於是找祿山的主要謀士嚴莊商量對策，嚴莊認為，只有刺殺祿山一法，慶緒同意了。嚴莊又找來安祿山的貼身小太監李豬兒說：「你伺候皇帝，挨的鞭子可是無數，你要是不聽我說的，很快就會被皇帝殺掉。」至德二年正月五日，嚴莊和安慶緒手執武器，立在安祿山住處的帷帳外，李豬兒手執大刀直入帳內，舉刀猛砍熟睡中的安祿山腹部，安祿山的左右見這種情況，無人敢動。祿山驚醒後，因為眼睛看不見，手摸枕頭下的佩刀也沒有，只能手搖帳竿大叫說：「作亂的就是嚴莊。」接著就死在床上。安慶緒自立為帝，大小政事全決定於嚴莊。

經過這樣一番變亂，叛軍元氣大傷，形勢對唐軍非常有利。就在至德二年（西元757年）秋，唐軍在郭子儀等大將的率領下，在長安西郊香積寺北大破叛軍，乘勝收復了長安。接著郭子儀又率軍出潼關進攻洛陽，安慶緒再次大敗，被迫放棄了洛陽，逃到鄴城（又名相州，今河南安陽）困守。

詩人杜甫，看到這種形勢後，認為勝利在望，叛亂即將結束，因此，他於唐肅宗乾元元年（西元758年）三月，即郭子儀收復洛陽之後，唐軍大舉圍攻鄴城之前，寫下了七言長詩《洗兵馬》。

洗兵馬·收京後作 [杜甫]

中興諸將收山東，捷書夜報清晝同。
河廣傳聞一葦過，胡危命在破竹中。
祇殘鄴城不日得，獨任朔方無限功。
京師皆騎汗血馬，回紇餵肉葡萄宮。
已喜皇威清海岱，常思仙仗過崆峒。
三年笛裡關山月，萬國兵前草木風。

成王功大心轉小，郭相謀深古來少。
司徒清鑒懸明鏡，尚書氣與秋天杳。
二三豪俊為時出，整頓乾坤濟時了。
東走無複憶鱸魚，南飛覺有安巢鳥。
青春復隨冠冕入，紫禁正耐煙花繞。
鶴駕通宵鳳輦備，雞鳴問寢龍樓曉。

攀龍附鳳勢莫當，天下盡化為侯王。
汝等豈知蒙帝利，時來不得誇身強。
關中既留蕭丞相，幕下復用張子房。
張公一生江海客，身長九尺鬚眉蒼。
征起適遇風雲會，扶顛始知籌策良。
青袍白馬更何有，後漢今周喜再昌。

寸地尺天皆入貢，奇祥異瑞爭來送。
不知何國致白環，復道諸山得銀甕。
隱士休歌紫芝曲，詞人解撰河清頌。
田家望望惜雨乾，布穀處處催春種。
淇上健兒歸莫懶，城南思婦愁多夢。
安得壯士挽天河，淨洗甲兵長不用。

〔譯文〕使我大唐中興的諸位將軍（指郭子儀、李光弼、王思禮等），收復了華山以東的失地，勝利的捷報晝夜不斷。黃河雖然寬廣，官軍毫不費力就已渡過（「一葦過」即用一根蘆葦就渡過了），我軍節節勝利，勢如破竹，叛軍即將全面敗亡。只剩下鄴城負隅頑抗，不久即將被我收復，只要專任郭子儀率領的朔方軍就能成大功。長安的官員們，出入都騎著西域產的名馬（「汗血馬」係漢代的西域大宛國產的千里馬，詩中借指西域駿馬），助戰有功的回紇兵在宮廷中備受優待，大吃大喝（「葡萄宮」原為漢代宮殿，漢元帝曾在此宴請匈奴的首領單于）。使人高興的是，一直到東海之濱的叛軍都已掃清，希望皇上不要忘了在崆峒山一帶來往時的艱危（「仙仗」指唐肅宗出行時的儀仗）。三年來，為了平定叛亂，士兵們飽受征戰之苦（「關山月」為用笛子吹奏的樂曲名，其歌詞多半寫戍守邊塞之苦和傷別懷鄉之情）；全國各地都受到戰亂的驚憂，人心惶惶，幾乎是草木皆兵。

唐軍主帥成王李俶（唐肅宗的太子，即後來的唐代宗），在建立了巨大功勳之後，變得更加小心謹慎；身任中書令的大將郭子儀，他的謀略弘深，古來少有。官銜加檢校司徒的大將李光弼，識見明察，猶如明鏡；兵部尚書王思禮，氣度像秋天一樣高遠爽朗。這些英雄豪傑應時而出，整頓好了天下，革除了當代的弊端。時局已趨安定，做官的人不必再有所顧慮，像晉代的張翰那樣，棄官避禍東歸，還故意說自己是想念家鄉的鱸魚味美而棄官的。流落在外的百姓也可以回家過安定生活了，好像鳥兒有巢可歸。美麗的春光又隨著百官進入朝廷；紫禁城內正在煙花繚繞中舉行朝賀。肅宗皇帝的車駕連夜就備好了，在雞鳴天剛亮時就到龍樓去向太上皇玄宗問安。

宦官李輔國之流以擁立肅宗為帝有功，又勾結嬪妃，權勢炙手；他們這一夥蒙皇帝的重賞提拔，都變成了侯與王。應該明白這都是皇帝的恩典，你們不過是趕上了時機，另誇耀自己好像有什麼真本事。皇上既已重用才比蕭何的房琯留守關中，又任命謀略如同張良的張鎬為宰相（房琯在寫此詩的前一年，就已被罷免了宰相職務，由張鎬接替；而在杜甫寫此詩時，房琯還在關中，詩中有希望肅宗能復用房琯的意思）。張鎬大半生浪跡江海，身高九尺鬚眉灰白儀錶堂堂，在天寶十四年（西元755年，即爆發安史之亂這一年）應皇帝召見出任左拾遺，在這動亂時期賢臣遇到了明君，為挽救國家的危難出謀劃策，平定安史的叛亂不會有困難。當今皇上像後漢光武帝和周宣王，定會使我大唐中興。

全國各地爭先恐後地向朝廷進貢，獻上的都是象徵祥瑞的器物。不知道是哪位人物獻上了白環，又有獻媚的人說在某山得到了銀甕。（「白環」和「銀甕」，都是所謂中的祥瑞之物。相傳虞舜時，西王母來朝，獻白環玉塊；銀甕則有不必灌水而會自滿的神奇功能。）隱士們不必再隱居避世，文人們都知道要寫歌頌太平的詩文了（「紫芝曲」是秦末隱士商山四皓所作的歌，借指隱居；「河清頌」指南朝宋文帝時，黃河水清，詩人鮑照認為是太平吉兆而寫的頌文）。農民們正眼巴巴地盼望下雨解除春旱，布穀鳥又叫了，催促人們快快耕種。在鄴城附近的士兵們，將會早日勝利歸來，他們的妻子正在思念久別的親人。到哪裡能找到壯士，能夠力挽天河之水，洗淨人間的兵器甲仗而永不再用呢！

《洗兵馬》這首詩，既是杜甫預祝唐軍平息叛亂，取得全面勝利的頌歌，又是一篇時政評論，評論了當時政治措施的得失。因此，詩人對它經過特別的構思，在藝術形式上作了精心的安排。全詩四次換韻，每韻十二句，整齊而富於變化；雖然是七言古詩，卻在詩句中用了許多工穩的對仗，顯示出一種華麗的形式美。

南朝梁武帝時，有童謠唱：「青絲白馬壽陽來」，後來侯景叛梁，乘白馬，以青絲為馬勒。後世遂常用青絲白馬代表叛亂，杜甫在詩中用「青袍白馬」指安史叛軍。

就在寫《洗兵馬》詩後不久，即乾元元年（西元758年）六月，房琯被貶為邠州（今陝西彬縣）刺史，杜甫因曾上書替房琯辯護而觸怒肅宗，同時被貶為華州司功參軍。

乾元元年九月，唐肅宗命郭子儀、李光弼等九個節度使，率軍六十萬人討伐安慶緒。這一仗不僅唐軍兵力占絕對優勢，而且其他條件也比較有利，取勝應該是沒有問題的。可偏偏那個糊塗的唐肅宗，非常害怕將帥權力太大沒法控制，於是對這樣龐大的一支隊伍，居然不設元帥，而是命他的親信宦官魚朝恩為觀軍容宣慰處置使，監視諸將行動，實際上用魚朝恩當統帥。此人主要是靠吹牛拍馬，搞政治陰謀害人爬上高位的，什麼本事也沒有，哪能指揮這樣龐大的軍隊。而且一些大將們感到受宦官的指揮，簡直是非常恥辱的事，戰爭前途可以想像。

當時，安慶緒雖困在鄴城，可叛軍的另一大頭目史思明，卻率領了十餘萬軍隊據守在老巢范陽（今北京西南），與安慶緒遙相呼應，隨時可以來援救。當時有很多人認為，鄴城中的安慶緒勢孤力窮，是甕中之鱉，而史思明才是主要的。因此，唐軍主力應該揮師北上，直搗叛軍老巢范陽，則鄴城會不攻自潰。

乾元元年十一月，九位節度使率領的唐軍步騎六十萬人，圍攻僅幾萬叛軍困守的鄴城。安慶緒從鄴城向史思明求救，說願將皇帝位子讓給他。史思明立即率軍十三萬人南下，這時，唐將李光弼向魚朝恩提出建議，主張唐軍兵分兩路，一路由郭子儀和李光弼率領，圍攻史思明作為牽制，其餘軍隊則圍攻鄴城，等鄴城打下後，集中全部兵力消滅史思明。這本是萬全之計，可魚朝恩既不懂也不願聽，讓六十萬唐軍全部停在鄴城周圍。從乾元元年十一月攻到次年三月，也未能攻下鄴城，這時城中嚴重缺糧，一隻老鼠賣四千個銅錢，可唐軍也已相當疲憊，士氣低落。就在這時，史思明率軍到鄴城下，與唐軍決戰。唐軍沒有統一指揮，士無鬥志，結果大敗，六十萬大軍只剩下幾萬殘兵逃回河陽（今河南孟縣南）。史思明進鄴城，殺安慶緒，併吞了他的土地和人馬，自稱大燕皇帝，叛軍勢力大盛。

在這種形勢下，杜甫根據自己的見聞，寫下了極其著名的傑作「三吏」和「三別」，即《新安吏》《潼關吏》《石壕吏》和《新婚別》《垂老別》《無家別》。在詩中，詩人用高度的藝術手法，記述了安史之亂時人民的苦難。這裡選介兩首。

▷ 石壕吏 ［杜甫］

暮投石壕村，有吏夜捉人。老翁逾牆走，
老婦看出門。吏呼一何怒，婦啼一何苦！
聽婦前致詞：三男鄴城戍。一男附書至，
二男新戰死。存者且偷生，死者長已矣！
室中更無人，惟有乳下孫。有孫母未去，
出入無完裙。老嫗力雖衰，請從吏夜歸。
急應河陽役，猶得備晨炊。夜久語聲絕，
如聞泣幽咽。天明登前途，獨與老翁別。

〔譯文〕黃昏在石壕村（在今河南陝縣東）投宿，半夜有差役來抓人。老頭子嚇得翻牆逃走，老太婆開門去招呼。差役嚎叫得非常凶，老太婆哭得非常悲痛。只聽見老太婆說：「我三個兒子都到鄴城打仗去了。一個才捎信回來，兩個剛戰死在外。活著的只能聽天由命，死了的就這樣完了；家裡再也沒男人了，只有一個吃奶的小孫子。孫子他媽還沒走，可連條完好的裙子也沒有，哪能見人。我老太婆雖然沒甚麼力氣了，還是讓我跟你去吧！連夜趕到河陽的軍營裡，還可以給軍隊做做早飯。」夜深了，說話的聲音沒了，可聽見隱隱的哭泣聲。天亮我動身時，只見到老頭兒一個人與我告別。

▷ 新婚別 ［杜甫］

兔絲附蓬麻，引蔓故不長。嫁女與征夫，
不如棄路旁。結髮為君妻，席不暖君床。
暮婚晨告別，無乃太匆忙！君行雖不遠，
守邊赴河陽。妾身未分明，何以拜姑嫜？
父母養我時，日夜令我藏。生女有所歸，
雞狗亦得將。君今往死地，沉痛迫中腸。
誓欲隨君去，形勢反蒼黃。勿為新婚念，

努力事戎行。婦人在軍中，兵氣恐不揚。
自嗟貧家女，久致羅襦裳。羅襦不復施，
對君洗紅妝。仰視百鳥飛，大小必雙翔。
人事多錯迕，與君永相望。

〔譯文〕兔絲（一種纏繞在其他植物上生長的蔓生植物）纏在低矮的蓬和麻上，蔓怎麼長得了。姑娘嫁給當兵的，還不如生下來就扔在路旁。做了你的妻子，連床上的席子都未焐暖。昨天晚上結婚，今天一早就出發，怎麼這樣的匆忙。你去的地點雖說近在河陽，但同樣是上戰場，我剛結婚一天，身分不明，怎好拜見公婆（古禮：結婚三天後，告廟上墳，禮儀完畢，新媳婦名分才定）。當我在娘家時，父母把我日夜都藏在閨房裡。姑娘既然嫁了人，那就得嫁雞隨雞，嫁狗隨狗。你現在到那麼危險的地方去，使我真是痛斷肝腸。我發誓想和你一起去，可又怕事情弄得更糟。別掛念你新婚的妻子，專心一意去打仗吧！婦女要是混在軍隊中，那士兵還怎麼作戰呢？可憐我是窮人家的姑娘，好容易才做了結婚穿的綢緞衣裳。從今起，我再也不穿這些衣裳了，當你的面，我把臉上的脂粉洗淨。你看那天上的鳥兒，大大小小飛時都成對成雙。人世間的事情雖然多半不如意，但我和你一定要互相等待，哪怕地久天長。

劍外忽傳收薊北

唐肅宗急於平定叛亂，覺得自己的軍力不行，尤其是騎兵不如叛軍。於是不顧後果，向當時的回紇借兵。回紇懷仁可汗派兒子葉護率騎兵四千餘人來助戰。唐肅宗居然和回紇兵訂下這種條約：「攻克長安、洛陽時，土地、士庶歸唐，金帛、子女皆歸回紇。」這等於說唐朝廷只要土地，城內其他一切回紇兵都可搶走。

雪梅（李白）　（明）黃鳳池編《唐詩畫譜》

至德二年（西元757年）九月，唐軍元帥李俶（唐肅宗的太子，後來的唐代宗）、副元帥郭子儀率軍十五萬，包括回紇騎兵，自鳳翔出發，在長安城西大破叛軍，收復了長安。葉護要按條約在長安城內大肆搶掠，元帥李俶考慮自己將來要在長安當皇帝，現在讓回紇兵搶掠，將永遠挨人民的咒 。於是跪在葉護馬前，求他到洛陽再踐約，葉護勉強答應，下令回紇兵不准進城，長安人民才免除一場大難。

可是洛陽的百姓遭了殃。半個多月後，唐軍攻克洛陽時，回紇兵在全城大搶三天還不甘休，洛陽百姓們又湊了一萬匹絹送給他們，才算結束這場災難。此後，回紇兵沒有被遣送回去，而是讓他們留住在沙苑（今陝西大荔縣南）。可以想像，兇悍的回紇兵，把當地糟蹋得不成樣子。

唐肅宗乾元二年（西元759年）九月，即唐軍在鄴城大敗後半年，史思明又派軍由范陽（今北京市西南）南下，唐朝廷內朝政被宦官李輔國、皇后張良娣把持，無法抵抗，十月洛陽又被叛軍攻陷。

史思明在取得一些勝利後，逐漸變得喜怒無常，殘忍好殺，部下小有不如意，動輒滅族，弄得人心惶惶。同時，他又偏愛小兒子史朝清，一次酒後曾對部將表示，有機會要除掉大兒子史朝義，立史朝清為太子。史朝義聽說後，既憤恨又害怕，正好他又接連打了好幾個敗仗，史思明說要用軍法處置他。這樣，父子二人矛盾激化到頂點。

唐肅宗上元二年（西元761年）三月，史朝義聯絡了史思明的一些部將發動政變，殺了史思明，自立為大燕皇帝。可是，河北一帶的安史舊將不聽他的號令，這樣一來，叛軍的敗亡是指日可待了。

可是，在唐朝廷內情況也不妙。原本大宦官李輔國勾結肅宗皇后張良娣專權。寶應元年（西元762年），張、李發生矛盾，張惶後陰謀除掉李輔國，但事機不密，反被李輔國率兵入宮，將藏在肅宗臥室內的皇后強行拖出，肅宗當時病危，經此驚嚇，立即斃命。李輔國遂將張惶後及其黨羽都殺掉，擁太子即位，是為代宗。李輔國勾結另一大宦官程元振，把持了全部朝政。

寶應元年（西元762年）十月，唐代宗任命長子李適為天下兵馬大元帥，又派宦官向回紇借兵。回紇登裡可汗親自率兵前來，在會見時，可汗狂妄地要李適對他行跪拜的君臣大禮。李適是太子，未來的皇帝，隨從的官員力爭不同意。回紇可汗竟然下令鞭打這些力爭的官員各一百下，說李適年幼無知，免其行禮。被打的官員們受了重傷，當晚就死去了二人。李適回到唐軍大營後，唐軍聽說此事憤怒已極，要求發兵攻打回紇，李適認為安史叛軍尚未消滅，因此沒有同意。唐朝廷受了這種侮辱，照樣還要用回紇兵。

三年之後，即唐代宗永泰元年（西元765年），杜甫在雲安旅居，聽說回紇和吐蕃聯合入侵，大軍臨近長安。回想起唐朝廷過去使用回紇兵所受的侮辱，寫了下面這首五律：

▷ 遣憤　［杜甫］

聞道花門將，論功未盡歸。
自從收帝里，誰復總戎機。
蜂蠆終懷毒，雷霆可震威。
莫令鞭血地，再濕漢臣衣。

〔譯文〕聽說回紇領兵的頭目們沒全回去，還留下一些在長安論功爭賞。自從收復長安後，不讓有大功又有將才的郭子儀當統帥，反而任用那個只會害人的宦官魚朝恩。回紇兵雖然幫我們打過仗，可畢竟像蜂蠍一樣有著毒刺。使用得當可以增加我軍的威力，處置不當時反而要遭受禍殃。三年前回紇可汗鞭打唐臣血流滿地的慘劇，再也不能讓它重演了。

寶應元年（西元762年）十月，唐軍再度攻克洛陽。對於洛陽一帶人民，這是一次更大的浩劫。不僅回紇兵燒殺擄掠了十幾天，連唐朝廷的所謂官軍，認為洛陽一帶是賊境，也放縱士兵大搶財物。老百姓連衣裳也被搶光，只得穿紙糊的衣服遮身。

唐代宗廣德元年（西元763年）正月，史朝義兵敗自縊而死。叛軍在河北的餘部投降。經過八年之後，安史之亂才算在表面上結束了。詩人杜甫當時住在梓州（今四川三台縣），聽見這個消息後，驚喜交集，在極其興奮的心情中寫成了下面這首著名的七律。

▷ 聞官軍收河南河北　　［杜甫］

劍外忽傳收薊北，初聞涕淚滿衣裳。
卻看妻子愁何在，漫捲詩書喜欲狂。
白日放歌須縱酒，青春作伴好還鄉。
即從巴峽穿巫峽，便下襄陽向洛陽。

〔譯文〕在劍外忽然聽說官軍收復了薊北（劍門以南稱劍外，即今四川，薊北泛指唐時幽州、薊州一帶，位於今河北北部，為安史叛軍老巢所在），剛聽見後激動得淚水濕了衣襟。看著我的妻兒，所有憂愁都拋到九霄雲外，胡亂地收拾詩書，簡直欣喜若狂。白天裡放聲高歌開懷痛飲，在這春光明媚的日子正好動身返回故鄉。真想馬上乘船由巴峽穿過巫峽（巴峽指渝州附近長江上的石洞峽、銅鑼峽和明月峽；巫峽為長江三峽之一，位於四川巫山縣東），一直到襄陽再奔向洛陽的家園。

這首詩是詩人在極其興奮欣喜的心情下，一揮而就的。此詩作為七律，有三聯對仗，除了第三、四兩句和五、六兩句各為一聯外，最後兩句也對仗，用了四個地名，但對得工整自然，充分顯示出了老杜詩藝的高超。詩人杜甫一生遭遇坎坷，多半在艱難困苦中生活，但他憂國憂民的思想卻並不因為自己境遇不順而減弱。在他的詩作中，大多數都是情調低沉，意境悲苦或有所諷喻的。這首《聞官軍收河南河北》，歷來被稱為老杜生平第一快詩。

李杜文章在

這首詩是詩人在極其興奮欣喜的心情下，一揮而就的。此詩作為七律，有三聯對仗，除了第三、四兩句和五、六兩句各為一聯外，最後兩句也對仗，用了四個地名，但對得工整自然，充分顯示出了老杜詩藝的高超。詩人杜甫一生遭遇坎坷，多半在艱難困苦中生活，但他憂國憂民的思想卻並不因為自己境遇不順而減弱。在他的詩作中，大多數都是情調低沉，意境悲苦或有所諷喻的。這首《聞官軍收河南河北》，歷來被稱為老杜生平第一快詩。

▷ 登高 ［杜甫］

風急天高猿嘯哀，渚清沙白鳥飛回。
無邊落木蕭蕭下，不盡長江滾滾來。
萬里悲秋常作客，百年多病獨登臺。
艱難苦恨繁霜鬢，潦倒新停濁酒杯。

〔譯文〕我登高遠望，高天疾風勁吹，悲哀的猿啼聲聲傳來。江心發白的沙洲上，鳥兒在急風中飛旋。無邊無際的樹葉在秋風中蕭蕭（樹葉被風吹下落的聲音）落下，無窮無盡的長江水滾滾而來。我離鄉萬里，深秋更感身在異地的悲涼，一生多病，在這裡獨自登高。可恨這艱難的時日使我鬢髮更加斑白，已經是這樣窮愁潦倒，偏偏這肺病使我不得不放下了酒杯。

一千多年以來，李白和杜甫的詩篇，受到無數人的讚賞和喜愛。可在唐代，就有一些人對李、杜的詩妄加貶低。大約在杜甫逝世四十年後，著名的文學家兼詩人韓愈寫了一首五言古詩《調張籍》，嚴厲駁斥了某些人的荒謬看法，高度評價了李白、杜甫詩歌的成就。

▷ 調張籍 ［韓愈］

李杜文章在，光焰萬丈長。
不知群兒愚，那用故謗傷！
蚍蜉撼大樹，可笑不自量。
伊我生其後，舉頸遙相望。
夜夢多見之，晝思反微茫。
徒觀斧鑿痕，不矚治水航。
想當施手時，巨刃磨天揚。

垠崖劃崩豁，乾坤擺雷硠。
惟此兩夫子，家居率荒涼。
帝欲長吟哦，故遣起且僵。
剪翎送籠中，使看百鳥翔。
平生千萬篇，金薤垂琳琅。
仙官敕六丁，雷電下取將。
流落人間者，太山一毫芒。
我願生兩翅，捕逐出八荒。
精誠忽交通，百怪入我腸。
刺手拔鯨牙，舉瓢酌天漿。
騰身跨汗漫，不著織女襄。
顧語地上友：經營無太忙！
乞君飛霞佩，與我高頡頏！

〔譯文〕李白和杜甫的詩篇，光芒萬丈。你們這幫愚笨的傢伙，何必要故意誹謗。就像螞蟻想搖大樹一樣，真是不知自量。我生在李杜之後，伸長了脖子遙遙相望。晚上常夢見他們，可白天回想夢境，反而感到迷茫。他們的精美詩篇，好像夏禹治水的成果，只能看見斧鑿開河的痕跡，卻見不到當時治水的航線。看來他們寫詩也像夏禹開山那樣，揮舞巨斧擦天而過，懸崖被劈開，天地間震響著雷鳴般的聲音。李白杜甫二人，生平都很不得意。這是上帝想要他們不斷地寫出好詩，故意使他們經受坎坷磨難。剪去他們的翎毛鎖在籠中，讓他們看著外面的百鳥飛翔。李杜一生寫下的千萬首詩歌，像金玉珠寶一樣美不勝收。仙官命令天將，在雷電轟鳴聲中將他們的詩作收歸天上。流傳在人間的詩歌，只是極少的一部分了。我願意長出兩個翅膀，飛向四面八方去追逐李杜詩歌的精華。由於我的誠心，思想忽然與李杜詩的精神相通，許多新奇的構思都湧上了心頭。我現在轉手就能拔下鯨魚的牙齒，舉起瓢來就可以舀到天上的酒漿。飛身到太空中，用不著穿織女織的衣裳。我那在地上的朋友張籍啊！不要匆忙地構思寫詩。還是和我一起先到雲霞中上下飛翔吧！

這首詩的題名中「調」字是調侃，即開玩笑的意思。張籍為韓愈友人，在朝中任水部員外郎官職。

唐憲宗元和十年（西元815年），詩人白居易被貶到江州（今江西九江）任司馬。他在讀李白杜甫詩集後，寫了一首五言詩，詩中感歎李白杜甫的生平遭遇，並對他們的詩作表示了自己的看法。

▷ 讀李杜詩集，因題卷後　［白居易］

翰林江左日，員外劍南時。
不得高官職，仍逢苦亂離。
暮年逋客恨，浮世謫仙悲。
吟詠流千古，聲名動四夷。
文場供秀句，樂府待新辭。
天意君須會，人間要好詩。

〔譯文〕李翰林在長江左岸一帶漫遊（李白曾在長安供奉翰林。「江左」指長江下游左岸，即今江蘇、浙江一帶），杜工部（杜甫曾任檢校工部員外郎）在劍閣以南（今四川成都一帶）漂泊，他們不僅沒有得到高官，反而遇到了苦難的離亂時代。暮年的杜甫在貧病中流浪，像浮雲一樣的李謫仙在悲傷中去世。可他們的詩篇卻將千古流傳，他們的聲名已震動海外鄰邦。在文壇上提供了秀美的詩句，樂府等待著他們的新詩歌演唱。老天爺的意圖你應該明白，他故意使李杜遭遇亂離的時代，過著困苦的生活，這樣，他們才可能寫出那樣多的反映人民苦難和意願的好詩啊！

第四章　九曲黃河

黃河全長五千四百六十四公里，流經青海、四川、甘肅、寧夏、內蒙古、陝西、山西、河南和山東等九省（區）。黃河流域是我國開發最早的地區，在陝西省藍田縣發現的藍田猿人化石證明，至少在八十萬年以前，在黃河流域就有了原始人的足跡。

黃河是在何時得名的？在秦漢及其以前，稱江、淮、河、濟為「四瀆」，而且「河」為四瀆之宗（之首）。所謂「瀆」，指有獨自的源頭，並且直接流入海洋的河流。四瀆中的「江」指今長江，「淮」指今淮河，「河」指今黃河，而「濟」則指原在今山東濟南附近流過的濟水（由於歷史上黃河改道時，奪濟水河道入海，故濟水被淤塞而不再存在）。從遠古直到西漢時，都沒有黃河這個名稱，人們都稱它為「河」。大約在東漢的時候，才出現了「黃河」這個名稱。

唐太宗李世民，寫了一首五言長詩《黃河》，對黃河做了全面的描繪。

▷ 黃河　［李世民］

河源發昆侖，連乾復浸坤。
波渾經雁塞，聲振自龍門。
岸裂新沖勢，灘餘舊落痕。
橫溝通海上，遠色盡山根。
勇逗三峰折，雄標四瀆尊。
彎中秋景樹，闊外夕陽村。

渡黃河（崔惠童）　　（明）黃鳳池編《唐詩畫譜》

沫亂知魚呴，槎來見鳥蹲。
飛沙當白日，凝露接黃昏。
潤可資農畝，清能表帝恩。
雨吟堪極目，風渡想驚魂。
顯瑞龜曾出，陰靈伯固存。
盤渦寒漸急，淺瀨暑微溫。
九曲終柔勝，常流可暗吞。
人間無博望，誰復到窮源。

〔譯文〕黃河之源出自昆侖山，河水上接天空下浸大地。渾濁的波浪流經雁門關，奔騰的河水沖過龍門峽谷，聲震如雷。河灘上還殘留著水退後的痕跡，可新來的急流又沖裂了河岸。它像是一條直通大海的東西向橫溝，河床遠達山根之下。黃河波濤洶湧，衝開了砥柱的三座大門，它那雄渾的氣魄，真不愧為四瀆之首。河彎中秋日樹木的景色，寬闊的河面對岸夕陽斜照的村莊，美妙使人難忘。河中水沫零亂上浮，知道這是魚兒在吐泡（「呴」，原為魚吹之意，魚吹即吐泡），順流而來的木筏上，站立著歇腳的鳥兒。飛舞的塵沙遮擋了太陽，黃昏之後凝結的雨露降下。這黃河水啊！它滋潤著農民的田地，難得的「河清」表示皇帝政治措施正確，恩澤惠及天下。黃河邊雨中遠眺，景色真堪詠入詩句；大風中渡河，驚濤駭浪使人回想起都魂不附體。作為吉祥象徵的神龜，曾背著洛書從洛水中出現，馱著河圖從黃河中出來的龍馬，它的神靈至今依然存在。冬天漩渦處的水流愈來愈急，夏季淺灘水都帶著暑熱。河床多次的彎曲回轉，說明主導終究是柔和的流水，可在地表流動的河水，常常潛入地下被吞沒（指唐代時認為，黃河河源是潛入地下的塔里木河）。人間現在再也沒有博望侯張騫了，還有誰會去窮追河源在何處呢？

「三峰」，指黃河中砥柱的三個石島。「砥柱」在今河南三門峽市附近的黃河中，為急流中的石島，由堅硬的閃長玢岩構成。河水至此分流為三股，由石島隔成的三座門中流過，三門南為鬼門，中為神門，北為人門。三門共約寬一百米，唯有人門可以行船，鬼門最險，舟筏誤入極易翻沉。在修建三門峽水庫時，砥柱被炸毀並淹沒在水庫中。詩中「顯瑞龜曾出，陰靈伯固存」，用的黃河及其支流洛水在古代的神話。相傳在伏羲氏時，有龍馬從黃河中出現，背負「河圖」，又有神龜從洛水出現，背馱「洛書」。伏羲氏根據河圖和洛書畫出了八卦，逐漸形成了後來的著名書籍《周易》。詩中的「伯」指天上的天駟房星之神，房星代表龍馬，即龍馬之神。

黃河的河源在哪裡？古代有著模糊的說法和優美的神話。由前述唐太宗李世民的《黃河》詩首句可知：「河源發昆侖」，即黃河的源頭在昆侖山中。而昆侖山，則是泛指積石山更西面的大山，可見，這是對黃河源的一種模糊說法。

根據《史記》，西漢時張騫出使西域回來後，在給漢武帝的奏章中談到，當時西域地區的人們傳說，塔里木河流入蒲昌海（今羅布泊），而蒲昌海的水滲入地下，到東面一千多公里之外的積石山（即位於今青海省東南部的阿尼瑪卿山）又重新流出地面，成為黃河。當然，這種說法缺乏任何根據。

唐代詩人劉禹錫在他寫的一組九首《浪淘沙》的詩中，就涉及到了黃河的源頭。

▷ 浪淘沙（其一）　　［劉禹錫］

九曲黃河萬里沙，浪淘風簸自天涯。
如今直上銀河去，同到牽牛織女家。

〔譯文〕有九曲十八彎的黃河挾帶著萬里泥沙，在狂風巨浪的簸淘中自天邊滾滾而來。現在我將沿河而上直到銀河去，一直去到牛郎織女的家中。

詩記述的有關黃河源頭的神話：傳說漢武帝派張騫去探尋黃河源頭，張騫乘船沿河而上航行了一個多月，在迷茫之中到了一處地方，有城池建築，在一所房子內見有女郎織錦，又見一青年男子牽牛到河邊飲水。張問他們說：「這是什麼地方？」織錦女郎拿出一塊石頭給張，說：你回去問嚴君平就知道了。張騫回來後，找到在成都給人算命的嚴君平，嚴看見石頭後非常驚奇，說：「這是天上織女的支機石，你從哪裡得到的？」張把經過說了一遍，嚴說：「怪不得前些日子有一天我觀察天象，看見客星犯牛斗，原來是你乘船順著黃河進入了天上的銀河，遇見牛郎織女，而使得造成了這樣的天象。」

1952年曾進行了詳細的科學考察，認為青海省的約古宗列曲是黃河正源。1978年，再次對黃河源頭進行考察後，發現卡日曲比約古宗列曲長三十公里，匯水面積多七百餘平方公里，流速也大二倍以上，因此，應以卡日曲為黃河正源。卡日曲發源於巴顏喀拉山北麓的各恣各雅山，山腳下幾個泉眼流出的清水，就是黃河的源頭。

欲窮千里目

唐代河中府（即蒲州，今山西永濟）所管轄的範圍，基本上是一片平原，僅在南端及東南，有著較大的山脈中條山，它的主峰雪花山，位於今山西永濟東南十餘公里處，海拔1994米。從北面的平原上南望中條山，顯得非常高峻。它與西面奔騰南流的黃河一起，構成河中一幅雄偉的山川圖景。

唐代蒲州最有名的去處，要算是鸛雀樓了，而詠鸛雀樓最著名的詩篇，就是下面這一首：

▷ 登鸛雀樓　〔王之渙〕

白日依山盡，黃河入海流。

欲窮千里目，更上一層樓。

〔譯文〕明亮的陽光照耀在中條山上，它一直延伸到目力所及的盡頭；北來的黃河水滔滔不絕地流向大海。要想把千里之內的壯麗山河景色盡收眼底，那就請再上一層樓吧！

詩題中的鸛雀樓，為北周將軍宇文護鎮守蒲州時所造。樓位於蒲州城西南的高崗上，高三層，因經常有鸛雀（形狀類似白鶴的一種鳥）棲息其上，因而得名。在鸛雀樓東南，橫亙著中條山，距樓不足十公里。在樓西面約十餘公里處，就是奔騰南流的黃河。因此，登上鸛雀樓時，高山大河的雄偉景色，可盡收眼底。

唐玄宗開元初年，王之渙曾任冀州衡水縣（今河北衡水）的主簿，不久因被人誣陷而罷官。不到三十歲的王之渙，就過起了訪友漫遊的生活。鸛雀樓的大名，他是早已知道的，推測他來到蒲州時，曾專門登樓極目遠眺，同時結合自己的感慨，寫出了上面這首五絕。

王之渙是盛唐時最著名的詩人之一，他的名作七絕《涼州詞》，早已膾炙人口，甚至被譽為唐詩七絕的壓卷作之一。說他又寫出了傑作《登鸛雀樓》，似乎是順理成章，理所當然。可是，經過近年的研究後發現，這首《登鸛雀樓》的作者很可能另有其人。歷代對此推測和分析頗多，這裡就不贅言了。

鸛雀樓在唐代是非常著名的，唐代詩人到此樓登臨遊覽並吟詠賦詩的甚多，據前人意見，除王之渙那首堪稱絕唱外，還有暢當和李益的鸛雀樓詩亦係佳作。

▷ 同崔邠登鸛雀樓　［李益］

鸛雀樓西百尺檣，汀洲雲樹共茫茫。
漢家簫鼓空流水，魏國山河半夕陽。
事去千年猶恨速，愁來一日即為長。
風煙並起思鄉望，遠目非春亦自傷。

〔譯文〕鸛雀樓西的黃河中船帆高聳，河中小洲上薄霧繞樹隱約可見。漢武帝當年在汾河中泛舟時的簫鼓樂聲，早已隨著流水逝去；在這塊土地上建立的魏國政權（鸛雀樓所在地蒲州，戰國時屬魏國領土，靠近魏都安邑），也一去不復返了。往事雖已過去千年，可仍使人感到是那麼短暫；憂愁來時，一天也叫人覺得漫長難耐。遠處的風塵煙霧，勾起我對故鄉的思念，登高極目遙望，雖然不是容易使人憂傷的春天，可也因思歸而倍感惆悵。

李益此詩除頭兩句寫景外，其他是表述懷古、感慨及思鄉之情。暢當的詩《登鸛雀樓》，則是全文寫景之作。

▷ 登鸛雀樓 〔暢當〕

迥臨飛鳥上，高出世塵間。

天勢圍平野，河流入斷山。

〔譯文〕鸛雀樓高聳在飛鳥之上，彷彿已超塵出世。從樓上俯視，天空四望相連，將寬廣的大地圍在其中；滔滔的黃河水，從群山的斷缺處奔瀉而出，洶湧南流。

岱宗夫如何

在我國，最著名的山大約要算泰山了。泰山位於曲阜北約七十公里的泰安縣側，是「五嶽」之首，因為它位於我國東方，故稱東嶽。

泰山由於地理位置優越，處於我國開發較早、文化禮樂之邦的齊魯地區；同時山勢雄偉壯麗，使人驚歎。因此從遠古以來，不僅是人們登臨遊覽的勝境，而且是歷代帝王們朝拜的聖地。

唐玄宗開元二十四年（西元736年），杜甫離開洛陽到齊趙一帶漫遊，前後共約五年。在此期間，杜甫寫下了詠泰山的五律《望嶽》。

▷ 望岳 〔杜甫〕

岱宗夫如何，齊魯青未了。

造化鐘神秀，陰陽割昏曉。

蕩胸生層雲，決眥入歸鳥。

會當凌絕頂，一覽眾山小。

逢鄭三遊山（盧仝）　（明）黄鳳池編《唐詩畫譜》

〔譯文〕五嶽之長的泰山是怎麼樣的呢？它是如此的高大蒼翠，青鬱的山色一直延伸到齊魯地區之外（齊魯指齊國和魯國，它們的國境以泰山為界）。天地和大自然把靈秀之氣集中地給了泰山，使得它的山勢奇異，景色秀美；高峻的泰山山南已朝陽照耀，山北仍陰暗昏黑。山中雲霧疊出層生，使人心胸為之開朗。凝神遠望，幾乎睜裂眼眶，才見到飛入山中那極遠且小的飛鳥。將來我一定要登上泰山的絕頂，遙望那些匍匐在泰山腳下的群峰。

杜甫在寫此詩時，年約二十五六歲，可他已顯露出了卓越的詩才。詩中不僅使我們領略到泰山的宏大雄偉，更使人感受到盛唐時代年輕人的蓬勃朝氣。

杜甫的這首《望嶽》詩，歷代為人們廣泛傳誦，幾乎成了詠泰山的第一絕唱。在今泰安岱廟的碑廊裡，有著清代何人麟書寫的《望嶽》詩石碑。

唐代宗大曆二年（西元767年）杜甫又寫了《又上後園山腳》的詩。

▷ 又上後園山腳（摘錄） ［杜甫］

昔我遊山東，憶戲東岳陽。
窮秋立日觀，矯首望八荒。

〔譯文〕當年我在山東漫遊，回想起在東嶽泰山之南的日子，在深秋時登上了泰山日觀峰，昂首向四面八方眺望。

唐玄宗天寶元年（西元742年）四月，詩仙李白來到山東準備攀登泰山，他一早在山腳下的王母池暢飲甘泉之後，便沿著玄宗皇帝登山封禪的御道上山。沿途的奇峰異石、飛瀑流泉等美景使詩仙目不暇給，而松濤鳥語又使詩仙陶醉，詩仙飄飄然想像自己真進入了仙境之中，與神仙玉女相見交往。沉浸在這種境界之中，李白寫出了一組六首五言詩《遊泰山》。

遊泰山（選三） ［李白］

（一）

四月上泰山，石平御道開。
六龍過萬壑，澗穀隨縈回。
馬跡繞碧峰，於今滿青苔。
飛流灑絕巘，水急松聲哀。
北眺嶂嶂奇，傾崖向東摧。
洞門閉石扇，地底興雲雷。
登高望蓬瀛，想像金銀台。
天門一長嘯，萬里清風來。
玉女四五人，飄飄下九垓。
含笑引素手，遺我流霞杯。
稽首再拜之，自愧非仙才。
曠然小宇宙，棄世何悠哉。

（三）

平明登日觀，舉手開雲關。
精神四飛揚，如出天地間。
黃河從西來，窈窕入遠山。
憑崖覽八極，目盡長空閒。
偶然值青童，綠發雙雲鬟。
笑我晚學仙，蹉跎凋朱顏。
躊躇忽不見，浩蕩難追攀。

（六）

朝飲王母池，暝投天門關。
獨抱綠綺琴，夜行青山間。
山明月露白，夜靜松風歇。
仙人遊碧峰，處處笙歌發，

寂靜娛清輝，玉真連翠微。
想像鸞鳳舞，飄颻龍虎衣。
捫天摘匏瓜，恍惚不憶歸。
舉手弄清淺，誤攀織女機。
明晨坐相失，但見五雲飛。

〔譯文一〕四月裡我登泰山，沿著山石平坦的御道前行。皇上的車駕當年越過千溝萬谷，隨著曲折的山澗迂迴。青翠的山峰上曾留著皇帝及其隨從們的馬跡，而今盛況不再，昔日所到之處都長滿了青苔。瀑布從絕頂上飛流直下，湍急的水聲，伴著陣陣松濤，似乎為現在的寂寞而憂傷。向北眺望，高聳的山峰像奇麗的屏障。東斜的懸崖彷彿就要傾倒。山上仙人洞府的石門緊閉，雲霧和雷聲在山下密佈作響，似從地底升起。我登高遠眺，東海中的仙島蓬萊、瀛洲在望，連仙境金銀台的奇幻風光也可以想像。在南天門上一聲長嘯，陣陣清風隨之而至。忽然有四五位仙女，飄飄地從九重天上下來。仙女含笑向我招手，送我一杯流霞仙酒。我向她們稽首行禮，慚愧自已不是能成仙得道的人。登上泰山，使我心胸無比開闊，足以容納下整個宇宙，如果能拋棄世俗凡塵的一切，那該是多麼地逍遙自在啊！

〔譯文三〕天亮時登上日觀峰，舉手撥開擁聚如門關的雲霧。我精神煥發意氣飛揚，好像自己超越了天地之間。黃河猶如一條金帶，蜿蜒西來，隱沒在遠山之間。靠著山崖眺望八方，目光一直消失在無窮盡的長空之中。偶然遇見一個仙童，他頭髮烏黑梳著兩個圓環形的髮髻。笑我學仙度光陰，不知不覺中紅潤的面顏已經失去華彩 。我正在猶豫之間，他已倏忽不見，只餘下海天茫茫，蹤跡難尋。

〔譯文六〕早上飲了王母池（位於泰山東南山下，岱宗坊東北）的甘泉，傍晚到了天門關。我獨自抱著名貴的古琴，夜間在青山之間穿行。月光之下山色明亮，露水晶瑩；風停了松林無聲，夜更寂靜。仙人在翠碧的山峰上遊玩，只聽見到處都是音樂和歌唱。靜夜裡望月，使人心情愉快，遠看道觀（「玉真」為道觀名）與翠綠的山巒連成一片。想像我穿著繡有龍虎圖案的道袍，欣賞著青鸞鳳凰的飛舞。在這高聳的泰山之巔，伸手可以摸到天，摘下星辰賞玩（「匏瓜」為我國古星名，又名「天雞星」），恍恍惚惚地忘了歸路。舉手戲玩清淺的銀河水，沒想到攀倒了織女的布機。次日清晨，上述的奇幻景象全消失了，只見五色的彩雲在天空中飛揚。

洛陽宮中花柳春

西元604年底，隋煬帝準備將首都由長安遷到洛陽，他命令大臣楊素和著名建築家宇文愷營建新洛陽城，每月徵調民工二百萬人，在不到一年的時間，在澗河之東，邙山之南，洛河兩岸，建起了周長二十七公里的新洛陽城，這就是隋唐的東都城。它包括皇宮所在地宮城，文武百官辦公機構所在地的「皇城」，以及百姓們住宅集中的外郭城。城內像長安一樣，劃分成一百多個四四方方的坊。由考古勘查可知，新洛陽城東牆長七千三百二十一米，南牆七千二百九十米，西牆六千七百七十六米，北牆六千一百三十八米，整個城為南寬北窄的梯形。

唐代時以長安為首都，而洛陽則先後被稱為洛陽宮、東都、神都、東京等，有的皇帝經常來到洛陽主持政務，前後達四十餘年，可見唐朝實際上是以長安和洛陽為首都的。

洛陽是唐代的中央政權所在地之一，高官聚居於此，各種科舉考試也常在這裡進行。洛陽又是經濟中心，商業繁盛，城市人口眾多，每年消費大量的產品。因此，洛陽在唐代一直就是追求名利之人集中的地方。晚唐詩人于武陵，在他的五律《過洛陽城》中，就記述了這種情況和他個人的感歎。

▷ 過洛陽城　〔于武陵〕

古來利與名，俱在洛陽城。

九陌鼓初起，萬車輪已行。

周秦時幾變，伊洛水猶清。

二月中橋路，鳥啼春草生。

〔譯文〕自古以來人們想要獲得的功名和財富，在洛陽城裡都有。大街上過了半夜的更鼓剛敲響，乘人的、運貨的成千上萬輛車輛，已經在道路上奔忙。歷史上從周朝到秦王朝再到今天，發生過多少次重大的變化啊！可伊水和洛水（洛水穿隋唐洛陽城而過，伊水在洛陽城南郊）還是那麼清澈。那些為追名逐利而終日忙碌不堪的人們啊！你們可知道，二月份到中橋（洛水上的一座橋）的路上，鳥兒啼鳴春草叢生，景色有多麼美妙啊！

在唐代洛陽的宮城之西，有一座上陽宮，它的範圍南達洛水，北為禁苑，東抵宮城，西界谷水（今澗河），是洛陽最為豪華壯麗的宮殿。

上陽宮建於唐高宗乾封二年（西元667年），武則天又曾大加擴建，當年宮內殿堂樓閣連綿不斷，洛水碧流穿宮而過，輕波蕩漾，花木繁茂，遠望如錦繡。上陽宮因南面為洛水，故宮的正門提象門、正殿觀鳳殿全都朝東。在上陽宮之西過谷水，又建有西上陽宮，為了來往方便，在谷水上懸起了吊橋，連接兩座宮殿。

唐高宗在晚年時，常住在上陽宮聽政。武則天則經常住在上陽宮中處理政務。神龍元年（西元705年），當武則天在上陽宮臥病時，宰相張柬之發動政變，擁立武則天的第三個兒子李顯恢復帝位，即唐中宗，並將國號由武則天改成的「周」改回為「唐」。不久，武則天就病死在上陽宮中。

中唐詩人王建用一首七律《上陽宮》，描述了上陽宮的優美景色和宮中奢侈的生活。

▷ 上陽宮 〔王建〕

上陽花木不曾秋，洛水穿宮處處流。

畫閣紅樓宮女笑，玉簫金管路人愁。

幔城入澗橙花發，玉輦登山桂葉稠。

曾讀列仙王母傳，九天未勝此中遊。

〔譯文〕上陽宮的花木總是那麼繁茂，好像永遠沒有秋天。洛河穿過宮內四處分流。紅漆彩繪的樓閣上，傳來宮女們的笑聲；簫管奏出的悠揚樂聲飛出宮外，勾起路上行人的無限愁思。澗水邊上用帳幔圍成的小城中，橙花在初夏開放；在茂密桂葉的芳香中，宮妃們坐著華美的輦（古代人拉的車。「玉輦」指皇帝或宮妃們所乘的車，亦指小轎）登山遊覽。我也曾讀過神仙傳和王母娘娘的傳說，可覺得他們住的九重天上也不如上陽宮好啊！

在隋唐洛陽城中，有一條河流穿城而過，將城市分割為南北兩部分，這就是洛河。

洛陽城內因為有著活水不斷地流過，不僅解決了人們的用水和交通運輸，而且為城市的景色增添了無數的丰采。自漢魏以來，據說洛河是桃李夾岸，楊柳成蔭，長橋臥波，帆檣林立，一年四季，風景如畫。特別是秋風初起時的洛河岸邊，更是充滿詩情畫意，這就是由古流傳至今的洛陽八大景之一——洛浦秋風。

唐高宗時，詩人上官儀擔任宰相的職務，當時國家繼承了太宗時貞觀之治的餘風，天下太平無事。上官儀一個人獨自掌握國家大政，真是心滿意足，趾高氣揚。一天清早，上官儀進宮上朝，當時天猶未明，月亮還高掛在天空，他騎著馬沿著洛河大堤緩轡徐行，一面詠著下面這首五言絕句：

▷ 入朝洛堤步月　［上官儀］

脈脈廣川流，驅馬歷長洲。

鵲飛山月曙，蟬噪野風秋。

〔譯文〕廣闊的洛河緩緩流過，我騎在馬上沿著長長的河堤走著。月亮即將落山喜鵲驚飛天色欲明，蟬兒在清涼的秋風中鳴叫。

據說，當上官儀用清亮的音韻吟著此詩，以宰相大人的威儀一個人沿大堤緩緩走去，使得許多同時上朝的官員們羨慕不已，認為上官儀簡直像是一位活神仙了。上官儀此詩，詠的就是「洛浦秋風」的景色，上官儀在詠此詩時雖然是志得意滿，飄飄欲仙，可他的下場卻並不妙。不久他得罪了想專權的武則天，後又被人告發與被廢太子李忠合謀，因而被殺。

下面，我們看一下春季洛水的晚景又是如何的。

▷ 歸渡洛水　［皇甫冉］

暝色赴春愁，歸人南渡頭。
渚煙空翠合，灘月碎光流。
澧浦饒芳草，滄浪有釣舟。
誰知放歌客，此意正悠悠。

〔譯文〕正是愁人的春季，天色又漸漸晚了。急著歸家的旅客正在南邊的河岸上等待渡船。江上升起霧靄，青翠山色慢慢消失。月兒升起，在淺灘的雜亂水流上，閃爍著散碎的銀光。江中小洲上青草長得那麼茂盛，江中平靜的水波中，有小船正在垂釣。你看那在此欣賞晚景高唱的客人，他正在興頭上呢！

中唐詩人皇甫冉的這首五律，給我們描繪了一幅唐代洛河傍晚的美景。詩的首句「暝色赴春愁」用得奇妙，引人入勝，而「灘月碎光流」描繪淺灘上因水流湍急雜亂，把一團明月變成了散碎的閃光，又是那麼的逼真。

遺憾的是，皇甫冉詩中所描繪的洛河景色，現代人是再也見不到了。今天的洛河水濁如泥湯，流動緩慢，河中全是淤泥。那有著湍急雜亂流水的淺灘，長滿綠草的洲渚，全都消失了。

中唐詩人韋應物，在唐代宗廣德元年至永泰元年（西元763年至765年）任洛陽丞，在此期間一年的冬天，他乘船沿洛河而下，自鞏（今河南鞏縣）東行入黃河。旅途上他將所見的風光寫成了一首七律，寄給在洛陽的同僚們。

天津橋南山中（李益）　（明）黃鳳池編《唐詩畫譜》

▷ 自鞏洛舟行入黃河即事寄府縣僚友 〔韋應物〕

夾水蒼山路向東，東南山豁大河通。
寒樹依微遠天外，夕陽明滅亂流中。
孤村幾歲臨伊岸，一雁初晴下朔風。
為報洛橋遊宦侶，扁舟不繫與心同。

〔譯文〕兩岸蒼翠的青山夾著洛河奔向東方，東南方山口處豁然開朗匯入黃河。寒雲籠罩著的林木，在舟中遙遙望見依稀可辨；洛河水面上閃爍著夕陽，在波浪的搖曳下忽明忽滅。那孤村在伊水岸邊，已有幾年了（伊水為洛河支流，在鞏縣注入洛河。此句含義是說，由於河水沖刷河岸變遷，伊水岸邊的孤村能存在幾年呢），在寒冷的北風中，一隻孤雁盤旋而下。告訴我那些在洛陽當官的朋友們，我的心像這只不繫纜繩的小船一樣，對官場的一切無所眷戀。

韋應物在這首七律中，對洛河中行舟所見的景色描寫得非常精彩，從蒼山、大河、寒樹、夕陽，到孤村與獨雁，其中尤以「夕陽明滅亂流中」用「明滅」二字寫波光閃爍，異常逼真。

在隋唐洛陽城的宮城正南門端門外的洛河上，由隋代起就建有橋樑，因它有天河上津梁的氣勢，故名天津橋。在唐代，出宮城過天津橋往南，是洛陽最重要的端門大街，它一直通往洛陽的南城門定鼎門。由此可知，天津橋是當時交通的咽喉之處。

在隋代，天津橋是一座浮橋。在兩岸固定大鐵鍊，然後將許多大木船栓在鐵鍊上，鋪上木板就可以通行了。隋末時，浮橋被李密派軍燒毀。唐代初年修復天津橋，還是建的浮橋。由於浮橋多次被洛河漲水沖壞，於是在唐太宗貞觀十四年（西元640年）改建成石橋。雖然如此，可一直到唐玄宗開元二十九年（西元741年）的一百年間，石橋也被洪水沖壞又修復了多次。

唐代天津橋一帶，是洛陽最繁華的地區，而且這裡風景優美，無論早晚，也不管四季，各有它的迷人之處。特別是在淩晨時分，月亮還斜掛在天空，星河隱約，宮殿樓閣半籠在煙霧中，說不盡的詩情畫意，由此而產生了洛陽的八大景之一——天津曉月。

在描繪天津橋景色的詩歌中，最精彩的大約要算是白居易所寫的七律《天津橋》了。

▷ 天津橋　［白居易］

津橋東北斗亭西，到此令人詩思迷。
眉月晚生神女浦，臉波春傍窈娘堤。
柳絲嫋嫋風繰出，草縷茸茸雨剪齊。
報導前驅少呼喝，恐驚黃鳥不成啼。

〔譯文〕從天津橋的東北到斗門亭之間（在天津橋東不遠，洛河分出一渠，分流處建斗門控制水流量，上有橋及亭，即斗門亭）。景色的優美使人湧生出無限的詩情畫意，為之心亂目迷；彎彎如眉的新月，晚上從洛河邊冉冉升起（「神女浦」指洛河，由曹植的《洛神賦》而來），窈娘堤下水波澄明，好似美麗的眼睛中光彩流動（「窈娘堤」為天津橋附近堤岸名，「臉波」在唐宋詩中用以指美麗流動的眼睛）。嫋嫋的柳條，好似春風繅出的柔絲；茸茸的綠草，被春雨剪得齊如茵毯。我特別囑咐開道的隨從少呼喝，別驚嚇了黃鶯使它不敢啼鳴。

唐文宗大和五年（西元831年），白居易任河南尹。春天綠草茸茸的時候，他排著儀仗過天津橋。由於他是主管河南的大官，儀仗隊前呼後擁，隨從的人員吆喝著開道，驅逐路上的行人讓出道路。白居易自己在馬上看見這種樣子，也覺得與大好春光太不協調，於是叫前面開路的人不要大聲呼喝，使自己能保持悠然而來的「詩思」。

洛陽的冬天，冰雪覆蓋，一片蕭瑟肅殺景象。孟郊的《洛橋晚望》即描繪了這一情景。

▷ 洛橋晚望　［孟郊］

天津橋下冰初結，洛陽陌上行人絕。

榆柳蕭疏樓閣閑，月明直見嵩山雪。

〔譯文〕天津橋下開始結冰了，洛陽郊外田間小路上已沒有行人。榆樹柳樹只剩下光禿的樹枝，富貴之家樓閣上的歌舞歡宴也暫時休止了。你看！在明月的照耀下，高聳在東南，滿布積雪的嵩山就在眼前。

龍門位於今洛陽市城南十二公里處，伊水在這裡北流，劈山而過，兩岸對峙好似門闕，故古稱「伊闕」，至漢魏時又稱「龍門」，到隋唐時則主要稱為龍門了。龍門兩山對峙，翠柏成林，伊水清澈，兩岸柳絲隨風，唐詩人白居易曾說：「洛陽四郊山水之勝，龍門首焉。」可見，「龍門山色」被譽為洛陽八大景之首，是有它道理的。

佛教自從西漢末年傳入中國後，在北魏時大大地興盛起來。北魏孝文帝太和年間（西元477年至499年），開始在龍門開鑿石窟，雕刻佛像。經過東魏、北齊、北周、隋、唐、五代及北宋等朝代，在龍門長約一公里的山崖上，總共開鑿了石窟佛龕兩千多個，佛像近十萬尊，遠遠望去，稠密的窟龕簡直像蜂窩一樣。

一年秋天，白居易與張、舒兩位友人同遊龍門，醉中寫了一首長達二百三十八字的七言詩，其中所描述的由唐洛陽城至龍門的秋季美景，使我們讀後猶如浮現在眼前。

▷ 秋日與張賓客舒著作同遊龍門，醉中狂歌凡二百三十八字（摘錄）

［白居易］

秋天高高秋光清，秋風嫋嫋秋蟲鳴。

嵩峰餘霞錦綺卷，伊水細浪鱗甲生。

……

南出鼎門十八裡，莊店邐迤橋道平。

不寒不熱好時節，鞍馬穩快衣衫輕。

並轡踟躕下西岸，扣舷容與繞中汀。

開懷曠達無所繫，觸目勝絕不可名。

友人夜訪（白居易）　（明）黃鳳池編《唐詩畫譜》

荷衰欲黃荇猶綠，魚樂自躍鷗不驚。
翠藻蔓長孔雀尾，彩船櫓急寒雁聲。

〔譯文〕秋日天高氣爽空氣清明，輕吹的秋風送來秋蟲的鳴聲。遠處嵩山峰頂的雲霞，猶如舒卷的錦緞；伊水水面泛起細浪，好似鱗甲叢生。……出洛陽定鼎門（唐洛陽南城正門）南去十八里，一路盡是莊戶人家，道路平坦。天氣不冷不熱，衣衫輕薄，正是最好的時節，騎馬旅遊安穩快速。馬頭並行緩緩地下了西岸，下得船來沿河而行。頓時胸襟開闊無所拘束，觸目皆是說不出名字的勝景奇絕。荷葉已敗即將變黃，可荇菜還那麼碧綠；戲樂的魚兒自水中躍起，鷗鳥習慣見而不驚。水藻翠綠色的長蔓好似美麗的孔雀尾，彩繪船上搖櫓的聲音，猶如寒空中孤雁的鳴叫。

龍門石窟規模最大，藝術水準最高的，要推「奉先寺」，它開鑿於唐高宗初年，於上元二年（西元675年）完成，歷時約十五年。為建造奉先寺，武則天還捐了脂粉錢兩萬貫。奉先寺崖壁上雕刻的主佛為盧舍那佛，高十七米，據說，這尊盧舍那佛是按照武則天的面容雕製的，看來的確是一個雅麗端莊，富有智慧的中年貴婦人形象。盧舍那佛旁邊有腳踏魔鬼的天王，它左手扠腰，右手托塔。天王邊上為力士，身上肌肉突起，是勇力的象徵。唐代時，奉先寺是有樓殿房屋遮蔽這些巨大佛像的，現房屋已蕩然無存。

四海齊名白與劉

唐敬宗寶曆二年（西元826年）冬天，詩人劉禹錫在和州刺史任上，接到朝廷的命令，要他卸任回洛陽去。劉禹錫到揚州時，遇到由蘇州返回洛陽的詩人白居易，兩位老朋友相見，既喜且悲，兩人談起了彼此在過去十幾年甚至二十多年間政治上受到的打擊，感慨萬端。白居易在會見的酒宴上，即席賦了一首七律《醉贈劉二十八使君》。詩中對劉禹錫的遭遇充滿同情，並指出這與劉的聲名和詩才有關，從劉被貶謫的原因看，的確有些關係。

▷ 醉贈劉二十八使君 [白居易]

為我引杯添酒飲，與君把箸擊盤歌。
詩稱國手徒為爾，命壓人頭不奈何。
舉眼風光長寂寞，滿朝官職獨蹉跎。
亦知合被才名折，二十三年折太多。

〔譯文〕請給我杯子裡添滿酒，我用筷子敲著盤子，為您唱歌。您的詩才堪稱國手，可有什麼用呢！命運壓在您頭上毫無辦法。抬頭四望，到處是繁華景象，只有您孤孤單單。滿朝人都升了官職，只有您多年如故不變。我知道這是因為您詩才太高，名聲太大，才使您在政治上遭受這樣的磨難。可這磨難一直延續了二十三年也太長了啊！

劉禹錫在讀了白居易的贈詩後，深有感觸。他一方面感激老朋友的勸慰，同時又從自身的遭遇想到這些年來去世的友人，又聯想到自己應該怎樣對待個人的挫折。詩人將這些豐富的內容，都寫入了他在揚州酒宴上給白居易的答詩中。

▷ 酬樂天揚州初逢席上見贈 [劉禹錫]

巴山楚水淒涼地，二十三年棄置身。
懷舊空吟聞笛賦，到鄉翻似爛柯人。
沉舟側畔千帆過，病樹前頭萬木春。
今日聽君歌一曲，暫憑杯酒長精神。

〔譯文〕在巴山楚水這些荒涼邊遠的地方，我度過了二十三年被貶謫的生活。我只能和晉代的向秀一樣，空吟《思舊賦》悼念死去的友人。回到故鄉，人事已非，像晉人王質一樣恍然有隔世之感。在沉船的近旁，成千的船隻飛駛而過；病萎的枯樹前，萬木在春天競相生長。今天聽了您為我即席吟了一首好詩，使我思緒萬端，只能憑藉喝酒忘去憂愁，增長精神了。

此詩的頭兩句，指劉禹錫自唐順宗永貞元年（西元805年）被貶為朗州（今湖南常德）司馬，一直到唐敬宗寶曆二年（西元826年）詩人才被從和州召回洛陽，共經歷了二十二年的貶謫生活。詩第三句中的向秀是西晉人，與嵇康是好友，嵇因不滿司馬氏陰謀篡奪曹魏政權而被司馬昭所殺。後來向秀路過山陽，在嵇康舊居聽見有人吹笛，笛聲清亮激昂，向秀想起死去的友人，因而寫了《思舊賦》，詩中「聞笛賦」即指此。第四句中的「爛柯人」指晉代人王質。傳說他到石室山（後改名爛柯山，位於今浙江衢州南）去砍柴，見兩個童子下棋，他在一旁觀看。一局終了，放在身邊的斧柄已經腐爛，回家一看，原來已過去百年了。

詩人白居易在寫給好友詩人元稹的信《與元九書》中，有這樣一段話：「古人云：窮則獨善其身，達則兼濟天下，僕雖不肖，常師此語。」縱觀白居易的一生，確是這樣做的。他早年懷著「兼濟天下」的雄心，寫了大量議論朝政，揭露官僚們巧取豪奪，抨擊宦官殘害人民等等的「諷喻詩」，因而遭到當權者的忌恨，由此受到重大的政治打擊，被貶為江州司馬。此後，詩人的兼濟天下的想法有所減弱。在這時，唐朝廷中宦官專權，甚至連皇帝的生殺廢立也由他們決定。而大官僚們分成以李德裕為首的李黨和牛僧孺為首的牛黨，為爭權奪利而互相傾軋。白居易處於這種政治局勢中，感到很難有所作為，於是想退出政治漩渦，以達到獨善其身。

唐文宗大和三年（西元829年）春天，白居易請求離開長安，分司東都，即到東都洛陽去當一個不管事的閑官。朝廷同意了，於是詩人以太子賓客的官職分司東都，時年五十八歲。此後，詩人一直住在洛陽。

唐文宗開成元年（西元836年），劉禹錫在同州（今陝西大荔縣）刺史任上患了足疾，因而改任為太子賓客，分司東都。當時詩人白居易早已在洛陽，曾平定藩鎮叛亂的著名賢相裴度時任東都留守，他們都是劉禹錫的好友。劉回洛陽後，正好參加白、裴經常舉行的「文酒之會」，會上飲酒賦詩為樂。

劉禹錫任太子賓客分司東都時，年已六十五歲，詩人白居易和他同年。兩人雖然過著優閒的生活，可分司東都是一種無權不管事的職務，所

夜泊湘川（劉禹錫）　（明）黄鳳池編《唐詩畫譜》

有的政治抱負是無法實現了。同時，人都老了，更加使詩人們感到惆悵不已。白居易首先寫了一首詠老詩贈劉禹錫。

▷ 詠老贈夢得　〔白居易〕

與君俱老也，自問老何如？
眼澀夜先臥，頭慵朝未梳。
有時扶杖出，盡日閉門居。
懶照新磨鏡，休看小字書。
情於故人重，跡共少年疏。
唯是閒談興，相逢尚有餘。

〔譯文〕我和您都老了，老了會怎麼樣呢？眼皮老是發睏，晚上睡得早，早上起來也懶得梳頭。成天是閉門家中坐，偶爾出門也要拄著拐杖。新磨的鏡子雖然明亮，可也懶得去照，眼花了別看小字的書籍。對老朋友情義特別重，與少年們的交往很少。只有那閒談的興致，在我們相見的時候是越來越濃啊！

劉禹錫在讀了白居易的贈詩後，和了一首詠老詩，表示了他自己的一些看法。

▷ 酬樂天詠老見示　〔劉禹錫〕

人誰不顧老，老去有誰憐。
身瘦帶頻減，髮稀冠自偏。
廢書緣惜眼，多炙為隨年。
經事還諳事，閱人如閱川。
細思皆幸矣，下此便翛然。
莫道桑榆晚，為霞尚滿天。

〔譯文〕哪個人不顧惜自己的年老，而人老了又有誰去關心他呢？人瘦了，腰帶一次又一次的減短，頭髮越來越稀，帽子自然就偏斜了。為愛惜眼睛只好丟下了書本，年老體衰了，多烤製些肉乾保養身體。經歷的事情多，辦事也就更熟練。人世的變遷像大河流水一樣，無窮無盡，看多了閱歷會更深廣。細想這一切，不都是年老的優點嗎？想通了心情也就愉快了（「翛」，音ㄒㄧㄠ，意為無拘無束，自由自在）。不要說我年紀老了，我還想盡自己能力做一些事業呢！

詩最後兩句中的「桑榆」，意思是人到暮年。其來歷可能是說太陽已落到桑樹和榆樹之間，即太陽已經很低，即將落山了。舊說桑榆指位於西方的桑榆二星，此說不好解，因為天上的恒星其位置隨季節而變，沒有固定在日落時總位於西方的。而且在太陽落山時因天空太亮，肉眼看不見星星。

唐武宗會昌二年（西元842年）秋天，晚年多病的劉禹錫去世了，享年七十一歲。劉在分司東都時，朝廷曾賜給他檢校禮部尚書，秘書監等虛銜，故後世人們常稱他為劉尚書或祕書劉尚書。這時，裴度已在西元839年去世，詩人元稹在西元831年即已去世。詩人白居易面對著老友們不斷故去，心情十分悲傷，在劉禹錫去世時，他寫了兩首悼念的七律。

▷ 哭劉尚書夢得二首（選一）　〔白居易〕

四海齊名白與劉，百年交分兩綢繆。
同貧同病退閑日，一死一生臨老頭。
杯酒英雄君與操，文章微婉我知丘。
賢豪雖歿精靈在，應共微之地下遊。

〔譯文〕四海之內詩名互相匹敵的是我和你，我們之間的多年交情有多麼深厚親密。你我是一樣的貧困，都由於疾病而退隱到東都洛陽，現在老了卻一生一死的分別了。你我的互相看重就像當年的曹操和劉備，從你的詩文中委婉而又深刻的含意，使我更加瞭解你。賢明的文豪劉禹錫啊！你人雖死了可精靈長存，現在應該和元微之（即詩人元稹）一起在九泉之下交遊吧！

第五章　詩意長江

我國有一條雄偉壯麗而又富饒的大河，它長六千三百多公里，流域面積一百八十萬平方公里，幾乎占全國總面積的五分之一。在它的流域中，雖然耕地面積只占全國的四分之一——四億多畝，可糧食產量卻占全國的百分之四十以上，此外，還蘊藏著無數的自然資源，這就是長江。

唐代初期，長江下游一帶，即所謂江南地區，經濟發展很快。到了安史之亂時，黃河流域戰爭頻繁，大量人口南逃避亂。因此在安史之亂結束後，原來繁華富庶的陝西、河南一帶，人口非常稀少，荒涼不堪。而江南卻沒有直接遭受戰亂的影響，同時人口激增，如長江邊上的武昌，戶口在兩年內增加了三倍。實際上，唐朝廷的財政收入和糧食供應，已主要依靠江南了。

初唐詩人張若虛，流傳下來的詩僅有兩首，其中一首七言古詩《春江花月夜》，是被歷代人們廣泛傳誦的名作，詩中描繪了長江月夜那優美而又帶有夢幻意味的景色：

▷ 春江花月夜　［張若虛］

春江潮水連海平，海上明月共潮生。
灩灩隨波千萬里，何處春江無月明。
江流宛轉繞芳甸，月照花林皆似霰。
空裡流霜不覺飛，汀上白沙看不見。
江天一色無纖塵，皎皎空中孤月輪。
江畔何人初見月？江月何年初照人？

十五夜望月（王建）　（明）黃鳳池編《唐詩畫譜》

人生代代無窮已，江月年年只相似。
不知江月待何人，但見長江送流水。
白雲一片去悠悠，青楓浦上不勝愁。
誰家今夜扁舟子？何處相思明月樓？
可憐樓上月徘徊，應照離人妝鏡臺。
玉戶簾中捲不去，擣衣砧上拂還來。
此時相望不相聞，願逐月華流照君。
鴻雁長飛光不度，魚龍潛躍水成文。
昨夜閑潭夢落花，可憐春半不還家。
江水流春去欲盡，江潭落月復西斜。
斜月沉沉藏海霧，碣石瀟湘無限路。
不知乘月幾人歸，落月搖情滿江樹。

〔譯文〕近海處的長江，水面是那麼遼闊，春日潮水高漲江海連成一片。一輪明月在海上隨著潮水緩緩升起。在綿延千萬里的大江上，銀色月光在波面閃耀。豈只是長江，天下哪一條江河在這春夜裡，不是月明如晝啊！江水彎彎曲曲地流過長滿花草的平野，繁花叢生的樹林在月光照耀下，像是掛滿了雪珠。那月光像空中流下的白霜，可又不見它飛舞。江中小洲上的白沙，全隱沒在濃霜似的月光中了。江水天空渾然一色毫無纖塵，只見空中一輪皎潔的明月。這江邊是誰第一次見到月亮啊？而這江上的月亮又是哪一年初次照耀了人間？人生一代代沒有窮盡，江上的月亮年年看來卻都相像。不知這江月在等待著誰，只見長江水不斷地滾滾東流。他像一片白雲似地離開了，住在青楓浦（今湖南瀏陽縣，但從詩意看，係泛指長江邊上）上的她，愁思萬端。今夜那江中小船上是誰家的兒郎，在那遙遠他方同一明月照耀的樓上，有著思念他的姑娘。這月光好像在她住的樓上徘徊，照到了梳粧檯上。這勾人愁思的月光啊！怎麼這樣無賴，你捲上還是放下簾子，它總要鑽進來。那光滑的擣衣石上無論她怎麼拂拭，總抹不掉月兒的光彩。今夜雖然我們望著同一輪明月，可聽不見彼此的呼喚，真想隨著這月光將我的情意帶到你的身旁。可遠飛的鴻雁卻不能把月光捎去，水底的魚龍只會暗暗跳動，激起層層波紋。她昨夜夢見春花凋謝落到江潭中，春日已經將盡，他為何還不回家。東流的江水帶著春天要過去了，月兒已經西斜即將落入江潭。一片迷茫的海霧升起，再也不見月亮的蹤影。可這世間離別的人們啊！有的遠在碣石（山名，在河北北戴河附近），有的隔著瀟、湘（湖南的兩條河流），真是天南海北，難以相聚啊！真能在這美好的月夜中歸家的能有幾人，只有那江畔的樹叢中，像是還掛滿著落月的餘暉，勾動著人們無限的情思。

《春江花月夜》是唐代以前就有的樂府詩題，據說是陳朝荒淫的亡國之君陳後主所創立。不過陳後主所寫的詩早已失傳了，推測主要是供宮廷飲宴時助興所唱的歌曲。上面這首《春江花月夜》，與為宮廷享樂而寫的宮體詩是大不相同的。

《春江花月夜》頭十句寫長江春夜優美的景色，中間一段感慨人生的短暫而江月長存，同時描述了在同一月光下離別人們的思念和悲傷。結束時，將景與人合寫，成為一個整體。這樣寫來，全詩富於變化，最後是情景交融，使讀者感受到的不僅是一幅長江春夜美景的單調圖畫，而是注入了深沉的感情，使全詩變成了活的藝術品了。

三峽連天水

由渝州（今重慶市）乘船沿長江東下，經忠州（今四川忠縣）、萬州（今四川萬縣）可達夔州（今四川奉節）。由此再往東，即進入景色綺麗的長江三峽。三峽由夔州的白帝城開始，至峽州（今湖北宜昌）的南津關結束，全長約二百公里。長江在此切過陡峻的巫山山脈，在懸崖絕壁中奔馳而過，形成很多的急流險灘。三峽包括瞿塘峽、巫峽和西陵峽。

唐憲宗元和五年（西元810年），詩人元稹因不畏權勢，得罪了執政的大官，因而被貶官為江陵府（今湖北江陵）士曹參軍。江陵是古代楚國的領土，元稹到江陵後，用《楚歌十首》為題，寫了一組十首五言詩，記述江陵及其附近的名勝、古蹟和秀麗的風光，其中第九首就描繪了三峽。

▷ 楚歌十首·江陵時作（其九） 〔元稹〕

三峽連天水，奔波萬里來。
風濤各自急，前後苦相推。
倒入黄牛漩，驚沖灩澦堆。
古今流不盡，流去不曾回。

〔譯文〕三峽的長江水連著天，奔騰洶湧萬里而來。江風捲起波濤，後浪推著前浪，急急忙忙地向東流去。這急流倒著進入了黃牛峽的漩渦；沖上灩堆使人驚心動魄。人世間的時光不也是這樣的嗎？從古至今永遠流逝不盡，流去的時光再也不會回還。

三峽的猿啼聲，早在唐代以前就已經非常著名。在距今約一千五百年前的北魏時，科學家酈道元就在他的《水經注·江水》中寫道：自三峽七百里中，兩岸連山，……每至晴初霜旦，林寒澗肅，常有高猿長嘯，屬引淒異，空穀傳響，哀轉久絕。在唐人的詩歌中，三峽的猿啼聲更是常見，例如李白的「兩岸猿聲啼不住」、劉禹錫的「清猿啼在最高枝」等等。根據描述，猿啼聲非常悲哀（或人們聽來很悲哀），而且常在晚上啼叫。乘船過三峽的詩人們聽見猿啼後，會引起各種各樣的別思離情，寫入他們的詩篇。

▷ 巴江夜猿 〔馬戴〕

日飲巴江水，還啼巴岸邊。
秋聲巫峽斷，夜影楚雲連。
露滴青楓樹，山空明月天。
誰知泊船者，聽此不能眠。

〔譯文〕那巴江邊的猿猴啊！每天喝著巴江的江水，又在巴江的岸邊啼叫。高聳深邃的巫峽遮斷了秋天的聲音；夜間峽谷濃重的陰影，與楚（今四川東部及湖北西部，為古楚國之地）天的長雲相連。凝結的露珠滴在青楓樹葉上，明亮的月光照著空無所有的山峰。有誰能知道，停船在這裡的人們，聽見這悲哀的猿啼聲無法入眠。

從氣候上看，三峽地區在一千多年前的唐代，不可能生存有猿類。古代人是猿猴不分的，唐代三峽地區的猿啼，看來應為「猴啼」。現代由於森林消失，長江三峽兩岸連猴子也見不到了。著名的「三峽猿啼」，只能在唐代的詩歌中留給我們一個美好的夢境。

三峽中最為雄偉壯觀而又險峻的是瞿塘峽，它西起夔州的白帝城，東達巫山縣的大溪，全長約八公里。峽谷兩岸懸崖高出江面五百至七百米，而山峰則高達一千四百米，船行其中，宛如進入一條巷道。

在白帝城下瞿塘峽入口處的江中心，有一塊川江船工望而生畏的巨石，名叫灩澦堆。冬季時灩澦堆出水長約三十米，寬約二十米，高達四十米，夏季水漲時則幾乎全部沒入水中。石的周圍水勢險急，激成漩渦，形成多股紊亂的水流。古代船工駕船至此，不知順哪股水漂過去才安全，因而常猶豫不決，灩澦即猶豫的音轉，因而得名。1958年冬，為了航行的安全，將灩澦堆全部炸掉。

乘船沿江而下過了灩澦堆後，就將進入瞿塘峽的大門——夔門，夔門兩側，為絕壁如削的高山，南為「白鹽山」，北曰「赤甲山」，絕壁高達五百米，在臨江的南崖壁上，刻有「夔門天下雄，艦船輕輕過」、「巍哉夔門」等字樣。由於此處江寬僅一百餘米，而長江在戎州、瀘州、渝州等地，會合了岷江、沱江、涪江、嘉陵江和烏江之後，浩蕩奔騰的江水爭先恐後地沖入夔門，正像詩人杜甫在他的五律《長江二首》中所寫的那樣。

▷ 長江二首（選一） ［杜甫］

眾水會涪萬，瞿塘爭一門。
朝宗人共挹，盜賊爾誰尊。
孤石隱如馬，高蘿垂飲猿。
歸心異波浪，何事即飛翻。

〔譯文〕眾多的支流在涪州、萬州等地會合，注入浩蕩的長江，奔騰的江水爭先恐後地沖入瞿塘峽的入口夔門。眾水匯流入海，好像擁戴朝廷的臣子，大家都尊敬；而叛亂的盜賊，誰也瞧不起。夔門附近的灩澦堆隱沒在洪水之下，只有馬那麼大了，高崖上長長的藤蘿，吊著垂到江中飲水的猿猴。我思歸的心不是波浪，為什麼老是翻飛不息呢？

唐憲宗元和十二年（西元817年），詩人白居易在江州司馬任上，這時他的一位友人應東川節度使的徵召出任輔佐的官職，即將乘船上行過三峽，為此，白居易寫了下面這首五言長律給友人送行。

▷ 送友人上峽赴東川辟命　〔白居易〕

見說瞿塘峽，斜橫灩澦根。
難於尋鳥道，險過上龍門。
羊角風頭急，桃花水色渾。
山回若鼇轉，舟入似鯨吞。
岸合愁天斷，波跳恐地翻。
憐君經此去，為感主人恩。

〔譯文〕聽說在那瞿塘峽的門口，有著生根於江底的灩澦堆橫斜。在這裡行船，比尋找鳥飛的道路還要困難，其危險超過了黃河著名的險灘龍門。在瞿塘峽中，迴旋的羊角風勁吹；春季桃花開時，暴漲的洪水渾濁無比。迂迴的大山猶如海中的怪鼇（傳說中的大海龜）在轉身；駛入峽中的小舟，好像被吞入了巨鯨的腹中。兩岸似乎要合在一起，使人害怕它將遮斷了青天；洶湧的波濤好像會使大地翻滾。你現在要經過如此險惡的旅途赴任，實在是為了感謝徵召你的大官的情意。

白帝城在夔州城東的白帝山上，西南方下臨長江。西漢末年王莽統治時期，公孫述佔據此地，在今白帝山上築城，取名「子陽城」。子陽城中有一口白鶴井，常冒出一股白色霧氣，宛如一條白龍騰空，公孫述認為是白龍出井，是預示自己要當皇帝的祥瑞。於是將子陽城改名「白帝城」，

別裴九弟（賈至）　（明）黃鳳池編《唐詩畫譜》

自己在此稱「白帝」，白帝山也因此而得名。

唐代宗大曆元年（西元766年），詩人杜甫由雲安（今四川雲陽）去夔州（今四川奉節）。約在春末到夔州時，詩人登上白帝城中最高的樓上眺望，見到壯麗的峽中景色，想起自己的身世，無限傷感，寫了下面這首拗體的七律：

▷ 白帝城最高樓　［杜甫］

城尖徑仄旌旆愁，獨立縹緲之飛樓。

峽坼雲霾龍虎臥，江清日抱黿鼉遊。

扶桑西枝對斷石，弱水東影隨長流。

杖藜歎世者誰子？泣血迸空回白頭。

〔譯文〕白帝城依山而建直到山尖，城內道路傾斜不平，連駐軍的旌旗也帶有愁色（「愁色」既指地勢險峻，也指有戰亂）。我獨自一人站在這淩空入雲的高樓上。從樓上下望夔門，只見江峽中開，雲霧彌漫，無數怪石像龍虎在酣睡。那陽光照射下的江流中，急水迴旋猶如黿（ㄩㄢˊ，大鱉）和鼉（ㄔㄠˊ，揚子鱷，俗稱豬婆龍）在游動。向東遠眺，日出之處的扶桑神樹正與瞿塘峽的石壁相對；向西遙望，昆侖山下的弱水似與長江流水相隨。那拄著拐杖歎息世事的老人是誰呀，在高樓上悲傷哭泣，血淚灑在空中，低下了他那白髮蒼蒼的頭。

詩中第五句「扶桑」是古代傳說中的東方神樹，長數千丈，每天太陽從這裡出來，後來一般稱日本為扶桑國。第六句「弱水」是傳說中昆侖山下的一條河，任何東西在水中都會下沉，連羽毛都浮不起來，故稱弱水。

唐肅宗至德二年（西元757年），詩人李白因為參加永王李璘的幕府，涉嫌叛逆獲罪。次年被判長期流放夜郎（今貴州桐梓一帶）。唐肅宗乾元二年（西元759年），李白在赴流放地途中到達白帝城，唐朝廷由於冊立太子及天大旱而宣布大赦，李白也在赦免之內。

李白遇赦後，心情是比較愉快的。他於乾元二年三月從白帝城出發，乘船經三峽東下，大約就在此次旅途中，寫下了千古傳誦、被讚譽為神品的七絕《早發白帝城》：

▷ 早發白帝城 〔李白〕

朝辭白帝彩雲間，千里江陵一日還。
兩岸猿聲啼不住，輕舟已過萬重山。

〔譯文〕一早告別高在雲端的白帝城，晚上就到了千里之外的江陵。聽著兩岸不停的猿啼聲，輕快的船兒不知不覺已越過萬重山巒。

從白帝城到江陵，古代傳說有一千二百里，船順水而下迅疾如風，朝發白帝，暮至江陵。實際上白帝城距江陵只有三百多公里，但是古代的木船走得怎樣快，一天也是到不了的。詩人在這裡採用了古代誇張的傳說，表現了船行的輕快和自己的興奮心情。

據小說《三國演義》的記載，吳將陸遜在大敗蜀軍後，追趕劉備直到白帝城附近的夔關，忽見江邊上一陣殺氣，以為有大軍埋伏。令軍士探聽，結果並無一人一騎，只在江邊有亂石八九十堆，殺氣從中而起。當地人告訴陸遜，此地名魚腹浦，亂石是諸葛亮當年入川時在沙灘上擺的戰陣，分成天、地、風、雲、龍、虎、鳥、蛇八陣，叫做八陣圖。陸遜認為這個石陣是嚇唬人的，於是大膽地騎馬入陣中觀看，結果遇到飛沙蔽天，刀劍般的怪石塞路，江上浪湧聲如戰鼓急敲，陸遜差一點被困死在這不起眼的亂石堆中。

詩人杜甫對這著名的八陣圖，曾題詩詠歎。

▷ 八陣圖 〔杜甫〕

功蓋三分國，名成八陣圖。
江流石不轉，遺恨失吞吳。

〔譯文〕諸葛亮輔佐劉備形成了蜀、魏、吳三國鼎立的局勢，功業蓋世。神奇的八陣圖更使他威名遠震。八陣圖的石堆，在幾百年的長江水衝擊下巍然不動。最大的恨事是劉備攻打吳國這一失策啊！

詩的最後一句包含意思更多，因為蜀漢剛一建立時，諸葛亮分析形勢後，就定下了東和孫吳，聯合對付魏國的方針，這是完全正確的。由於劉備急於報關羽被攻殺之仇，又想乘機吞併東吳，傾全國之力向東吳進攻，最後全軍覆沒。蜀漢因此國力大為削弱，雖有諸葛亮的籌畫，也難以恢復元氣，最後還是亡於魏，這真是當年攻打吳國導致的最大恨事啊！

從歷史事實看，八陣圖的故事應該是確無其事。因為當年吳國軍隊追趕劉備，只到歸州（今湖北秭歸）石門山就沒能再前進。歸州離八陣圖所在地夔州（今四川奉節）有一百多公里，陸遜當然不可能在此被困。

經過一千六百多年的歲月，八陣圖的遺蹟幾乎被江水全部沖蝕破壞了。不過在每年洪水季節，遺址上可能生成新的砂石堆，這類堆積出現快，消失也快。

出瞿塘峽後，長江進入一個寬大的河谷，寬處可達三十公里。到今四川巫山縣的大寧河口時，長江流入第二個峽谷——巫峽。巫峽又稱大峽，正位於今四川湖北兩省交界處，至湖北巴東縣官渡口出峽，全長約四十五公里。

在巫峽兩岸，有著著名的巫山十二峰，它們都由石灰岩構成，挺拔陡峻，高出江面達兩千米。這十二峰的名稱為登龍、聖泉、朝雲、神女（望霞）、松巒（又名帽盆峰）、集仙（又名剪刀峰）、飛鳳、翠屏、聚鶴、淨壇、起雲和上升。

巫山十二峰中，以「神女峰」最為秀麗。自從楚國文學家宋玉在他的著作《高唐賦》中寫了一段有關巫山神女的故事後，經過後人的渲染，逐步形成了動人的神話。

傳說神女是王母娘娘的小女兒瑤姬，她早晨散雲布霧，傍晚主持下雨。當時三峽所在地是沒有河谷的大山，河水流不出去而氾濫成災，同時巫山上又有一群孽龍興妖作怪。瑤姬經過這裡時，仗劍斬殺了孽龍，並且幫助大禹鑿通三峽，使長江水得以順利流出。最後，她自己化為神女峰，為來往的船隻導航。

巫峽的綺麗風光和神話傳說，激發了唐代很多詩人的靈感，寫下了大量詠唱的詩篇。可也有些詩人，覺得巫峽雖美卻難寫，而看了前人一些成功的作品更使自己難以下筆，於是過巫峽而不作。白居易曾對人說：「詩人劉禹錫，在白帝城當了三年地方官，想在這裡寫一首詩，可又膽怯而沒敢寫。到他調動經過這裡時，將歷來人們題的詩一千多首全部塗去，只留下四首。這四首詩都是絕唱，我在這裡怎麼再敢寫詩呢！」

那四首有關巫山的傑作分別是詩人沈佺期、張循之、皇甫冉和李端所寫的五言詩《巫山高》。

巫山高（一） ［沈佺期］

神女向高唐，巫山下夕陽。
徘徊作行雨，婉孌逐荊王。
電影江前落，雷聲峽外長。
霽雲無處所，台館曉蒼蒼。

巫山高（二） ［張循之］

巫山高不極，合遝狀奇新。
暗谷疑風雨，幽崖若鬼神。
月明三峽曙，潮滿二江春。
為問陽臺客，應知入夢人。

巫山高（三） ［皇甫冉］

巫峽見巴東，迢迢出半空。
雲藏神女館，雨到楚王宮。
朝暮泉聲落，寒暄樹色同。
清猿不可聽，偏在九秋中。

巫山高（四） ［李端］

巫山十二峰，皆在碧虛中。
回合雲藏日，霏微雨帶風。
猿聲寒過水，樹色暮連空。
愁向高唐望，清秋見楚宮。

〔譯文一〕巫山上夕陽西下的時候，那神女往高唐去了。她來來回回主持著下雨，溫柔主動地與楚王交好。閃電照耀的陰影落在江前，隆隆的雷聲一直傳到峽外。雲消雨止時再也不見神女，只有那高臺在拂曉中一片蒼翠。

〔譯文二〕那巫山高得沒有頂，複雜的形狀異常新奇。深暗的峽谷像總是在颳風下雨，幽僻的懸崖猶如鬼斧神工。明月升起時猶如給三峽帶來曙色，春潮漲滿了長江。請問陽臺上的客人（指巫山神女），你應該知道這次做夢的是誰吧！

〔譯文三〕那巫峽在巴東，高峻的巫山似乎在半空中。雲霧遮蔽了神女廟，雨水灑到了楚王的離宮。從早到晚都能聽見泉水的聲音，無論冬夏樹色總是那樣蒼翠。那悲哀的猿啼聲本來就使人不忍聽，偏偏在這深秋時又不斷地傳來。

〔譯文四〕著名的巫山十二峰，都高聳在雲霄之中。太陽常藏在迴旋密合的雲霧中。迷濛的細雨夾著陣陣山風。寒秋的猿啼聲傳過江面，傍晚樹色與天空蒼茫一片。帶著愁思向著高唐眺望，只有這清秋時節的楚王離宮歷歷在目。

上述詩中兩次提到的「高唐」，是楚國的樓臺，位於雲夢澤中（大致在今湖北南部）。楚國的文學家宋玉在他寫的《高唐賦》中，敘述了一段與高唐樓臺有關的神話。賦中說，楚襄王與宋玉在雲夢之臺上遊覽，眺望高唐，見其上有雲氣，上下變化不停。楚王問宋玉說：「這是什麼氣？」宋玉回答說：「這是朝雲，過去楚懷王（襄王的父親）曾到高唐遊玩，因疲倦而睡了一會兒，夢見一個婦女對他說：我是巫山神女，是高唐的客人，聽說您到這裡來遊玩，願和您交好。神女走時說：「我住在巫山之陽那高峻的山峰上。早上為朝雲，傍晚下雨，每天都在陽臺的下面。」楚襄王早上起來看，果然如宋玉所說，因此在巫山下建了神女廟，叫做「朝雲」。

前面說詩人劉禹錫在夔州做了三年刺史，白居易說他一首有關三峽或巫山的詩都未寫，其實並非如此。他在這期間寫作的著名詩歌有《蜀先主廟》《觀八陣圖》《竹枝詞》《浪淘沙詞》等。前兩首是詠巫山一帶三國古蹟的，《竹枝詞》兩套共十一首，《浪淘沙詞》一套九首，是專為民間

峨眉山月歌（李白）　　（明）黃鳳池編《唐詩畫譜》

歌唱所寫，富有民歌風味。此外，在此期間寫的七律《巫山神女廟》，則是一首直接描述巫山風光的好詩。

▷ 巫山神女廟 ［劉禹錫］

巫山十二鬱蒼蒼，片石亭亭號女郎。
曉霧乍開疑卷幔，山花欲謝似殘妝。
星河好夜聞清佩，雲雨歸時帶異香。
何事神仙九天上，人間來就楚襄王。

〔譯文〕你看那巫山十二峰鬱鬱蒼蒼，林木茂密。神女峰亭亭玉立，多麼的秀美俏麗。晨霧忽然消散，猶如卷起了神祕的帷幔；山花將要凋謝，好似豔妝半殘的美麗姑娘。在那星光燦爛，銀漢分明的夜晚，遙遙傳來神女衣上玉佩的清脆叮噹響；她行雲布雨歸去，留下了滿天的芳香。她這九天上的神仙，為何要到人間來找楚襄王交好呢？

西陵峽自湖北秭歸縣的香溪至宜昌的南津關，是三峽最後一個峽谷，長達七十六公里。它包括四個著名的小峽，即「兵書寶劍峽」、「牛肝馬肺峽」、「崆嶺峽」及「燈影峽」，其實，其他不太著名的小峽很多，甚至連在江上航行多年的老船工也說不清。西陵峽峽險灘多，灘上灘下水位相差很大，灘上波平浪靜，可下灘時水勢湍急，易出危險。

唐代詩人王維到蜀地旅行時，一天早晨船進西陵峽，見到景物與北方相異，引起了對故鄉的懷念，因而寫了下面這首五言長律：

▷ 曉行巴峽 ［王維］

際曉投巴峽，餘春憶帝京。
晴江一女浣，朝日眾雞鳴。
水國舟中市，山橋樹杪行。
登高萬井出，眺迴二流明。
人作殊方語，鶯為故國聲。
賴多山水趣，稍解別離情。

〔譯文〕天剛亮時進入西陵峽，在這暮春的時候想起了長安。大江邊有一個姑娘在洗衣，朝日初升眾雞啼鳴。水鄉的人在船上進行集市貿易，山腰間橋上的人們好像在樹梢上行走。登高一望，山谷中的村落人家（萬井指村落人家）歷歷在目；遠眺東西，長江上下流盡入眼底。這裡的人們講著難懂的異鄉語言，可鶯兒的歌聲卻和故鄉沒有兩樣。幸好這裡有著美妙的山水讓我欣賞，而稍稍解除了我遠別故鄉的思念之情。

船經過西陵峽中最後一個小峽燈影峽後，不遠即到南津關，這是西陵峽的東口，也是整個長江三峽的終點。長江出南津關後，向南轉一個近九十度的大彎，進入寬廣的丘陵地帶，險灘惡浪隨即消失了。

詩人李白在唐玄宗開元十二年（西元724年）二十四歲時，離開他長大的蜀地，乘船沿長江東下，在長江中下游一帶度過了十幾年的漫遊生活。李白在船出三峽後，寫下了下面這首五律。

▷ 渡荊門送別　［李白］

渡遠荊門外，來從楚國遊。
山隨平野盡，江入大荒流。
月下飛天鏡，雲生結海樓。
仍憐故鄉水，萬里送行舟。

〔譯文〕我出蜀遠行，船向荊門山之外駛去，準備到古楚國故地（今湖北、湖南一帶）遊覽。三峽綺麗的群山延續到荊門，已變成平坦的郊原。浩蕩的長江流入了廣闊無際的平野。月影映入江中，好像空中飛下的明鏡；江上湧起了變幻的雲彩，猶如不可捉摸的海市蜃樓。從我故鄉流來的長江水啊！不遠萬里一直送著我的小船。

前人評論說：詩的三、四句「山隨平野盡，江入大荒流」與杜甫《旅夜書懷》詩中的「星垂平野闊，月湧大江流」相似，李白寫的是白天景色，杜甫寫的夜景；李白是在行駛的船中眺望，而杜甫是停舟江畔細看，因此各有其妙。

遙望洞庭山水翠

長江由江陵南流，那彎彎曲曲、迴腸九轉的河道延伸了二百多公里後，到了唐代時我國第一大湖——洞庭湖。

在遠古時代，我國有一個巨大的湖泊，名叫雲夢澤。它的面積可能佔據了今湖北省南部和湖南省北部。由地質學可以知道，湖泊的壽命是很短的，大多數不超過一兩萬年，甚至只經過幾千年就被完全淤平。雲夢澤也不例外，在距今兩千多年前的春秋戰國時代，它已經不是一個連成一片的大湖了，變成許多星羅棋佈的較小湖泊，其間被沼澤地帶隔開。

洞庭湖物產豐富，沿湖一帶更是我國著名的魚米之鄉。可由於長期以來不注意生態平衡，濫伐森林，加上不合理的圍湖造田，以及長江及湘、資、沅、澧水上游水土流失嚴重，大量泥沙帶入湖中沉積淤塞，使湖面迅速減小。據記載，1825年湖面積六千二百七十平方公里，1949年為四千三百五十平方公里，到1979年，湖面積僅為二千七百四十平方公里，並已被分割成七里湖、目平湖、南洞庭湖和東洞庭湖四個部分。按目前淤積速度，約一百年後，洞庭湖將會從地圖上消失。

在唐代，洞庭湖比現在要廣闊得多，如按周長四百公里計算，則其面積將在一萬平方公里以上。當時湖上煙波浩渺，一望無際，人們泛舟其中，引起無限遐想，許多神話傳說也隨之產生。

在廣闊的洞庭湖上，日出、日落和月夜的美景，是十分迷人的。唐玄宗時的宰相張說，在開元四年（西元716年）貶官為岳州刺史。岳州在洞庭湖畔，張說公餘之暇，常在湖中泛舟遊覽。下面這首七絕，就很好地描寫了湖中日落時的美妙情景。

▷ 和尹從事懋泛洞庭　〔張說〕

平湖一望水連天，林景千尋下洞泉。
忽驚水上光華滿，疑是乘舟到日邊。

〔譯文〕平廣的湖水遠接天邊，在夕陽西下、樹林陰影長達千尋的時候來湖中泛舟（「尋」為古長度，每尋約為2.6米）。忽然水面上波光粼粼光華耀眼，使人懷疑是否船兒來到了太陽的旁邊。

唐代時洞庭湖的秋水，分外清澈，我們可以看看詩人唐溫如在他所寫的七絕《題龍陽縣青草湖》中的描述。

▷ 題龍陽縣青草湖 ［唐溫如］

西風吹老洞庭波，一夜湘君白髮多。
醉後不知天在水，滿船清夢壓星河。

〔譯文〕秋日的西風，不斷掀起洞庭湖的波濤。時光的流逝，使水神湘君在一夜之間，竟添了更多的白髮。我喝醉了，不知道天空倒映在湖水中，醉後夢中只覺得我的船兒漂浮在佈滿星星的銀河上。

詩題中的龍陽縣，為今湖南省漢壽縣。青草湖因湖的南面有青草山，且湖中多青草而得名，它與洞庭湖自古相通，常二湖並稱，故題青草湖而詠洞庭。這首詩寫洞庭秋景別出心裁，深秋夜空晴朗，銀河和群星倍加明亮，它們倒映在清澈的湖水中。喝醉了的詩人在朦朧的夢境中，真覺得自己是泛舟於銀河之上，飄飄欲仙了。

在洞庭湖中，唐代時有一個小島君山，又名洞庭山。由於有了它，使洞庭風光更加美麗。

▷ 望洞庭 ［劉禹錫］

湖光秋月兩相和，潭面無風鏡未磨。
遙望洞庭山水翠，白銀盤裡一青螺。

〔譯文〕秋天的澄月和湖光交相輝映，平靜無風的湖面在朦朧的夜色中，猶如尚未磨亮的銅鏡。遠眺洞庭湖山水是那樣青翠，湖中的君山真像是白銀盤中一只用青螺殼雕成的酒杯啊！

詩人在此詩中，將秋月照耀下，平靜無風的湖面比作白銀盤，見過這種夜景的人，都會知道它是多麼地貼切啊！

唐穆宗長慶四年（西元824年）八月，詩人劉禹錫自夔州刺史調任和州刺史，他由蜀地沿長江東下赴任，途中經過洞庭湖，寫下了《望洞庭》詩。

開元四年（西元716年），張說貶官到嶽州，他在嶽州西城門上修了一座城樓，最初取名為「南樓」，後定名為「岳陽樓」。

唐代宗大曆三年（西元768年）臘月，杜甫泊舟在嶽州城下，登岳陽樓遠眺，面對洞庭風光，聯繫到當時的頻繁戰亂，寫下了著名的五律《登岳陽樓》。

▷ 登岳陽樓　　［杜甫］

昔聞洞庭水，今上岳陽樓。
吳楚東南坼，乾坤日夜浮。
親朋無一字，老病有孤舟。
戎馬關山北，憑軒涕泗流。

〔譯文〕很早就聽說洞庭湖有著廣闊的水面，今天真登上了岳陽樓來眺望，在湖的東南方，春秋時吳楚兩國的土地被湖水所隔開（坼，分開的意思；此外，此句還有另一種解釋，即洞庭湖是那樣廣闊，好像把東南方的吳和楚的土地打開了個大缺口）。湖面是那樣廣闊無邊，天地日月好像都浮在湖水上。我的親友一封信也沒有，只有我病老頭子一個人伴著這孤獨的小船。國家西北的邊疆還在打仗，靠著岳陽樓的窗邊，想起國難和個人身世，我忍不住淚如雨下。

宋朝人方回，在一次上岳陽樓遊覽時，見樓右壁寫了杜甫的五律《登岳陽樓》，左壁寫孟浩然的五律《臨洞庭湖》，不禁感慨地說：「岳陽樓天下壯觀，孟、杜二詩盡之矣。」又說：「後人自不敢復題也。」由此可見，孟、杜這兩首詩自古以來就被人們認為是詠洞庭湖的絕唱。

唐憲宗元和十四年（西元819年）春天，詩人白居易由江州司馬調任忠州刺史。詩人乘船沿長江而上，在經過岳州時，登上岳陽樓遊賞，題了下面這首七律：

▷ 題岳陽樓　［白居易］

岳陽城下水漫漫，獨上危樓憑曲欄。
春岸綠時連夢澤，夕波紅處近長安。
猿攀樹立啼何苦，雁點湖飛渡亦難。
此地唯堪畫圖障，華堂張與貴人看。

〔譯文〕岳陽城下湖水無邊無際，我獨自登上高聳的岳陽樓倚著欄杆眺望。春天湖岸綠時，大水連著雲夢澤，看見夕陽落下的西方，使我想起長安。猿猴攀著樹站立，啼聲是多麼悲苦，大雁貼著湖面飛行，要渡過也很困難。這塊美麗的地方真應該繪成圖畫，張掛在豪華的廳堂上讓貴人們欣賞。

白居易詩第四句用了一個典故。晉明帝為元帝之子，在他才幾歲時，很得元帝的喜歡。一次他坐在元帝膝前，正好有使臣從長安來，於是元帝問這個才幾歲的兒子說：「你說太陽與長安哪個遠？」回答說：「太陽遠，因為從沒聽說有人從太陽邊上來，由此就可知了。」元帝聽後很高興。第二天，設宴招待群臣，元帝又問這小傢伙太陽和長安哪個遠。回答說：「長安遠。」元帝一聽小傢伙改了口，以為他答錯了，不禁吃了一驚，就問他說：「怎麼和昨天說的不一樣？」回答說：「抬頭可以看見太陽，可看不見長安，所以長安遠。」元帝聽罷大為高興。白居易這第四句詩據說也有這個意思：即自己官職由江州司馬升為忠州刺史，不僅地理位置近了長安一步，由於升官而與皇帝關係也更親近了。

經洞庭湖沿長江東下，不久可到今湖北蒲圻，蒲圻西北四十多公里處的長江南岸，就是赤壁，是三國時著名的赤壁之戰的戰場。當年曹操的二十餘萬大軍，在這裡被東吳傑出統帥周瑜指揮的僅四萬人的孫權劉備聯軍徹底打敗，奠定了三分天下的基礎。

唐代詩人杜牧，在一次經過赤壁古戰場時，回想起三國時代那場決定性的戰役和年輕統帥周瑜的功績，寫了下面這首著名的七絕：

▷ 赤壁　　［杜牧］

折戟沉沙鐵未銷，自將磨洗認前朝。

東風不與周郎便，銅雀春深鎖二喬。

〔譯文〕在水底沙中沉埋了六百多年的一支斷鐵戟，還沒有完全銹蝕掉，現在挖掘了出來。我拿它來磨洗了一番，認出了這是赤壁之戰的遺物。當年若沒有東風助周瑜火攻成功，那大喬和小喬就不免被擄，關到曹操建來享樂的銅雀臺上了。

據《吳志・周瑜傳》載，橋公有兩個極其漂亮的女兒，大橋嫁給了孫權的哥哥孫策，小橋嫁給了周瑜（古代「橋」字與「喬」字通用）。銅雀台是曹操在建安十五年（西元210年）建的高臺，因樓頂鑄有大銅雀而得名。故址在鄴城（今河北臨漳縣西）。

在當年赤壁大戰的地方，有一座南屏山，臨江的一側岩壁上，刻著「赤壁」二字，每個字長一米半，寬一米。相傳是周瑜在江上舉行慶功宴時所寫。山石呈赭色，傳說是火燒赤壁時，連山上石頭都燒焦了。南屏山上建有武侯宮（又名拜風台），據說是諸葛亮當年作法借東風的地方。在文物陳列室中，陳列了兩千多件當年的文物，如赤壁大戰使用過的箭鏃、刀槍劍戟等兵器以及銅錢等等。

此地空餘黃鶴樓

唐代鄂州（今湖北武昌）的名勝黃鶴樓，位於長江之濱，蛇山的黃鵠磯頭。據記載，它始建於三國東吳大帝孫權黃武二年（西元223年），距今已有一千七百多年。

關於黃鶴樓名稱的來歷，傳說是因為有仙人王子安曾騎仙鶴經過此地而得名；也有說三國時蜀國大臣費文偉成仙以後，曾騎黃鶴到此地休息。不過據研究一般認為，黃鶴樓起源於黃鶴山，即今蛇山的古名。

一千多年來，黃鶴樓歷經興廢，它曾多次重建，又多次在戰亂中被毀。最近的一次重建在清同治七年至八年間（西元1868年至1869年），可在十六年後，即清光緒十年（西元1884年），它又被燒成一片廢墟。

傳說詩人李白在壯年時一次遊黃鶴樓，從樓上見到長江美景，詩興大發，正想題詩留念時，忽然抬頭看見詩人崔顥題在黃鶴樓上的一首七律：

▷ 黃鶴樓 〔崔顥〕

昔人已乘黃鶴去，此地空餘黃鶴樓。
黃鶴一去不復返，白雲千載空悠悠。
晴川歷歷漢陽樹，芳草萋萋鸚鵡洲。
日暮鄉關何處是，煙波江上使人愁。

〔譯文〕古代的仙人王子安已騎黃鶴飛走了，這裡只空餘下一座黃鶴樓。黃鶴一去再也不回來，千百年來，白雲飄浮，依然如故。晴天眺望對岸，漢陽的樹歷歷在目，江心鸚鵡洲上的春草多麼繁茂。暮色來臨，我的故鄉在哪裡？在這煙波彌漫的江上使人愁思縈迴。

李白一看崔顥的《黃鶴樓》詩寫得太精彩了，自己寫出來也不如他，只好擱筆，並歎道：「眼前有景道不得，崔顥題詩在上頭。」

李白在遊黃鶴樓時，雖然因有崔顥題詩在上，因而發出了「眼前有景道不得」的感歎，可是，李白一直記住此事，總想有機會寫一首詩和崔顥的這首《黃鶴樓》媲美。唐玄宗天寶六年（西元747年），李白在遊金陵鳳凰台時，用崔顥這首詩的韻寫了下面這首七律。

▷ 登金陵鳳凰台 〔李白〕

鳳凰臺上鳳凰遊，鳳去台空江自流。
吳宮花草埋幽徑，晉代衣冠成古丘。
三山半落青天外，二水中分白鷺洲。
總為浮雲能蔽日，長安不見使人愁。

李白這首詩也是歷來傳誦的名作。鳳凰台在今南京市城西南花露崗倉頂一帶，相傳南朝劉宋元嘉年間。有三隻鳳凰飛集此處，當時的人就在這裡修了鳳凰台，山也因此得名。詩第三、四句說吳國（三國時吳國首都建業即今南京）王宮內種滿花草的園林已成為荒涼的小路，晉代（東晉也建都在金陵）的王公貴人都死去了，只留下一座座古墳；第五、六句寫在鳳凰臺上遙望，長江東岸的三山磯半隱在天外雲霧中，擋在秦淮河口的白鷺洲將河流一分為二（唐代時，在秦淮河流入長江的河口有白鷺洲，將秦淮河水分為兩股流入長江，詩中二水亦作一水，意思一樣）；最後兩句說奸臣們蒙蔽了皇帝，就像浮雲遮住太陽一樣，我在鳳凰臺上看不見長安，使人是多麼的憂愁。

唐代安史之亂時，詩人李白因永王李璘事獲罪，被流放至夜郎（今貴州桐梓一帶）。李白在去流放地途中經過江夏（今武昌）時，又一次與友人史欽遊歷了黃鶴樓，詩人此時心情憂鬱，思念家鄉，借眼前之景，吟成了下面這首七絕：

▷ 與史郎中欽聽黃鶴樓吹笛 〔李白〕

一為遷客去長沙，西望長安不見家。
黃鶴樓中吹玉笛，江城五月落梅花。

〔譯文〕我像西漢的賈誼一樣，被流放到南方去（「遷客」指西漢文帝時的賈誼，他被貶為長沙王的太傅，李白在詩中用以自比）。故鄉是那麼遙遠，從江夏是望不見了。有人在黃鶴樓上吹起了笛子，那《梅花落》的憂傷旋律，傳遍了這五月中的江畔城市江夏（《梅花落》是著名的笛子樂曲，悲涼而憂傷，與李白當時心情相應）。

綠淨春深好染衣

漢江，亦稱漢水，全長一千五百三十多公里，從長度上看，它是長江最大的支流。漢水發源於陝西寧羌的嶓家山，因為首先流經歷史名城漢中而得名，而在它匯入長江處的城市，也得名為「漢口」——漢水之口。

不過「漢口」這個地名，是在20世紀初年才使用的，在古代時，這裡主要稱作「夏口」。

漢水的中上游，水色清澈碧綠，風景秀麗。唐代大詩人杜牧，於唐文宗開成四年（西元839年）由宣州（今安徽宣城）出發，到潯陽（今江西九江）後，乘船溯長江而上，入漢水，經南陽、武關、商州至長安。在船經漢水時，詩人有感於江上的春色，寫了下面這首七絕：

▷ 漢江　　〔杜牧〕

溶溶漾漾白鷗飛，綠淨春深好染衣。
南去北來人自老，夕陽長送釣船歸。

〔譯文〕漢江裡水波蕩漾白鷗掠飛，碧綠的春水好像能夠染衣。沿著漢水人們南去北來，時光就這樣過去了（漢水由西北向東南流，故說南去北來），每天那西下的夕陽都送著捕魚的船兒歸去。

唐代詩人王維，寫有一首五律《漢江臨眺》，精彩地描繪了漢江的優美景色。

▷ 漢江臨眺　　〔王維〕

楚塞三湘接，荊門九派通。
江流天地外，山色有無中。
郡邑浮前浦，波瀾動遠空。
襄陽好風日，留醉與山翁。

〔譯文〕漢江經過楚國的地界（今湖北為古楚國領土）連接著三湘（此處三湘指湘江與它的支流蒸水、瀟水和漓水的總稱。不過現代瀟江流入珠江的上游西江，不再是湘江的支流），西連荊門東達九江。極目遠眺，漢江水無邊無際，好像流出了天地之外，遠山若隱若現，似有似無。宏大的水勢，使城鎮也好像浮於其上。洶湧的波濤，在天際遠空還翻滾不停。襄陽的風光太美了，真想與山翁一起，留在這裡喝它一醉。

此詩的題名也作《漢江臨泛》，即在漢江上泛舟的意思，從詩意看，用「臨眺」（登高望遠）似乎更好一些。這首詩描寫漢江的景色非常逼真，歷來為人們傳誦，唐代詩人權德輿在他寫的五言詩《晚渡揚子江卻寄江南親故》中，有「遠岫有無中」的句子，顯然是化用了「山色有無中」；北宋著名文學家歐陽修所寫的詞《朝中措・平山堂》，頭兩句就是：「平山欄檻倚晴空，山色有無中。」直接引用了王維的詩句。

《漢江臨眺》最後一句的山翁，指晉代的山簡，他是竹林七賢之一山濤的兒子，在任征南將軍鎮守荊州襄陽一帶時，常去當地豪族習氏的園林習家池宴飲，每飲必至沉醉。

日照香爐生紫煙

廬山位於江西九江與鄱陽湖之間，最高峰海拔一千五百多米。廬山山勢雄偉，景色秀麗，尤其是它在夏季時那涼爽的氣候，正好和山下的武漢、九江一帶火爐般的酷熱成對比，因此廬山成為著名的避暑和遊覽勝地。

元和十二年（西元817年）四月九日，白居易與河南元集虛等十七人在廬山遊覽。從遺愛寺及草堂出發，登香爐峰，在大林寺住宿。大林寺位置偏僻在山深處，附近景色優美，有清流蒼石，短松瘦竹。同時，寺中時節比山外晚得多，四月了還像正月二月一樣，梨花桃花剛開，好像到了另一世界，於是作者詩興大發，寫了一首非常精彩的七絕《大林寺桃花》。

▷ 大林寺桃花　　［白居易］

人間四月芳菲盡，山寺桃花始盛開。
長恨春歸無覓處，不知轉入此中來。

〔譯文〕四月天人世間春天過去花已凋謝，可大林寺中桃花剛剛盛開。經常恨春天歸去了無處尋找，誰知她轉到了大林寺中。

盧山瀑布（徐凝）　（明）黄鳳池編《唐詩畫譜》

唐玄宗開元十三年（西元725年）春三月，詩人李白初次出蜀地漫遊，他來到廬山，登上香爐峰，欣賞峰南的瀑布，寫下了兩首著名的《望廬山瀑布》。

▷ 望廬山瀑布　［李白］

（一）

西登香爐峰，南見瀑布水。
掛流三百丈，噴壑數十里。
欻如飛電來，隱若白虹起。
初驚河漢落，半灑雲天裡。
仰觀勢轉雄，壯哉造化功。
海風吹不斷，江月照還空。
空中亂潀射，左右洗青壁。
飛珠散輕霞，流沫拂穹石。
而我樂名山，對之心益閑。
無論漱瓊液，且得洗塵顏。
且諧宿所好，永願辭人間。

（二）

日照香爐生紫煙，遙看瀑布掛前川。
飛流直下三千尺，疑是銀河落九天。

〔譯文一〕我登上廬山西北部的香爐峰，向南看見了瀑布。它從三百丈的高處流下，沖的坑谷廣達數十里。它猶如突然閃現的電光，又像是隱約起了一條白虹。使人驚異是否銀河從天上落下，在半空中四向飛灑。仰看氣勢更加雄偉，大自然的力量可真夠了不起的。強烈的海風吹它不斷，江上的月亮照著它好像空而無物。空中水流雜亂噴射（「潀」音ㄘㄨㄥˊ，「潀射」即噴射），沖洗著左右青色的峭壁。飛散的水珠猶如輕盈的雲霞，落下的水帶著泡沫流過大石。我因為愛這名山，對著這飛瀉的瀑布內心變得更為安閒適意。這瀑布水雖不是神仙的瓊液，但至少可以洗滌臉上的塵垢。這正適合於我自己原來的愛好，永遠脫離人世間的俗事。

〔譯文二〕在陽光的照射下，香爐峰升騰起紫色的煙霧。老遠就看見瀑布掛在山前。它從三千尺的高處飛流直下，使人懷疑是否銀河從天空最高處落下來了。

此詩的第一句，也有人將「日照」解釋成廬山日照峰，於是這句意思變成：「日照峰和香爐峰升騰起紫色煙霧」。不過從詩的意境看，以及從第一首詩頭兩句看，日照還是解釋成陽光照射下為佳。另外據目前所知，日照峰在廬山的牯嶺附近北方，而香爐峰遠在牯嶺之南，二者相距十餘公里，不可能同時望見。李白在詩中所寫的瀑布，現代一般認為是香爐峰之東的開先瀑布。它在枯水季節細流涓涓，宛如一線。可一到汛期，則飛流猛瀉，如同一匹白絹懸在空中，在陽光照耀下，更加壯觀。

在唐人描述廬山瀑布水的詩歌中，下面這首五律，是被認為能夠和李白的作品媲美的名篇。

▷ 湖口望廬山瀑布水 [張九齡]

萬丈紅泉落，迢迢半紫氛。
奔飛下雜樹，灑落出重雲。
日照虹霓似，天清風雨聞。
靈山多秀色，空水共氤氳。

〔譯文〕在陽光映照下，五彩繽紛的瀑布從萬丈高處落下，濺起的水霧猶如紫煙。遠眺它好似從高高的雜樹頂上奔流而下，又像是從半天的重重雲霧中灑落。太陽照射這瀑布水，像是彩色的虹霓，晴朗的天空聽見了風雨的聲音。廬山景色多麼秀麗，飛揚的水霧和煙雲混成一片，佈滿了晴空。

詩的作者張九齡，是唐玄宗開元年間的著名賢相。詩題中的湖口是唐代地名，位於鄱陽湖與長江連通處。春夏季雨水多時，廬山瀑布水量豐富，因此在鄱陽湖便可遠遠望見。

滕王高閣臨江渚

在鄱陽湖南面贛江的東岸，有著唐代時贛江流域的政治、經濟和文化中心洪州（今江西南昌）。洪州因地處魚米之鄉，水陸交通比較發達，唐代時南來北往的客商都要過此，大量貨物在此集散，因而成了熱鬧非常的商業城市。

洪州在遠古時代叫做「豫章」，後又用過「南昌」、「鐘陵」等名稱，因而在唐詩中都有見到。豫章在春秋時屬吳，吳滅於越而屬越，越滅於楚而成為楚國的屬地。

唐太宗李世民有親兄弟二十餘人，最小的弟弟李元嬰，於貞觀十三年（西元639年）封為滕王。太宗死後，滕王仗著自己是皇帝高宗叔父的身分，經常胡作非為，例如出獵時用彈弓彈人，冬天將人脫光衣服埋在雪中取樂等等，因此，曾受到唐高宗專門下詔書申斥。唐高宗顯慶三年（西元658年），滕王被任命為洪州都督，次年，為了與僚屬一起登高宴樂，修建了一所高閣，這就是曆千年而不衰的滕王閣。

唐高宗龍朔三年（西元663年）秋天，初唐四傑之一的王勃年方十四歲，但已因文才過人而聞名於世。這年，他父親任六合縣令。王前去看望父親，旅途中經過洪州。當時洪州都督是閻伯嶼，他的女婿吳子章善寫文章。閻想顯示女婿的才華，於重陽節在滕王閣上大擺宴席，計畫讓吳在席上寫一篇滕王閣序，以在賓客面前誇耀。王勃也應邀參加了宴會，因為年紀太小，坐在末座。

宴會開始後不久，閻說希望在席上有人寫一篇滕王閣序，叫人拿來筆墨，依次在賓客中傳送。客人們都知道閻的意思是叫自己女婿露一手，因此都謙讓說不行。誰知筆墨傳到王勃面前時，小小年紀的王勃居然毫不推辭，接下了筆墨。閻伯嶼很不高興，藉口上廁所離開了宴席，派一個部下看王勃下筆，隨時稟報。一開始，部下報告說王勃寫的頭兩句是：「南昌故郡，洪州新府。」閻一聽笑道：「這是老生常談。」第二次報告說寫的：「星分翼軫，地接衡廬。」閻聽後說：「這是舊事。」又報來說：「襟三江而帶五湖，控蠻荊而引甌越。」閻不做聲了。接著又報了多句，閻連連點頭；到報至「落霞與孤鶩齊飛，秋水共長天一色」時，閻不禁拍案而起，讚歎道：「這篇文章可以不朽了。」他立即回到宴會上，用大杯向王勃敬酒，以表祝賀。

就是因為王勃寫了這篇傳世而不朽的文章《滕王閣序》，使滕王閣名聞天下，歷千年而不衰。在《滕王閣序》的最後，王勃附了一首七律《滕王閣》，這也是詠滕王閣的名作。

▷ 滕王閣　〔王勃〕

滕王高閣臨江渚，佩玉鳴鸞罷歌舞。
畫棟朝飛南浦雲，珠簾暮卷西山雨。
閑雲潭影日悠悠，物換星移幾度秋。
閣中帝子今何在，檻外長江空自流。

〔譯文〕高高的滕王閣對著贛江中的小沙洲；閣上的宴席已散，歌舞停歇，客人們在佩玉和車上響鈴的聲中歸去了。早上，南浦吹來的雲在彩畫的樑上飛舞；傍晚，捲起閣上華美的簾子，可以遙望西山（在今南昌市西郊）的細雨。一天又一天，深潭上總是映著自由自在飄浮的雲影；事物變換，星宿運移，歲月消逝，許多年過去了。當年在閣中歡宴聽歌看舞的滕王，如今到哪裡去了？只有長長的贛江在欄杆外緩緩北流。

中唐詩人李涉，青年時曾登臨過滕王閣，二十年後，詩人來到洪州，再次登上此閣，想起自己在官場中的坎坷遭遇感慨不已，寫了這首七絕：

▷ 重登滕王閣　〔李涉〕

滕王閣上唱伊州，二十年前向此遊。
半是半非君莫問，西山長在水長流。

〔譯文〕我在滕王閣上唱起了伊州（「伊州」是曲調名稱。唐代在天寶年間以後，樂曲常以地方為名，如涼州、甘州、伊州。伊州舊址在今新疆哈密），二十年前就曾登臨遊覽。回想起這半輩子一會兒升遷，一會兒又貶官，真不值得一談；像當年一樣不變的，只有洪州西郊的青山長在，贛江的綠水長流。

唐代滕王閣的舊址，在今江西南昌市章江門和廣潤門之間。一千多年以來，滕王閣毀而重建達二十八次。清代末年，在唐代舊址不遠處又一次重建。1926年，這座清代建的滕王閣被北洋軍閥鄧如琢燒毀。六十年後，1985年在南昌市的贛江和撫河的交匯處，又新建了滕王閣。新閣背城臨江，距東側唐代舊址百餘米，離南邊的清代舊閣址約三百米。新閣參照宋代畫的滕王閣圖設計，為一座宋式古建築。閣高五十四米半，共九層，雄偉壯觀而又瑰麗典雅。

唐玄宗開元十三年（西元725年），李白初次出蜀漫遊到當塗，他曾經遠眺長江險峻的天門山，並寫下了極其精彩的七絕《望天門山》。

▷ 望天門山　〔李白〕

天門中斷楚江開，碧水東流至此回。

兩岸青山相對出，孤帆一片日邊來。

〔譯文〕洶湧的長江水，從中沖斷了天門山。東流的江水至此，被天門山絕壁所阻，折向北流。兩岸青山相繼映入眼簾，旭日東昇，一片白帆從日邊緩緩駛來。

天門山在哪裡？它就位於今安徽蕪湖至當塗之間的長江岸上，在當塗縣西南約十餘公里處。它是東西兩山夾長江對峙，宛如山被長江沖斷。根據古書的記載，隔江相對的二山東叫博望山，西叫梁山，也叫天門。現代則稱東邊當塗縣境的山為東梁山，西邊和縣境的山為西梁山，二者合稱天門山。東西梁山並不高，海拔僅八十多米至一百多米，但臨江處壁立陡削，非常險峻。

位於天門山下游不遠處的當塗，在唐詩愛好者中是久負盛名的。首先是因為詩仙李白多次來此遊覽，留下了眾多的古蹟與佳作，最後詩仙就長眠在這裡。

六朝如夢鳥空啼

南京，在我國歷史上曾作為十個朝代的首都，前後近四百五十年。它與西安、洛陽、北京合稱我國的四大古都。在古代，它不叫南京，而是有著很多名稱：戰國時楚國稱它「金陵」、秦漢時稱「秣陵」、東吳時稱「建業」、晉代稱「建康」或「江寧」、唐代叫過「白下」、唐及宋時又曾改稱「升州」，直到西元1368年，明太祖朱元璋以開封為北京，此地為南京，於是才第一次有了「南京」的名稱。由這個名稱的變遷我們也可以知道，在唐詩中此地被稱為金陵、建業、建康、江寧等，西元212年的三國時代，東吳孫權在金陵邑的廢墟上建了一座石頭城，並定都於此，因此石頭城有時也作為南京的別名。

南京的地理形勢，素有「虎踞龍蟠」之稱。三國赤壁之戰時，諸葛亮到東吳去，途經秣陵，騎馬登石頭山（今清涼山）眺望，見東南有鐘山像龍一樣地蟠曲在原野上，而西邊又有石頭山如猛虎似地蹲踞在長江邊。因此在見到孫權後，曾用「鐘阜龍蟠，石頭虎踞」來形容南京地勢的雄偉險峻，建議孫權遷都秣陵。

唐穆宗長慶年間（西元821年至824年），詩人元稹、劉禹錫和韋楚客三人，在白居易家中聚會。大家談論起三國和晉代的興亡史，很有感慨，於是商議各賦一首有關金陵的懷古詩。劉禹錫給自己斟了一滿杯酒，慢慢地喝著，酒飲完，一首七律就寫出來了。白居易拿來一看，驚歎道：「我們四個人一起去探驪龍（黑龍），你一個人首先得了龍珠，那我們要龍鱗龍爪有何用處呢！」於是白、元、韋三位詩人都擱筆不再寫了。

劉禹錫這首使白居易讚歎為龍珠、使三位詩人心服而不敢再寫的好詩，就是七律《西塞山懷古》。

▷ 西塞山懷古 [劉禹錫]

王濬樓船下益州，金陵王氣黯然收。
千尋鐵鎖沉江底，一片降幡出石頭。
人世幾回傷往事，山形依舊枕寒流。
今逢四海為家日，故壘蕭蕭蘆荻秋。

〔譯文〕西晉大將王濬率領的戰船從益州（今四川成都）順流東下，金陵的王霸之氣黯然消歇，東吳政權處在風雨飄搖之中。封鎖長江險處的千尋（尋為古長度名，一尋長八尺）鐵鍊，被燒斷沉到江底，東吳朝廷只好從石頭城中舉起白旗投降了。人們常常為在金陵建都的幾個王朝的滅亡而傷感，可西塞山卻還是依舊伴著長江，沒有變化。現在已經是四海一家，天下統一了，舊日的堡壘已荒涼不堪，只有那蘆荻在秋風中蕭蕭作響。

劉禹錫此詩，寫的西晉王朝滅亡東吳的故事。西元280年，晉武帝司馬炎下令滅吳，發兵二十余萬，分六路進攻。益州刺史王濬造了高大的戰船，率水軍八萬沿長江而下。東吳造了長長的鐵鍊，將長江險要處攔住，同時在江心安了一些大鐵椎，企圖阻止戰船通過。王濬用大木筏為先鋒，木筏觸鐵椎即將椎帶走。又用粗數十圍，長十餘丈的大火炬燒熔了攔江鐵鍊。據《資治通鑒》記載，王濬燒斷鐵鍊後，佔領了夷陵（今湖北宜昌），然後再繼續東下進攻東吳首都建康。由此可知，東吳用長鐵鍊鎖江的地方，必定在南津關之西的三峽中。因為三峽江面狹窄，有可能用鐵鍊攔江，同時有水淺的險灘，灘上可以安大鐵椎，如果在出三峽後，長江變寬而且沒有淺灘，以古代的技術條件，用鐵鍊鎖江及在江底安大鐵椎阻船，都是不可能的。三月，西晉大軍直抵石頭城下，東吳國君孫皓被迫自己反縛住雙手，抬著棺材向西晉軍隊投降。

建都於金陵的東晉滅亡後，接著立國的四個短暫王朝宋、齊、梁和陳，總稱南朝。南朝時，皇帝居住和辦公的地方，即宮廷，叫做禁省，又稱做台，故禁城亦稱台城。

南朝一些奢侈無度的帝王們，像比賽一樣，一個個在台城中造起豪華的宮殿。東晉後期，就曾建造宏偉的建康宮；南朝的宋孝武帝和宋明帝，則造了更奢華的玉燭殿和紫極殿。更甚的是齊朝的亡國之君東昏侯，他建造的芳樂殿、永壽殿、玉壽殿和神仙殿的華美，超過了所有前朝。東昏侯又將台城內的閱武堂改為芳樂苑，種上花卉樹木，連山石都塗以彩色。金陵城的老百姓編了歌謠罵道：「閱武堂，種楊柳，至尊（即皇帝）屠肉，潘妃沽酒。」這樣荒唐的統治者，當然長不了，不久即被梁武帝滅亡。

梁武帝為加強防務，把台城城牆增為三重，又大肆擴建建康宮的太極殿。可是，由於他盲目信任的野心家侯景叛變，將他圍在堅固的台城中，最後被餓死。可見，再堅固的城池，也保護不了這幫昏庸帝王們的性命。

南朝台城的多次興衰變遷，成為唐代詩人吟詠的好題材。很多詩人都曾用《台城》寫過詩歌，其中最著名的應是唐末詩人韋莊的七絕。

▷ 台城　　［韋莊］

江雨霏霏江草齊，六朝如夢鳥空啼。
無情最是台城柳，依舊煙籠千里堤。

〔譯文〕長江上細雨霏霏，長江之濱野草長得那樣茂盛。六朝（六朝指先後建都於金陵的東吳、東晉和宋、齊、梁、陳）時代的繁華，像夢境一樣地消逝了，剩下的只有鳥兒在白白地啼叫。那台城的楊柳對這人世間的興亡是最無動於衷了，一到春天，它仍舊長條拂地飛絮漫天，將十裡長堤籠罩在青翠的煙霧之中。

此詩一名《金陵圖》，係唐僖宗光啟三年（西元887年），作者五十二歲經過金陵時所作。韋莊是唐末的詩人，他親眼看到了唐王朝的滅亡。此詩表面上看雖是吊古，慨歎金陵的盛衰變遷，實際上卻是傷今，對唐王朝的衰亡寄以深深的哀思。這在他的其他作品中，也常有所流露。

東晉初年，在金陵的北湖（今玄武湖）南岸，修了一條長約五公里的堤，東起履舟山北麓，西達幕府山。這條長堤大約就是韋莊這首七絕中所指的「十里堤」。

唐穆宗長慶四年至唐敬宗寶曆二年（西元824年至826年），詩人劉禹錫任和州刺史，離金陵不遠，可他一直沒有去過，很感遺憾，甚至恨不得踮起腳跟遠眺一番。正好有客人寫了一組詩《金陵五題》送給他看，劉讀了這組詩後，有所啟發，也寫了一組《金陵五題》，共五首七絕，即：《石頭城》《烏衣巷》《台城》《生公講堂》和《江令宅》。這五首詩都寫的是金陵的古蹟，詩人通過對這些古蹟的吟詠，感歎六朝繁華的消逝，並使人們聯想起這幾個朝代興亡的歷史教訓。

劉禹錫的《金陵五題》中，最佳的是第一首《石頭城》。據說詩人白居易對《金陵五題》曾反覆吟誦，讚賞不已。第二首《烏衣巷》，同樣是傳誦的佳作。石頭城即南京的別名，烏衣巷是東晉時，掌握朝廷政權的王導、謝安等豪門貴族的聚居之地，位於秦淮河南，離朱雀橋不遠。烏衣巷在東吳時，為軍隊「烏衣營」的駐地，此營軍士全穿黑衣，由此而得名。

▷ 石頭城 〔劉禹錫〕

山圍故國周遭在，潮打空城寂寞回。
淮水東邊舊時月，夜深還過女牆來。

〔譯文〕故都金陵依舊在群山環抱之中，長江潮水的浪花拍打著荒涼的空城。那看過六朝時繁華景象的月亮，又在秦淮河的東邊升起，夜深時孤零零地照著殘破的城頭短牆。

石頭城在唐初時被廢棄，到劉禹錫寫《金陵五題・石頭城》時，已荒廢了二百年。因此在《石頭城》詩中，充滿了惆悵與感傷。

▷ 烏衣巷 〔劉禹錫〕

朱雀橋邊野草花，烏衣巷口夕陽斜。
舊時王謝堂前燕，飛入尋常百姓家。

〔譯文〕朱雀橋（當時秦淮河上的一座浮橋）邊長滿了正在開花的野草，暗淡的夕陽斜照著荒涼殘破的烏衣巷。東晉時在王、謝兩大家族華貴廳堂上築巢的燕子，如今只好飛入尋常的百姓家裡築巢了。

秦淮河是一條流經南京的小河，全長約一百餘公里。從六朝起，流經金陵的秦淮河南岸，酒樓和娛樂場所林立，河中船隻往來如梭，燈火密集，每晚絲竹之聲喧天，通宵達旦，是歷代達官貴人、豪客富商們尋歡作樂的地方。

六朝只知荒淫享樂的陳後主，作有豔曲《玉樹後庭花》在宮中演唱，最後陳朝被隋所滅。唐詩人杜牧在夜泊秦淮時，聽到對岸傳來歌女所唱的《玉樹後庭花》的歌聲，不禁憂國傷時，寫下了膾炙人口的《泊秦淮》。

江南春（李約）　　（明）黄鳳池編《唐詩畫譜》

▷ 泊秦淮　　［杜牧］

煙籠寒水月籠沙，夜泊秦淮近酒家。

商女不知亡國恨，隔江猶唱後庭花。

〔譯文〕迷茫的霧氣籠罩在涼冷的水面上，朦朧的月色籠漫灑沙洲。船兒在秦淮河畔一家酒店附近停泊了。你聽對岸正傳來歌女唱的《玉樹後庭花》呢！她哪裡知道這是亡國的靡靡之音啊！

唐朝詩人杜牧還寫有一首著名的江南春色的七絕《江南春絕句》。

▷ 江南春絕句　　［杜牧］

千里鶯啼綠映紅，水村山郭酒旗風。

南朝四百八十寺，多少樓臺煙雨中。

〔譯文〕千里江南，鶯啼燕語，嫩綠的垂楊映著豔紅的鮮花。依山有城廓，臨水有村莊，酒店的旗子迎風招展。在這景色秀麗的江南，南朝留下來了四五百所寺院，那些宏偉富麗的樓閣，有多少都峙立在朦朧的煙雨之中啊！

佛教雖在西漢哀帝時即已傳入中國，可在二百五十年後，即西元247年，江南才由東吳孫權在建業（即今南京）建立了第一座建初寺。到南朝時期，由於帝王們的大力支持提倡，佛寺數目迅速增長，據記載，梁武帝時，建康一帶的佛寺總數超過了五百所。由此可知，杜牧《江南春》中的「南朝四百八十寺」確有其事，並非詩人的誇張。

兩三星火是瓜洲

盛唐詩人、當時即被譽為「詩家天子」、「七絕聖手」的王昌齡，寫有極其著名的七絕，這就是任何唐詩選本必選的《芙蓉樓送辛漸》。

▷ 芙蓉樓送辛漸二首　［王昌齡］

（一）

寒雨連江夜入吳，平明送客楚山孤。

洛陽親友如相問，一片冰心在玉壺。

（二）

丹陽城東秋海深，丹陽城北楚雲陰。

高樓送客不能醉，寂寂寒江明月心。

〔譯文一〕深秋寒涼的夜雨灑下長江，我和老友同赴吳地（潤州春秋時屬於吳國）；晚上在芙蓉樓餞別，次日清晨送友上路，我像那孤峙的楚山一樣，佇立在江邊不能隨他前去。老朋友，洛陽的親友們如果問我的情況如何，你告訴他們，我的心像晶亮純潔的冰，放在澄明剔透的玉壺中，清澈無瑕。

〔譯文二〕丹陽（即潤州）城東面，秋天的大海是那樣深不見底；丹陽城的北面長江彼岸，楚天烏雲密佈（潤州一帶戰國時為楚國領土，故稱「楚雲」、「楚山」）。在這高聳的芙蓉樓上餞別好友，我怎麼會喝醉呢？你看！那寂靜寒冷的長江上映著的一輪明月，就像我的心一樣，澄澈清明，潔淨無瑕。

此詩實際上是一組兩首，因為第一首太著名了，第二首便相對不為人所知。詩題中的「芙蓉樓」在哪裡？它在唐代時的潤州（今江蘇鎮江市）。潤州位於江寧（今江蘇南京市）之東的長江南岸，與江北的著名繁華都市揚州隔江相對。自古以來，潤州一直是水陸交通樞紐及江防要地。

唐玄宗天寶元年（西元742年）春天，王昌齡被任命為江寧丞，秋天，他的好友辛漸準備到洛陽去，想先從潤州渡過長江，取道揚州北上。於是王昌齡陪同辛漸從江寧到潤州。當時已是涼冷的深秋了，一路上陰雨連綿，充滿寒意。到潤州後頭天晚上，詩人在芙蓉樓設酒宴為好友餞別，第二天一早到長江邊為辛漸送行。上面這兩首七絕，就分別記述了這兩個動人的場面。

是什麼原因才使詩人向洛陽的親友如此表白呢？綜合眾多前人的意見，大致有兩種看法：一種認為詩人對自己所擔任的小官已毫無留戀，表明自己如一片冰心儲存在玉壺中，清澈明淨，無所牽掛；另一看法認為，詩人由於不拘小節，使得有很多人說他的壞話，處在一種隨時可被貶官的環境中。因此他向洛陽親友表白，自己問心無愧，清白無瑕，可以告慰關心他的人們。

唐代時，長江入海口附近的海岸線，和現代大不一樣。當時的長江口像一個大喇叭，潤州離海比現代近得多，上詩第一句「丹陽城東秋海深」的海，就指的長江入海口處的海。

中唐詩人張祜，晚年住在曲阿（今江蘇丹陽），曾多次在潤州和揚州之間往來。一次夜間，張祜寄宿於潤州金陵渡頭的小山樓，在月亮西斜時眺望大江，朦朧中見到潮水漸落，對岸瓜洲有幾點燈火在閃爍，一首七絕就這樣形成了，這就是名作《題金陵渡》。

▷ 題金陵渡　［張祜］

金陵津度小山樓，一宿行人自可愁。
潮落夜江斜月裡，兩三星火是瓜洲。

〔譯文〕我在金陵渡的小山樓借宿，在這個孤寂難眠的夜晚，旅行在外的愁悶油然而生。黑暗的大江上月光斜照，潮水在回落，遠處那三三兩兩似星的燈火，不正是北岸的瓜洲嗎！

在唐詩中，「金陵」多半指江寧（今江蘇南京市），但唐代時潤州也稱金陵，此處詩題金陵渡即指潤州北面的長江渡口。

幾天之後，張祜從金陵渡過江，到了瓜洲暫住。在次日天將破曉之際，從臨江樓上吹起的號角聲，打破了江上的寧靜，此時此景，促成了詩人的一首七絕《瓜洲聞曉角》。

▷ 瓜洲聞曉角　［張祜］

寒耿稀星照碧霄，月樓吹角夜江遙。
五更人起煙霜靜，一曲殘聲送落潮。

〔譯文〕寒涼的月光，照著星星稀疏的澄碧天空；高樓上有人在吹號角，角聲沿著暗黑的江面遠傳。我在五更天起來，江上煙霧茫茫地面落滿寒霜，一片寂靜。只有最後的號角聲送那回落的潮水歸去。

在唐詩中，描繪長江最著名的作品不過幾首，其中之一就是盛唐詩人王灣寫的五言律詩《次北固山下》。

▷ 次北固山下 〔王灣〕

客路青山外，行舟綠水前。
潮平兩岸闊，風正一帆懸。
海日生殘夜，江春入舊年。
鄉書何處達，歸雁洛陽邊。

〔譯文〕旅客要走的路程，還遠在青山之外（也可釋為：旅客往來的道路從山中蜿蜒而出，又延伸到青山之外），船兒在水面疾馳，趕過了東流的綠水。潮水漲平了江岸，江面看來無比寬闊，小船順風前進，一帆高掛。在殘存夜色籠罩的江面上，遠處一輪紅日已緩緩升起。一年還沒有過盡，這江南的春天就來到了。我的家信怎樣捎回去呢？還是請這北飛的大雁帶到洛陽去吧！

此詩還有一個詩題，叫做《江南意》。詩題中的「次」，是旅途中停宿的意思。「北固山」在唐代潤州（今江蘇鎮江市）東北，三面臨長江（現在因泥沙淤積成陸地，地形已改變），它與附近的金山、焦山合稱「京口三山」。北固山高四十八米，它橫枕大江，懸崖高聳，山勢險固，因而得名為「北固山」。

《次北固山下》這首律詩中間的兩聯，描述江上風光異常逼真。尤其是第五、六兩句，用人們意想不到的方式寫出，江面開闊無礙，故天未大亮太陽已升起。而用「入舊年」三個字形容春天來得早，更是別出新意。「海日生殘夜，江春入舊年」這兩句，在唐代即已極受讚賞，以至於唐代宰相、著名文學家張說，將這兩句詩親手寫在辦公的政事堂上，讓朝內的其他讀書人仔細觀摩學習。

唐僖宗時的詩人鄭谷，寫了下面這首論詩的七絕：

▷ 卷末偶題三首（其一） ［鄭谷］

一卷疏蕪一百篇，名成未敢暫忘筌。
何如海日生殘夜，一句能令萬古傳。

〔譯文〕我這一卷詩雜七雜八有詩百篇，現在雖然出了名，可也不敢忘了賴以成名的這些詩作。可它們怎麼比得上佳句「海日生殘夜」，這一句就可以流傳萬古了。

詩中的「筌」是捕魚用的竹器，「忘筌」即別在捕魚後就忘了筌。

姑蘇城外寒山寺

唐代詩人張繼，寫了一首極其著名的七絕《楓橋夜泊》。

▷ 楓橋夜泊 ［張繼］

月落烏啼霜滿天，江楓漁火對愁眠。
姑蘇城外寒山寺，夜半鐘聲到客船。

〔譯文〕夜深了月亮即將落山，在滿天的霜花中，被驚醒的烏鴉在啼叫（古人認為，霜是從天上落下來的，故雲霜滿天）。船兒繫在江畔的老楓樹上，一盞漁燈如豆。帶著無窮愁思的旅客啊！怎麼能夠入眠！你聽！蘇州城外寒山寺的鐘聲，在這夜半的時分遙遙地傳入了客船中。

《楓橋夜泊》中的「江楓」二字，一般都像上面那樣解釋為江邊的楓樹。近來有人認為，「江楓」指蘇州城郊寒山寺附近的江村橋和楓橋。如按此釋，則詩第二句的意思應為：「船兒停泊在江村橋和楓橋間，一盞漁燈如豆……」這樣解釋「江楓」，未免太實了一些。

伏冀西湖送人（陳羽）　（明）黃鳳池編《唐詩畫譜》

《楓橋夜泊》詩中所寫的寒山寺，位於今蘇州城西郊五公里處的楓橋鎮。寺前有條上塘河，跨河對著寒山寺院下門有座高高的拱橋，這就是江村橋，建於1880年。在江村橋不遠，有座近年建的石拱橋，名叫楓鎮橋。

《楓橋夜泊》詩的最後一句「夜半鐘聲到客船」，宋代著名文學家歐陽修曾認為與事實不符，他在著作《六一詩話》中評論說：「詩人貪求好句而理有不通，亦語病也。」意思是說半夜不是寺院敲鐘的時候。其實這是歐陽修弄錯了，寺院半夜敲鐘，在唐代是常事，有大量的唐詩可以為證，例如：「夜半隔山鐘」（皇甫冉《秋夜宿嚴維宅》），嚴維宅在會稽，可知唐時會稽寺院也半夜敲鐘；此外還有「隔水悠揚半夜鐘」、「遙聽緱山半夜鐘」、「半夜鐘聲後」等句。宋代人陳正敏在過蘇州時，住在一寺中，夜半聽見敲鐘，陳問和尚，和尚說：「這是分夜鐘，有何奇怪。」

楓橋據說本名封橋，它和寒山寺過去都不有名，就因為張繼這首傑作《楓橋夜泊》，才使封橋改稱楓橋，而與寒山寺一起名聞天下。不過，從下面這兩首詩看，楓橋這一名稱在張繼生活的當時就已有了。

▷ 泊楓橋　　[張繼]

江上年年春草，津頭日日人行。
借問山陰遠近，猶聞薄暮鐘聲。

〔譯文〕長江岸邊年年春草叢生，長江渡口天天人來人往不斷。要問山陰（今浙江紹興）離這有多遠，傍晚好像能聽到那裡傳來的鐘聲。

張繼的《楓橋夜泊》詩，影響非常深遠，它很快就傳到了日本，並被廣泛誦讀，幾乎成了日本婦孺皆知的好詩。在我國歷史上，稱讚、化用此詩的作品絡繹不絕。

唐代時在寒山寺半夜敲的那口鐘早已不存在了。明朝嘉靖年間，又鑄造了一口巨鐘，並專築鐘樓懸掛。可這口鐘在明末時流入日本，目前也不知在何處。日本明治三十八年（西元1906年），日本人士募捐鑄了一口小型銅鐘，贈送給寒山寺，目前懸掛在大殿右側。

餘杭形勝四方無

唐穆宗長慶初年（西元821年），詩人白居易在首都長安任職。穆宗是宦官擁立的皇帝，受宦官操縱，只知奢侈享樂，根本不關心朝政。朝內的一些大臣為爭權奪利，或者與宦官勾結，或者互相排斥。白居易雖然向穆宗提過改進政治的建議，可不被採用，因而有些灰心，於是請求外放。長慶二年（西元822年）七月，他被任命為杭州刺史。

長慶三年（西元823年）夏天，白居易到杭州刺史任上約半年，對杭州的自然景色、名勝古蹟，已經有些熟悉了。這時，詩人寫了一首七律《餘杭形勝》，概括地描述了杭州的優美風光。

▷ 餘杭形勝　［白居易］

餘杭形勝四方無，州傍青山縣枕湖。
繞郭荷花三十里，拂城松樹一千株。
夢兒亭古傳名謝，教妓樓新道姓蘇。
獨有使君年太老，風光不稱白髭鬚。

〔譯文〕杭州優美的山水名勝為四方所無，杭州依傍著青山，錢塘縣就在西湖之濱（唐代的杭州，下轄錢塘、餘杭等八縣）。湖中茂盛的荷花繞著城廓連綿三十里，自行春橋至靈隱寺，成千株青翠的蒼松夾道迎人。靈隱山上有著古夢謝亭，教妓樓是名妓蘇小小的舊居。只有我這當刺史的年紀太大，斑白的鬍鬚與杭州的美好風光真是不相稱啊！

這首詩第五句，指晉代時名詩人謝靈運的父親怕他兒子長不大，要求寄養在高僧杜明禪師處。杜明在頭天晚上夢見東南有賢人相訪，果然第二天謝靈運來了。於是杜明在杭州城西的靈隱山建了個亭子以作紀念，取名為夢謝亭，又名客兒亭（謝靈運小名「客兒」）。第六句「蘇」指蘇小小，她是南齊時住在西湖附近的著名妓女，年紀很輕時就死了，西湖的西泠橋畔，原有蘇小小的墳墓。

長慶三年（西元823年）秋，一天白居易登上杭州城樓，在傍晚的時刻眺望錢塘江，見到景物鮮明綺麗，於是請人畫成圖幅，並在畫上題了一首七律，然後將此江景圖寄給他的好友、當時在長安任水部員外郎的張籍，請張籍分享他欣賞杭州錢塘江美景時的歡樂。白居易題畫的七律是：

▷ 江樓晚眺景物鮮奇，吟玩成篇，寄水部張員外 ［白居易］

淡煙疏雨間斜陽，江色鮮明海氣涼。
蜃散雲收破樓閣，虹殘水照斷橋樑。
風翻白浪花千片，雁點青天字一行。
好著丹青圖寫取，題詩寄與水曹郎。

〔譯文〕淡淡的煙雲，稀疏的微雨，西下的夕陽忽隱忽現，陣陣清涼的海風吹來，這錢塘江上的景色，是多麼的鮮明奇幻。雲消霧散時，遠處海市蜃樓的樓閣人物全破滅了，雨後的彩虹漸漸隱入虛空，映在江水中好似一座斷橋。江風掀起白浪，猶如雜花千朵；廣闊的碧空中，點點大雁排成「一」字在飛翔。我請人畫得了這幅美麗的江景圖，題上詩句寄給您這位水部員外郎。

白居易贈給詩畫的張籍，也是當時的名詩人，他在長安接到白居易寄來的詩畫後，非常高興。不久，張籍寫了一詩回答白居易寄畫的盛情，詩中寫自己剛見到此畫時的驚喜以及賓客們的讚賞，末了說他這位老友當時請求做外官真是有道理。

▷ 答白杭州郡樓登望畫圖見寄 ［張籍］

畫得江城登望處，寄來今日到長安。
乍驚物色從詩出，更想工人下手難。
將展書堂偏覺好，每來朝客盡求看。
見君向此閑吟意，肯恨當時作外官？

〔譯文〕圖上畫著老友白居易在杭州城樓上眺望的地方，老遠寄來今天到了長安。初看驚異這美麗的景色是從您的詩中跳出，再一想畫工繪此圖時下筆有多困難。想把它掛在廳堂裡，又有些捨不得。每次客人來都要求觀賞。由此可想見您吟詩的悠閒情景，怪不得您當時願意外放做地方官。

杭州西湖的春天，景色之美是極其著名的。唐穆宗長慶三年（西元823年）的初春，白居易騎著馬沿白沙堤緩緩而行，飽覽了西湖的春日風光。他在名作七律《錢塘湖春行》中，對唐代當時的西湖春景，做了生動的描繪。讀者可以將今天西湖的春景與之比較，看看一千多年來，西湖的自然風光有些什麼樣的變化。

▷ 錢塘湖春行 ［白居易］

孤山寺北賈亭西，水面初平雲腳低。
幾處早鶯爭暖樹，誰家新燕啄春泥。
亂花漸欲迷人眼，淺草才能沒馬蹄。
最愛湖東行不足，綠楊陰裡白沙堤。

〔譯文〕在孤山寺的北面，賈亭西側（孤山是西湖中的一座孤獨的小山，上有孤山寺；唐德宗貞元年間，賈全做杭州刺史，在西湖建了亭子，人稱「賈亭」或「賈公亭」。五六十年後，此亭即毀）。湖水剛平了湖岸，低低的雨雲貼著水面。早來的鶯兒爭著在向陽的樹上棲息，不知哪一家新來的燕子在銜春泥築巢。茂密的繁花，使人逐漸眼迷目亂，嫩綠的淺草剛能遮沒了馬蹄。最使我愛的是西湖的東面總也玩不夠，尤其是綠色楊柳濃蔭中的白沙堤，更使人流連忘返。

詩人白居易描述杭州山水和自然風光的詩歌，明媚秀麗，平易清新。後世詩人所寫的西湖詩雖多，可很少有人能比得上他的藝術造詣。下面我們看他另一首寫杭州春景的七律：

▷ 杭州春望 ［白居易］

望海樓明照曙霞，護江堤白踏晴沙。
濤聲夜入伍員廟，柳色春藏蘇小家。

紅袖織綾誇柿蒂，青旗酤酒趁梨花。
誰開湖寺西南路，草綠裙腰一道斜。

〔譯文〕望海樓（即古杭州的城東樓）被早上的彩霞照得通明，護江的大堤名叫白沙。錢塘江的波濤聲夜裡傳入伍子胥的祠廟，西湖畔名妓蘇小小的家中，藏了多少柳色春光。織綾子的姑娘們，在誇耀有柿蒂花紋的綾子；在梨花盛開時，到掛酒旗的酒店買來梨花春酒痛飲。是誰修造的孤山寺西南的道路白沙堤，它真像系在草綠裙上的一條腰帶啊！

「柿蒂」為絲織的綾子上的花紋。最後兩句寫的白沙堤，在宋代稱孤山路，明代又稱十錦塘。由最後兩句詩可知，白沙堤在白居易到杭州之前就有了，它很可能是西湖尚未完全形成時，古代人造來攔截錢塘江潮水儲存在湖中以利灌溉的。由於它的名字也有「白」字，故後世很多人都以為係白居易所建，而稱它為「白公堤」。

長慶四年（西元824年），白居易的杭州刺史任期將滿（唐代時，地方主管長官刺史三年為一任，任滿調職），這年春天，他在遊覽西湖時，寫了一首留戀不已的七律《春題湖上》。

▷ 春題湖上　〔白居易〕

湖上春來似畫圖，亂峰圍繞水準鋪。
松排山面千重翠，月點波心一顆珠。
碧毯線頭抽早稻，青羅裙帶展新蒲。
未能抛得杭州去，一半勾留是此湖。

〔譯文〕湖上的春天好似圖中所畫，在群峰環繞中，湖水平鋪如鏡。山前蒼松成排顯出一重重的青翠，一輪皓月映在湖心猶如一顆明珠。茂盛的早稻好似碧毯，齊齊地抽出線頭似的稻穗。新長的蒲草隨風搖曳，如同青色的綢裙飄帶。我之所以不忍離開杭州，有一半是因為對西湖留戀難捨啊！

唐代武則天當政時，有開國功臣李勣的孫子徐敬業起兵反對。徐請當時的著名才子、詩人駱賓王為他寫了一篇文告《討武氏檄》，文字極其尖銳而又富於煽動性。據說武則天正患感冒臥床，讓人給她朗誦檄文，從一開始直至「蛾眉不肯讓人，狐媚偏能惑主」時，武則天覺得寫得很有趣，一直在微笑。等讀到「一抔之土未乾，六尺之孤何托」及「請看今日之域中，竟是誰家之天下」時，不禁連聲稱讚說：「寫得好！」接著又很不高興地說：「宰相為何失掉了這樣的人！」意思是責怪宰相連這樣的人才都沒有識拔出來。武則天經過這一番激動，出了一身汗，感冒也頓時好了。

不久，徐敬業兵敗，徐與駱賓王下落不明。有人說死於亂軍之中，有人說當時二人逃跑了，討伐的軍隊統帥認為跑了為首的罪犯，沒法向武則天交代，於是在被殺的幾萬人中，找了兩個與徐和駱相像的，砍下頭來送到朝廷，假報說二人已經被殺了。後來徐和駱都削髮為僧，徐隱藏在衡山寺中，活了九十多歲，駱則遍遊名山。他們二人的蹤跡雖然後來為官府所知，但不敢上報朝廷抓捕，因為過去已報告說二人死了，現在又報未死是犯了欺君大罪，就在這種矛盾中二人躲了過去。

在武則天當政時，有一位詩人宋之問，論詩才不如駱賓王，寫的也多半是陪皇帝遊樂的所謂「應制詩」。宋原在長安任職，後因罪被貶，在赴江南杭州遊覽時，愛上西湖美景，遂在靈隱寺中借宿，以便盡情賞玩。在靈隱寺隔溪對面，有一座飛來峰，又名靈鷲峰，高二百余米，傳說是從印度的佛教聖地靈鷲山飛來的。據說唐代時登臨其上，可以遙遙望見錢塘江的潮水。

當時正是秋天，在一個月色皎潔的晚上，宋之問見山石與樹影互相掩映，泉聲陣陣傳來，難以安眠，遂起來在寺中閑走，但見微微的秋風，帶來了涼意。此情此景，一句詩遂脫口而出：

嶺邊樹色含風冷

這一句吟出後，宋之問想再吟一佳句，儘快對上成一聯。誰知想來想去，枯腸搜盡，再也想不出來。於是嘴裡不停地念著，在大殿前走來走去。這時殿上有一老僧在打坐，看見他苦吟不已，便說道：「郎君既要吟詩，風景都是現成的，何必如此苦苦搜尋？」宋一聽，這老和尚有嘲笑自己的意思，心裡有些不快，便忍住氣說：「師父您也會吟詩嗎？」老和尚說：「我雖不會吟詩，不過郎君您這一句已對好了。」只聽老和尚念道：

石上泉聲帶雨秋

宋之問聽後大吃一驚，說：「老師父您對得太好了，沒想到您也是詩人，弟子失敬了。」於是給老和尚行禮，禮畢說：「弟子在此遊覽，想賦一詩，寫出靈隱寺的勝景，可只吟出了頭兩句，下面怎麼也接不好，特向師父請教。」老和尚說：「你念來聽聽。」宋之問念道：

鷲嶺鬱岧嶤，龍宮鎖寂寥

老和尚聽後，隨口說：

樓觀滄海日，門對浙江潮

宋之問聽後，更加敬佩不已，於是說：「老師父真是高明，弟子差得太遠，這首詩我不敢寫了，還是請師父您完成了吧！」

老和尚聽後，也不推辭，便又續念了十句，完成了此詩。宋之問更加佩服。於是問老和尚的身世，老和尚只是微微歎息，卻不回答。第二天一早再去拜訪，已不見老和尚的蹤影。寺中其他和尚有知內情的，悄悄告訴宋說：「這是駱賓王。」宋這才明白，自已遇見的是當時人稱詩壇四傑之一的駱賓王，怪不得詩才不同凡響。

下面我們看看宋之問與駱賓王合吟而成的詩的全文。這是一首五言長律，除最後兩句，其餘十二句全都兩兩對仗，全詩形式華麗，音調諧和。

▷ 靈隱寺 ［宋之問］

鷲嶺鬱岧嶤，龍宮鎖寂寥。

樓觀滄海日，門對浙江潮。

桂子月中落，天香雲外飄。

捫蘿登塔遠，刳木取泉遙。

霜薄花更發，凍輕葉未凋。

夙齡尚遐異，搜對滌煩囂。

待入天臺路，看余渡石橋。

〔譯文〕飛來峰重疊而峻峭，靈隱寺大門緊鎖，空寂無聲（「鷲嶺」即靈鷲峰，為靈隱寺對面飛來峰名稱，「龍宮」此處指靈隱寺）。登上寺樓，可以眺望大海中的日出；靈隱寺的大門，正對著洶湧而來的錢塘怒潮。在寺的庭院中，常可拾到月亮中桂樹落下的桂子，秋日桂花的香氣，隨著白雲飄向遠方。拉著藤蘿爬上山去，攀登遠處的古塔；挖木為槽，引來山上的清泉。時雖深秋，有了輕微的霜凍，可仍有鮮花開放，樹葉也未凋落。從年輕時起，就愛好登臨賞玩山川美景，尋幽探勝，以消除塵世間的煩憂。等踏上進天臺山的旅途時，你看我過天臺山的楢溪石橋吧！

按上面的傳說，此詩除頭兩句外，其他都是駱賓王所作。因此，這首詩也收入駱賓王的詩集中。還有另一種說法，即此詩僅「樓觀滄海日，門對浙江潮」一聯是駱賓王所作，後面的十句是宋之問自己續成的。不過縱觀全詩，也就是駱賓王吟的一聯最精彩而為人傳誦，由此也可看出駱、宋二人詩才的高下。

詩中的「桂子月中落」指這樣的傳說：月亮中有株巨大的桂樹，古人吳剛因學仙有過失，被罰砍桂，砍痕隨砍隨合。靈隱寺的庭院中有很多桂樹，據說是月中桂樹的種子落下而長出的。傳說每逢月圓，月中的桂子還常掉落在寺的庭院中，寺僧常有拾得者。詩最後兩句的「天臺」，指浙江天臺縣北的天臺山，景色幽勝。相傳漢代時劉晨和阮肇入天臺山采藥，遇到了女仙。「石橋」指天臺山楢（ㄧㄡˊ）溪上的橋，寬不足三十釐米，長百餘米，下為深澗，過橋時異常危險。

第六章　蜀地繁華

在唐代，自長江的河源至蜀地（今四川）西部大渡河一帶，由於山巒重疊高聳，氣候變化劇烈，是極為荒涼的邊遠地區，人跡罕至，因此，沒有關於這些地區的詩歌流傳下來。唐代時，長江上游最西端的人煙稠密地區，是岷江流域，即蜀地最富庶的成都平原。

春流繞蜀城

在蜀地與唐首都長安之間，橫著高峻的秦嶺、龍門山和米倉山，蜀地的東面，則有大巴山。由於崇山峻嶺的阻礙，使得蜀地與外界的交通非常困難。以至於在唐代以前，古樂府詩的《相和歌‧瑟調曲》中，就有一個詩題叫做《蜀道難》。在唐代以前，有不少人用此題寫過一些作品，但流傳不廣。只是到了唐代，詩人李白利用這一樂府舊題，寫了一首極其精彩的長詩，使蜀地的交通艱難頓時名聞天下。

▷ 蜀道難　　［李白］

噫籲戲，危乎高哉！
蜀道之難，難於上青天！
蠶叢及魚鳧，開國何茫然。
爾來四萬八千歲，不與秦塞通人煙。
西當太白有鳥道，可以橫絕峨眉巔。

地崩山摧壯士死，然後天梯石棧相鉤連。

上有六龍回日之高標，下有沖波逆折之迴川。
黃鶴之飛尚不得過，猿猱欲度愁攀援。
青泥何盤盤，百步九折縈岩巒。
捫參歷井仰脅息，以手撫膺坐長歎，問君西遊何時還？
畏途巉岩不可攀，但見悲鳥號古木，雄飛雌從繞林間。
又聞子規啼夜月，愁空山。
蜀道之難，難於上青天！使人聽此凋朱顏。
連峰去天不盈尺，枯松倒掛倚絕壁。
飛湍瀑流爭喧豗，砯崖轉石萬壑雷。
其險也若此，嗟爾遠道之人胡為乎來哉！

劍閣崢嶸而崔嵬，一夫當關，萬夫莫開。
所守或匪親，化為狼與豺。
朝避猛虎，夕避長蛇，磨牙吮血，殺人如麻。
錦城雖雲樂，不如早還家。
蜀道之難，難於上青天！ 側身西望長諮嗟。

〔譯文〕哎呀呀！真高真險哪！蜀地的道路真艱難，簡直難於上青天。遠古時代蜀國的開國君主蠶叢和魚鳧，他們開國的事蹟，已經迷茫不清了。從此以後過了四萬八千年，都不曾和秦地互相往來。在秦都咸陽西南的太白山，有一條只有鳥兒才能飛越的道路，可以一直橫度過峨眉山頂進入蜀地。山崩地裂死了多少壯士，這才在懸崖陡壁上開出了崎嶇小路，架設了棧道。

蜀地上有使羲和駕駛的六龍車都過不去的高峰（羲和是神人，傳說他每天趕著六條龍拉的車，裝著太陽在天上運行。由於蜀山高，羲和的六龍車過不去，只好折回），下面迂迴曲折的河流中，波濤洶湧。連神鳥黃鵠（即黃鶴）都飛不過去，猿猴之類想過去也為攀爬太辛苦而發愁。青泥嶺上的山路，曲曲彎彎，百步之內九轉彎繞著山峰轉。翻越最高處時，緊張得屏住呼吸，手都可以摸到天上的星星井宿和參宿。人們禁不住用手按著胸脯長長地歎息，問自己入蜀後準備何時回去，可怕的道路險峻的山崖無法攀登，只看見叫聲淒厲的鳥在古老樹木上哀鳴，雌鳥跟著雄鳥在森林間飛繞。又聽見杜鵑在月夜裡悲啼，使這空曠寂靜的山林，氣氛更加淒涼。蜀地道路的艱難，真難於上青天啊！使人聽見後都要面容失色。連綿的高山離天近得不到一尺，枯萎的松樹倒掛在絕壁上。那如飛的急流和瀑布，像在比賽誰的喧鬧聲更大。它們撞擊懸崖掀翻巨石，那聲響好像巨雷在深山溝中轟鳴。蜀道險成這樣，你這遠處的人為何要到蜀地來呢？

蜀地的劍閣峰巒連綿，其間的劍門關高峻奇險，一個人把守關口，萬人也攻打不開，守衛蜀地關口的人如果不可靠，就會變成吃人的豺狼。在這裡經常早上要躲猛虎，晚上要避長蛇，牠們磨牙吃人吸血，殺害的人多如亂麻（「猛虎長蛇」既可是實指，也可指爭權奪利的軍閥）。錦官城（即成都，成都舊有大城、少城，少城在古代為管織錦的官員所住的地方，故成都亦稱錦官城）雖然好，可不如早些回家。蜀地的道路可真艱難啊，真難於上青天。我轉身回頭西望蜀地，長長地歎息不已！

「地崩山摧壯士死」句，指一個神話故事。據《華陽國志・蜀志》載，秦國想征伐蜀國，因道路不通無法進軍，秦惠王知道蜀王好色，於是許嫁五個姑娘給蜀王，蜀王派五名壯士前去迎接。在回到梓潼（今四川梓潼）時，見一條大蛇鑽進山洞中，一名壯士拉住蛇尾用力向外拽，拉不出來，於是五個人合力，大叫著拉蛇，突然山崩，壓死了五個姑娘和五名壯士，同時山分成五嶺，蜀地與秦地相通了。

李白的《蜀道難》一詩剛寫出，在當時就獲得了人們的讚賞。相傳唐玄宗開元年間，李白第一次來到長安，住在旅店中。官任祕書監的賀知章聽說詩人李白來了，馬上去拜訪他，要求看看他的作品。李白請他讀《蜀道難》詩，賀還沒讀完，就讚美不已，稱李白為「謫仙人」。當時請李白喝酒忘了帶錢，於是將官員所佩帶表示官階的金龜解了下來，押在酒館裡賒酒與李白痛飲。

李白寫這首《蜀道難》，是否有什麼特殊原因，或含有其他深意，這也是自古以來人們感興趣的問題。根據唐代人的記載，說當年嚴武任蜀地長官成都尹，詩人杜甫與嚴武的父親嚴挺之是好朋友，因此嚴武對杜很好。但嚴武性格暴烈，動不動就殺人。一次舉行宴會，杜甫喝醉了，居然當著眾人面對嚴武說：「想不到嚴挺之有這麼個好兒子。」在唐代，當面叫別人父輩名字是極失禮侮辱人的事，因此嚴武大怒，瞪眼看了杜半天說：「杜審言的孫子（杜甫祖父是唐代名詩人杜審言），你想摸老虎鬚子嗎？」滿座客人一看不好，都陪笑臉打圓場。嚴武說：「和大家喝酒是為了高興，為什麼要提父輩的名字呢？」此外，在唐肅宗手下當過宰相的房琯，因戰敗被貶官在嚴武手下任地方官州刺史，嚴武對他很傲慢。詩人李白感到房琯和杜甫在蜀地很危險，所以寫了《蜀道難》。

可是從歷史上看，這些說法都是不能成立的。因為杜甫得罪嚴武的事，本身就不可靠，反而有不少詩歌證明他們之間交情很好。嚴比杜死得早，房也不是被嚴所殺。此外，嚴武任成都尹是唐肅宗時（西元757年以後）的事，而李白的《蜀道難》詩曾為賀知章所讚賞，那至少是在西元744年以前寫的，比嚴武鎮蜀早了十幾年，故不可能與嚴武的事有關。

另一種說法認為：唐玄宗天寶十四年（西元755年），安史之亂爆發，天寶十五年潼關被破，唐玄宗逃到蜀地成都，隨從的官員及六軍加起來僅一千三百人。李白認為玄宗躲到成都去是很錯誤的，因為在蜀地平定叛亂困難，萬一閉塞的蜀地內部發生變亂，那更不可收拾。因此李白寫了《蜀道難》，講明蜀地艱險，不宜久留，「錦城雖雲樂，不如早還家」，希望皇帝早日離蜀返回長安。這個說法在年代上看同樣站不住腳。《蜀道難》的寫作不晚於天寶三年，玄宗逃亡到成都是天寶十五年的事，因此《蜀道難》一詩肯定與此無關。

據現代人詹瑛的研究，認為《蜀道難》詩寫於天寶二年（西元743年），為李白送友人王炎入蜀時的作品，這個說法比較可信。與此同時，送王炎入蜀的送別詩還有下面這首五律：

▷ 送友人入蜀　［李白］

見說蠶叢路，崎嶇不易行。
山從人面起，雲傍馬頭生。
芳樹籠秦棧，春流繞蜀城。
升沉應已定，不必問君平。

〔譯文〕聽說前往古代蜀王蠶叢的國家的道路，非常崎嶇難走。高峻的山嶺幾乎緊貼著旅客的臉，雲霧就在馬頭的旁邊產生。茂密的樹木籠罩著由秦入蜀的棧道，流著春水的江河繞著蜀地的城鎮。您的官位升降已由命運決定，用不著向占卜的人嚴君平詢問了。

唐高宗乾封元年（西元666年），神童詩人王勃年十六歲，因文名卓著，被唐高宗兒子沛王李賢看中，任命他為府修撰的官職。任職期間，王勃有一位姓杜的友人到蜀地任縣尉，在他動身赴任時，王勃寫了一首著名的五律為他送行。

▷ 送杜少府之任蜀州　［王勃］

城闕輔三秦，風煙望五津。
與君離別意，同是宦遊人。
海內存知己，天涯若比鄰。
無為在歧路，兒女共沾巾。

〔譯文〕富饒廣闊的三秦土地，護衛著長安的城郭宮闕，遙望你將去的西川，五津隱沒在渺渺煙塵之中。在和您離別的時候使我想到，你我都是出門在外的做官人，四海之內只要還有知己的人，即便彼此在天涯海角，因為心心相印，也好像鄰居一樣（古代時以五家為一比，故「比鄰」即很近的鄰居）。在你我即將分別的時候，不要像小兒女一樣，讓眼淚沾濕了衣襟。

詩題中的「蜀州」，治所在今四川崇慶縣。根據近代人研究，蜀州為蜀川之誤，蜀川指今四川西部岷江流域一帶。詩中「三秦」，指秦朝滅亡後，項羽把關中（今陝西中部）分成雍、塞、翟三國，封秦降將章邯等三人為三國王，後人稱此為三秦。「五津」指岷江從灌縣到犍為這一段中當時的五個渡口，為杜少府將去之處。

花重錦官城

唐肅宗乾元二年（西元759年）十二月一日，詩人杜甫由同谷出發赴成都，約在十二月末到達成都。成都給予詩人的新鮮感覺，以及旅途的辛苦憂思，使杜甫寫了下面這首五言古詩《成都府》。

▷ 成都府 〔杜甫〕

翳翳桑榆日，照我征衣裳。
我行山川異，忽在天一方。
但逢新人民，未卜見故鄉。
大江東流去，遊子日月長。
曾城填華屋，季冬樹木蒼。
喧然名都會，吹簫間笙簧。
信美無與適，側身望川梁。
鳥雀夜各歸，中原杳茫茫。
初月出不高，眾星尚爭光。
自古有羈旅，我何苦哀傷。

〔譯文〕朦朧的西下夕陽（桑榆日即夕陽），照著我旅途的衣裳。半年來從華州（今陝西華縣）、經秦州（今甘肅天水）、同穀（今甘肅成縣）到成都，一路山川景物各不相同。沒想到竟然到了離長安幾千里的另一地方。看見了語言風俗與中原不同的百姓，可不知何時才能返回故鄉。岷江在成都邊上向東南流去，我這個在外漂泊的人恐怕還要長時期地流浪異鄉。重疊的成都城（曾城即層城，指成都有大城、少城）到處是華美的房屋，深冬的時候樹木還那麼蒼翠。在這個熱鬧的著名都市中，不停地傳來簫管笙簧的音樂聲。這裡雖然很好，可我仍沒有個著落。輾轉不安地望著河上的橋樑，幾時才能重新經過它返回家鄉。鳥兒晚上都回巢了，可我故鄉所在的中原是那麼遙遠難見。初出的下弦月尚未高升，群星在天上閃耀。自古以來就有流落異鄉難歸的人，我何必要過分地悲傷呢？

杜甫到成都第三年，即上元二年（西元761年）春天，詩人住在他新建的成都草堂中，生活比較安定了。四川以常下夜雨著名，詩人杜甫以他細緻深入的觀察，高超的藝術水準，寫了一首五言律詩《春夜喜雨》，詩中描述了春夜細雨的情景和想像中雨後的成都景色。

▷ 春夜喜雨　〔杜甫〕

好雨知時節，當春乃發生。
隨風潛入夜，潤物細無聲。
野徑雲俱黑，江船火獨明。
曉看紅濕處，花重錦官城。

〔譯文〕正當春天萬物復蘇、草木即將生長的時候，一場好雨應著時節下起來了。它隨著風在夜間悄悄地降落，輕柔無聲地滋潤著萬物。烏雲覆蓋著田野間的小路，在這漆黑的夜晚，只見江畔船上的燈火在閃亮。待到明天早晨，你看這錦官城的鮮花經雨而紅豔濕潤，一定更加可愛了。

成都的春天繁花似錦，無比美麗。以下是杜甫在上元二年（西元761年）春所寫的兩首七言絕句。

▷ 江畔獨步尋花七絕句（選二）　〔杜甫〕

（一）

黃師塔前江水東，春光懶困倚微風。
桃花一簇開無主，可愛深紅愛淺紅。

江畔獨步尋花（杜甫）　　（明）黄鳳池編《唐詩畫譜》

（二）

黄四娘家花滿蹊，千朵萬朵壓枝低。

留連戲蝶時時舞，自在嬌鶯恰恰啼。

〔譯文一〕黄師塔前江水東流，明媚的春光，使人懶睏，在微風中傍塔小憩。一簇簇盛開的桃花任君觀賞，深紅色花和淺紅色花隨您所愛。

〔譯文二〕黄四娘家的繁花遮滿了小路，成千上萬朵鮮花壓彎了枝條。對花兒留戀不舍的彩蝶上下飛舞，安逸嬌小的黃鶯站在枝頭柔聲歌唱。

唐宋時，蜀地人稱佛教僧人為師，按佛教習俗，僧人死後其葬處建塔。故第一首尋花詩中的黃師塔是指一個姓黃的和尚的墓塔。第二首尋花詩中的黃四娘，應是一位黃姓排行第四的婦女，一說是杜甫在成都的鄰居。

成都的春天，絕不只體現在盛開的鮮花上。杜甫於唐代宗廣德二年（西元764年）春重回成都草堂時所寫的兩首絕句，給我們展現出了另一幅成都優美的春景。

▷ 絕句四首（其三） ［杜甫］

兩個黃鸝鳴翠柳，一行白鷺上青天。

窗含西嶺千秋雪，門泊東吳萬里船。

〔譯文〕兩隻黃鶯在翠綠的柳枝上鳴叫，排成一行的白鷺直飛上青天。西嶺（即四川松潘縣南的雪欄山，積雪長年不化）山上的千年白雪映入窗中，門前江岸停泊著從萬里之外的東吳駛來的航船。

▷ 絕句二首（其一） ［杜甫］

遲日江山麗，春風花草香。

泥融飛燕子，沙暖睡鴛鴦。

〔譯文〕在春天暖洋洋的陽光照耀下，江山是多麼美麗。春風陣陣，帶來了花草的芳香。在那融化的軟泥上，燕子飛來飛去，銜泥築巢。那溫暖的沙窩中，藏著一對熟睡的鴛鴦。

杜甫的這兩首絕句，反映了他寫這種體裁詩的特點，即古典詩歌的形式美與豐富的內容密切地結合在一起。上面這兩首絕句，可以看作是律詩的中間四句。因為它們不僅格律嚴謹，而且有著工整的對仗。唐詩中的絕句，絕大多數都不對仗或不完全對仗，像杜甫這兩首的寫法是很罕見的。

在唐代，成都已經是一個美麗繁華的城市。唐玄宗天寶十五年（西元756年）六月，安祿山的叛軍攻破潼關進逼長安，玄宗率少數親信逃到成都。七月太子即皇帝位於靈武，是為唐肅宗。至德二年（西元757年）十月，郭子儀收復長安，肅宗派人迎接在成都的玄宗皇帝，十二月上皇自成都回到長安，將成都定名為「南京」，因為它在長安之南的緣故。

詩人李白，在事後寫了一組十首七絕，記述詠歎玄宗皇帝的這一次西行逃難。

▷ 上皇西巡南京歌十首（選二） 〔李白〕

（二）

九天開出一成都，萬戶千門入畫圖。
草樹雲山如錦繡，秦川得及此間無。

（六）

濯錦清江萬里流，雲帆龍舸下揚州。
北地雖誇上林苑，南京還有散花樓。

〔譯文二〕在高高的九天上有一個成都市，城內繁華的千家萬戶像圖畫一樣美妙。城郊綠草如茵，樹木茂密，雲霧繞著山峰，簡直如同錦繡。那長安所在的秦川比得上這裡嗎？

〔譯文六〕清澈的濯錦江水在成都城邊向萬里外流去，江中的帆船龍舟（繪龍的大船）一直駛向揚州。北邊的首都誇耀它有上林苑，可南京成都卻有個散花樓可以和它媲美啊！

上面詩中的散花樓，在唐代成都城內的摩訶池上，是隋朝末年蜀王楊秀所建，為當時的著名遊覽勝地。詩人李白在唐玄宗開元九年（西元721年）二十歲時，遊歷成都並登上了散花樓，寫了一首五言詩《登錦城散花樓》。

▷ 登錦城散花樓　［李白］

日照錦城頭，朝光散花樓。
金窗夾繡戶，珠箔懸瓊鉤。
飛梯綠雲中，極目散我憂。
暮雨向三峽，春江繞雙流。
今來一登望，如上九天遊。

〔譯文〕太陽照在錦官城頭，早晨的霞光射入了散花樓。金色的窗戶夾著雕花的大門，珍珠的捲簾掛在玉鉤上。散花樓像一架高聳的梯子，飛出了綠樹叢中。登樓極目四望，消散了我多少憂愁。傍晚的細雨，灑向遠方的三峽。春天的郫江和流江，繞著成都府的雙流縣緩緩流過。今天到這散花樓來登臨眺望，好像上了九重天遊玩。

五載客蜀郡

詩人杜甫於唐肅宗乾元二年（西元759年）十二月由同谷到成都後，最初借住在成都西郊浣花溪畔的一座廟宇草堂寺中。當然，在僧寺借住總非長久之計，詩人不久後在浣花溪畔看中了一塊不大的荒地，於是在這裡建起我國詩歌史上頗有名氣的一座茅屋——杜甫草堂。

浣花溪即錦江，又名濯錦江，唐代時江水非常清澈。成都盛產錦緞，稱為「蜀錦」，織成之後，都在錦江中洗濯，據說洗過的錦緞顏色會更加鮮豔。唐末詩人高駢，於唐僖宗時任劍南西川節度使，駐節成都，一次他在觀賞了錦江兩岸的景色後，寫了下面這首七絕：

送春（高駢）　（明）黃鳳池編《唐詩畫譜》

▷ 錦江寫望 〔高高駢〕

蜀江波影碧悠悠，四望煙花匝郡樓。
不會人家多少錦，春來盡掛樹梢頭。

〔譯文〕濯錦江碧綠的水波緩緩南流，在城樓上舉目眺望，煙霧中花樹環繞在四周。不知道織錦人家有多少錦緞，在這春天裡漂洗後全晾在樹梢上頭。

唐肅宗上元元年（西元760年）春天，在親友的幫助下，杜甫草堂建成了。在各地逃難多年，一直處於顛沛流離狀態的詩人，如今暫時有了一個安居的地方，心情是比較愉快的。就在這時，他寫了下面這首七律：

▷ 堂成 〔杜甫〕

背郭堂成蔭白茅，緣江路熟俯青郊。
榿林礙日吟風葉，籠竹和煙滴露梢。
暫止飛烏將數子，頻來語燕定新巢。
旁人錯比揚雄宅，懶惰無心作解嘲。

〔譯文〕我在城邊的草堂建成了，房頂上蓋著白茅草。沿草堂邊上浣花溪的熟路，可以俯瞰青綠滿地的郊野。樹葉茂密的榿樹林遮著陽光，在輕風吹拂下枝葉沙沙響，好似人們吟嘯。大竹林中葉綠如煙，枝梢滴下了露珠。烏鴉帶了幾隻小鴉來這棲止，鳴叫著的燕子來往不停地築著新巢。別人錯把我這草堂比做漢朝揚雄的住宅，我也無心像揚雄那樣，專門寫篇《解嘲》的文章來解釋了。

詩的最後兩句，用的漢代文學家揚雄的故事。揚雄的住宅在成都西南角，名為「草玄堂」。漢哀帝時，揚雄在家閉門著《太玄經》，遭到別人嘲笑，於是他寫了一篇文章《解嘲》。詩中說別人錯把詩人比作揚雄，其實不一樣，因為詩人築草堂只是為了暫時安身，並無久居終老的想法。

草堂建成，杜甫一家在經過幾年的顛沛流離之後，現在比較安定了一些。唐肅宗上元元年（西元760年）夏天，詩人寫了一首七律《江村》，詩中描寫了草堂環境的清幽，妻子和孩子都各得其樂的安適生活。

▷ 江村 ［杜甫］

清江一曲抱村流，長夏江村事事幽。
自去自來堂上燕，相親相近水中鷗。
老妻畫紙為棋局，稚子敲針作釣鉤。
但有故人供祿米，微軀此外更何求。

〔譯文〕浣花溪清澈的江水，彎彎曲曲地繞村而流。在長長的夏日中，事事都顯得安閒。堂上的燕子自來自去，互無干擾。水上的鷗鳥相親相近，悠然自得。妻子在用紙畫棋盤，小兒子敲彎針想做個釣鉤。只要有老朋友分給我一些祿米維持生活，此外我還能有什麼別的要求呢！

杜甫在草堂由上元元年（西元760年）住到唐代宗寶應元年（西元762年）。就在寶應元年，杜甫好友嚴挺之的兒子嚴武，被任命為蜀地最高長官成都尹。嚴到任後，至草堂訪問杜甫，並在生活上多有照顧。當年七月，嚴奉命入朝，嚴走後，劍南兵馬使徐知道反叛，杜甫逃赴梓州（今四川三台縣），後轉到閬州（今四川閬中縣）。唐代宗廣德二年（西元764年），嚴武又被任命為蜀地長官東西川節度使，幾次來信邀杜甫，於是詩人又攜家回成都，返回途中寫了五首詩寄贈嚴武。由下面這一首我們知道，草堂內修建有栽種草藥的藥欄，靠江的岸邊有木欄杆，種有松樹及大量生長快速的竹子等。

▷ 將赴成都草堂途中有作，先寄嚴鄭公五首（選一）
［杜甫］

常苦沙崩損藥欄，也從江檻落風湍。
新松恨不高千尺，惡竹應須斬萬竿。
生理只憑黃閣老，衰顏欲付紫金丹。
三年奔走空皮骨，信有人間行路難。

〔譯文〕很長時間不在草堂了，恐怕沙岸崩塌損壞了籬笆（藥欄即欄杆或籬笆），水檻（草堂水榭的欄杆）也只能任憑風浪吹打而掉落水中。我心愛的新栽的松樹，願它已長高達千尺，那些討人厭的竹子密密麻麻，真應把它們都砍掉。回成都後，生活就依靠嚴武這位大官了（嚴武以黃門侍郎出任成都尹兼劍南節度使，故稱黃閣老），我這衰病之身也應該服藥保養一下了（紫金丹指道士燒煉的長生丹藥，此處泛指藥物）。自從嚴武離開蜀地，我這兩三年來四處奔走，辛苦勞累，人已瘦得只剩下皮包骨，真正體會到了奔波流離的艱難啊！

上詩中提到的水檻，是草堂中臨水小房前的欄杆，詩人在草堂居住時，常憑欄眺望。大約在唐肅宗上元二年（西元761年）的一個和風細雨的日子裡，由水檻向外見到的優美景色，激發了杜甫的詩思，寫了下面這首描述風景的精彩五律：

▷ 水檻遣心二首（選一） 〔杜甫〕

去郭軒楹敞，無村眺望賒。
澄江平少岸，幽樹晚多花。
細雨魚兒出，微風燕子斜。
城中十萬戶，此地兩三家。

〔譯文〕我這位於城郊的草堂地位寬敞，四周沒有村落便於向遠處眺望。澄清的江水上漲，幾乎平了河岸，幽深的樹木開花雖晚，卻非常繁茂。細雨如絲，魚兒不時浮出水面，微風無力，燕子斜翅掠地而飛。成都城裡的人家雖然多達十萬戶，可這裡卻只有兩三家，更顯得環境的幽靜。

「細雨魚兒出，微風燕子斜」兩句不僅對仗工穩，而且寫景非常逼真。只有微風才會細雨，唯其細雨，魚兒才會浮出水面戲遊。如果是急風驟雨，不僅魚兒潛藏水底，燕子也會躲入巢中，哪敢斜翅低飛呢？兩句詩中一個「出」字，一個「斜」字，用得十分巧妙。古人稱讚杜甫這兩句詩「寫得自然，巧而沒有故意刻削的痕跡」。

唐肅宗上元二年春，錦江水陡漲，水勢如海，詩人面對此景，寫了一首七律，表面是寫洪水景色，其實是杜甫談自己寫詩的創作態度和體會。這時，詩人的水準已經很高了，可他毫不滿足，要進一步在藝術上達到更高的境界。

▷ 江上值水如海勢，聊短述 〔杜甫〕

為人性僻耽佳句，語不驚人死不休。
老去詩篇渾漫與，春來花鳥莫深愁。
新添水檻供垂釣，故著浮槎替入舟。
焉得思如陶謝手，令渠述作與同遊。

〔譯文〕我這人性格和一般人不同，對好的詩句特別入迷。所寫的詩句如果不使人驚歎，那至死也不甘休，非改好不可。到了老年卻改變主張，寫詩簡直是隨意而成。寫得熟了，揮筆立就，用不著在春天對著花鳥而苦吟了。在草堂的水邊，新添了欄板可以垂釣，欄外放下木筏便可作為釣舟了。怎樣才能與陶淵明和謝靈運一樣的高手共同切磋，與他們一道寫出名篇佳句流傳人間呢！

唐肅宗上元二年（西元761年）秋八月，一場暴風襲擊了杜甫居住的浣花溪畔的草堂，將房頂上蓋的茅草吹走。接著是連綿不斷的秋雨，房子漏雨沒有乾的地方，整夜都不能休息。就在這種情況下，詩人回憶起了戰亂以來的痛苦，聯想到天下還有多少和自己一樣不幸的寒士，於是寫下了極其著名的七言古詩《茅屋為秋風所破歌》。

▷ 茅屋為秋風所破歌 〔杜甫〕

八月秋高風怒號，卷我屋上三重茅。
茅飛渡江灑江郊，高者掛罥長林梢，
下者飄轉沉塘坳。南村群童欺我老無力，
忍能對面為盜賊。公然抱茅入竹去，
唇焦口燥呼不得，歸來倚杖自歎息。

俄頃風定雲墨色，秋天漠漠向昏黑。
布衾多年冷似鐵，驕兒惡臥踏裡裂。
床頭屋漏無乾處，雨腳如麻未斷絕。
自經喪亂少睡眠，長夜沾濕何由徹！
安得廣廈千萬間，大庇天下寒士俱歡顏，
風雨不動安如山！嗚呼何時眼前突兀見此屋，
吾廬獨破受凍死亦足。

〔譯文〕八月的一天秋風怒號，捲走了我房上的幾層茅草。茅草飛過浣花溪灑滿了江邊，有的掛在高大的樹梢上，有的沉入了池塘底。南村的孩子們欺負我老而無力，居然當著面做小偷，公開地抱著我房上的茅草跑進竹林。我呼喊得唇焦口燥也沒用，只得回來倚著拐杖歎息。轉眼風停了烏雲遮滿天空，好像夜色即將來臨。家中那多年的被褥又硬又涼，孩子睡時亂蹬被裡都破了。屋裡床頭到處漏雨沒個乾的地方，可這雨呀下起來沒個完。自從安史之亂後就睡得很少，在這漫漫的長夜中被褥沾濕，如何能挨得到天亮啊！怎樣才能得到寬大的房子千萬間，讓天下的貧窮人都有住處而歡笑，在暴風雨中也安穩如山！唉！如果能夠立即在眼前見到這些房屋，就是我的茅草房吹倒凍死了我都心甘情願啊！

由於杜甫在詩歌上的名氣，杜甫在成都居住過的草堂，在唐代時即已很有名。唐代詩人們途經成都時，經常專門前往憑弔，並留下感歎的詩篇，甚至在送友人到蜀地時，也會聯想起遠在成都的杜甫故居，例如下面這兩首詩：

▷ 經杜甫舊宅 〔雍陶〕

浣花溪裡花多處，為憶先生在蜀時。
萬古只應留舊宅，千金無復換新詩。
沙崩水檻鷗飛盡，樹壓村橋馬過遲。
山月不知人事變，夜來江上與誰期。

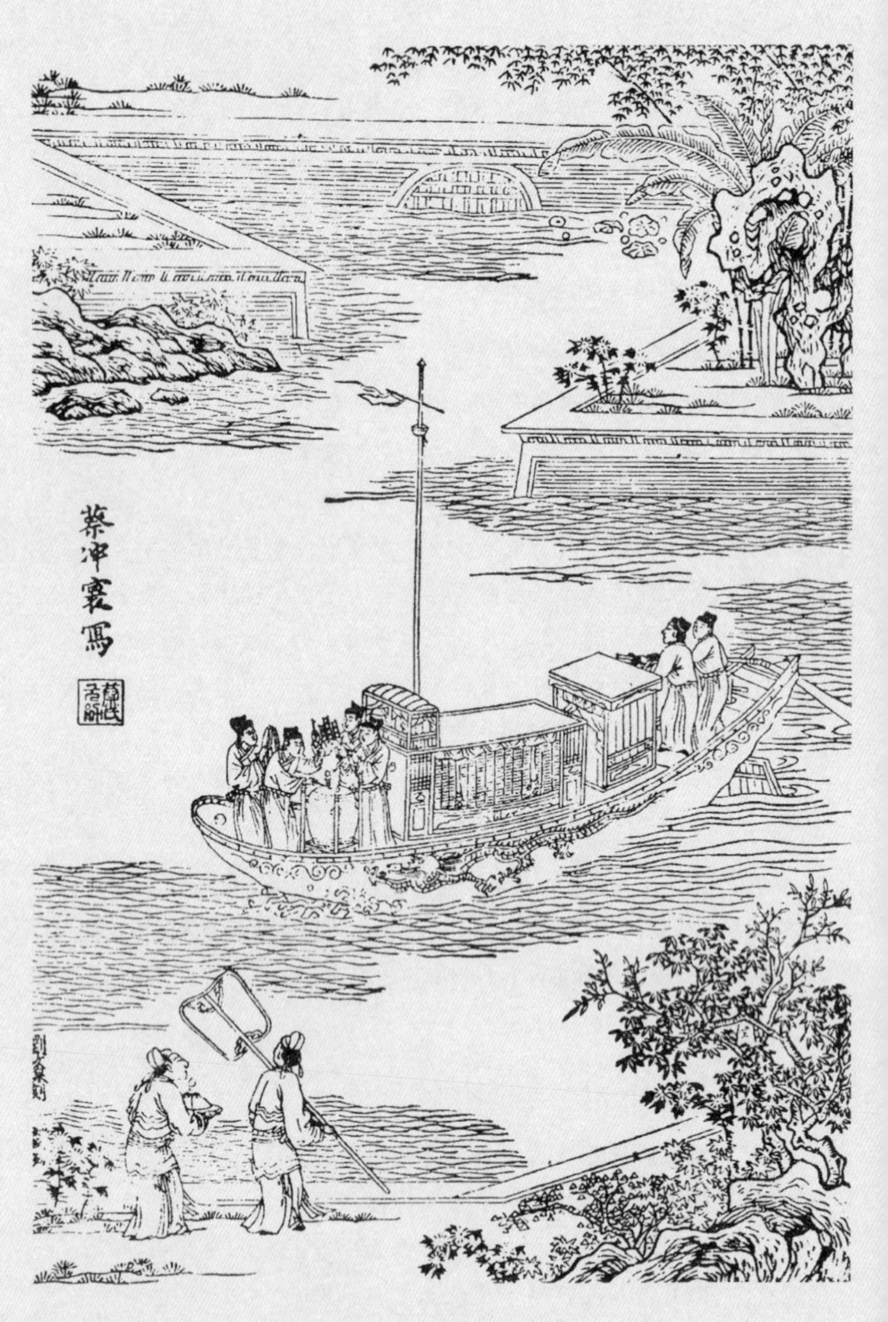

九日（德宗皇帝）　（明）黃鳳池編《唐詩畫譜》

〔譯文〕在浣花溪裡鮮花最多的地方，想起了先輩您（指杜甫）在蜀時的生活。您的舊居草堂應該萬古留存；現在即使用千金重價也換不到您的新詩了（指杜甫已經逝去）。錦江沙岸崩塌，草堂的水檻損毀，鷗鳥也已飛盡；樹木已長得那樣茂密，遮蔽了村中的小橋，我騎著馬只能緩緩而過。從山後升起的月亮不知人世間的變遷，詩人早已逝去，它在這錦江上還等待誰呢？

詩的作者雍陶是晚唐時的詩人，在杜甫之後約一百年。此詩是雍陶到杜甫在成都的草堂憑弔後所作。

晚於杜甫約五十多年的詩人張籍，在送友人赴蜀的七絕中，聯想到了杜甫在浣花溪畔的舊居，寫了一首《送客遊蜀》。

▷ 送客遊蜀　〔張籍〕

行盡青山見益州，錦城樓下二江流。
杜家曾向此中住，為到浣花溪水頭。

〔譯文〕當您走到青山的盡頭一片平原時，見到的就是益州的州治成都。在它的城樓之下，有著岷江和錦江流過。詩人杜甫他一家曾在此處住過，就在那浣花溪水的西岸。

自唐末起，尊敬杜甫的人們經常將草堂舊址加以修葺。明代弘治和清代嘉慶年間，又兩次重建，今日的草堂建築，大都是清代的遺物。草堂內有杜甫塑像及歷代所刻的杜甫像，陳列著各種版本和翻譯成各國文字的杜詩，以及大量有關杜詩的書法和詩意畫等。

唐代宗永泰元年（西元765年）四月，成都尹兼劍南節度使嚴武病逝，杜甫感到失去依靠，在蜀地難以繼續安居，同時一向有東下遊歷的願望，因此，於這年五月帶領全家離開他住了五年的成都草堂，乘船沿岷江而下。這次離開後，詩人就再也沒有回成都了。在成都臨行時，詩人寫了下面這首向蜀地告別的五律：

去蜀 ［杜甫］

五載客蜀郡，一年居梓州。
如何關塞阻，轉作瀟湘遊。
世事已黃髮，殘生隨白鷗。
安危大臣在，不必淚長流。

〔譯文〕我五年在成都作客，一年住在梓州（即今四川三台縣）。為什麼在這關塞阻隔、行路艱難的時候，反而要到瀟湘一帶去呢（瀟湘指瀟水和湘江，都在今湖南，詩中用以泛指蜀地以東長江下游）？我已經是衰朽的老年人，頭髮都白得發黃了，這剩餘的日子想隨白鷗四處飄蕩算了。國家的安危自有掌權的大臣考慮，用不著我流淚擔憂了。

杜甫乘船由成都出發，經岷江入長江至忠州（今四川忠縣）。途中，面對滔滔的長江水和江岸夜景的壯麗風光，結合自身長期在外漂泊流離，杜甫寫下了著名的傑作五律《旅夜書懷》。

旅夜書懷 ［杜甫］

細草微風岸，危檣獨夜舟。
星垂平野闊，月湧大江流。
名豈文章著，官應老病休。
飄飄何所似，天地一沙鷗。

〔譯文〕江岸上微風吹拂著細草，一隻落了帆的孤舟夜晚停泊在岸邊，只見桅杆高聳。原野是那麼遼闊，星星像一串串明珠遙掛到天際。大江中，月光在滾滾波濤上閃耀。

詩的第五句有不同解釋，一種認為杜甫覺得自己的詩雖寫得好，可並不被世人看重，這樣此句可釋為：我的聲名並沒有因為詩文寫得好，而為世人看重。另種解釋認為杜甫胸懷安邦治國的大志，所以說自己豈能以詩文著稱於世。這樣此句可釋為：我沒能施展自己的政治抱負，怎麼能以詩文寫得好而聞名於世呢？詩第六句說的是反話，雖然杜甫當時年五十四歲，但還不到「老病」的程度，實際上他辭官不做是由於與同僚們意見不合。故此句可釋為：我這樣又老又病，應該被罷官了吧！詩最後兩句見景生情說：在這廣闊無涯的天地之間，我多麼像一隻漂泊無依的小沙鷗啊！

唐代宗大曆元年（西元766年）春末，杜甫定居於夔州（今四川奉節），住了近兩年，可是他念念不忘回到中原地區去，因此在大曆三年（西元768年）春天，乘船沿長江順流東下，回到他日思夜想的中原去。出三峽後到了江陵、公安一帶，這裡處於長江和漢水之間，因此詩人以《江漢》為題寫了一首五言律詩，詩中除敘說了自己的境況外，並且表明了詩人願為朝廷效力的願望。

▷ 江漢 [杜甫]

江漢思歸客，乾坤一腐儒。
片雲天共遠，永夜月同孤。
落日心猶壯，秋風病欲蘇。
古來存老馬，不必取長途。

〔譯文〕我這個身在江漢、思念回歸中原的旅客，是天地之間一位不合時代潮流的讀書人。多少年來，我一直像雲片飄蕩天際，像長夜的明月一樣孤獨無依。我雖已到了類似落日的暮年（詩人時年五十七歲），可仍有著豪壯的報國之心；在肅殺涼冷的秋風中，我的病反而要好了。古代人們養著老馬，是要利用牠的經驗和智慧，並不要牠馱著重載長途運輸。

詩中用了古代「老馬識途」的故事。春秋時，齊桓公伐孤竹國後，在返回的途中迷了路，齊桓公的宰相管仲說：老馬的智慧可以利用。於是放老馬在隊伍前面，隊伍跟著老馬走，果然找著了道路。在上述詩中，杜甫以老馬自比。

錦官城外柏森森

詩人杜甫於唐肅宗乾元二年（西元759年）十二月到成都後，第二年春天，他去遊覽了成都的武侯祠，面對肅穆的祠廟，多所感慨，寫出了下面這首極其著名的七律：

▷ 蜀相　　［杜甫］

丞相祠堂何處尋？錦官城外柏森森。
映階碧草自春色，隔葉黃鸝空好音。
三顧頻煩天下計，兩朝開濟老臣心。
出師未捷身先死，長使英雄淚滿襟。

〔譯文〕蜀國丞相諸葛亮的祠堂在哪裡呢？就在成都城外長了許多高大茂密柏樹的地方。丞相他早已逝去，只有石階下碧綠的芳草，顯示出春天的來到。在那濃密的樹葉後面，黃鶯徒然在婉轉地鳴叫。想當年劉備三顧茅廬，與諸葛亮共商天下大計。諸葛亮輔佐劉備和劉禪兩代，創業守成，費盡了他的一生心血。丞相多次領軍伐魏，沒能獲得成功，不幸先去世了，使後代的英雄豪傑們回想起來，禁不住會悲傷難忍，淚濕衣襟。

西元1128年，宋朝著名的抗金英雄宗澤，由於奸臣當道，阻礙恢復失地的計畫，最後憂憤成疾，在病危時，連吟「出師未捷身先死，長使英雄淚滿襟」表現他無限的悲痛與惆悵。到臨終時，連呼三聲「渡河」，表示他至死不忘要渡過黃河收復失地的決心。

蜀國皇帝劉備於西元223年在白帝城病逝，葬在成都南郊的惠陵，按慣例在陵旁修廟以便祭祀。大約在六世紀時，在劉備廟的旁邊修了武侯祠。諸葛亮生前封武鄉侯，死後諡忠武侯，故後世紀念他的祠廟統稱武侯祠。

由杜甫的《蜀相》一詩可知，在唐代時武侯祠已經是古柏森森，碧草映階的遊覽勝地。到明代初年，明太祖朱元璋的兒子朱椿被封為蜀獻王，於洪武二十三年（西元1380年）到成都。他看見劉備廟和武侯祠並立，認為不合規矩，就廢棄了武侯祠，將諸葛亮的塑像搬入劉備廟的偏殿上。在明末的戰亂中，劉備廟全部被毀。到了清康熙十一年（西元1672年），重新修建了劉備廟，因劉備死後諡為「昭烈」，故廟的門額為「漢昭烈廟」。在廟後修了武侯祠，這種君臣合廟就是我們今天所見到的形式。

雖然劉備是君，諸葛亮是臣，可是在人們的心目中，劉備無法和諸葛亮相比，因此漢昭烈廟並不為人所知，人們記得的竟是武侯祠。

清代所建的武侯祠，位於今成都市的南郊，占地約五六十畝。在武侯祠內，有著歷代人所寫的大量詩詞和對聯、匾額。

唐宣宗大中五年（西元851年），詩人李商隱在東川節度使幕府任職，這年冬天，他被派到成都去審案，在成都遊覽武侯祠時，見到其中的古老柏樹有所感，寫了五言詩《武侯廟古柏》。

▷ 武侯廟古柏　　［李商隱］

蜀相階前柏，龍蛇捧閟宮。
陰成外江畔，老向惠陵東。
大樹思馮異，甘棠憶召公。
葉凋湘燕雨，枝拆海鵬風。
玉壘經綸遠，金刀歷數終。
誰將出師表，一為問昭融。

〔譯文〕武侯祠前的兩棵大柏樹（相傳是諸葛亮親手種植），現在長得像盤曲的龍蛇一樣，拱衛著深閉的祠廟（即閟宮）。古柏繁茂的樹蔭，長成於岷江之畔。這蒼勁挺拔的老樹，正對著西邊劉備的陵墓惠陵。看到這巨大的古柏，使人追思像馮異一樣的諸葛亮的功勳和品德。這古柏又像周成王時的甘棠樹，見著它自然會憶念起諸葛亮的政績。風雨使古柏的樹葉凋落猶如石燕飛舞，暴風的搖撼，使古柏的枝條折裂。諸葛亮的鞏固蜀地，進而統一中國的規劃，多麼宏偉遠大。可是劉家天下氣運已終，諸葛亮生不逢時有什麼辦法。有誰能拿著那忠誠感人的《出師表》（諸葛亮在西元227年出師伐魏時，給蜀後

自述（白居易）　　（明）黃鳳池編《唐詩畫譜》

主劉禪上的表文），去問悠悠的蒼天呢？

詩中五、六兩句，用了古代的典故。據《後漢書・馮異傳》，在每次行軍休息時，許多將軍們都坐在一起各誇自己的功績，唯有馮異常常一人獨坐樹下，軍中稱他「大樹將軍」。詩中用馮異品德高尚不自誇功績來比喻諸葛亮。「甘棠」句用的周成王時召公奭的故事。召公巡行南方，推行周文王的仁政，常在甘棠樹下聽百姓們對他傾訴意見，後人思念他的德政，因而賦了《甘棠》詩。此處是將武侯祠前古柏比做甘棠。

唐代宗大曆元年（西元766年），詩人杜甫在夔州，寫了一組五首七律《詠懷古蹟》，內容不僅記述古蹟的情況，更主要的是詩人借古蹟抒發自己的感慨。其中第五首即詠的夔州武侯祠，可詩中並沒有描述祠廟的情況，全部寫的諸葛亮的一生功業，以及詩人的感歎。

▷ 詠懷古蹟五首（其五） ［杜甫］

諸葛大名垂宇宙，宗臣遺像肅清高。
三分割據紆籌策，萬古雲霄一羽毛。
伯仲之間見伊呂，指揮若定失蕭曹。
運移漢祚終難復，志決身殲軍務勞。

〔譯文〕諸葛亮的功業，使他名垂宇宙，這位名重一時的大臣，人們見了他的遺像無不敬仰他的清高。在諸葛亮用盡心計的籌畫下，形成了魏蜀吳三國鼎立的局面。他的業績萬古流傳，像鸞風高翔在雲霄之中。他的才能和功業，可以和伊尹、呂尚媲美（伊尹輔佐商湯滅夏，建立了商朝；呂尚即姜子牙，輔佐周武王滅商，建立了周朝）。他治理國家從容不迫，胸有成竹，使蕭何曹參也望塵莫及。可惜漢朝的氣運已終，歷史的趨勢無法用人力挽回。諸葛亮以堅定的志向輔佐劉備和劉禪，勞累的軍國大事使他不幸病逝了。

在成都西北方約五十公里處，有一個灌縣，唐代時稱灌口鎮，這裡有著世界聞名的古老水利工程——都江堰。

約在西元前二百五十年的秦孝文王時，李冰任蜀郡的太守。為了解除岷江的水患，並灌溉蜀郡的田地，李冰和他的兒子主持修建了都江堰。岷江水經過專門修建的都江魚嘴後，分流入內江和外江。外江是岷江正流，內江水流經人工開鑿的「寶瓶口」，進入成都平原。飛沙堰用以調節內江水，過多的江水可溢過飛沙堰流入外江。流入寶瓶口的內江水，自流灌溉了二十七個縣市的農田，面積達五十四萬公頃，使整個川西平原完全免除了旱澇災害，年年豐收，成為著名的「天府之國」。

都江堰設計建造得極為成功，雖然已經歷了兩千二百多年，迄今仍然發揮著巨大的作用。後世人們為了感謝李冰父子的功績，在內江東岸修建了「二王廟」，供奉李冰父子的神像，現已成為著名的古蹟和遊覽勝地。

傳說李冰父子在修都江堰時，為了鎮壓水怪，曾經刻製了五頭石犀牛，將它們沉入江水中。在沉石犀牛的地方，唐代設置了犀浦縣，即今成都市西北十餘公里處的犀浦鎮。到了唐代，石犀牛剩下兩隻，一隻放在成都府市橋門，即今石牛門；另一隻沉入深水中。

盛唐詩人岑參，於唐代宗大曆二年（西元767年）在成都時，曾遊歷了都江堰，對李冰的功績欽佩不已。於是他利用有關石犀的傳說，寫了下面這首讚譽的五言詩：

▷ 石犀　　［岑參］

江水初蕩潏，蜀人幾為魚。
向無爾石犀，安得有邑居。
始知李太守，伯禹亦不如。

〔譯文〕在岷江水開始氾濫時，蜀郡的人們幾乎都變成了魚。如果沒有李冰修都江堰並刻石犀鎮壓水怪，蜀郡哪裡還會有居民房舍呢？這才知道李冰太守的功績，連治水的大禹也比不上啊！

唐肅宗上元二年（西元761年），都江堰的所在地灌口鎮發生了水災。當時詩人杜甫正在成都，他對於石刻犀牛鎮壓水怪可以防止洪水氾濫的說法是不相信的，認為防止水患要組織民眾修築堤壩，加上清明的政治措施，自然能避免水災。為說明自己的這種看法，詩人寫了一首七言長詩《石犀行》。

▷ 石犀行 ［杜甫］

君不見秦時蜀太守，刻石立作五犀牛。
自古雖有厭勝法，天生江水向東流。
蜀人矜誇一千載，氾濫不近張儀樓。
今年灌口損戶口，此事或恐為神羞。
修築堤防出眾力，高擁木石當清秋。
先王作法皆正道，鬼怪何得參人謀。
嗟爾五犀不經濟，缺訛只與長川逝。
但見元氣常調和，自免洪濤恣凋瘵。
安得壯士提天綱，再平水土犀奔忙。

〔譯文〕你看那秦國時的蜀郡太守李冰，刻了五個石犀牛以鎮壓水怪。雖然自古以來就有這類鎮壓鬼怪的迷信方法（即「厭勝法」），可是江水天生就是向東流去的。蜀郡的人們誇耀說成都附近一千年來都沒有水災，岷江氾濫時江水不靠近張儀樓（秦惠文王時，張儀建成都城，它的西南城樓即張儀樓，下為岷江）。可如今灌口鎮發生水災淹死了很多百姓，這麼說石犀有什麼用呢？看來就是要使神明丟臉。預防水災應該大家出力，用木石修築起高高的堤防，以備秋季水澇為害。古代的帝王治理天下都採用順乎天理人情的做法，怎麼能考慮那些荒誕的刻石犀鎮壓水怪的建議呢？那五個石犀牛實際上什麼用處也沒有，如今既短了數（唐代時只剩下兩隻），又移動了地方，洪水漂走的就讓它漂走算了。只要國家的政治清明經濟發展，自然可以避免洪水的危害。真希望有壯士嚴申國法，整頓朝綱，使水土各得其所，那沒用的石犀只能逃之夭夭了。

在成都，有一處著名的古蹟琴台，相傳西漢的大文學家司馬相如曾在此臺上彈琴。司馬相如以琴聲感動卓文君和他私奔的故事非常著名。在唐代成都西南，有司馬相如的舊宅。詩人杜甫到成都後，於唐肅宗上元年間（西元760年至761年）去遊覽了琴台，想起司馬相如和卓文君的往事，寫了下面這首五律：

▷ 琴台　［杜甫］

茂陵多病後，尚愛卓文君。
酒肆人間世，琴台日暮雲。
野花留寶靨，蔓草見羅裙。
歸鳳求凰意，寥寥不復聞。

〔譯文〕那司馬相如得了病，隱居到茂陵縣以後，還是那麼愛卓文君。當年恩愛夫妻合開酒店，在人世間傳為佳話。今日傍晚的春雲下面，只有那寂寞荒涼的琴台。一叢叢鮮豔的野花，好像是卓文君美麗的臉頰。嫩綠的蔓草，使人像見到文君昔日的綠色羅裙。琴臺上再也聽不到司馬相如的鳳求凰曲了，餘下的只是一片寂寥。

第七章　獻詩干謁

唐代大多數讀書人的主要出路，是參加科舉考試，考取後就有可能進入官場做官。一些高級官員的子弟，雖然可以按照國家規定直接進入仕途，但畢竟是少數人，而且既不榮耀，升遷也慢。

唐朝科舉設立的科目很多，其中最主要的是明經與進士兩科。明經科主要考貼經，考題是將儒家經典上的文字用紙貼掉幾個，叫應考的人添上，這主要靠死記硬背，考不出水準。

進士科則主要考詩賦，形式比較自由，使應考的人能顯示自己的才學。同時，明經科錄取名額多，約占考生的十分之一二，進士科就難多了，應考的上千人，錄取不過二三十人。因此，唐代有「三十老明經，五十少進士」的諺語。意思是說：三十歲考中明經，已經是太老了，可五十歲考中進士，那還算年輕得很。例如，在唐德宗貞元十六年（西元800年），詩人白居易考中第四名進士，他當時二十九歲，但在所錄取的十七人中年齡最小，因此白居易曾寫有：「慈恩塔下題名處，十七人中最少年」的詩句。

由於進士難考，所錄取的人又都很有才學，做官後升遷也比較快，因此唐代人們特別看重進士。甚至對穿著白麻衣（古代尚未做官的讀書人穿白衣）準備參加進士考試的舉子，人們已經推重他們為「白衣公卿」或「一品白衫」了。有些人雖然官做到宰相，但由於不是進士出身，自己總覺得是平生一大遺憾。連皇帝唐宣宗也曾在皇宮的柱子上自題：「鄉貢進士李道龍。」說明他也想過一下進士的榮耀癮。

下面讓我們先看看一首著名的七絕：

▷ 閨意上張水部　［朱慶餘］

洞房昨夜停紅燭，待曉堂前拜舅姑。
妝罷低聲問夫婿：畫眉深淺入時無？

〔譯文〕昨天晚上舉行婚禮，點上紅燭夫婦入洞房（「停紅燭」作點燃紅燭解），第二天一早要到堂上拜見公婆。新娘梳妝完畢羞答答地低聲問她丈夫：我畫的眉毛顏色深淺合乎現在的流行式樣嗎？

如果不知道這首詩的寫作背景，誰都以為這是一首描寫新婚夫婦閨房樂趣的詩歌。它的確寫得很傳神，尤其是第三句的「低聲」二字和第四句的問話，生動地描繪出了一個新嫁娘的嬌羞形象。

可再一細看詩的題名，就可以知道更有其深意。此詩還有另一個題名，叫做「近試上張水部」。意思是：最近要考試，作此詩呈給水部員外郎張籍。張籍是唐代著名詩人，當時又是朝廷的現任官員。因此朱慶餘寫這首詩呈送給他，希望得到他的賞識後，在社會上代為宣揚，使考試容易被錄取。

在上面這首七絕中，作者自比為新娘，將張籍比喻為新郎，將主考官比作舅姑（公婆）。因此從作者寫這首詩的本意看，應該解釋成：最近即將參加進士科考試，考完後卷子就要由主考官評閱了。我雖然有信心考好這次試，但是還要向您請教，不知我寫的詩文是否適合主考官的口味。

張籍讀了這首詩後，立即寫了下面的一首七絕，作為自己的回答：

▷ 酬朱慶餘　［張籍］

越女新妝出鏡心，自知明豔更沉吟，
齊紈未是人間貴，一曲菱歌敵萬金。

〔譯文〕你像剛妝扮好的越地美女，出現在鏡湖湖心，自己知道非常明媚豔麗可還有點猶豫不定。其實你何必不放心，即使是穿著齊紈（山東所產的細絹，以質佳著名）的濃妝美人，也並不值得珍貴，最可貴的是越女的風韻天然，歌喉婉轉。她唱的一曲菱歌才真是萬金不換啊！

由這首答詩可以看出，張籍對朱慶餘的詩是多麼地讚賞。

此詩的第三、四兩句，也可以這樣解釋：齊紈並不是人間貴重的東西，而你寫給我的這首好詩才真是能值萬金啊！

越地為春秋時越國故址，在今浙江紹興一帶，唐時為越州。越國因出過西施這樣的著名美人，因此在民歌、詩文中，經常用越地姑娘作為美女的代稱。朱慶餘是唐越州人，故詩中用越女比喻他。鏡湖即鑒湖，在紹興縣南，因湖水澄清如鏡而得名。

自此之後，張籍向朱慶餘要來他的新舊詩文二十餘篇，經常向人推薦讚揚。當時張籍詩名很大，人們很重視，紛紛傳抄誦吟。於是朱慶餘的詩名廣泛傳播，果然考取了進士。

在唐代，科舉考試的試卷不糊名（不密封），這樣，哪本試卷是誰的，主考官一看姓名便知。由於姓名公開，主考官在決定錄取誰時，除了依據考卷成績的優劣外，還要考慮舉子平時的聲望、德行，以及有無有力人士的推薦等等。

應考的舉子們為了能被錄取，平時就要注意努力提高自己詩文的知名度，為此，常用的方法是「行卷」，亦稱「干謁」，即將自己平時的詩文作品彙集起來，抄寫成卷軸，在考試前呈送給當時政治上或文壇上有名氣地位的人，希望得到賞識，而在社會上或官場中宣揚，以提高知名度；或者直接向主考官推薦，以增加錄取的可能性。由於唐代進士一般在正月考試二月放榜，故呈獻行卷（或干謁）多數在頭一年秋天就開始進行。

不及公卿一字書

唐德宗貞元初年，詩人白居易初到長安。他當時年紀十五六歲，拿著自己的詩文去謁見著名詩人顧況。顧況當時已六十多歲，又是在任的官員，對這個十幾歲的後生，自然不大客氣。他拿起詩文，看了看前面的名字——白居易，又把面前這個後生打量了一番，然後說：「長安的米價很貴，要在這裡『居』是大不『易』的。」接著翻閱白的詩文，當他看到「野火燒不盡，春風吹又生」的詩句時，不禁大為讚賞，說：「能做這樣好的詩，不但在長安，就是天下任何地方要『居』也很容『易』，前面我是和你開玩笑，不要介意。」於是到處為白居易宣揚，使白居易在長安的聲名越來越大。

顧況看了大為讚賞的詩，是白居易在十六歲以前寫的一首五律。

▷ 賦得古原草送別 〔白居易〕

離離原上草，一歲一枯榮。
野火燒不盡，春風吹又生。
遠芳侵古道，晴翠接荒城。
又送王孫去，萋萋滿別情。

〔譯文〕那黃土原上草兒長得多麼茂盛，一年一度繁榮又枯萎。野火雖然燒掉了枯黃的草葉，在春風的吹拂下嫩芽又開始生長。遠處的草一直長到古老的道路上，在那荒涼的小城邊，叢生的野草閃耀出一片碧綠的光彩。我送別友人出門遠遊（王孫本為貴族後代，此處借指出門遠遊的人），這萋萋的芳草充滿了離別的情意。

白居易雖然十幾歲就很有詩名，可卻在十幾年之後，即到他二十九歲時才考中進士。這很可能是由於像顧況這些賞識他的人官職太小沒有勢力，只能在社會上宣揚讚譽他的詩文，而不能直接在主考官前推薦的原因。

盛唐時代的著名詩人王維，在還不到二十歲時，詩文就很有名，同時他又精通音樂，琵琶彈得非常好。在長安，王維經常在一些貴人家出入交遊。唐玄宗的弟弟——愛好文學藝術的岐王李范，對王維就十分賞識。

當時有另一個讀書人張九皋，詩文聲名很大，他托熟人走了極有勢力的公主的門路，請公主寫了一信給長安的主考官，要取他為第一名。王維這時也準備應考，知道此事後，私下告訴了岐王並求他幫忙。岐王對他說：「公主勢力很大，不可硬爭。我替你想個辦法，你將舊作的好詩抄錄十首來，再專門作一首精彩的琵琶樂曲，過五天來找我。」五天後王維去見岐王，岐王說：「你要想見公主，得聽我的安排，要化裝一下。」王維同意了。於是岐王將王維裝扮成演奏琵琶的伶人，穿上華麗的衣服，隨同岐王到公主府第參加宴會。

宴會上王維站在一隊伶人的最前面，他年輕潔白，丰姿優美。公主很注意，問岐王說：「這是什麼人？」岐王答道：「是知音人。」於是叫王維用琵琶獨奏新曲，滿座客人都讚賞不已，公主尤其驚喜。岐王說：「他不僅通音樂，所作詩歌也無人相比。」公主更奇怪了，說：「有詩文嗎？拿來看看。」於是王維呈上所抄錄的詩作。公主看後大吃一驚說：「這都是我經常閱讀的好詩，原以為是古人的佳作，誰知是你寫的。」於是請王維換去伶人衣服，作為客人招待。

王維多才多藝，談吐風雅，在座的貴人們都很欽佩。岐王乘機說：「如果長安今年錄取他當第一名進士，那真是國家的榮譽。」公主說：「那就讓他應考去。」岐王說：「他發誓如不得第一名，就不參加考試，不過聽說公主您已推薦張九皋了。」公主說：「咳！這是別人託我的，我對張並不熟。」於是回頭對王維說：「你要是參加考試，我可以幫忙。」王維連忙起來感謝。於是公主派人將主考官召到自己府上，指示他以第一名錄取王維。果然王維中了第一名進士。

由上面這個故事知道，詩人王維由於找到了極有權勢的大後臺，能將主考官叫到家中來吩咐一番，因此一干謁就立即中了進士，不像白居易那樣等了十幾年。

唐代進士科所錄取的狀元，後來很少真正有什麼成就。可這次取王維為第一名，倒是很正確的。王維博學多才，在詩歌、繪畫和音樂方面，都有很深的造詣，尤其是詩歌，其聲名幾可媲美李白和杜甫。王維在詩中善於描寫山水風景，被蘇東坡贊為「詩中有畫，畫中有詩」。例如下面這首五律：

▷ 山居秋暝　　［王維］

空山新雨後，天氣晚來秋。
明月松間照，清泉石上流。
竹喧歸浣女，蓮動下漁舟。
隨意春芳歇，王孫自可留。

少年行（王維）　（明）黃鳳池編《唐詩畫譜》

〔譯文〕新雨後空曠的山谷，正是晚秋天氣。月光透過松林照到地面，清澈的泉水從石上淙淙流過。竹林間人聲喧鬧，那是洗衣的婦女們歸來了。水面荷葉搖動，有漁船順流而下。在這深秋雖然沒有春天的繁花，可清幽的山景更使人流連忘返啊！

在我國，有一句極其著名的俗語「每逢佳節倍思親」，它就來自王維的一首七絕。詩中的佳節，是指重陽節。

王維老家原在太原祁（今山西祁縣），到他父親這一輩，遷居於蒲（今山西永濟縣）。王維十七歲時離家遊學，來到長安、洛陽等地。這年的重陽節，洛陽的人們按照節日的習俗，插茱萸，飲菊花酒，並登高遊覽。王維一個人獨在異鄉，看見別人忙著過節，自己更加懷念在家鄉的親人。想到家人一定也在想念自己。在這位十七歲才子的腦海中，一首流傳千古的佳作形成了。

這就是七絕《九月九日憶山東兄弟》。

▷ 九月九日憶山東兄弟　［王維］

獨在異鄉為異客，每逢佳節倍思親。
遙知兄弟登高處，遍插茱萸少一人。

〔譯文〕我一個人在他鄉做旅客，每逢遇到佳節會加倍地思念親人。在這遙遠的他鄉，想必我的兄弟們登高一個個地插茱萸時，就少我一個啊！

據原注，詩人創作此詩時才十七歲。王維的兄弟們所在的家鄉蒲州，位於華山以東，故詩題中稱「山東」。

唐憲宗元和年間，詩人李翱任朗州（今湖南常德）刺史，有舉子盧儲拿著自己的詩文求見，目的是準備考進士，希望李能代為宣揚。李將盧的詩文放在桌上，被他的大女兒看見。這位姑娘反覆看了盧的詩文後，對侍女說：「按此人的文章，將來必定會考中狀元。」

李翱知道後很驚奇，把詩文一看，果然不錯，於是就讓女兒和盧儲定了親。經過李翱的多方活動，盧儲在第二年真的中了第一名進士——

狀元。在衣錦榮歸結婚時，那位姑娘在樓上梳妝打扮，遲遲地不下樓，於是，盧儲寫了一首七絕送上樓去催促。

▷ 催妝 〔盧儲〕

昔年將去玉京遊，第一仙人許狀頭。
今日幸為秦晉會，早教鸞鳳下妝樓。

〔譯文〕去年在我準備去長安考進士之前，曾拿著詩文到您家請求評賞，蒙您這第一位的仙女許我考上狀元。今日幸運的我倆結為百年之好，請您這隻鳳凰早一點從妝樓上下來吧！

盧儲幸運，找到一位好丈人幫他的忙，對於大多數沒有靠山的舉子，只有依靠自己的才學努力了。

晚唐詩人高蟾，考進士多年都不中第，怨氣很大，於是在考試完畢之後，在考場尚書省的牆間題了一首七絕：

▷ 春 〔高蟾〕

天柱幾條搘白日，天門幾扇鎖明時。
陽春發處無根蒂，憑仗東風分外吹。

〔譯文〕天上幾根柱子支撐著明亮的太陽（搘，音ㄓ，支撐）；天上有幾扇大門鎖著聖明的時代。春天的來到是沒有什麼道理的，全仗著東風額外地吹拂它。

高蟾此詩中的「陽春」，指進士及第，「東風」指主考官。詩的末兩句說中進士沒什麼道理，全憑主考官的照顧。因此，見到此詩的主考官當然很不高興，於是，高蟾又落第了。

到了唐僖宗乾符二年（西元875年），再次落第的高蟾學乖了一點，他向主持考試的高侍郎獻上了一首七絕，內容當然是顯示自己的才學，請求高侍郎為考試及第幫忙。可是，這種詩要寫得不卑不亢，既是求人，又不顯得低聲下氣，辭句華麗宛轉，可又要讓對方理解自己的用意。我們看看高蟾這次是怎麼寫的。

▷ 下第後上永崇高侍郎　　[高蟾]

天上碧桃和露種，日邊紅杏倚雲栽。
芙蓉生在秋江上，不向東風怨未開。

〔譯文〕新考中的進士們像天上的碧桃花一樣，由您親手帶著露水種植；又像是太陽邊上的紅杏花，由您栽培在白雲邊上。我這不幸落第的人如同生長在秋天江上的芙蓉，它再也無法開放了，只能怨自己為何不生長在東風輕拂的春天裡呢！

詩題中的「永崇」，為唐代長安的坊名，高侍郎即住在永崇坊。

高蟾這首詩不僅藝術水準不錯，而且的確寫得很得體，高侍郎讀後，自然明白了高蟾求他幫助的含義。果然在第二年，即乾符三年，高蟾考中了進士。

晚唐詩人杜荀鶴，相傳是詩人杜牧的妾所生之子。他雖然早有詩名，可多次考進士都落第，於是走上了干謁權貴之路。一次他路過洛陽，專門去晉見宣武鎮節度使朱全忠（即朱溫），此人是黃巢農民軍的降將，手握重兵野心勃勃，最後滅唐取而代之。杜荀鶴在與朱全忠坐談時，忽然天上無雲而下起了雨。朱全忠說：「這是老天爺哭泣，不知是吉是凶？」杜荀鶴一看機會到了，立即寫了一首奉承朱全忠的七絕。

▷ 梁王坐上賦無雲雨　　[杜荀鶴]

同是乾坤事不同，雨絲飛灑日輪中。
若教陰朗都相似，爭表梁王造化功。

〔譯文〕同樣是乾坤中的事物其現象不同，這次是雨絲在明亮的陽光照耀下飛灑。如果在誰的治理之下天陰天晴的現象都相似，那怎能顯示出梁王（朱全忠當時被封為梁王）您功勳蓋天、治民有方呢！

對唐末為爭權奪利而混戰，殺人如麻的朱全忠作這樣的吹捧，實在令人肉麻。可在當時朱全忠權勢熏天，杜荀鶴這首詩也真有效，朱看後大為高興，給主持考試的禮部打了個招呼，於是在唐昭宗大順二年（西元891年），四十六歲的杜荀鶴以第八名考中了進士。

馬上作（杜荀鶴）　（明）黃鳳池編《唐詩畫譜》

由以上敘述可以知道，唐代考進士時走後門、託人情之風極盛。雖然也有憑才學受賞識而考中的，但更重要的是取決於與主考官員的私人關係或所託後門的權勢大小。在唐代詩人的作品中，也談到這個問題。例如白居易寫的下面一首七絕：

▷ 見尹公亮新詩，偶贈絕句　［白居易］

袖裡新詩十首餘，吟看句句是瓊琚。

如何持此將干謁，不及公卿一字書。

〔譯文〕我袖子裡有十幾首尹公亮寫的新詩，細看句句都像美玉一樣地精彩。不過你拿這樣的好詩來干謁有什麼用呢？須知它遠抵不上大官寫的一張便條啊！

前面提到的白居易、王維和杜荀鶴在考進士前的干謁活動，方式各有不同。不過總的是走的門路勢力越大，成效也就越顯著。封建時代最高統治者是皇帝，如果有辦法在皇帝面前顯示才學得到賞識，那很可能連進士也不用考就能特賜官職了。可是也須要特別注意，如果言詞中不小心得罪了皇帝，那就完了，至少在這位皇帝駕崩之前，就再也別想做官了。

唐太宗貞觀年間，蜀地有位八歲的小孩李義府，通曉詩文，被人譽為神童。後被推薦至長安見皇帝，唐太宗在上林苑射獵，有人捉住烏鴉獻上，太宗賜給李義府，李向太宗獻了下面的五言絕句一首：

▷ 詠烏　［李義府］

日裡揚朝彩，琴中伴夜啼。

上林如許樹，不借一枝棲。

〔譯文〕三足烏鴉在太陽裡射出清晨的霞光；琴在奏著淒涼的樂曲《烏夜啼》。上林苑有這麼多的樹，也不借給我一枝棲息。

唐太宗一看詩，就明白了李義府的用意，於是笑著說：「我整株樹都借給您，豈止是一枝。」詩第一句用了中國古代傳說太陽中有三足神烏的神話。詩第三句中的樹，指朝廷中的官位。李義府得到皇帝唐太宗願「全樹借與」的讚許，前途自然很光明，果然，他在太宗朝擔任了重要官員，後來在高宗朝還當過宰相。

合著黃金鑄子昂

初唐著名詩人陳子昂，是梓州射洪（今四川射洪）人。唐高宗調露元年（西元679年），二十一歲的陳子昂初到長安，不為人所知，同時他在長安也不認識有權勢或有名氣的朋友。為了能迅速提高自己的知名度，他採用了一種極為少見的方法。

一次他在街上見有人賣胡琴，價格昂貴，圍觀的人很多，可誰也不知道這琴有何妙處。陳子昂靈機一動，當著眾人將琴買了，並且宣布第二天公開演奏。第二天，他對來聽琴的人高聲說：「我是蜀人陳子昂，善作詩文，現有文百篇，可在長安不為人知。胡琴是樂工用的東西，不值得我們注意。」說完將胡琴當場打碎，將詩文分給眾人。由於他的詩文的確寫得好，於是一日之內，聲名傳遍了長安城。

可就是這樣，也不一定能使陳子昂考上進士。次年，陳子昂在東都洛陽應進士試，結果落第。

兩年之後，二十四歲的陳子昂再次來到長安應試，這次考中了進士。陳子昂是初唐最有成就的詩人，他提出的文藝理論和創作實踐，在唐代有深遠的影響。他反對詞藻華麗、內容空泛、浮豔不實的齊梁詩風，主張詩歌要有「興寄」、「風骨」，要清新自然。他在自己的詩歌創作中，儘量地做到這兩點。

唐代宗寶應元年（西元762年）冬，詩人杜甫來到射洪，參觀了陳子昂故居，他在所寫的五言詩《陳拾遺故宅》中，熱情地讚揚了陳子昂。

▷ 陳拾遺故宅（摘錄） [杜甫]

位下曷足傷，所貴者聖賢。
有才繼騷雅，哲匠不比肩。
公生揚馬後，名與日月懸。

〔譯文〕陳子昂的官位低下（右拾遺是從八品上的小官）又有什麼關係，值得珍貴的是他那像聖賢一樣的品質。他那才氣橫溢的作品繼承了屈原《離騷》及《詩經》中的《大雅》和《小雅》的風格，歷史上許多富於智慧而又有才學的人，也不能和他比擬。陳子昂生在大文學家揚雄和司馬相如之後，但聲名將和日月一樣，與世長存。

中唐時的大文學家韓愈，在他的五言長詩《薦士》中稱讚陳子昂說：「國朝文章盛，子昂始高蹈。」而在後人讚頌陳子昂功績的詩歌中，金國詩人元好問寫的《論詩三十首》中的一首七絕，對他做了極高而又中肯的評價。

▷ 論詩三十首（選一）　〔金　元好問〕

沈宋橫馳翰墨場，風流初不廢齊梁。
論功若准平吳例，合著黃金鑄子昂。

〔譯文〕初唐時沈佺期和宋之問在詩壇上馳騁，可他們的詩風中仍有著齊梁綺靡的餘韻。如果像勾踐對待平吳功臣范蠡那樣對待陳子昂在詩壇上的功績，應該用黃金鑄成陳子昂的像來紀念他。

寫到這裡，讀者一定想看看陳子昂有代表性的傑作是什麼，《登幽州台歌》就是其中之一。

▷ 登幽州台歌　〔陳子昂〕

前不見古人，後不見來者。
念天地之悠悠，獨愴然而涕下。

幽州台即薊北樓，又稱薊台、燕台，唐時屬幽州，所以也稱幽州台，故址在今北京市西南。戰國時燕國被齊國打敗，幾乎滅亡，燕昭王築幽州台，招徠天下豪傑，後來得到名將樂毅，興兵復仇打敗了齊國。武則天時，武攸宜率軍征討侵擾河北的契丹，陳子昂為參謀，他要求分兵萬人為前驅，武不聽，反而將他降職。因此陳在登幽州台時，吊古傷今，寫出了上面那首蒼涼悲壯的好詩。

《登幽州台歌》這首詩文字明白如話，甚至無需譯成今文即可讀懂，可它的情調慷慨悲涼，包括了廣闊無垠的背景和往來古今的時光長河，其深遠的意境是值得反覆吟誦玩味的。

吾愛孟夫子

唐玄宗開元十六年（西元728年）冬天，盛唐的著名詩人孟浩然赴首都長安，準備參加次年春天的進士考試。

第二年春天進士考試之前，孟浩然寫了一首《長安早春》，其中有這樣兩句：「何當遂榮耀，歸及柳條新。」意思是：什麼時候才會了卻我那榮耀地被選拔為進士的心願，在柳條還是新綠時衣錦榮歸。這表明他對這次進士考試充滿了希望和信心。可大約因為孟浩然初到長安名望不夠，又沒有大官的有力推薦，結果考試落第了。

落第之後，孟浩然仍舊留在長安，他廣泛交遊，結識名流，尋求有權勢者的幫助，作為下一次考進士的準備。他常到文人學士集中的祕書省閒遊，一個秋天的夜晚，月色皎潔，孟浩然和祕書省的許多文士一起聯句，輪到孟浩然時，他對眼前秋夜景色的描繪是：「微雲淡河漢，疏雨滴梧桐。」

在座的文士一致驚歎這兩句的清新高絕，無人敢再舉筆續下去。同時，孟浩然與在長安的大詩人王維、丞相張說，以及許多其他的官員來往密切，並成為要好的朋友。這樣看來，孟浩然在下一次進士考試中被錄取，問題是不大了。沒想到，發生了這樣的一件事：

有一天，孟浩然在王維辦公的官衙內，突然唐玄宗來了，白身的孟浩然不能見駕，又來不及避開，只好藏在床下。王維不敢向玄宗隱瞞，老實說了。玄宗聽後很高興，說：「我早就聽說此人的詩名，何必要藏起來呢？趕快出來吧！」

浩然見皇帝後，皇帝問他：「你帶詩來了嗎？」於是孟浩然在皇帝面前朗誦了一首自己認為的傑作《歲暮歸南山》。

▷ 歲暮歸南山　[孟浩然]

北闕休上書，南山歸敝廬。
不才明主棄，多病故人疏。
白髮催年老，青陽逼歲除。
永懷愁不寐，松月夜窗虛。

〔譯文〕我對政治活動已經灰心，所以不必再向皇帝上書提出什麼意見和建議了（北闕指皇宮），還是回到終南山裡我那間破茅屋去隱居吧。自己沒有才能，英明的當今皇帝也不會賞識，身體多病來往少，與親友也疏遠了。頭上的白髮催著我一年年地老去，時光像流水一樣（青陽指春天），轉瞬又是新年了。想到自己歲月虛度，一事無成，在這晃映著月光松影的窗下，使人真是愁悶難眠啊！

玄宗聽見詩中的「不才明主棄」的句子時，心裡很不高興，說道：「是你自己這麼多年不主動尋求做官，我並沒有拋棄你，幹什麼要在詩中誣賴我。你為何不朗誦『氣蒸雲夢澤，波撼岳陽城』。」因此叫孟浩然回終南山去。皇帝這一聲令下，決定了孟浩然一生只能過隱居生活，再也當不上官了。

孟浩然那一首皇帝欣賞的《望洞庭湖贈張丞相》，倒真是一首請託詩，詩中表示自己不安於隱居生活，希望張說在政治上拉一把。

▷ 望洞庭湖贈張丞相　[孟浩然]

八月湖水平，涵虛混太清。
氣蒸雲夢澤，波撼岳陽城。
欲濟無舟楫，端居恥聖明。
坐觀垂釣者，徒有羨魚情。

〔譯文〕八月洞庭湖水漲平了岸，水和天已混成一體不可分辨。蒸騰的水氣籠罩著整個雲夢澤（雲夢澤為遠古時代的大湖，包括現在湖北中南部，湖南北部的低窪地區，洞庭湖原為它的一部分），波浪撼動了湖岸邊的岳陽城。我想渡過洞庭湖，可又沒有船（實際意思是我想參加政治活動，可又沒有門路）。如果一直再隱居下去，那又太對不起這個太平的時代。看著湖邊釣魚的人，我只是空有著羨慕他們能捉到魚的心情啊！

孟浩然在政治上遭到這次失敗後，長安不能再住下去了。他在離開時寫了一首詩向當時任侍御史的好友王維告別。

▷ 留別王侍御維　〔孟浩然〕

寂寂竟何待，朝朝空自歸。
欲尋芳草去，惜與故人違。
當路誰相假，知音世所稀。
只應守索寞，還掩故園扉。

〔譯文〕自己客居長安什麼意思也沒有了，還有什麼可以期待的呢？天天都是空手歸家。我想回去再過隱居生活，但又有些捨不得和你離別。現在掌權的人誰能支持幫助我？世界上知音人是那麼少，看來只有你了。我是應該回去了，關起故居的門自己寂寞地生活吧！

在孟浩然起程由長安回故鄉襄陽（今湖北襄陽）時，王維寫了下面這首五言詩給他送行：

▷ 送孟六歸襄陽　〔王維〕

杜門不欲出，久與世情疏。
以此為長策，勸君歸舊廬。
醉歌田舍酒，笑讀古人書。
好是一生事，無勞獻子虛。

〔譯文〕你原來閉門隱居不想出山，與人情世故久已疏遠。如果以此為長久之計，我勸你回到隱居的舊地去吧！還是過那隱居的生活，喝農家自釀的酒，醉了放聲高歌；細讀古人的著作，時時發出會心的微笑。像這樣自在地度過一生多好，用不著像西漢的司馬相如一樣，辛苦勞累跑到長安獻《子虛賦》，以求得一官半職。

王維的這首送別詩很有意思，其中一點也不說挽留的話，更沒有勸慰落第，勉勵繼續努力再考，預祝將來一定金榜題名等內容，而是通篇勸孟浩然去隱居，在讀書飲酒中打發時光。為什麼要這樣寫，原因很簡單，孟浩然得罪了皇帝，再要想進入仕途，是徹底無望了。

孟浩然離開長安後，在故鄉襄陽及東都洛陽作短暫停留後，轉往江淮及吳越一帶漫遊。大約在唐玄宗開元十八年（西元730年）春天，孟浩然與李白在江夏（今湖北武昌市）相遇。不久，孟浩然乘船沿長江東下赴廣陵（今江蘇揚州），李白在長江邊上的黃鶴樓給他餞行。

孟浩然登舟出發後，李白一直佇立在黃鶴樓上，望著一葉孤舟消失在遠方水天交接之處，這時，一首極為精彩的傑作，在李白的腦海中誕生了，這就是七絕《黃鶴樓送孟浩然之廣陵》。

▷ 黃鶴樓送孟浩然之廣陵　　[李白]

故人西辭黃鶴樓，煙花三月下揚州。
孤帆遠影碧空盡，惟見長江天際流。

〔譯文〕老朋友和我在黃鶴樓分別，在輕霧彌江花木蔥蘢的春天到揚州去。船的帆影在遙遠的碧空消失了，只見滾滾長江水向天邊流去。

此後，孟浩然一直過著隱居和漫遊的生活，多年以後，孟浩然已經老了，他的好友、大詩人李白送了他一首五律，詩中對他終身未進入官場進行了高度的讚揚。

▷ 贈孟浩然　　[李白]

吾愛孟夫子，風流天下聞。
紅顏棄軒冕，白首臥松雲。
醉月頻中聖，迷花不事君。

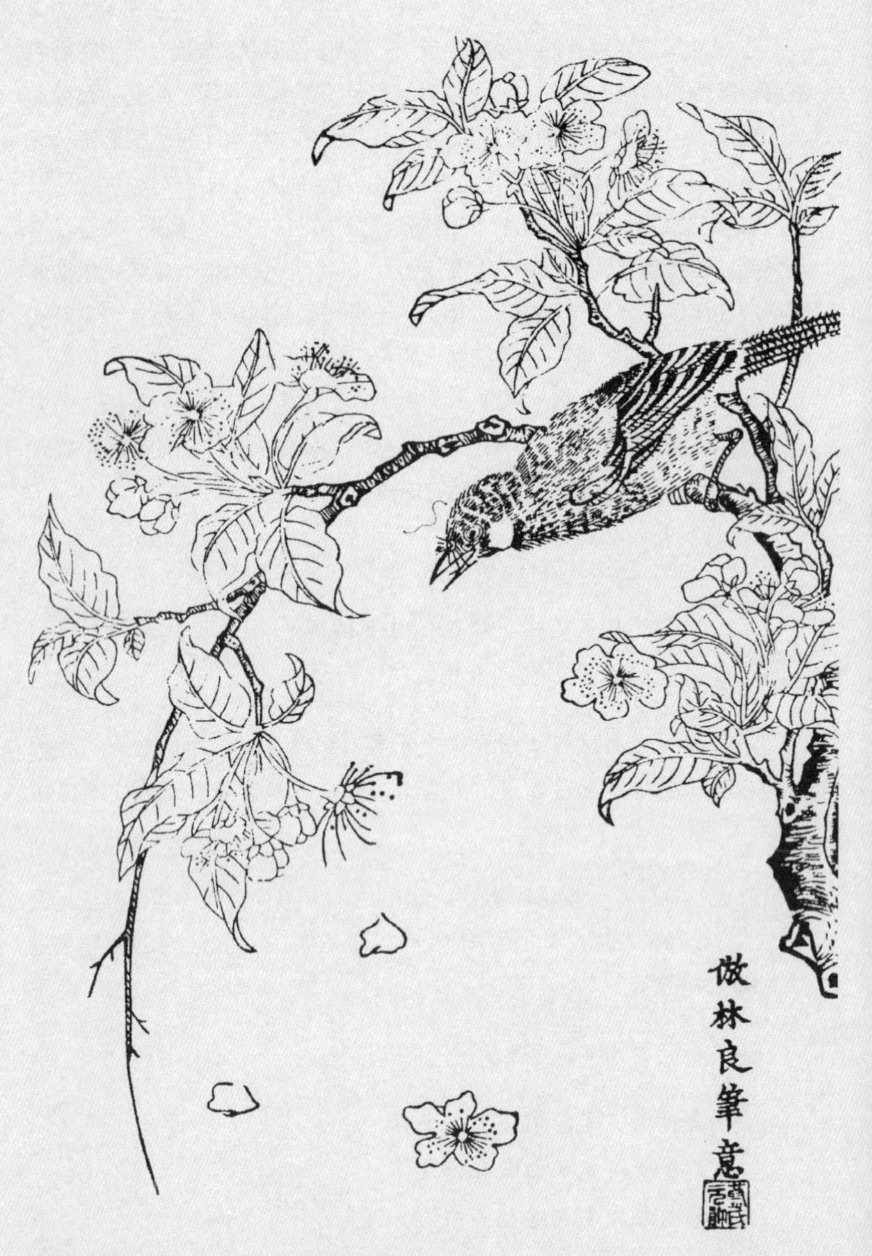

春曉（孟浩然）　（明）黃鳳池編《唐詩畫譜》

高山安可仰，徒此揖清芬。

〔譯文〕我尊敬的孟夫子，你的品德詩才天下聞名。年輕的時候就不願做官，放棄了功名富貴。即使是到了老年白頭，仍然是和松雲作伴。花前月下經常喝得醉醺醺的（中聖指酒醉），留戀這種自由自在的生活不願去侍奉君王。你那高尚的品德像高山一樣，真叫我無比的敬仰啊！

在孟浩然的傑作中，有一首五絕《春曉》，它雖然僅二十個字，卻描繪了「春困」、「春鳥」、「春風」、「春雨」和「春花」這樣眾多的事物，而且形象生動，語言流暢清新。

▷ 春曉　　［孟浩然］

春眠不覺曉，處處聞啼鳥。

夜來風雨聲，花落知多少。

對這首詩如白話的佳作，其含義就無需作者饒舌了。

杜公四十不成名

詩人杜甫的遭遇，是干謁和考試都失敗的例子。杜甫被後代尊為「詩聖」，他的詩被讚譽為「詩史」。他在詩歌上的成就，唐代很少有人能與之比擬，可他就是考不上進士，想借詩文顯示才學以博一官半職也都不成功。

唐玄宗開元二十三年（西元735年），二十四歲的杜甫在洛陽參加進士考試落第。天寶六年（西元747年），唐玄宗下詔，凡國內有一技之長的人都可到長安應考，杜甫也參加了這次考試。

這時正是奸相李林甫當權，他怕應考者錄取後會揭露他的罪惡，因此玩弄手法一個也不錄取，然後向唐玄宗道賀說：「全國的賢才都在朝廷，下面一個也沒有了。」

對這種騙人的鬼話，玄宗居然深信不疑。

杜甫在天寶六年考試失敗後，想離長安遠遊，但又有些留戀。在此情況下於次年（西元748年）寫了一首五言詩，呈給當時的一位大官——尚書左丞韋濟，希望能得到他的幫助與推薦。

▷ 奉贈韋左丞丈二十二韻　［杜甫］

紈袴不餓死，儒冠多誤身。
丈人試靜聽，賤子請具陳。
甫昔少年日，早充觀國賓。
讀書破萬卷，下筆如有神。
賦料揚雄敵，詩看子建親。
李邕求識面，王翰願為鄰。
自謂頗挺出，立登要路津。
致君堯舜上，再使風俗淳。
此意竟蕭條，行歌非隱淪。
騎驢十三載，旅食京華春。
朝扣富兒門，暮隨肥馬塵。
殘杯與冷炙，到處潛悲辛。
主上頃見征，欻然欲求伸。
青冥卻垂翅，蹭蹬無縱鱗。
甚愧丈人厚，甚知丈人真。
每於百僚上，猥誦佳句新。
竊效貢公喜，難甘原憲貧。
焉能心怏怏，只是走踆踆。
今欲東入海，即將西去秦。
尚憐終南山，回首清渭濱。
常擬報一飯，況懷辭大臣。
白鷗沒浩蕩，萬里誰能馴！

〔譯文〕紈袴子弟養尊處優哪會餓死，而正派的讀書人反而窮愁潦倒耽誤了一生。請您聽我談談自己的情況吧。我還在很年輕的時候，就參加過進士考試。讀書研究過萬卷書的精髓，下筆作文如有神助。寫的辭賦可以比得上漢代的揚雄，詩篇不亞於曹植。李邕希望和我相識，王翰願和我做鄰居。我自以為是了不起的人才，可以在京城內馬上得到重要的官職，輔佐皇帝像堯舜一樣治理天下，再一次使民風淳樸天下太平。誰想到這些幻想都破滅了，只是在長安到處奔走寫詩，無法做隱姓埋名的隱士。從年輕到現在十幾年未能進入官場，仍在長安過著貧困的旅居生活。早上去敲富貴人家的大門，傍晚跟在達官貴人肥馬揚起的塵埃之後。吃著人家的殘酒剩飯，不禁使人暗暗悲傷。去年皇上下令徵召賢才，我想施展一下自己的才華。誰知道像垂翅的鳥一樣從空中掉了下來，又像不能在水中自由遨遊的巨魚，倒楣失意毫無辦法。我真慚愧，你那樣看得起我，真心想提攜我，常在大官們聚會的時候，朗誦誇獎我的新詩。我像漢朝的貢禹一樣，因朋友做了大官而暗中歡喜，我也實在不甘心永遠像原憲那樣貧困下去（原憲是孔子弟子，以家貧著名）。不能總這樣心裡忿忿不平，在這裡無所適從地徘徊。我現在想離開長安，到東海之濱去避世隱居。可我又有些留戀這終南山，捨不得清澈的渭河。我常常想古人受別人一頓飯的好處都要報答，何況要辭別曾給予我很多恩惠的大臣（指韋濟）呢！我要像白鷗一樣，在浩瀚的海上萬里飛翔，自由自在地生活，再也不受別人的管束了。

杜甫為能憑才學博得一官半職，在天寶九年向皇帝玄宗進獻《雕賦》，十年獻《三大禮賦》，十三年又獻《封西嶽賦》。只是在獻《三大禮賦》後，受到唐玄宗的注意，命他待詔集賢院，並且考試他的文章。當時的試官之一，是年屆七十的集賢直學士詩人崔國輔，他很欣賞杜甫的文章，經常加以稱道。可實際上也沒有起什麼作用。

唐代宗廣德二年（西元764年），杜甫在成都嚴武幕府中任節度參謀，檢校工部員外郎，這是杜甫擔任過的最高官職，故後人又稱他「杜工部」。此時，杜甫回憶起十二年前在長安集賢殿考試時的得意情況，對比當前的遭遇，於是寫了一首七言古詩《莫相疑行》。

▷ 莫相疑行（摘錄） ［杜甫］

男兒生無所成頭皓白，牙齒欲落真可惜。
憶獻三賦蓬萊宮，自怪一日聲輝赫。
集賢學士如堵牆，觀我落筆中書堂。
往時文采動人主，此日饑寒趨路旁。

〔譯文〕我枉為男子漢，一生沒什麼成就，頭髮已白，牙齒也要掉了，真可悲傷啊！回想起當年向皇宮裡的天子獻上《三大禮賦》，突然一天之內聲名顯赫。集賢院的學士們擠得像一堵牆似的，看我在中書堂（宰相們辦公的地方）下筆寫文章。那時候我的詩文博得了皇帝的讚賞，誰知道今天饑寒交迫流落在路旁。

杜甫獻《三大禮賦》後，雖然像他寫的那樣聲名顯赫了一時，可由於奸相李林甫的壓制，仍舊毫無用處，考完還是得不到任用。只是到了天寶十四年（西元755年），四十四歲的杜甫才被任命當了一個管兵甲器杖的小官——右衛率府兵曹參軍。可就在幾個月之後，使唐朝由極盛而衰的「安史之亂」便爆發了。

四百多年後，宋代詩人陸游，十分感歎杜甫在長安的遭遇，寫了下面這首詩：

▷ 題少陵畫像 ［宋　陸游］

長安落葉紛可掃，九陌北風吹馬倒。
杜公四十不成名，袖裡空餘三賦草。
車聲馬聲喧客枕，三百青銅市樓飲。
杯殘炙冷正悲辛，仗裡鬥雞催賜錦。

〔譯文〕長安深秋落葉紛紛，大路上呼嘯的北風能將馬都吹倒。杜甫四十歲都未成名，袖子裡白白地帶著《三大禮賦》的草稿。長安城中喧鬧的車馬聲將杜甫從夢中驚醒，他只能帶著僅有的三百文錢上酒店喝酒澆愁。達官貴人家的殘湯剩飯吃起來可真叫人辛酸哪！瞧那皇宮裡鬥雞正熱鬧，催著給鬥勝的發放賞賜呢！

曲終人不見

唐代詩人錢起，是著名的「大曆（唐代宗年號）十才子」之一。他生於唐玄宗開元初年，從開元末年他成年之時起，一直到天寶年間，錢起多次參加進士考試，但都未被錄取。落第以後的悲傷惆悵情緒和複雜的心情，反映在他寫的多首落第詩中。

▷ 下第題長安旅舍　[錢起]

不遂青雲望，愁看黃鳥飛。
梨花度寒食，客子未春衣。
世事隨時變，交情與我違。
空餘主人柳，相見卻依依。

〔譯文〕我想考中進士青雲直上的希望破滅了，現在看到黃鶯飛翔都發愁。又是寒食（清明前後）節了梨花盛開，可我還未換上春衣。世界上的事隨時改變，朋友交情也不可靠。只有這旅店門外的柳樹，低垂著長條對我依依不捨。

雖然多次落第，可錢起仍繼續參加進士考試，並且找機會寫詩給大官，顯示自己的才學，尋求支持。一次，一位姓李的侍郎被任命為宰相，錢起給他寫了下面這首七律。

▷ 樂遊原晴望上中書李侍郎　[錢起]

爽氣朝來萬里清，憑高一望九秋輕。
不知鳳沼霖初霽，但覺堯天日轉明。

暮春歸故山草堂（錢起）　（明）黃鳳池編《唐詩畫譜》

田野山河通遠色，千家砧杵共秋聲。
遙看青雲丞相府，何時開閣引書生。

〔譯文〕涼爽之氣一早來到，萬里之內一片清明。登上樂游原憑高一望已是輕快的秋天。我不知道皇宮中的鳳沼久雨初停，可已覺得天空變得明亮起來了。四方的山河通向蒼茫的遠方，長安城中千萬家在砧上搗棉衣的杵聲，與秋聲混成一片（唐代時，入秋後人們要在砧石上用杵敲打棉衣，使之柔軟疏鬆。「秋聲」指秋風聲、落葉聲、秋蟲鳴聲等等）。我遙望在青雲中你的丞相府，什麼時候才能敞開大門協助我這個書生進入官場呢？

細讀錢起的這首七律可知，李侍郎已經被任命為當朝宰相，錢起送他這首詩的目的，並不是請他欣賞樂游原秋季遠眺的景色，而是借寫此詩顯示自己的才學，並在詩中宛轉地請求李侍郎在政治上給以幫助。

因此，這首詩的第三、四句是很有意思的，它表面上寫的秋雨初霽，天色轉晴，實際上是說朝廷中的陰雨（政治上的鬥爭或權位爭奪等）已過，李侍郎上了宰相任，象徵太平盛世的「堯天」已經來到。這些宛轉頌揚李侍郎的話，看來寫得還算得體。

唐玄宗天寶九年（西元750年），錢起終於考中了進士。考中進士的這一次詩題為《湘靈鼓瑟》，他真不愧是後人稱讚的「大曆十才子」之首的詩人，在考場中不慌不忙，寫成了一首非常精彩，甚至連主考官也拍案叫絕的「試帖詩」。

▷ 湘靈鼓瑟　〔錢起〕

善鼓雲和瑟，常聞帝子靈。
馮夷空自舞，楚客不堪聽。
苦調淒金石，清音入杳冥。
蒼梧來怨慕，白芷動芳馨。
流水傳瀟浦，悲風過洞庭。
曲終人不見，江上數峰青。

〔譯文〕湘君和湘夫人的神靈，善於彈奏雲和寶瑟。河伯馮夷聽見樂聲起舞，可是那悲傷的曲調啊！使被放逐到南國的人怎能聽得下去。那瑟聲比金石樂器還要淒苦，清亮的聲音散入杳冥之處。在白芷（一種香草）散發的芳香中，哀怨的瑟聲悼念著舜在蒼梧的逝去。瀟水（發源於蒼梧山）河口上潺潺的流水聲，帶來了最後的道別，淒涼的悲風，隨流水吹過洞庭。樂曲終了不見人影，只有江上數峰青山，一片寂靜。

天寶九年的進士主考官禮部侍郎李暐，在看了錢起的這首《湘靈鼓瑟》後，不禁「擊節吟詠久之」，認為「是必有神助之耳」，並讚譽詩的最後兩句為「絕唱」。

北宋哲宗紹聖三年（西元1096年），著名詞人秦觀自貶所處州（今浙江麗水縣）向南遷到郴州（今湖南郴縣），所乘的船又一次經過湘江和瀟水，在一個月色皎潔，微風全無的夜晚，詞人面對澄清碧藍的江水，一天星斗好似浸在江底閃爍，幽美的景色使他吟成了一首新詞《臨江仙》。

▷ 臨江仙 ［宋　秦觀］

千里瀟湘挼藍浦，蘭橈往日曾經。月高風定露華清，微波澄不動，冷浸一天星。

獨倚危檣情悄悄，遙聞妃瑟泠泠。新聲含盡古今情，曲終人不見，江上數峰青。

〔譯文〕綿延千里的瀟水和湘江啊！水色澄澈碧藍。在往昔的日子裡，我就曾經乘船來過。如今月兒高掛，微風停息，露水降下。一江清澈的微波凝然不動，滿天星斗沉浸在涼冷的碧水中。

我獨自靠著船桅，浮起一縷縷的遐想。似乎聽見遠處傳來湘江女神鼓瑟的樂聲。那新奇的樂曲啊，訴盡了所有的古今情意。樂曲終了不見人影，只有江上數峰青山，一片寂靜。

秦觀在這首詞中，就一字未變地引用了錢起那兩句詩，而且用得毫不露痕跡，非常妥帖，這一方面表明詞人對這兩句詩的喜愛，「微波澄不動，冷浸一天星」，與「曲終人不見，江上數峰青」遙相呼應，共同描繪出了月夜江面上的寂靜，幽美和帶有神祕的意境。

一日看盡長安花

中唐詩人孟郊，字東野，他一生窮愁潦倒，經常處於饑寒凍餒之中。在現存的四百多首孟郊的詩作中，大多數是傾訴個人窮愁孤苦的作品，而且描繪手法達到了極頂、出奇的程度。

▷ 贈別崔純亮（摘錄） ［孟郊］

食薺腸亦苦，強歌聲無歡，
出門即有礙，誰謂天地寬。
一飯九祝噎，一嗟十斷腸。

〔譯文〕窮困已極，野菜吃多了連肚腸都是苦的。勉強唱歌，聲音中也毫無歡樂。只要我一出門，就必定有阻礙。人們都說天地之間寬廣得很，可對我，為何這樣的狹窄呢！吃一頓飯九次噎住，一聲歎息十次腸斷。

由這首詩可以知道，孟郊一直悲歎自己的命運特別壞，連天地都似乎和他作對，以至於達到「出門即有礙，誰謂天地寬」的地步。其實，應該是他自己患得患失之心太重所造成，他平生的經歷，並不完全像他在上面這首詩中描繪的那樣。

為了能進入官場，孟郊參加過多次進士考試，雖然有大官韓愈、李翺等人賞識他的詩文，曾為他向各方面宣揚，但他卻多次落第。根據孟郊這人心地狹窄的特點，他落第之後的失望與悲傷可想而知。

▷ 落第 ［孟郊］

曉月難為光，愁人難為腸。

誰言春物榮，獨見花上霜。
雕鶚失勢病，鷦鷯假翼翔。
棄置復棄置，情如刀劍傷。

〔譯文〕清晨的月亮光輝暗淡，愁苦人的肝腸，悲痛使它寸斷。誰說春天萬物繁榮滋長，我可見到鮮花上落了寒霜。我像病倒的鵰鶚（善飛的猛禽，喻人的才力雄健）一樣失去了威勢，連小小的鷦鷯鳥也在我眼前飛來飛去。我一次又一次地落第，每次都像被刀劍所傷一樣的痛苦啊！

可是，時來運轉，也許再加上友人們的幫助，孟郊在四十六歲時考中了進士，這時的他變成什麼樣了呢？

▷ 登科後 [孟郊]

昔日齷齪不足誇，今朝放蕩思無涯。
春風得意馬蹄疾，一日看盡長安花。

〔譯文〕過去的窮愁潦倒不值得一談了，今日多麼歡暢前途無量。在春風中我得意揚揚地騎著快馬，一天內和同榜的進士們遊遍了長安著名的花園。

對於這首《登科後》，後人多有評論，認為這也是孟為人氣量太小的表現，得意之後，毫不含蓄，志得意滿溢於言表。尤其末句「一日看盡長安花」，人們認為變成了詩讖，好花既然一日之內看盡，那前程也就到此為止了。果然他後來只當過溧陽尉、協律郎之類的小官。

當然，孟郊也寫有一些比較開朗、感情真摯的詩，例如下面這首著名的《遊子吟》：

▷ 遊子吟·迎母溧上作 [孟郊]

慈母手中線，遊子身上衣。
臨行密密縫，意恐遲遲歸。
誰言寸草心，報得三春暉。

〔譯文〕慈母手中的針線，縫著我這個即將遠遊他鄉的孩子身上的綿衣。看她縫得那樣密密麻麻唯恐不結實，是怕我回家太遲在外面衣服破了。唉，子女們對母親的心意，怎麼報答得了母愛的萬分之一啊！

最後兩句從字面上可以解釋為：那小草兒怎麼能報答得了春天陽光的恩惠啊！

由詩題下面的「迎母溧上作」可知，此詩是孟郊任溧陽（今江蘇溧陽）縣尉時，到縣旁的溧水邊迎接他母親時的作品。

更生賈島著人間

賈島是與孟郊同時，而且詩風相近，均以淒苦瘦硬而著名的詩人。

賈島從少年或青年時代起，就當了和尚，法名「無本」。唐時，當和尚可以免除賦稅，生活比較容易些。但也有不少限制，如洛陽縣令就規定僧人中午以後不准出廟門，賈島為此作詩哀歎說：「不如牛與羊，猶得日暮歸。」

賈島並不是虔誠的佛教徒，他還是很熱中於功名利祿的。就在唐憲宗元和五年（西元810年）他三十二歲時，於冬天到達首都長安，在大雪中帶著自己的詩去見張籍，目的和前述的朱慶餘一樣。

▷ 攜新文詣張籍韓愈途中成　　〔賈島〕

袖有新成詩，欲見張韓老。
青竹未生翼，一步萬里道。
仰望青冥天，雲雪壓我腦。
失卻終南山，惆悵滿懷抱。
安得西北風，身願變蓬草。
地祇聞此語，突出驚我倒。

歸燕獻主司（章孝標）　（明）黃鳳池編《唐詩畫譜》

〔譯文〕我袖子裡裝著新近寫的詩，準備去謁見老前輩張籍和韓愈。我拄的青竹杖沒有翅膀，萬里長途也要靠一步步地走去。抬頭望青天，濃雲雪片向我頭上壓來。大雪中終南山也看不見了，使我多麼惆悵。我真想變成蓬蒿（一種野草，根淺，秋冬時被大風拔出後隨風飛滾，故又名飛蓬），得到西北風的助力飛滾而去，大地之神聽見以後突然出現，嚇得我幾乎倒下。

由此詩可知，賈島到長安想見張籍和韓愈，他是窮和尚，沒有馬驢代步，大雪天走得太累了，才發出願變成蓬蒿飛滾的奇想。賈島見張籍後情況如何，史無記載，但絕不像朱慶餘那樣大受賞識，並得到協助而登進士第。

唐憲宗元和六年（西元811年）秋冬之際，賈島在長安結識了孟郊，二人互相贈詩。三年之後，孟郊去世，賈島十分悲傷，寫有悼念的五律《哭孟郊》。

▷ 哭孟郊 〔賈島〕

身死聲名在，多應萬古傳。
寡妻無子息，破宅帶林泉。
塚近登山道，詩隨過海船。
故人相吊後，斜日下寒天。

〔譯文〕孟郊雖然死了但聲名長在，將會傳之萬古。只剩下沒有子女的寡居妻子；那破舊的住宅還在樹林泉水的旁邊。他的墓地雖然靠近登北邙山的道路，而他的詩歌卻隨著海船傳遍了四方，我來到墳前弔祭以後，已是夕陽西下寒氣襲人。

大約在孟郊去世後不久，韓愈勸賈島還俗參加進士考試，並且贈給他一首很著名的七絕。

▷ 贈賈島 〔韓愈〕

孟郊死葬北邙山，從此風雲得暫閑。

天恐文章渾斷絕，更生賈島著人間。

〔譯文〕大詩人孟郊已經死了，葬在洛陽的北邙山上，從此詩壇上再沒有孟郊的作品引起轟動，頓時清閒了下來。老天爺唯恐從此斷絕了詩文佳作，又生下賈島到這個人間。

自此之後，賈島曾幾次參加進士考試，但都未被錄取，失望之餘，賈島寫了五律《下第》。

▷ 下第 〔賈島〕

下第唯空囊，如何住帝鄉。
杏園啼百舌，誰醉在花旁。
淚落故山遠，病來春草長。
知音逢豈易，孤棹負三湘。

〔譯文〕我考進士落第之後，餘下的只有一個空布袋，身無分文怎麼能在百物昂貴的首都居住呢？杏園裡百舌鳥在啼鳴，是哪位考中進士的幸運兒醉倒在鮮花旁邊。故鄉是那麼遙遠，我只能雙眼淚落；春日草長萬象更新，可我卻在生病。想找到能賞識我的才華的知音真難啊！我只好乘一葉小舟歸去，不再賞玩三湘的山水了（三湘泛指洞庭湖一帶，山水指進士考試）。

唐穆宗長慶二年（西元822年），四十四歲的賈島又一次在長安參加進士考試，這次不僅沒有考取，反而與另一些考生一起被作為「舉場十惡」上奏皇帝，從此之後，他再也考不成了。

就在這次考試落第之後，賈島懷疑是當權的宰相裴度厭惡他，使他不被錄取。正好裴度在長安的興化坊修建住宅，築亭台，挖池種竹栽花。賈島知道後，寫了下面這首諷刺的七絕：

▷ 題興化園亭 〔賈島〕

破卻千家作一池，不栽桃李種薔薇。
薔薇花落秋風起，荊棘滿庭君始知。

〔譯文〕拆掉成千戶人家的房子來開挖一個玩賞的池塘，庭院裡不栽桃李卻種了很多薔薇。等到秋風起時薔薇花落盡，剩下滿庭院的荊棘（帶刺的灌木，指薔薇的枝條）你就知道當初種錯了。

這首詩實際上是諷刺裴度不會在考進士時選拔人才，選中的都是一些像薔薇那樣的人物，等將來全是荊棘才知道選拔錯了。

賈島此詩流傳出去以後，當時的人都認為他太傲慢無禮。他之所以被當作「舉場十惡」被逐，也很可能與此詩有關。

十載長安得一第

中唐詩人章孝標，在唐憲宗元和年間，近十年接連去考進士，年年落第。元和十三年（西元818年）應進士試又落第，當時一同落第的許多舉子不服氣，紛紛寫詩諷刺主考，只有章孝標寫了一首七絕《歸燕》獻給工部侍郎庾承宣，內容毫無埋怨諷刺之意，只是坦誠地求助。庾承宣見詩後，既佩服章的詩才，更敬重章的人品。

▷ 歸燕詞辭工部侍郎　　［章孝標］

舊壘危巢泥已落，今年故向社前歸。
連雲大廈無棲處，更繞誰家門戶飛。

〔譯文〕那破敝危險的舊巢泥已掉了，所以今年在春社（古代祭祀土地，祈求豐收的節日，時間在立春後的第五個戊日，大約在立春之後第四十天至第五十天）之前就歸來了，長安城內雖然大廈一座連著一座，可是卻沒有歸燕的棲身之地，如今繞著誰家的門戶才能覓得棲身地呢？

在上詩中，飛歸的燕子指詩人自己，早早地來長安參加進士考試，可是落第了（用「連雲大廈」表示長安的政府機構，自己無法進入棲身）。末句實際是問，我現在怎樣繼續努力呢？言下之意是宛轉地請求工部侍郎庾承宣指點前途，即在考進士上助一臂之力。

事有巧合，就在章孝標寫此詩的次年，即元和十四年（西元819年），庾承宣奉朝廷之命主持進士考試，章孝標順利地中了進士，擔任校書郎的官職，他想進入「連雲大廈」棲身的願望實現了。

章孝標是經過多年的考場失敗，才得以中進士的，詩人的歡欣可想而知，我們可以看一首他當時贈友人的七言詩：

▷ 初及第歸酬孟元翊見贈　　[章孝標]

六年衣破帝城塵，一日天池水脫鱗。
未有片言驚後輩，不無慚色見同人。
每登公宴思來日，漸聽鄉音認本身。
何幸致詩相慰賀，東歸花發杏桃春。

〔譯文〕六年來我的破舊衣服上積滿了長安的塵埃，考中的這一天，使得我像是凡間的鯉魚，在天池的水中脫鱗成龍。我沒有什麼成功的祕訣轉告後來的考生，見了同榜的進士們我感到有些慚愧。每次參加官方的慶祝宴會，我總要想自己所經過的艱難歷程，聽見家鄉的語音使我倍感親切（孟元翊可能是詩人同鄉）。有幸勞你寫詩給我來祝賀，我這次東歸故鄉（詩人是桐廬，即今浙江一帶人）正值鮮花開放，桃杏花在笑迎新春。

鸚鵡才高卻累身

唐末著名詩人兼詞人溫庭筠，也是一個多次參加考試都中不了進士的例子。溫不僅詩和詞寫得好，而且相傳他才思敏捷下筆神速。在考試帖詩時，叉八次手八韻（十六句）試帖詩就寫完了，故外號「溫八叉」。有一次詩人李商隱對他說：「近來見到一對聯，上聯是『遠比趙公，三十六年宰輔』，可一直想不出下聯。」溫庭筠立即答道：「可以對成『近同郭令，二十四考中書』。」唐宣宗曾賦詩，上句有「金步搖」，久對不成，溫以「玉條脫」對之，宣宗大加讚賞。

溫庭筠如此才學出眾，為何卻會多次落第，看來有兩點原因：一是名譽太不好；二是以為自己才學高瞧不起人，得罪了權貴。溫為人不修邊幅，愛和歌妓們混在一起，經常和些紈袴子弟喝得大醉，並且親自吹拉彈唱。

據說他音樂修養很高，有孔即吹，有弦即彈，不用好笛好琴就能奏出美妙的樂曲。這些在唐代對於一個讀書求功名準備做官的人來說，是大大有失身分的。同時他在考試中代人答卷作弊，並索取報酬，因此惹人瞧不起。

還有說他原和令狐私人關係不錯，令狐後來當了唐宣宗的宰相，溫庭筠照說應能青雲直上了。誰知他瞧不起令狐。相傳唐宣宗愛唱《菩薩蠻》詞，令狐自己作不好，於是暗中叫溫庭筠代作，然後呈給皇帝以博取歡心，同時特別告誡溫庭筠不要將此事暴露。可溫不聽，在閒談時告訴了別人，令狐知道後記恨在心，對他疏遠了。

溫庭筠的《菩薩蠻》詞寫得不錯，例如下面這首：

▷ 菩薩蠻　　［溫庭筠］

小山重疊金明滅，鬢雲欲度香腮雪。懶起畫蛾眉，弄妝梳洗遲。

照花前後鏡，花面交相映。新帖繡羅襦，雙雙金鷓鴣。

〔譯文〕她畫的小山眉和額上塗的額黃都已褪色（唐玄宗造出婦女畫眉的式樣十種，如小山眉、遠山眉、山峰眉等。「金」指額黃，即額上塗黃作為婦女的裝飾）。鬢髮淩亂垂在潔白的臉上。懶得起來畫眉毛，慢騰騰地梳洗打扮。身前身後各一面鏡子，照得美麗如花的臉在兩面鏡中交相輝映。在新做的繡花短綢衣上，有著一雙金箔貼成的鷓鴣花紋。

由這首詞可以看出，溫庭筠寫詞用字非常華麗，可意境、韻味就比較差了。

溫庭筠不僅得罪了宰相，而且還在無意中冒犯了皇帝。大中十三年（西元859年），唐宣宗穿上普通人的衣服在長安城遊玩，在一所旅店裡遇見了溫庭筠。溫不認識皇帝，很傲慢地問他說：「你是長史、司馬這一類人物吧？」皇帝回答說：「不是。」溫又說：「那就是六參、簿尉這類官兒了。」皇帝聽後非常生氣，於是貶溫為隋縣縣尉，並且在詔書中說溫的德行無可取之處。

溫庭筠這次遭遇和賈島很相像，歷史上甚至有人懷疑這是把一個傳說安在兩位詩人的頭上。大約據唐代習慣，考進士的「舉子」本身就很受人尊敬，像溫、賈這樣因得罪皇帝而被授予小官離開京城就任，不能再參加進士考試，在當時人看來這就是一種很丟人的懲罰，而且這樣得的官為掌權的大官們所恥笑，一輩子也難再升遷。縱觀溫庭筠和賈島的後半生，情況確是如此。

到了唐懿宗咸通四年（西元863年），已五十二歲的溫庭筠仍當著巡官之類的小官，他在赴江東時途經廣陵，當時令狐綯正在此鎮守，他因有怨氣而不去謁見。在一天夜晚去尋歡作樂，喝得大醉後，被巡夜的虞侯打破了臉，打折了牙齒。

溫庭筠於是告到令狐綯處，本來溫是官員，隨便打現任官員是犯法的，可是虞侯在令狐處揭了溫很多有失官員身分的汙行，於是令狐就置之不理了，所以也有人猜測是令狐指使虞侯去幹的。這件事傳到首都長安，溫只好四處拜見大官們，為自己辯護。大約就因為此事，不久後溫再次被貶為方城縣尉。

溫庭筠的友人紀唐夫，寫了一首七律為他送行。

▷ 送溫庭筠尉方城　　[紀唐夫]

何事明時泣玉頻，長安不見杏園春。

鳳凰詔下雖沾命，鸚鵡才高卻累身。

且盡綠醽銷積恨，莫辭黃綬拂行塵。

方城若比長沙路，猶隔千山與萬津。

〔譯文〕為何在這聖明的時代不停地悲泣，您在長安多年，可總也沒有見過杏園的春光（唐代習俗，新考中的進士們要在長安城南的勝地杏園舉行宴會，故「不見杏園春」即未考中進士之意）。在朝廷下的詔書中您雖被任命為方城縣尉，可正是因為您才學太高受到拖累而貶職（詩中「鳳凰」指鳳凰池，原為禁苑中池沼，後用以借指接近皇帝，掌管機要的中書省。「鸚鵡」指《鸚鵡賦》，係東漢末年才子禰衡所作，詩中用以稱頌溫庭筠）。暫且痛飲美酒消除憂愁吧，不要因為官職卑小而耽誤了行程（「黃綬」指黃色的繫官印的帶子，為低級下屬官員所用）。方城雖不算近，可比起西漢賈誼被貶到長沙，那還差了千山與萬水呢（方城即今河南方城縣，距長安比長沙自然要近多了。說方城比長沙近，是詩人對溫庭筠的安慰）。

溫庭筠在詩歌上與李商隱齊名，並稱「溫李」，實際上溫的詩比李要差一些，佳作不多。下面這首五律《商山早行》，是溫非常精彩的作品。

▷ 商山早行 〔溫庭筠〕

晨起動征鐸，客行悲故鄉。
雞聲茅店月，人跡板橋霜。
槲葉落山路，枳花明驛牆。
因思杜陵夢，鳧雁滿回塘。

〔譯文〕一早出發車行鈴鐺響，遠行的旅客在思念故鄉的安適和出門的艱難。荒村小店中客人被雞啼聲喚起，天邊還掛著殘月，可木橋板的白霜上，已留下了早行人的腳印。正是初春時節，去年的槲葉落滿山路（槲樹葉冬天殘留樹上，春天抽新芽時舊葉才脫落），驛站牆邊盛開的枳樹白花，在朦朧的晨光中白得耀眼。回想起住在杜陵的時光，不久那彎曲的池塘中，會有多少野鴨大雁在嬉戲。

此詩大約是溫庭筠離長安，途經商山（在今陝西商縣東南）時所作。

北樓（韓愈）　（明）黃鳳池編《唐詩畫譜》

今朝有酒今朝醉

羅隱是唐代末年的著名詩人，他本名羅橫，字昭諫。從二十八歲起，羅隱就考進士，一直考到五十五歲，考了十次以上，始終未被錄取。他在三十歲時，再一次落第於長安，苦惱難以排解，寫下了七律《投所思》。

▷ 投所思　　〔羅隱〕

憔悴長安何所為，旅魂窮命自相疑。
滿川碧嶂無歸日，一榻紅塵有淚時。
雕琢只應勞郢匠，膏肓終恐誤秦醫。
浮生七十今三十，從此悽惶未可知。

〔譯文〕我面色憔悴、心情鬱悶地留在長安還有什麼可做的呢？真使人懷疑我是命中注定要窮困落魄。高大青翠的終南山堵塞在我面前，欲歸無日；我躺在久未掃塵的床上淚流滿面。希望能有工藝精湛的郢匠來雕琢我這塊玉料；只怕我病入膏肓（借指坎坷窮命）連技術高超的秦醫緩也莫可奈何。人生不過七十年我已到了三十，從此之後淒涼度日前途一片渺茫。

《莊子》中有一段故事說：楚國郢都有個人的鼻子上黏了一點薄如蒼蠅翅膀的白粉，他找一位石匠來給他砍掉，這位石匠將斧子揮舞得呼呼風響，一斧砍下，正好將白粉砍掉，鼻子毫無損傷。後世遂以「郢匠」來比喻科舉試場上的考官。

詩中的「秦醫」名緩，就是那位診斷晉國國君病人膏肓無救的名醫。其實，羅隱在年輕時詩就很有名氣，可他常在詩中諷刺政治得失，得罪了掌權的大官，考試落第也就不足為怪了。他寫的一首七律《黃河》就說明了這種情況。

▷ 黃河　　〔羅隱〕

莫把阿膠向此傾，此中天意固難明。

解通銀漢應須曲，才出昆侖便不清。

高祖誓功衣帶小，仙人占鬥客槎輕。

三千年後知誰在，何必勞君報太平。

〔譯文〕別為了想使黃河清，向河裡倒阿膠了（阿膠是用驢皮熬的膠，渾濁的水中加點阿膠能使泥沙沉澱），因為老天（此處暗指皇帝）為何要使黃河這樣渾濁，我們很難明白。黃河因為和天上的銀河相通應該彎彎曲曲，剛從昆侖山流出水就不清。漢高祖分封功臣時立誓說，封爵將世世代代永遠傳下去，一直到黃河變得細如衣帶，泰山小得像磨刀石一樣時為止。張騫乘船溯河而上找河源，遇到織女給他一塊支機石，回來問在成都賣卜的嚴君平，才知道自己到了銀河。三千年以後知道有誰活著，到那時河清了預報天下太平有甚麼意義呢（傳說黃河千年一清，河清時天下太平）。

《黃河》實際上是諷刺晚唐當時朝政的詩歌。阿膠指企圖改善政治的小措施小改革。因此詩頭兩句的實際含意是：朝政像黃河一樣渾濁，想弄點小改革就使政治清明，那是白費勁。也許皇帝老子他就喜歡這種污濁政治，那你有什麼辦法。

中間四句說：為了爬上通天的高位，應該卑躬屈膝，走歪門邪道。這種官兒一上臺掌權，就清廉不了。這種烏煙瘴氣的現象一直到黃河細如衣帶時，恐怕也不會改變。

最後兩句說：現在搞不好國家，推到千年以後，到那時都不知有誰會活著，要你來報太平有什麼意義呢？

西元880年，黃巢的軍隊攻佔長安，唐僖宗逃往四川成都。隨行的有一個姓孫的耍猴子藝人，他訓練猴子的本領非常高明，能叫猴子像文武大臣一樣站班朝見，向皇帝行禮。這個技藝博得唐僖宗哈哈一笑，下令賜給藝人朱紱（紅色的官服，唐代四品和五品官員才能穿用），這一下藝人立即就成了大官。

羅隱在聽說這件事後，對比自己的遭遇，真是哭笑不得，遂寫了下面這首七絕：

▷ 感弄猴人賜朱紱 〔羅隱〕

十二三年就試期，五湖煙月奈相違。

如何學取孫供奉，一笑君王便著緋。

〔譯文〕我十幾年來一直忙於趕考但都不中，連五湖的煙月美景都顧不得去遊玩欣賞。怎樣才能學那個孫供奉（有一技之長伺候皇帝的人叫供奉），博得君王一笑就穿上了紅色的官服。

此詩的第三句，有的版本寫成「何如買取猢猻弄」，當然意思就更清楚了。

唐僖宗中和四年（西元884年）以後，由於黃巢兵敗自殺，唐朝廷喘了一口氣。這時朝中一些掌權的官員議論召納人才，有人提到羅隱，韋貽範反對，說：「我曾和羅隱同船，當時不認識。船上有人對羅說，船裡有當朝的官員。羅回答說，什麼朝官！我用腳夾筆寫文章，也可以抵他好幾個。這種人如果召人長安讓他中進士做官，那我們都要被他看成秕糠（廢物）了。」因此，提議作罷。

羅隱的才學不錯，可是卻受到這麼多的打擊，許多人都替他感到委屈。唯有他的一位好友劉贊卻有不同的看法，他在一首五律《贈羅隱》中寫出了這種看法。

▷ 贈羅隱 〔劉贊〕

人皆言子屈，獨我謂君非。

明主既難謁，青山何不歸。

年虛侵雪鬢，塵枉汙麻衣。

自古逃名者，至今名豈微。

〔譯文〕人們都說你受了委屈，只有我認為你做得不對。聖明的皇帝既然難於見到，無法使他賞識你的才華，你為何不回到青山去隱居呢！虛度了年華兩鬢已漸變白，枉教塵埃汙損了你那舉子穿的白麻衣。自古以來埋名隱居的人，至今他們的名氣難道小嗎？

羅隱讀了劉贊的詩後，很是感動，起了歸隱的想法，於是寫了一首七律《歸五湖》回答劉贊。

▷ 歸五湖 〔羅隱〕

江頭日暖花又開，江東行客心悠哉。
高陽酒徒半凋落，終南山色空崔嵬。
聖代也知無棄物，侯門未必用非才。
一船明月一竿竹，家住五湖歸去來。

〔譯文〕長安城郊曲江的陽光日漸溫暖，鮮花又開放了。我這個從江東（長江下游之東，即今江蘇南部和浙江北部一帶，羅隱是杭州人）來的旅客心中卻不大好受。和我一起豪飲的不得志的人們如今大半已經不在（秦末，高陽儒生酈食其求見沛公劉邦，劉邦不見，酈食其對通報人說，我是高陽酒徒，不是儒生。劉邦見他後，談得很投機，得到了重用。後世用「高陽酒徒」指好酒的人或自薦者），只有那蒼翠的終南山依然高聳入雲。我也知道在這聖明的時代有才幹的人不會被棄置，公侯那裡用的人不會是沒有才能的吧（這兩句詩是諷刺的反話，因為詩人自身就是有才幹而被棄置的人）。還是在月夜裡用竹篙撐船，讓船兒滿載銀色月光輕快地前進，駛向我在五湖中隱居的地方。

詩題中的「五湖」即位於今江蘇和浙江省交界處的太湖，也有說指太湖及其附近的四個小湖泊，古代認為是幽深的隱居之地，於是「歸五湖」就成了隱居的代稱。

其實，羅隱這個人是不會真去隱居的，上面的詩只不過是他太不得志時的發洩罷了。一次一位在官場上失意的朋友來看望羅，兩人飲酒賦詩，嘲諷時政，談得十分投機。分別時，羅隱將自己平時吟成的一首七絕《自遣》送給友人，由此詩中，我們可以看出飽受打擊的羅隱是個什麼樣的思想狀況。

▷ 自遣　［羅隱］

得即高歌失即休，多愁多恨亦悠悠。

今朝有酒今朝醉，明日愁來明日愁。

由詩可知，羅隱當時已變得很現實，他所想的是：有所得時就應高聲歡唱，而有所失時就停止不幹；太多愁多恨那就會沒完沒了。還是今天有酒今天就喝它個大醉；明天有愁事明天再愁去好了。

牡丹（張又新）　　（明）黃鳳池編《唐詩畫譜》

第八章　關於長生

在《全唐詩》中，有一些唐代詩人按古樂府舊題所寫的詩歌。因為它們是不同詩人用同一詩題所寫的詩，故《全唐詩》將這些詩按題目集中，放在最前面。在這些樂府舊題中，有一個《短歌行》，它寫的詩歌內容多半是感歎人生短促，以及應該怎麼辦？在怎麼辦上，反映了各種觀點，有人認為應該建功立業，有的認為要及時行樂，更有些人認為應該設法長生不老。下面我們可以看一些詩人所寫的《短歌行》。

▷ 短歌行　〔李白〕

白日何短短，百年苦易滿。
蒼穹浩茫茫，萬劫太極長。
麻姑垂兩鬢，一半已成霜。
天公見玉女，大笑億千場。
吾欲攬六龍，回車掛扶桑。
北斗酌美酒，勸龍各一觴。
富貴非所願，為人駐流光。

〔譯文〕一個又一個的白晝是多麼的短促，人生百年很快就會過去。蒼天茫茫，無邊無際，從天地混沌初分到現在，已經歷了漫長的萬世（「太極」指天地未分之前的混沌之氣）。連女仙麻姑的兩鬢都已長得很長，而且已經白了一半。天公和玉女遊戲時的大笑，也已發生了億千次（據《神異經．東荒經》，神仙東王公和玉女玩箭投壺的遊戲，每次投箭一千二百支，投不中時，天就為之大笑）。我要挽住給太陽神駕車的六條龍，將太陽之車拉回來拴在扶桑樹上（「扶桑」為生長在太陽升起處的神樹）。我用北斗這只勺子斟上美酒，請六龍各喝一杯（「北斗」為天上的七顆星，排列得像一把有柄的勺子）。富貴榮華不是我的願望，我想要的是為人類把時光留住不讓它再消逝。

李白在此詩中，感歎人生短暫而宇宙無窮，連神仙也會在無窮的時光中衰老。詩人用浪漫的手法描述了他的願望，使時光停駐而不再流逝。

詩人白居易，在唐憲宗元和年間（西元806年至815年），也寫了一首《短歌行》，其主要內容也是說晝夜流轉，時光不待，人生應該放開胸懷，歡樂度日。

▷ 短歌行　［白居易］

曈曈太陽如火色，上行千里下一刻。
出為白晝入為夜，圓轉如珠住不得。
住不得，可奈何！為君舉酒歌短歌。
歌聲苦，詞亦苦，四座少年君聽取。
今夕未竟明夕催，秋風才往春風回。
人無根蒂時不住，朱顏白日相隳頹。
勸君且強笑一面，勸君且強飲一杯。
人生不得長歡樂，年少須臾老到來。

〔譯文〕明亮的太陽色紅如火，上升時將行進千里，日落時則一刻即過。太陽出時為白晝入時則為黑夜。晝夜交替圓轉如珠從不停止，它從不停止，有什麼辦法呢！我為你舉起酒杯唱起短歌。歌聲悲苦，歌詞也悲苦，四座的少年朋友們，仔細聽著吧！今天沒過完明天已將來到，秋風剛過春風已經歸來。凡人沒有根底固定，只能聽憑時光流逝。紅潤的臉隨著白日的過去而逐漸衰敗。我勸你勉強笑一笑，我勸你勉強喝一杯，人生是不可能長歡樂的，年輕的時光一晃而過，老年就到來了。

我國歷史上，很多皇帝享受了人間一切的榮華富貴，可是，他們還是感到不滿足，總覺得人為什麼會死，一死就全完了。因此，他們解決這個人生問題的辦法是千方百計地不惜任何代價去尋找長生不死的祕方，好讓他們能永遠地享受下去，或者讓他們再去嘗嘗當神仙的滋味。秦始皇是我國第一個著名的想求生長不死藥的皇帝。他認為自己平定六國，統一天下，功勳無人可比，應該永遠享受這榮華富貴。因此要尋長生藥，結果受了方士的愚弄。

秦始皇二十八年（西元前219年），方士徐福向秦始皇上書，說海中有三座神山，名叫蓬萊、方丈、瀛洲，上有仙人居住，並有不死之藥。於是秦始皇駕臨徐福的故鄉，今江蘇省連雲港市贛榆縣金山鄉徐福村，村的前面是浩瀚的東海。秦始皇為了求仙，專門修建了海上神路，始皇沿此路入海，泛舟到海中的秦山島，企圖會見仙人。徐福乘機請始皇派他航海去找三座神山求不死之藥，始皇相信了，於是每年徐福都來領大筆經費說去海中求藥，其實並未真去。幾年過去了，始皇越催越緊。於是徐福只好準備了船隊，裝了童男童女各三千人，並裝載了糧食淡水等物資，向東航海尋蓬萊山去了。結果一去不復返，秦始皇望眼欲穿，一直等到他壽終正寢，長生夢終於破滅。

唐詩人熊皎，寫下了一首七絕《祖龍詞》，嘲笑了秦始皇的貪欲和愚蠢。

▷ 祖龍詞　［熊皎］

併吞六國更何求，童男童女問十洲。
滄海不回應悵望，始知徐福解風流。

〔譯文〕秦始皇併吞六國以後，還有什麼要求呢？原來他想長生不死，派徐福帶童男童女到海外求不死之藥。求藥的船隊一入大海，再也沒有回來，始皇大約很惆悵吧！可是徐福，他可真是一位有見識有算計的人物啊！

現在，徐福的墓還在日本，新宮的人民後來為他建了一座紀念碑，並且組織起了「徐福會」。據日本的傳說，新宮市出產的一種「天臺烏藥」，就是徐福當年要找的「長生不老藥」。

在生與死的問題上，秦始皇也做了兩手準備。一方面派人航海求仙，尋找不死之藥；另一方面，在他十三歲剛繼承秦國王位時，就開始為自己修建陵墓。陵墓位於今西安東二十五公里臨潼縣的東面，正處驪山腳下。

始皇陵從地表看，是一個平地堆起的巨大黃土堆，像一個口朝下的方形鬥，高四十七米，東西長三百四十五米，南北寬三百五十米。陵週邊有兩道城牆。內城方形，周長二千五百米，外城長方形，周長六千三百餘米，在秦代地表有大量房屋、城樓等建築。墓內建築得像宮殿一樣，墓頂像天文，鑲有巨大的珍珠當做日月星辰；下面像地輿，用水銀做江河大海，上面漂浮著金銀鑄的野鴨和大雁。地宮內並備有百官位次，刻成石像立在兩旁。又從東海捕殺人魚，取魚油做燭在墓中燃點，光亮經久不滅。始皇病死後，於西元前210年下葬，繼位的秦二世下令，後宮婦女凡沒有子女者一律殉葬。又怕修墓的工匠因了解墓內情況而盜墓，命令將全部工匠活埋在墓門之內。據說總共死了上萬人。

晚唐詩人曹鄴，一次到始皇陵前遊覽，想起這位暴君生前許多為人們所痛恨的倒行逆施，死後還要如此厚葬，恨不得把整個國家都帶到地下去，可結果是用盡心機，全是白費，詩人在感慨之餘，吟成了下面這首五言詩：

▷ 始皇陵下作 ［曹鄴］

千金買魚燈，泉下照狐兔。
行人上陵過，卻吊扶蘇墓。
累累壙中物，多於養生具。
若使山可移，應將秦國去。
舜歿雖在前，今猶未封樹。

〔譯文〕不惜千金鉅款去買人魚油在墳墓中點燈，結果是只照亮了在墳中打洞的狐狸野兔。後世的人們從陵前走過，並不悼念這位自稱始皇帝的暴君，相反地卻到他那寬厚仁愛的長子扶蘇墓弔祭。始皇陵中珍貴的陪葬物，數量不可勝計，比他活著時享用的還要多。看來如果江山可以移動的話，那秦始皇會將整個國家都帶入他的墳墓。你看那聖君舜，雖然在他之前很久就去世了，可至今既不堆土為高墳，也不種許多樹叫人們紀念。可是他卻永遠為後世所崇敬。

唐代著名詩人白居易，在他寫的新樂府詩《草茫茫》中，強烈地譴責了秦始皇這種刮盡民脂民膏的厚葬，並且與節儉薄葬的漢文帝做了對比。

▷ 草茫茫·懲厚葬也　　［白居易］

草茫茫，土蒼蒼；
蒼蒼茫茫在何處？驪山腳下秦皇墓。
墓中下涸二重泉，當時自以為深固。
下流水銀像江海，上綴珠光作烏兔。
別為天地於其間，擬將富貴隨身去。
一朝盜掘墳陵破，龍槨神堂三月火。
可憐寶玉歸人間，暫借泉中買身禍。
奢者狼藉儉者安，一凶一吉在眼前。
憑君回首向南望，漢文葬在灞陵原。

〔譯文〕那驪山腳下的秦始皇墓，只見一片土色蒼蒼，野草茫茫。始皇墓向下深挖乾涸了兩重泉水，自以為這樣深是堅固無比。墓頂上鑲著珍珠象徵日月（古人認為太陽裡有三足的烏鴉，月亮裡有玉兔，故烏兔代表日月），墓底下鋪著水銀像江海。他打算將人間富貴隨身帶來，所以在這墳墓裡造了個新世界。誰知道有一天墳墓被項羽給挖開，裡面的龍棺和神堂起火燒了三個月。殉葬的珍珠寶玉又回到了人間。多麼的愚蠢啊！弄這麼多寶貝到墳墓中買來了災禍。凡奢侈厚葬的遲早要被盜墓者弄得一塌糊塗，節儉薄葬的反而能安全。請你回頭向南邊望望吧，漢文帝儉葬在灞陵原上多麼安寧。

漢武帝時代，國富兵強。武帝享受盡了人間的榮華富貴，進一步幻想長生不老，於是想各種方法求仙尋神。皇帝有這種愛好，就有一批大騙子應運而生，這就是那些裝神弄鬼，滿嘴胡言的方士。

尋盛禪師蘭若（劉　卿）　（明）黃鳳池編《唐詩畫譜》

後來不知聽了誰的妙法，在建章宮內豎立起高達二十丈的銅製承露盤。這是一個高大的銅人，雙手高舉過頭，手托一銅盤。用這個銅盤接半夜三更由北斗降下的「仙露」，拿這些露水調美玉碎屑一起喝，據說可以益壽延年。真的能延年嗎？銅製品暴露在潮濕的空氣中，會生成有毒的銅綠，喝這種盤子裡的「仙露」，危險可想而知。

漢武帝雖然沒有長生不老，可後代的皇帝還有學他的。曹操的孫子、魏明帝曹睿也想長生，聽大臣說武帝之所以比較長壽，當了五十多年皇帝，是因為服用了承露盤內仙露調的美玉屑。他當時建都在鄴城（今河北臨漳縣），於是下聖旨派人到長安拆下銅製承露盤，運往都城。傳說拆時狂風大作，聲聞數十里，銅柱傾倒，壓死十餘人，在臨裝車的時候，那托盤的銅人潸然淚下。唐代詩人李賀根據這個故事和傳說，寫了一首《金銅仙人辭漢歌》。

▷ 金銅仙人辭漢歌　［李賀］

茂陵劉郎秋風客，夜聞馬嘶曉無跡。
畫欄桂樹懸秋香，三十六宮土花碧。
魏官牽車指千里，東關酸風射眸子。
空將漢出月宮門，憶君清淚如鉛水。
衰蘭送客咸陽道，天若有情天亦老。
攜盤獨出月荒涼，渭城已遠波聲小。

〔譯文〕當年寫下了名作《秋風辭》的漢武帝劉徹，自己也像秋風中匆匆的過客被埋入了茂陵。夜晚他的魂魄騎馬出來巡遊，人們聽見馬嘶，可到拂曉卻不見蹤跡。長安又是秋天了，上林苑內三十六處宮殿中，雖然畫欄環繞的桂花依然發出幽香，可牆頭和地上已長滿了綠色的苔蘚。魏國官員的車子不遠千里來了，當它載著銅人出東城門時，那悽楚的秋風啊！居然吹痛了銅人的眼睛！陪著銅人出東門遠行的，只有那孤寂的、曾經照耀過漢宮的月亮，那銅人啊！思念逝去的君王劉徹，禁不住流下了淚水。長安道上只有荒煙衰草伴送著銅人遠行，看到人世間的這興亡變遷，老天如果有情感，也會因哀傷而衰老。在荒涼的月色中，帶著承露盤的銅人獨自走了，長安越來越遠，渭水的波聲也慢慢地消失了。

漢武帝求仙幾十年，到近七十歲時，總算有了一些覺悟，說道：「天下豈有仙人，盡妖妄耳！食不過飽，適當的服藥，才可以保持健康少生疾病。」從此以後，他憂鬱不樂，身體日漸消瘦，沒過一兩年就去世了。

晚唐詩人羅鄴，在他寫的七絕《望仙台》中，更為直率地諷刺了漢武帝幻想長生而求仙，結果毫無用處，依舊是墳墓一座作為最後的歸宿。

▷ 望仙台 〔羅鄴〕

千金壘土望三山，雲鶴無蹤羽衛還。
若說神仙求便得，茂陵何事在人間。

〔譯文〕漢武帝不惜花費巨大財力在海邊壘起高臺，想遙望海中的三座仙山。但仙人乘坐的雲鶴毫無蹤影，武帝只好在侍衛儀仗的簇擁下回來。其實呀！神仙如果是求得到的話，那漢武帝早已成仙而去，人間也不會有茂陵了。

到了唐代，帝王們幻想長生的風氣更盛，弄騙術的人已由方士變成道士與和尚，騙局越弄越大膽。在皇帝們的催迫下，竟發展到不是到海外仙山去找長生藥，而是就在當地尋找各種珍貴藥物煉製「金丹」，說金丹煉成後吃下去，就能長生不死。唐代幾乎大部分皇帝，都吃過這樣那樣的金丹。也有好幾個倒楣的皇帝，想長生的貪欲太盛，吃的金丹毒性劇烈，結果中毒而死。真是，不吃長生藥也許還能多活幾年，吃了死得更快。

1970年，人們在西安市何家村某磚廠挖土製磚時，挖出了兩個大罎子，裡面塞滿了珍貴的寶物。其中有大量製作極其精美的金銀器皿、寶石玉雕，還有一套完整的煉丹用具和藥品。據研究，這些東西為唐玄宗的堂兄邠王李守禮所有，在安史之亂時長安城失陷前夕，慌亂中埋藏在地下，因而保存至今。那一套煉丹的藥品都裝在精美的銀盒中，並用墨筆在盒上寫了藥名，計有朱砂、琥珀、珊瑚、石英、乳石（石鐘乳）和密陀僧（氧化鉛）等。由此可知，唐代帝王們所吃的仙丹，主要是以上述藥物為原料配製後煉成的。這些藥物雖非劇毒，但吃多了對身體非常有害，如果再加上別的劇毒藥物，那吃下後就性命難保了。

唐武宗會昌六年（西元846年），武宗皇帝因為吃了道士的長生金丹而中毒病死後，詩人李商隱在這一年寫了一首七絕《瑤池》。

▷ 瑤池 ［李商隱］

瑤池阿母綺窗開，黃竹歌聲動地哀。
八駿日行三萬里，穆王何事不重來。

〔譯文〕住在瑤池的神仙西王母，敞開了她那雕飾華美的窗戶，可是她只聽見遠遠傳來的黃竹悲歌。雖然給周穆王駕車的八匹駿馬一天能跑三萬里，他為何不再到瑤池來做客呢？

李商隱這首《瑤池》，就是婉轉地借用周穆王的神話故事，說明求仙服長生藥毫無用處。

江樓（韋承慶）　（明）黃鳳池編《唐詩畫譜》

第九章　唐人邊塞詩

我國是養蠶繅絲最早的國家。傳說四千多年前，中國人的老祖先黃帝的元妃嫘祖，就親自養蠶，並且將養蠶的方法教給百姓們。

大約在兩千五百年以前的春秋時代，我國的絲織品已經輸出到國外。到了漢朝時，絲綢產量很大，除國內消費外，有一部分通過西域運到波斯、大食、羅馬等地。所經過的道路，就是名聞中外的「絲綢之路」。

在西漢時，形成了「西域」這個地理名稱。廣義的西域包括我國新疆以西，以及中亞細亞一帶。狹義的西域，則專指我國新疆境內的天山南北路，也就是蔥嶺以東，甘肅敦煌以西的地區。

由於絲綢之路的暢通，東西方的經濟文化獲得了廣泛的交流。首先是中國的絲綢不斷地運到西方，到西元4世紀時，養蠶繅絲技術傳到中亞和西亞。此外，中國的印刷術、煉鋼術、造紙術及桃、梨等，也都通過絲綢之路西傳。同時，西方的物產和文化也陸續輸入我國。例如葡萄、石榴、核桃、芝麻、菠菜、苜蓿等都由此傳入。而在繪畫、雕塑、音樂和舞蹈方面，西亞對我國的影響更大。

「西域」是絲綢之路必經之地，它又是我國漢唐時代的邊境，為了國家的安全，它是兵家必爭之地。我國漢唐時代的外患，主要來自西北方。因此，西域地區戰爭頻繁，經常有大量的軍隊駐守。而西域地區的風土人情，與內地也有很大的不同。

在詩歌發展到鼎盛的唐代，西域的一切激發了許多詩人的創作靈感，由此產生了大量的詩篇。它們描述了西域地區，也就是絲綢之路沿線的風光、生活、戰爭和悲歡離合。這些詩歌通稱「邊塞詩」，成為唐詩中的一個重要組成部分。

渭城朝雨浥輕塵

漢唐時，人們從國都長安出發，向西踏上絲綢之路的旅途，在走了二十多公里後，就來到第一站咸陽。因咸陽位於九山之南，渭河之北，山水俱陽而得名。

打算遠行到西域或更遙遠地方的人們，在咸陽是必定要做短暫停留的。大型商隊要在這裡準備長途跋涉用的行李和牲畜，而因公私事務西去的官員們，他們的親朋好友照例要在這裡設宴送行。

唐代詩人許渾，寫了一首七律，描述了在秋天傍晚，詩人登上唐代咸陽城樓上遠眺時所見到的景色和由此產生的感慨。

▷ 咸陽城東樓 ［許渾］

一上高城萬里愁，蒹葭楊柳似汀洲。
溪雲初起日沉閣，山雨欲來風滿樓。
鳥下綠蕪秦苑夕，蟬鳴黃葉漢宮秋。
行人莫問當年事，故國東來渭水流。

〔譯文〕我登上高樓遠眺，望著廣闊的郊野，引起無邊的愁思。那長著繁茂蘆葦楊柳的地方，真像我懷念的汀洲。傍晚從磻溪升起了雲霧，夕陽已落到慈福寺閣之後。大風在樓中飛旋，暴風雨即將來臨。歸巢的鳥兒落入秦朝林苑的綠樹叢中，秋蟬在漢朝故宮的黃葉樹上悲鳴。我這個在旅途上做客的人，別再想那些秦漢滅亡的往事吧！一切都過去了，只有那渭水依然向東流去。

上詩中的「山雨欲來風滿樓」是歷代傳誦的名句，許渾寫詩據說愛用「水」字，這首詩也不例外。因此古代有人笑他說：「許渾千首濕。」

在唐代，長安與西域的往來非常頻繁。很多商人、軍人、官吏往來於長安與西域之間。當他們離長安西行時，渭河北邊的渭城（今陝西咸陽，本為秦都，漢武帝時改為渭城）成為送別之地。親友們經常在渭城擺下酒宴為遠行人餞行。一些詩人墨客在這送行的聚會上，有感於別思離情，寫下了很多贈別的詩篇。其中最著名的要算詩人王維所寫的七絕《送元二使安西》。

▷ 送元二使安西　〔王維〕

渭城朝雨浥輕塵，客舍青青柳色新。
勸君更盡一杯酒，西出陽關無故人。

〔譯文〕春日清晨的小雨，灑濕了渭城地面的塵土。客舍（餞別的地方）旁柳色青青，翠綠新鮮。好朋友再幹一杯吧，你西出陽關之後，就再也見不到親友了。

此詩題中的元二是一位姓元排行第二的官員，他奉朝廷之命出使赴西域的安西都護府。作者王維在渭城為這位好友餞行，席間寫了此詩贈別。

這首詩因為精彩而很快被人們譜上樂曲，當作送別曲廣泛傳唱。因此這首詩又有一個名字《渭城曲》。由於這首詩只有四句，而且每句字數相同，唱起來不免有些單調。因此樂工們常將詩句反覆唱幾遍，即所謂疊唱，從而有了《陽關三疊》的名稱。詩人李商隱就曾寫有：「唱盡陽關無限疊」（《飲席戲贈同舍》）和「斷腸聲裡唱陽關」（《贈歌妓二首》）等詩句。

五原春色舊來遲

絲綢之路北線的北面，是歷史上兵家必爭的險要地區——陰山和賀蘭山地區。在漢唐時代，這裡是經常用重兵戍守的邊疆。下面，我們看看唐代的詩人們，是怎樣詠唱這個地區的風光和戰鬥生活的。

唐末詩人盧汝弼，寫了一組四首七絕《和李秀才邊庭四時怨》，其中第四首是：

▷ 和李秀才邊庭四時怨（選一） ［盧汝弼］

朔風吹雪透刀瘢，飲馬長城窟更寒。

半夜火來知有敵，一時齊保賀蘭山。

〔譯文〕冬天的寒風捲起白雪，吹透了戰士身上的刀傷疤。在那長城下的水窪中飲馬，水是加倍寒冷。半夜傳來了報警的烽火，知道有敵人入侵了，大家一齊集中守衛賀蘭山。

詩的第二句來自三國魏國陳琳的《飲馬長城窟》詩的頭兩句，即「飲馬長城窟，水寒傷馬骨」。詩第四句中的賀蘭山，在今陝西禮泉西北的會州（今甘肅靖遠）之北，此處借指邊境。

唐代宗大曆四年（西元769年），大曆十才子之一的李益考中了進士。當時吐蕃是嚴重的外患，經常在秋高馬肥時侵入內地搶掠，甚至首都長安都曾被佔領。大曆九年，唐朝廷採納了著名大將郭子儀的建議，在秋季進行大規模的軍事準備，防止吐蕃入侵。李益時年二十七歲，從軍進入渭北節度使臧希讓的幕府。由於詩人本來就有從戎報國的壯志，在軍旅中精神振奮，情緒很高。他隨軍從長安北上，經鹽州、即五原（今陝西定邊）、夏州（今陝西橫山），越過破訥沙沙漠，到達東、中、西三座受降城。旅途中詩人寫了不少非常精彩的邊塞詩，當時廣為傳播，如《送遼陽使還軍》詩被繪成圖畫，而《夜上受降城聞笛》詩則被譜上樂曲歌唱。

在賀蘭山的東面，有著唐代的鹽州，它在唐時又稱五原，故址為今陝西北部的定邊縣。詩人李益在過鹽州時，寫下了下面一首著名的七律：

▷ 鹽州過胡兒飲馬泉 ［李益］

綠楊著水草如煙，舊是胡兒飲馬泉。

幾處吹笳明月夜，何人倚劍白雲天。

從來凍合關山路，今日分流漢使前。

莫遣行人照容鬢，恐驚憔悴入新年。

〔譯文〕碧綠的柳條拂水，茂盛的野草猶如雲煙，這兒原來是胡兒飲馬泉（胡兒指邊塞外的少數民族）。邊塞上有多少處在月夜傳來隱隱的胡笳聲，又有誰能舉著直插白雲的長劍鎮守邊疆，在這通往各地的道路上，去冬泉水凍結成一片。春天到來泉水解凍，在我這朝廷使者的面前流過。別讓我這旅客在飲馬泉臨水照自己的容貌吧！怕會在這新年的時候為自己的憔悴而驚歎。

上詩三、四兩句的真實內容是歎息邊防不鞏固，軍情很緊張，多處傳來警報敵人入侵的胡笳聲，但卻沒有長劍倚天的英雄來鎮守。第三句用了一個典故：晉代的大將劉琨，一次被胡人軍隊圍困在城中，急切中想不出辦法。劉琨於是在一個月明之夜登上城樓長嘯，圍城的胡人聽見後，都淒然長歎；到半夜劉又吹奏悲涼的胡笳，胡人聽後，都因此懷念故鄉而流淚哭泣；至拂曉再吹胡笳，胡兵受不了都跑了，城也就自然地解了圍。

五原（即鹽州）地理位置偏北，氣候比較乾燥寒冷，春天不僅來得晚，而且特別短暫，這正如初唐詩人張敬忠在他的七絕《邊詞》中所描述的：

▷ 邊詞 ［張敬忠］

五原春色舊來遲，二月垂楊未掛絲。
即今河畔冰開日，正是長安花落時。

〔譯文〕五原的春天一向來得晚，二月（指舊曆）了楊柳還沒有綠的意思。到現在河裡的冰剛開始解凍，可長安已是春花凋謝的時候了。

這首詩不僅藝術上不錯，在自然科學上也有價值，因為它記錄了「物候學」中所需要的現象。即五原這地方在唐代初年，舊曆二月柳條尚未生長，要到長安（今西安）春花凋謝時，河裡的冰才解凍。

在五原的東面，今陝西北部，有一條無定河。它向東南流，經過陝西榆林、米脂等縣，至清澗縣入黃河。這條河因水流急，挾有大量泥沙，深淺無定，故名無定河。無定河是一條小河，本不為人所知，可由於它地處漢唐的邊塞地區，漢時匈奴常從這一帶入侵。晚唐詩人陳陶，有感於古代的往事，寫了一首七絕《隴西行》，由於這首詩的流傳，使得無定河也變得大有名氣了。

▷ 隴西行（選一）　［陳陶］

誓掃匈奴不顧身，五千貂錦喪胡塵。
可憐無定河邊骨，猶是春閨夢裡人。

〔譯文〕決心要消滅匈奴不再顧惜自己的生命了，這次作戰連穿貂裘錦衣的羽林軍也死了五千人。可憐那無定河邊的堆堆白骨，都是遙遠閨房裡少婦們夢中思念的親人。

明代王世貞評論認為，上詩後兩句用意工妙，可惜前兩句寫得過於直率。清代人沈德潛在《唐詩別裁》中評論說：此詩後兩句所寫的淒苦，誰也比不了。可是如果給唐代七絕聖手王昌齡或王之渙來寫，則不會如此直率而會更有餘味。這也正說明了晚唐和盛唐詩風格上的差別。

鸊鵜泉上戰初歸

在鹽州和夏州之北，有一片沙漠破訥沙，又稱普納沙（現代稱庫布齊沙漠）。詩人李益到這一帶時，曾橫越這片沙漠。當時有感於沙漠的特殊風光，寫了下面這兩首七絕：

▷ 度破訥沙　［李益］

（一）

眼見風來沙旋移，經年不省草生時。
莫言塞北無春到，總有春來何處知。

（二）

破訥沙頭雁正飛，鸊鵜泉上戰初歸。
平明日出東南地，滿磧寒光生鐵衣。

〔譯文一〕眼看著風一吹來沙塵滾滾移動，沙漠中成年也見不到寸草生長。別說塞北沒有春天，其實即使春天來到還是風沙蔽天，人們也無法知道呀！

〔譯文二〕破訥沙的上空雁正飛過，軍隊從鵜泉上作戰剛回來。天亮了太陽從東南方地平線上出來，照在戰士們的鐵甲上是那麼耀眼，使整個沙漠都籠罩著寒光。

詩中的鵜泉在唐代豐州（今內蒙古自治區臨河）城北，據說豐州有九十九泉，鵜泉最大。唐憲宗元和初年，外族回鶻騎兵向內地進犯，唐鎮武節度使的軍隊在這一地區與之作戰。

唐太宗貞觀年間，是唐代最興盛的時期之一，史稱「貞觀之治」。這時候，無數邊境外的少數民族請求內附，即整個部落有時連同土地一起，要求併入唐王朝的版圖，作為唐王朝的百姓。貞觀六年（西元632年），少數民族鐵勒部酋長契苾何力率全部落千餘家到沙州（今甘肅敦煌）內附，唐太宗將他們安置在甘州（今甘肅張掖）和涼州（今甘肅武威）。契苾何力到長安任職，因軍功卓著，先後被封為將軍及涼國公。後來契苾何力的部落又遷居到陰山。

契苾何力家族此後世世代代為唐王朝效勞，他的兒孫都襲封涼國公的封爵。二百多年後，即唐武宗會昌二年（西元842年），契苾何力的五世孫契苾通任蔚州（今河北宣化）刺史，當時回鶻入侵，契苾通奉召到長安，皇帝命令他率領騎兵六千人，奔赴位於中受降城西二百里的大同川討伐回鶻。詩人李商隱當時正在長安，他寫了一首七律為契苾通送行。

▷ 贈別前蔚州契苾使君 〔李商隱〕

何年部落到陰陵，奕世勤王國史稱。
夜卷牙旗千帳雪，朝飛羽騎一河冰。
蕃兒繈負來青塚，狄女壺漿出白登。
日晚鸊鵜泉畔獵，路人遙識郅都鷹。

〔譯文〕有多少年了，你的遠祖率領部落遷移到陰山，你的家族世世代代為朝廷效勞，在國史上留下了光輝的紀錄。貞觀七年（西元

633年）時，你五世祖契苾何力征伐吐谷渾，率精兵千餘騎突擊，直搗巢穴全殲敵人；高宗龍朔元年（西元661年），契苾何力征高麗，冬天一早從冰上渡河進攻，大獲全勝斬首三萬餘級，這都是您家族的光榮歷史。您這次奉令鎮守陰山舊地，附近的胡人聽說您來了，一定會攜家帶口懷抱嬰兒前來投奔（青塚位於今內蒙呼和浩特城郊，是王昭君的墳墓，詩中用以泛指胡人聚居處）；胡人的婦女，會提著水壺端著食物歡迎您的到來。當您早晚到鵜泉畔打獵時，路邊圍觀的人都會說：你看，這就是回鶻害怕的蒼鷹一樣的英雄。

詩中的「郅都鷹」指西漢景帝時，郅都執法嚴明，雖皇親國戚也不寬饒，人們叫他「蒼鷹」。後來郅都任雁門太守，邊境外的匈奴人不敢再靠近雁門。匈奴頭目命令紮一個偶人，寫上郅都姓名讓部下騎馬用弓箭射它，部下因為怕郅都，沒有射中的，可見郅都為胡人敬畏的程度。詩中稱讚契苾通是像郅都一樣的英雄。

不教胡馬度陰山

在破訥沙的北面，是著名的漢唐邊塞要地——陰山地區。唐代在此置有豐州（位於今內蒙古自治區臨河東）。陰山地區自古代起，就是北方遊牧民族生活聚居的地方。這裡草原廣闊，水草茂盛，牛羊肥壯。在我國北齊時（西元550年至577年），有一位無名詩人唱出了一首極其精彩的詩《敕勒歌》，描述了陰山下的景色。

▷ 敕勒歌　〔北齊　無名氏〕

敕勒川，陰山下。
天似穹廬，籠蓋四野。
天蒼蒼，野茫茫。風吹草低見牛羊。

〔譯文〕我們敕勒人的家鄉啊！就在那陰山腳下，天像我們居住的氈帳（即蒙古包），它籠罩著廣闊無垠的草原。你看那天空是多麼蔚藍，大地茫茫無邊無際。一陣風來，在那波浪般起伏的茂盛草叢中，露出了一群群肥壯的牛羊。

這首《敕勒歌》，在我國詩歌史上極其著名。「敕勒」是一個民族，北齊時聚居在朔州（今山西北部）一帶。據記載，《敕勒歌》原來是鮮卑語，由於鮮卑族沒有文字，因此《敕勒歌》應是口頭創作的歌詞。在南北朝時被北齊人譯成漢語，然後用漢文記錄下來，因此詩句長短不齊。

在我國西漢時，匈奴分裂，匈奴渾邪王殺休屠王，率部下降漢。渾邪王的後代，隨鮮卑族的拓跋氏遷到黃河以南定居，子孫便以「渾」為姓。到了唐代，這一族很多人物從唐初起世代為貴官，而且多半是武將，為唐王朝建立了巨大的功勳。到唐德宗時，渾氏出了一個極著名的大將軍渾瑊。渾瑊的父親渾釋之，武藝高強，在唐軍中累建戰功，被封為寧朔郡王。渾瑊從小起，便善於騎馬射箭，十一歲時，隨父親到邊塞上駐防，當時的主將朔方節度使張齊丘和他開玩笑說：「你是和奶媽一起來的吧？」可在這一年，渾瑊就立了戰功。唐玄宗天寶十一年（西元752年），突厥族的阿布思反叛，渾釋之和渾瑊參加了平叛的戰鬥。天寶十二年（西元753年）五月阿布思失敗，渾瑊駐軍永清，並升為中郎將。

詩人高適，在渾氏父子參與平叛戰鬥的這兩年內，寫了一首歌頌渾釋之事蹟的長詩《送渾將軍出塞》。有人讚譽說，渾釋之將軍得到高適寫的這樣一首詩，比在史書中專門立傳還要光彩。由此可見此詩的價值。

▷ 送渾將軍出塞 ［高適］

將軍族貴兵且強，漢家已是渾邪王。
子孫相承在朝野，至今部曲燕支下，
控弦盡用陰山兒，登陣常騎大宛馬。
銀鞍玉勒繡蝥弧，每逐嫖姚破骨都，
李廣從來先將士，衛青未肯學孫吳。
傳有沙場千萬騎，昨日邊庭羽書至。
城頭畫角三四聲，匣裡寶刀晝夜鳴，

意氣能甘萬里去，辛勤動作一年行。
黃雲白草無前後，朝建旌旗夕刁鬥，
塞上應多俠少年，關西不見春楊柳。
從軍借問所從誰，擊劍酣歌當此時，
遠別無輕繞朝策，平戎早寄仲宣詩。

〔譯文〕將軍你的家族高貴，部下軍兵強悍，在西漢時您祖先已是渾邪王。如今渾氏子孫繁盛，有的在朝為官，有的在野為民。渾家的部曲，世代居於燕支山下，帳下帶弓的勇士全是陰山健兒，上陣時都騎的大宛駿馬。鑲銀的馬鞍，玉石的馬勒，錦繡的大旗，常隨著主帥安思順擊破敵人（嫖姚指漢名將霍去病，此用以借指當時的主帥安思順，骨都為匈奴骨都侯，借指敵人）。渾將軍像李廣一樣，作戰總是身先士卒，他靈活地指揮軍隊，像衛青一樣不學古老的孫吳兵法。邊疆戰場上充滿了千萬騎敵軍，昨天從那裡送來了軍情緊急的文書。城頭上吹響了號角，鞘中的寶刀知有戰鬥，它日夜鳴響。意氣雄壯，遠征萬里毫無畏懼。大軍一動，自春至冬辛勤不得休息。邊塞上沙塵卷起的黃雲和白草到處都是。早上豎起大旗紮營，晚上敲著刁鬥巡夜。邊塞上應該多豪俠少年，玉門關以西太寒冷了，春天從不見楊柳。你從軍我要問一下，你跟隨哪一位將軍？在這送別的時候，正應該擊劍飲酒高歌。分別遠行，別忘了繞朝（春秋時秦國大夫）贈送給士會的馬鞭，您平定反叛後，早一點給我捎來你寫的精彩詩篇（王粲字仲宣，三國時魏國人，以文章著名）。

大約在唐玄宗開元十一年至十五年間（西元723年至727年），唐代大詩人王昌齡到邊塞地區從軍，到過蕭關、臨洮（今甘肅岷縣）、玉門關甚至中亞細亞的碎葉城。由於這一階段的戎旅生活，使他有了邊塞地區的真實感受，從而寫出了很多精彩的邊塞詩。其中最著名的，當然應該是下面這首《出塞》。

▷ 出塞（選一） ［王昌齡］

秦時明月漢時關，萬里長征人未還。
但使龍城飛將在，不教胡馬度陰山。

〔譯文〕今天的關塞和照耀的明月，都是秦漢時的故物。跋涉萬里來邊疆戍守的將士們，長年不能返回家鄉。如果有著像漢代鎮守盧龍城（今河北盧龍）的飛將軍李廣一樣的將軍守衛邊境，那絕對不會讓胡人的騎兵再越過陰山來入侵了。

唐詩人李益的七絕名篇《夜上受降城聞笛》，是他從軍到陰山地區，在受降城時所寫。

▷ 夜上受降城聞笛 ［李益］

回樂烽前沙似雪，受降城外月如霜。
不知何處吹蘆管，一夜征人盡望鄉。

〔譯文〕受降城郊回樂烽邊的流沙，在月夜中皎白如雪，受降城外月光滿地好似寒霜。不知何人在這寂靜的夜晚吹起了悲涼的羌笛，引得這一夜出征的軍人們盡在思念家鄉。

在唐代陰山地區，有東、中、西三座受降城，都是唐中宗景龍年間朔方軍總管張仁願所建，目的是抵禦突厥的進犯。東受降城在今內蒙托克托南；中受降城在今包頭市西；西受降城在杭錦後旗五加河北岸，狼山口南。在李益從軍的時代，所防的敵人主要是吐蕃，它的軍隊都是從西面入侵，故西受降城首當其衝。

黯黯見臨洮

唐代在安史之亂時，為平定叛亂將邊防上的大批軍隊內調，使得邊境空虛，因而外族乘機入侵，其中最強大而擾害最深的就是吐蕃。唐代宗

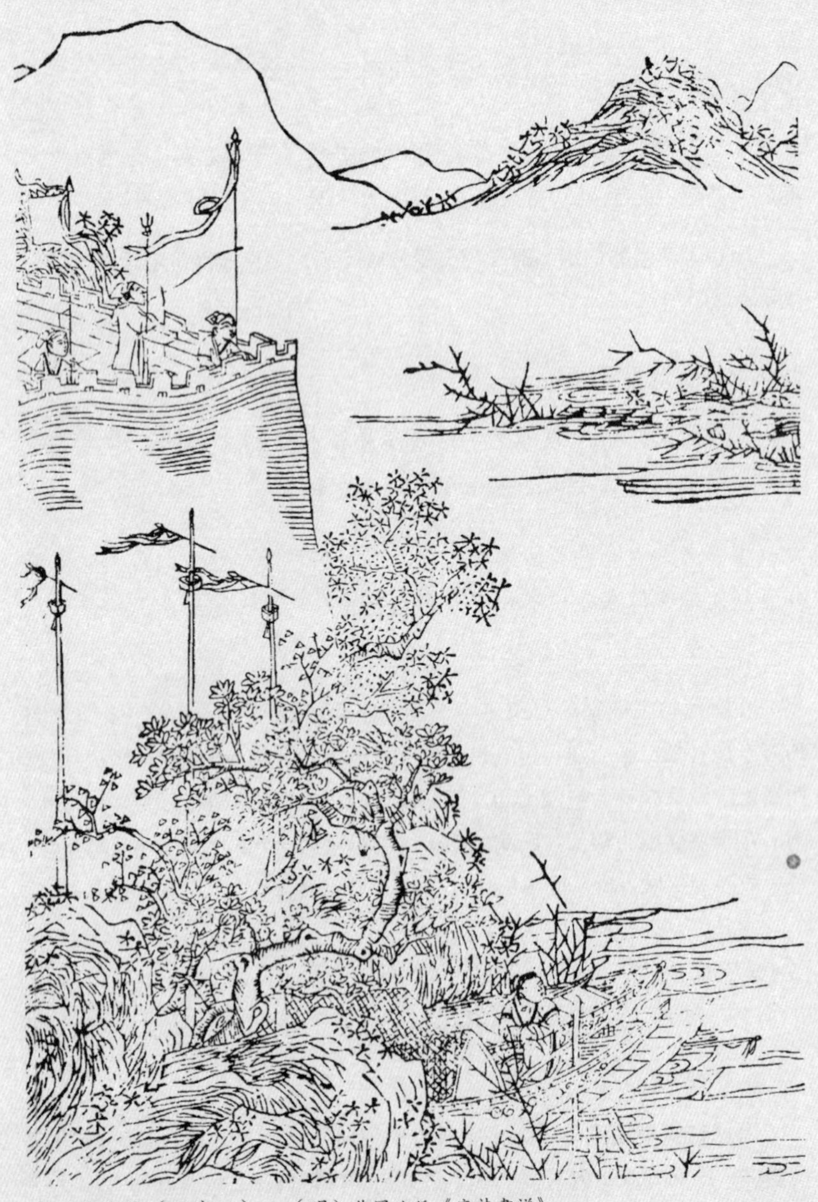

在軍登城樓（駱賓王）　　（明）黃鳳池編《唐詩畫譜》

廣德元年（西元763年），吐蕃軍居然攻佔了唐首都長安，十三天後，聽說郭子儀率大軍來到，才被迫退出。廣德二年，吐蕃、回紇合兵十餘萬人，在唐叛將僕固懷恩的引導下再次入侵，被郭子儀設計擊退。吐蕃的東部邊境與唐劍南節度使管轄的蜀地接壤，吐蕃軍也常在此入侵。就在廣德二年，劍南節度使嚴武率軍與吐蕃大戰，擊破了吐蕃軍七萬餘人，攻克了當狗城（今四川阿壩自治州境內），接著又恢復了鹽川城（今甘肅漳縣西北），這次戰爭自秋至冬結束。就在這一年的作戰期間，嚴武寫了下面這首七絕：

▷ 軍城早秋　［嚴武］

昨夜秋風入漢關，朔雲邊月滿西山。
更催飛將追驕虜，莫遣沙場匹馬還。

〔譯文〕一個早秋的晚上，蕭瑟的秋風吹到了邊關，濃重的烏雲托著邊塞的明月，壓在遠處的岷山上（西山指岷山，一面孤峰，三面臨江，是當時西蜀防禦吐蕃入侵的要衝）。前鋒已擊敗了來犯的敵人，我更派出勇猛的將軍飛速地追殺敵人，絕不能讓敵軍有一人一騎從戰場上逃回去。

此詩是嚴武以一個主將的口氣所寫，他登上邊塞的城樓，感到秋風起了，正是敵人一向進犯的季節。遠眺戰略要地岷山（在唐代臨洮，即今甘肅岷縣南面），慘澹的月光下濃雲壓山，激烈的戰鬥看來就要開始。可這位主將早已胸有成竹，他是決心不讓敵人有一個能活著回去的。

岷山腳下的臨洮（今甘肅岷縣；今甘肅有個臨洮縣，這不是唐代的臨洮），唐時為邊塞重鎮，絲綢之路的行經之地，唐詩中經常提到，如下面的《塞下曲》。

▷ 塞下曲（選一）　［王昌齡］

飲馬渡秋水，水寒風似刀。
平沙日未沒，黯黯見臨洮。

昔日長城戰，咸言意氣高。
黃塵足今古，白骨亂蓬蒿。

〔譯文〕邊塞上的深秋，為了飲馬而渡過了這條小河。河水是那麼寒冷，北風吹面銳利如刀。一望無垠的平緩沙漠上，天邊還掛著殘陽，在這昏暗的暮色中，遠遠地見到了臨洮城。想起過去在長城腳下的激戰，大家當時的意氣是多麼高昂。可你看從古至今，到處都是一片黃塵。郊原上的野草叢中，雜亂地扔著多少英勇戰士的白骨啊！

在金城（今甘肅蘭州）、鄯州（今青海東部）的西南一帶，原是鮮卑族慕容氏建立的吐谷渾國。隋朝時，吐谷渾國被隋所滅，變成隋的郡縣。隋末天下大亂，吐谷渾的伏允可汗乘機收復故地重建國家。唐代初年，伏允經常在邊境騷擾搶掠。貞觀九年（西元635年），唐太宗命大將李靖、侯君集等率軍分兵六路進攻吐谷渾，伏允大敗自殺。唐立其子慕容順為吐谷渾可汗。

盛唐詩人王昌齡，寫了一組七首《從軍行》，其中第五首就描述了唐軍攻擊吐谷渾的情況。

▷ 從軍行（其五）　［王昌齡］

大漠風塵日色昏，紅旗半捲出轅門。
前軍夜戰洮河北，已報生擒吐谷渾。

〔譯文〕遼闊的沙漠上大風捲起漫天黃塵，明亮的日光也為之昏暗。軍情緊急，將士們開出軍營增援，半捲著紅旗飛速前進。前方的先頭部隊昨夜在洮河北邊與敵軍激戰，捷報傳來，已活捉了吐谷渾的首領們。

此詩寫的是戰爭中獲得意外的迅速勝利的喜悅。本來在這沙漠中風塵滾滾天昏地暗的壞天氣裡，由於軍情緊急，軍隊急速奔赴前方增援。可情況一變，前方捷報傳來，唐軍已大獲全勝了。聽見消息的增援將士們的喜悅心情，也就可想而知了。

吐谷渾自從在唐太宗貞觀九年（西元634年）被李靖率領的唐軍擊敗後，一直與唐保持和好關係。到伏允之孫諾曷鉢繼立為可汗時，唐太宗封他為「河源郡王」。貞觀十三年（西元639年），諾曷鉢親自到長安朝見，並向皇帝請婚。次年，唐太宗封宗室淮陽王李道明之女為弘化公主，嫁給諾曷鉢為「可敦」（可汗之妻）。這段友好的姻緣，使唐與吐谷渾的親密關係得到進一步加強與鞏固。唐太宗去世後，朝廷並刻了諾曷鉢的石像立於昭陵（唐太宗陵墓）之下。這在當時，是給予為維護與唐王朝的友好關係做出巨大貢獻的少數民族領袖的極高榮譽。

貞觀十五年（西元641年），唐太宗批准吐蕃的求婚，讓文成公主下嫁吐蕃的松贊干布。在文成公主途經今青海時，吐谷渾可汗諾曷鉢和弘化公主熱情接待，並護送到吐谷渾和吐蕃交界處。由於吐谷渾與唐王朝的關係融洽，使絲綢之路的河西走廊這一段得以暢通無阻。

就在唐太宗去世的次年（西元650年），吐蕃的松贊干布死去，他的繼任者逐漸向外擴張，與吐谷渾多次發生戰爭。唐高宗龍朔三年（西元663年），吐蕃大軍攻破吐谷渾，諾曷鉢可汗和弘化公主帶領殘餘的幾千帳牧民，從今青海東北的扁都口越過祁連山，逃到唐的領土涼州（今甘肅武威），吐谷渾從此滅亡。唐高宗後來派大將薛仁貴率軍十餘萬攻吐蕃，結果大敗，吐谷渾的故地被吐蕃佔領，再也無法收復了。此後，絲綢之路一直處於吐蕃的武力威脅之下。

王昌齡《從軍行》中的第一首，就與吐谷渾的故地有關。

▷ 從軍行（其一）　　［王昌齡］

烽火城西百尺樓，黃昏獨坐海風秋。
更吹羌笛關山月，無那金閨萬里愁。

〔譯文〕在那設置有烽火臺的邊防小城西面，有著瞭望敵情的百尺高樓。秋天的黃昏，一個戰士獨自坐在樓上迎著青海湖颳來的涼風。多麼孤獨寂寞啊！他拿起羌笛，吹起了悲涼的感傷離別的樂曲《關山月》。多麼思念那遠隔萬里的妻子！她在閨房中也正因為丈夫久戍不歸而憂愁難解啊！

只將詩思入涼州

由蘭州向西北行，翻過烏鞘嶺，就進入了河西走廊。走廊南為終年積雪的祁連山，北為龍首山及合黎山，亦稱北山，河西走廊為夾在中間的一條狹長平坦的地帶。它東起烏鞘嶺，西至今甘肅和新疆交界處的星星峽，包括涼州（今甘肅武威）、甘州（今甘肅張掖）、肅州（今甘肅酒泉）、瓜州（今甘肅安西）及敦煌等大城市，總長有一千二百多公里。寬由幾公里至一百多公里。由於地處黃河以西，故名河西走廊。在古代，這是絲綢之路的咽喉要道。

盛唐詩人王翰，於二十歲左右西遊涼州（今甘肅武威），寫下了膾炙人口的名篇七絕《涼州詞》。

▷ 涼州詞　［王翰］

葡萄美酒夜光杯，欲飲琵琶馬上催。
醉臥沙場君莫笑，古來征戰幾人回。

〔譯文〕珍貴的夜光杯中，已斟滿了葡萄美酒。宴席上琵琶奏起了急速的樂曲，促使人們開懷暢飲。喝醉了躺在沙場上，又有什麼可笑的，自古以來出征的軍人能有幾個會得勝歸來啊！還是盡情飲酒作樂吧！

此詩第二句也可以釋為：正舉杯欲飲，琵琶奏起了出征的軍樂，催促將士們上馬出發。

約三千年前周穆王時，西域有人獻「夜光常滿杯」，杯用白玉之精雕成，當盛滿酒後，對月映照，杯會發出異樣光彩，故名「夜光杯」。現在看來，夜光杯可能是用西域於闐的羊脂白玉雕成，杯壁極薄而使柔弱的月光也能透過，故得名。

詩人李益，曾從軍十年，長期在邊塞生活，他往往在馬背上橫刀賦詩；或在軍中酒酣之際，或塞上稍平靜時寫作，因此文辭慷慨任氣。他在西北時，曾寫有一首七絕《邊思》。

▷ 邊思 [李益]

腰懸錦帶佩吳鉤，走馬曾防玉塞秋。

莫笑關西將家子，只將詩思入涼州。

〔譯文〕腰上垂著華美的錦帶，佩著吳鉤寶刀。曾經在馬上疾馳奔赴玉門關，防備敵人在秋高馬肥時入侵。別笑我這個關西的將門之後，居然只把詩情帶進了涼州城。

這首詩實際是作者的自畫像，首句寫裝束，次句寫在邊塞上參加戍守。第三句敘說自己的身世，末句寫雖然身在軍中，可不脫離詩人本色，帶進涼州的仍是詩情而已。李益是涼州人，涼州遠在函谷關以西。根據古語：「關西出將，關東出相」的說法，故自稱關西將家子。

唐玄宗天寶十載（西元751年）四月，詩人岑參在安西節度使幕中任職。這時西域地區的某些小國，勾引大食國的軍隊入侵。安西節度使高仙芝聞訊後，立即率軍西征，岑參當時留駐在涼州（今甘肅武威，唐代時亦稱武威），寫了一首七絕給隨高仙芝西征的劉判官送行。

▷ 武威送劉判官赴磧西行軍 [岑參]

火山五月行人少，看君馬去疾如鳥。

都護行營太白西，角聲一動胡天曉。

〔譯文〕五月裡火焰山邊行人很少（這是詩人在一千五百公里外的涼州，遙想吐魯番火焰山下的情景），眼看著你的馬向西前進快如飛鳥。磧西節度使的行軍營帳駐紮在極遠的西方（太白指太白金星，夏季傍晚常見於西方，太白西即指極遠的西方），軍中吹起了號角，邊塞的天亮了，應該繼續前進迎戰入侵的敵人。

此詩的最後一句，按含義也可解釋成：唐朝的大軍一到，西域地區像天亮一樣，很快就會平定了。

詩題中的「磧西」為磧西節度使（安西節度使別名），指高仙芝；「行軍」為軍營，故「赴磧西行軍」的意思為：赴磧西節度使的軍營中。

仍留一箭射天山

祁連山位於河西走廊的南部，即今甘肅省與青海省的交界處，東西綿延千餘里。匈奴語謂「天」為「祁連」，故祁連山即天山的意思。因此在某些詩人的作品中，就稱它為天山。由於祁連山頂終年積雪，故又稱雪山、白山。在祁連山下，因為有從山上流下來的融雪灌溉，因此水草豐美，有利於畜牧業發展。西漢時，祁連山一帶為匈奴長期佔領，後被漢將霍去病率軍奪回。匈奴人失去了水草肥美的牧場，因而悲傷地唱出：「失我祁連山，使我六畜不蕃息。」

在伊州（今新疆哈密）之西，還有一個天山，它橫貫在西域中部，與祁連山是兩條不同的山脈。古人由於地理知識不足，常認為它們是一條連貫的山脈，並統稱天山。因此，詩人在寫到天山時，究竟指的是祁連山還是西域的天山，有時連詩人自己也不一定清楚。

詩人李白，利用主要寫離別哀傷的古樂府舊題《關山月》，寫了一首五言詩，描述了士兵遠離家鄉，長期戍守邊疆不能歸去的痛苦。

▷ 關山月 〔李白〕

明月出天山，蒼茫雲海間。
長風幾萬里，吹度玉門關。
漢下白登道，胡窺青海灣。
由來征戰地，不見有人還。
戍客望邊色，思歸多苦顏。
高樓當此夜，歎息未應閑。

〔譯文〕明月從祁連山後升起，在蒼茫的雲海間遊蕩。大風掠過幾萬里的大地，直達玉門關外。漢兵在白登山被匈奴圍困，吐蕃軍侵佔了青海湖。自古以來戰爭不斷的邊境，沒見過有出征的軍人回還。戍守的士兵們望著悲涼的邊塞景色，思念歸去愁顏滿面。我那在遙遠家鄉的親人啊！今夜應在高樓上倚欄眺望，因想念我而不斷地悲歎。

詩中「漢下白登道」指西漢初年，匈奴的冒頓單于率大軍南侵，漢高祖劉邦親自指揮三十餘萬漢軍迎擊，在白登（今山西大同市東郊的白登山）中計，被匈奴三十餘萬精兵圍困了七天。後用陳平的秘計（傳說是男扮女裝）劉邦才從重圍中逃出。「胡窺青海灣」中的青海，指今青海省的青海湖。唐朝初年，這一帶屬吐谷渾，唐高宗時，吐蕃滅吐谷渾而佔領了青海湖，「胡窺」即指此事。

在李白這首《關山月》中，「長風幾萬里，吹度玉門關」指大風由遠處吹來，一直刮過漢玉門關到關外去了，這表明詩人自己在玉門關內，即關的東面某地登高眺望時的景色。另外詩中所舉地名如白登山、青海湖等，都在玉門關之東，由此可以認為，《關山月》詩第一句中的「天山」，指的是位於玉門關之東的祁連山。

中唐詩人李益，在唐代宗大曆九年（西元774年）他二十七歲時，從軍到了原州（今寧夏固原）以北的邊塞地區，在這裡寫了一首七絕《塞下曲》，用前代幾個安定邊疆、立功異域的名將事蹟，抒發了將士們守衛國境的豪情壯志。

▷ 塞下曲　［李益］

伏波惟願裹屍還，定遠何須生入關。
莫遣只輪歸海窟，仍留一箭射天山。

詩中用了名將馬援、班超和薛仁貴的故事。馬援是東漢時名將，曾被封為伏波將軍。馬援曾說：「現在匈奴、烏桓還在騷擾北部邊境，我要求朝廷派我去討伐。男子漢應該戰死沙場，用馬皮包著屍體送回來埋葬，怎麼能躺在床上死在兒女的手中呢？」詩中的「裹屍還」即指馬援的這段豪言壯語。「定遠」指東漢通西域的名將定遠侯班超。班超在西域駐守了三十餘年，到年老時想回故鄉，於是上書給皇帝說：「我不敢奢望能夠到酒泉郡，只希望能活著進入玉門關。」詩中的「生入關」即指的此事。

「一箭射天山」指薛仁貴的故事。薛是唐太宗和高宗時的名將，他任鐵勒道總管時，鐵勒九姓十余萬人入侵。薛仁貴帶領數十騎開路，正與敵兵相遇。敵軍欺他兵少，挑選精銳騎兵數十人前來挑戰。仁貴一箭一人，連射死二人。敵騎有些發慌，不敢前進，都瞪大眼睛瞧他的弓箭。薛仁貴故意做射箭姿勢，嚇得敵人騎兵左閃右躲。仁貴大笑說：「真不中用，我還沒射，就嚇成這樣，我要挑一個多鬚的人，賞他一箭。」敵騎中正有一個大鬍子，一聽這話，掉轉馬頭就跑，誰想箭已射到，立即倒於馬下。唐軍陸續大至，在此情況下，嚇破了膽的敵人全部投降了。於是在唐軍中傳唱道：「將軍三箭定天山，戰士長歌入漢關。」

高高秋月照長城

肅州，是聞名世界的萬里長城終點嘉峪關的所在地。

長城穿過甘肅、寧夏、內蒙古、山西、河北五個省區，越過崇山峻嶺，渡過黃河，橫跨沙漠戈壁，沿途並建有無數的關塞、碉樓和烽火臺。要知道，這都是在技術落後的古代，基本上用人的體力建造而成的。

長城的作用主要是為了防禦北方遊牧民族入侵，因此都修建在荒無人煙或地形極為險峻之處，並且派有軍隊駐守。這些軍人們長年駐守在這種崇山峻嶺或沙漠戈壁的地方，生活極其枯燥單調，愁悶之情難以排解，這可以從唐代著名詩人，七絕聖手王昌齡的描繪中看出。

▷ 從軍行（其二）　［王昌齡］

琵琶起舞換新聲，總是關山舊別情。
撩亂邊愁彈不盡，高高秋月照長城。

〔譯文〕琵琶奏起了新的樂曲，人們翩翩起舞，可彈來彈去，還是離不了《關山月》這類悲傷離別之情的舊主題。久戍邊塞歸不得的憂愁，使人心煩意亂，在琵琶上怎麼能都表示出來啊！你看，又是一輪明亮的秋月高高升起，照耀著這孤寂的長城。

中唐詩人楊巨源寫的五律《長城聞笛》，借笛聲的飛傳，表現出了長城邊關上種種孤寂與悲涼。

▷ 長城聞笛　［楊巨源］

孤城笛滿林，斷續共霜砧。
夜月降羌淚，秋風老將心。
靜過寒壘遍，暗入故關深。
惆悵梅花落，山川不可尋。

〔譯文〕孤寂的長城上傳出的笛聲，飛滿了城下的樹林。它與深秋時擣衣的砧聲此起彼伏。月明之夜，這笛聲使歸順的羌人流下了思鄉的眼淚；涼冷的秋風伴著笛聲，使久戍邊塞的老將軍也起了歸心。它靜靜地飄過所有的堡壘，悄悄地飛入邊關的深處。那使人無比惆悵的《梅花落》（唐代著名的笛子吹奏的樂曲），散遍山川再也無處尋覓。

居延城外獵天驕

在甘州（今甘肅張掖）附近，有一條向北流的季節河，名叫弱水，又名額濟納河。弱水發源於祁連山，關於它，古代有許多有趣的傳說，說它的水沒有浮力，不僅不能行船，甚至連鴻毛、草葉也是入水即沉。其實，大約是因為季節河水太淺造成的誤解。

在弱水下游附近，由於有了生命之源的水，形成了一片四周被沙漠環繞的額濟納綠洲。蒙古語「額濟」是母親的意思，可知人們對綠洲的深厚感情。

兩千多年前的西漢時，額濟納綠洲已部分開為農田，西漢王朝為了保障河西走廊暢通，在綠洲附近建立了居延城，修築了長城烽燧等軍事設施，並委派居延都尉管理。目前在弱水沿岸，存在著斷斷續續的長城，並且殘存著二百處烽火臺。兩座烽火臺間相距一公里半或兩公里，排列成行。可以想像當年一旦有警時，它們一齊吐火噴煙的壯觀景象。

唐玄宗開元二十五年（西元737年）春，河西節度副大使崔希逸戰勝

幽居（王維）　（明）黃鳳池編《唐詩畫譜》

吐蕃，詩人王維奉皇帝命令出使到涼州河西節度使駐地去，慰問戰勝吐蕃的將士。在這次出使中，王維在旅途見到了塞外的粗獷悲涼的景色，了解到唐軍與吐蕃戰鬥的艱苦，並為唐軍獲得勝利而欣喜，因而寫下了兩首著名的律詩《使至塞上》和《出塞作》。

▷ 使至塞上 〔王維〕

單車欲問邊，屬國過居延。
征蓬出漢塞，歸雁入胡天。
大漠孤煙直，長河落日圓。
蕭關逢候騎，都護在燕然。

〔譯文〕我輕車簡從，奉皇帝命令出使到邊境去慰問，作為使者，將經過居延城。旅途上車輪像秋風中的蓬草一樣滾動著，駛出大唐的關塞。由江南歸來的雁群，飛向邊境外的雲天。荒涼的沙漠中，只見一支狼糞燃燒的烽煙直立上升，空曠的黃河邊上落日赤紅而圓。在蕭關（在原州，即今寧夏固原東南）遇到偵察的騎兵，告訴我都護正在前線燕然山。

《使至塞上》的第一、二兩句，在有的唐詩版本中，寫成：「銜命辭天闕，單車欲問邊」，其意思是：帶著皇帝的命令告別了長安，輕車簡從到邊境上去慰問。詩的第五、六兩句極為精彩，是自古以來傳誦的名句。它逼真地描述了沙漠中那種荒涼孤寂的景色，一支孤零零的煙柱嫋嫋垂直上升，河邊水連天處赤紅滾圓的落日，這是一幅色彩對比多麼強烈的風景畫啊！

《使至塞上》詩中提到的三處地名，即居延、蕭關和燕然山，彼此相距很遠。尤其燕然山遠在古長城之北，而唐代當時河西節度使追擊吐蕃，主要在青海一帶，不可能到那樣遠處。看來居延、蕭關二地是實指，而燕然山則是借指。王維從長安出發後，在蕭關遇見唐軍的偵察兵，告訴他主將正在前線追擊敵人。王維到涼州後，應該又到北面的邊塞居延去過，因此才有詩的第二句，另外從下面即將敘述的七律《出塞作》也可證明王維當時到了居延城。燕然山在今蒙古境內，現名杭愛山。東漢時車騎將軍竇憲大破匈奴北單于，曾登燕然山刻石記功。由於有這麼一段故事，因此在《使至塞上》詩中是用燕然山代表與敵人作戰的最前線。

王維在此次出使所寫的另一首詩是七律《出塞作》。

▷ 出塞作 ［王維］

居延城外獵天驕，白草連天野火燒。
暮雲空磧時驅馬，秋日平原好射雕。
護羌校尉朝乘障，破虜將軍夜渡遼。
玉靶角弓珠勒馬，漢家將賜霍嫖姚。

〔譯文〕居延城外天之驕子在打獵，塞外連天的白草被野火焚燒。陰雲低垂的傍晚，在空曠的沙漠中驅馬急馳，秋高氣爽，廣闊的平原上正好彎弓射雕。護羌校尉（漢武帝時所設武官，持節以護西羌）一早就登上了障堡，破虜將軍（漢代臨時設置的武官）連夜渡過遼河增援（遼河是借用，並非實指）。漢武帝將要賞賜嫖姚校尉霍去病，賜他鑲玉柄的劍，用牛角或羊角製成的弓和戴著珠勒口的駿馬。

春風不度玉門關

兩千多年前的西漢時，為了保衛河西走廊這一交通要道，維護絲綢之路暢通，在敦煌之西，設置了玉門關和陽關兩座關塞。古代于闐（今新疆和田）產玉。大量的美玉由西域經此運向內地，此地是輸入玉的門戶，故新建關隘取名為玉門關。

到了六朝時，由於自今甘肅安西縣直至伊州（今新疆哈密）這條道路比較近而且方便，來往旅客多走此道，於是將玉門關改設在瓜州（今甘肅安西）的晉昌縣，即今甘肅安西縣東雙塔堡附近。唐代時，玉門關也在此。

玉門關和陽關，是絲綢之路上重要的關塞，是古代中西交通的必經之地。在唐人詩句中，這兩座關塞的名字經常出現，而且有些詩是自古以來膾炙人口的傑作。其中詠玉門關最有名的，當然是唐詩人王昌齡的《從軍行》第四首和王之渙的七絕《涼州詞》。

▷ 從軍行（其四）　　［王昌齡］

青海長雲暗雪山，孤城遙望玉門關。
黃沙百戰穿金甲，不破樓蘭終不還。

〔譯文〕青海湖畔的漫天烏雲，遮暗了長年積雪的祁連山。由山麓向西北眺望，玉門關這座孤城已隱約可見，我已經準備好了，即使在黃沙莽莽的大漠中身經百戰，鐵甲磨穿，但不消滅樓蘭我絕不回還。

詩人由內地奔赴玉門關，沿河西走廊前進，已走了不少日子。在漫天烏雲遮住了祁連山的一天，詩人從山麓向西北方向眺望，玉門關在遠處遙遙可見。邊關就要到了，詩人心潮澎湃，精神振奮，即時賦出了慷慨激昂的「黃沙百戰穿金甲，不破樓蘭終不還」。

唐詩人王之渙寫的《涼州詞》，也是詠玉門關極其著名的傑作。這首詩還有一個詩題，叫做《玉門關聽吹笛》。《涼州詞》意思是涼州歌的唱詞，《玉門關聽吹笛》則是詩人寫此詩的情景。

▷ 涼州詞　　［王之渙］

黃河遠上白雲間，一片孤城萬仞山。
羌笛何須怨楊柳，春風不度玉門關。

〔譯文〕黃河遠遠地伸延到白雲之間（古代認為，黃河的河源是天上的銀河）。這沙漠中只有玉門關這一座孤城，襯托著遠處的萬仞高山。羌笛啊！你為何要吹起悲涼的曲子《折楊柳》，埋怨這裡沒有春天呢？要知道春風從來也不曾吹到過玉門關啊！

詩人高適，是王之渙的好友，在讀了這首《玉門關聽吹笛》後，專門和了一首七絕：

▷ 和王七玉門關聽吹笛　［高適］

胡人吹笛戍樓間，樓上蕭條海月閑。
借問落梅凡幾曲，從風一夜滿關山。

〔譯文〕晚上有胡人在守衛邊防的碉樓間吹笛，明亮的月光照在寂靜的碉樓上。請問梅花落這樂曲共有多少曲啊（《梅花落》為笛子吹奏的樂曲之一），隨著邊疆上的晚風，一夜之間散滿了關塞和群山。

隴頭路斷人不行

「河湟」指的是黃河與湟水，湟水發源於青海湖畔，向東流至甘肅蘭州附近注入黃河。故「河湟」在唐代當時指湟水流域及其與黃河匯合的一帶地方，也就是河西（今甘肅河西走廊）及隴右（泛指隴山以西之地）地區。

自從吐谷渾在西元663年被吐蕃滅亡後，吐蕃力量威脅著唐朝的河西和隴右一帶。唐特設河西及隴右兩節度使，各領重兵以抵禦吐蕃的入侵。唐玄宗天寶十四年（西元755年），安史之亂爆發，唐朝廷將河西、隴右兩鎮的精兵調入內地與安史叛軍作戰，邊防因而空虛。吐蕃乘機陸續攻佔兩鎮所屬的州縣。三十年間，河西、隴右全部被吐蕃佔領，絲綢之路因此被切斷，唐朝廷與西域的聯繫也被迫中斷。

詩人張籍在他寫的七言古詩《隴頭行》中，描述了隴西被吐蕃佔領及人民不忘故國的情況。

▷ 隴頭行　［張籍］

隴頭路斷人不行，胡騎夜入涼州城。
漢兵處處格鬥死，一朝盡沒隴西地。
驅我邊人胡中去，散放牛羊食禾黍。

去年中國養子孫，今著氈裘學胡語。

誰能更使李輕車，收取涼州入漢家。

〔譯文〕到隴西去的路已斷絕無人行走，吐蕃的騎兵乘夜攻入了涼州城。守衛的唐軍全部戰死了，隴西的大片土地全被吐蕃佔領。他們將漢族百姓全趕到吐蕃內地去，到處放牧牛羊吃田裡的莊稼。去年我們生孩子還屬於中國，現在小孩卻要穿吐蕃的氈裘學吐蕃語了。有誰能再讓那輕車都尉李將軍，收復涼州歸還唐朝廷呢？

中唐詩人王建，曾從軍到西北邊塞，弓劍不離身數年。吐蕃侵入河西走廊時，涼州於唐代宗永泰二年（西元766年）被佔領。王建根據自己對涼州的了解，以及涼州失陷後的情況，寫成了一首七言古詩《涼州行》。

▷ 涼州行　［王建］

涼州四邊沙浩浩，漢家無人開舊道。

邊頭州縣盡胡兵，將軍當築防秋城。

萬里征人皆已沒，年年旌節發西京。

多來中國收婦女，一半生男為漢語。

蕃人舊日不耕犁，相學如今種禾黍。

驅羊亦著錦為衣，為惜氈裘防鬥時。

養蠶繰繭成匹帛，那堪繞帳作旌旗。

城頭山雞鳴角角，洛陽家家學胡樂。

〔譯文〕涼州四郊的沙漠廣闊無邊，我大唐無人再打開這條通向西域的舊路。邊塞上和州縣裡全是吐蕃軍隊，將軍應該修築防止吐蕃在秋季入侵的城池吧！不遠萬里出征到涼州一帶的士兵們，全都犧牲了。可年年從長安來邊地的使臣絡繹不斷。吐蕃軍經常侵入內地搶劫婦女，擄去後生的男孩有一半還會說漢話。吐蕃人往日是不耕田種地的，如今學會種莊稼了。涼州連放羊的吐蕃人都穿上了搶來的絲綢衣服，毛織的氈裘衣則留到作戰時再用。我大唐百姓好不容易養蠶繰

偶題（司空圖）　　（明）黃鳳池編《唐詩畫譜》

絲織成的絲綢，怎能讓吐蕃人用來做行軍帳幕和製作軍旗。胡人的影響已經夠大了，可人們並不覺悟，你看，在那城頭上山雞角角叫的時候，洛陽的百姓們家家都在學奏胡人的音樂呢！

河湟隔斷異鄉春

河湟地區被吐蕃佔領數十年，不少兒童從小在吐蕃的風俗習慣下生活，學的是吐蕃語言，漢族的觀念已很淡薄，甚至忘了自己是漢人。因此，雖然年紀大的父老們一直懷念著故國唐朝，可也發生了一些如下列詩歌中所記述的令人感歎的事情：

▷ 河湟有感　［司空圖］

一自蕭關起戰塵，河湟隔斷異鄉春。
漢兒盡作胡兒語，卻向城頭罵漢人。

〔譯文〕自從在原州（今寧夏固原）的蕭關一帶發生了吐蕃侵佔隴西的戰爭後，河湟地區淪陷，春色再也難到。年頭太久了，漢族的孩子們盡學的吐蕃語，居然向著邊塞城頭罵城上的漢族同胞們。

河湟數十州土地被吐蕃強佔後，唐朝廷不力圖恢復，反而苟且偷安，在唐德宗時居然承認被占州縣為合法。此後吐蕃氣焰更為囂張，經常深入內地騷擾搶掠。唐德宗時，詩人張籍對這種現象深為不滿，寫了一組《涼州詞》，記述了當時一些使人憤慨的情況。這裡選擇了其中的一首。

▷ 涼州詞　［張籍］

邊城暮雨雁飛低，蘆筍初生漸欲齊。
無數鈴聲遙過磧，應馱白練到安西。

〔譯文〕傍晚邊境上細雨紛紛，回歸的大雁低飛而過。初生的蘆筍快長齊了。你聽那遠處無數的駝鈴聲在越過沙漠，原來是運送絲綢到安西去（安西指唐安西都護府，管轄今新疆中部一帶，寫此詩時已被吐蕃佔領）。

河湟一帶淪陷到吐蕃手中，一方面是由於唐朝廷將精兵內調，使邊防力量大大削弱，另一方面是由於當地鎮守的將領們貪暴無能，使原來內附的少數民族離心！百姓得不到保護，只好向東部內地遷徙。例如吐蕃早期入侵時，只搶掠財物擄走人畜就退走，並不佔領土地。唐鎮守的邊將不僅不與敵人作戰，反而在敵人退走後謊報驅敵出塞有功。

大約在河湟地區陷入吐蕃七十多年後，詩人杜牧對恢復失地念念不忘，同時想到上面那些淪陷地區的百姓不忘故國，思念唐朝廷的感人事蹟，寫了下面這首七律：

▷ 河湟　　［杜牧］

元載相公曾借箸，憲宗皇帝亦留神。
旋見衣冠就東市，忽遺弓劍不西巡。
牧羊驅馬雖戎服，白髮丹心盡漢臣。
唯有涼州歌舞曲，流傳天下樂閒人。

〔譯文〕代宗皇帝的宰相元載，曾經策劃過收復河湟的謀略。憲宗皇帝也曾看著地圖，想收復河湟故地。可不久元載因專橫和貪污，在大曆十二年（西元777年）被勒令自殺，而憲宗皇帝沒等到收復河湟，就突然歸天了。河湟地區的人民雖然被迫穿上吐蕃的衣服放羊牧馬，可那些白髮老人一片忠心，全是我大唐的好臣民。現在只有那涼州一帶的歌舞樂曲流傳天下，白白地供有閑的人們娛樂，可失地卻仍未收復啊！

詩第一句的「借箸」用的漢代典故。據《史記‧留侯世家》，漢高祖劉邦一次正在吃飯，張良入見，劉邦聽信別人的話想立六國的後人為王，張良反對說：「我請借箸（筷子）為大王籌畫。」於是「借箸」二字為後人用做出謀劃策的意思。據歷史記載，唐代宗大曆八年（西元773年），宰相元載曾獻收復河湟的計策，並且畫了地圖，後因有人反對而未能實現。詩第四句「遺弓劍」是用有關黃帝的典故。據《史記‧封禪書》，有個方士對漢武帝說，黃帝騎龍上天成仙，留下了一張弓。而《水經注‧河水》更說黃帝雖有陵墓，但其中只埋了他的弓和劍，實際上黃帝成仙升天了，因此後世用「留弓劍」指帝王之死。

河湟淪陷八十多年後，吐蕃內亂，國勢衰弱，無力再控制它佔領的地區。唐宣宗大中三年（西元849年），在吐蕃佔領下的秦州（今甘肅天水）、原州（今寧夏固原）、安樂州（今寧夏中衛）及石門等七關的百姓，自動脫離吐蕃回歸唐朝。三州並派了老幼代表一千多人到長安，唐宣宗在延熹門城樓上接受朝賀。這些百姓們久陷吐蕃，這次得回故國，歡呼起舞，並且當場脫下吐蕃服裝，換上唐朝衣冠，旁觀的人都感動得高呼萬歲。

唐宣宗大中二年（西元848年），沙州（今甘肅敦煌）人張議潮，乘吐蕃統治者內部為爭權而內戰時，率領人民起義，趕走了吐蕃的守將，收復了沙州和晉昌（今甘肅安西一帶）。大中四、五年間，張議潮又率軍收復了吐蕃佔領的伊州（今新疆哈密）、甘州（今甘肅張掖）、鄯州（今青海東都）、河州（今甘肅臨夏）、岷州（今甘肅岷縣）、廓州（今青海化隆西）和蘭州。大中五年（西元851年），張議潮派其兄張議潭攜帶河西和隴右十一州的地圖和戶籍，到長安獻給朝廷。唐政府決定在沙州置歸義軍，任命張議潮為歸義軍節度使。此後，張議潮率軍與企圖反撲及入侵的吐蕃、回鶻等族軍隊艱苦戰鬥了十餘年。唐懿宗咸通四年（西元863年），張議潮率漢蕃兵七千餘人，攻克涼州（今甘肅武威），咸通七年（西元866年）又光復了西州（今新疆吐魯番）。

唐懿宗時的詩人薛逢，在張議潮率軍攻克涼州後，非常興奮，寫了一首七絕《涼州詞》紀此事。

▷ 涼州詞 [薛逢]

昨夜蕃兵報國仇，沙州都護破涼州。
黃河九曲今歸漢，塞外縱橫戰血流。

〔譯文〕昨天晚上，大軍報了河湟失陷多年的深仇，這是沙州都護張議潮收復了涼州。河湟地區從今起又歸屬大唐（黃河九曲指今青海、甘肅一帶，即河湟地區），你看那塞外敵屍縱橫，鮮血四流。

絲綢之路自從在唐代宗廣德二年（西元764年）因河西走廊被吐蕃佔領而切斷，整整過了一百年，才在張議潮的奮戰之後重新暢通了。

九月天山風似刀

由伊州（今新疆哈密）西北行，眼前就是巍峨的天山。走了約三十餘公里後，到達天山腳下的南山口，這是絲綢之路穿越天山進入北新道的主要通路。

天山下是綠草如茵的大草原，絲綢之路的北新道過天山后沿北麓的草原西行。這裡水草比較豐富，對於以馬和駱駝為主要交通工具的古代商隊和旅行者來說，當然要方便得多，這是北新線大大興盛的原因之一。

天山海拔高，峰頂積雪長年不化，山坡上松林密佈，牧草繁茂，景色十分優美。詩人李白，在他寫的一組六首五律《塞下曲》中，第一首即描述了天山的風光及戍守將士們的生活和願望。

▷ 塞下曲六首（其一）　〔李白〕

五月天山雪，無花只有寒。
笛中聞折柳，春色未曾看。
曉戰隨金鼓，宵眠抱玉鞍。
願將腰下劍，直為斬樓蘭。

〔譯文〕五月了，那天山上還是一片白雪，哪能見到鮮花，有的只是嚴寒。笛聲中傳來了《折楊柳》的樂曲，可春天卻沒有來到邊疆。早上隨著金鼓去戰鬥，晚上枕著馬鞍睡覺。但願用我所佩的寶劍，像傅介子一樣去刺殺樓蘭王。

詩的最後一句是借用漢代博介子刺殺樓蘭王的典故，表達消滅入侵邊疆之敵的決心。

在天山北麓的庭州（今新疆吉木薩爾），是唐北庭都護府所在地。唐玄宗天寶年間（西元742年至756年），封常清任安西節度使兼北庭節度使，又有御史大夫的加銜，故稱封大夫。詩人岑參在天寶十三年（西元754年）到封常清幕中任判官，他在此時寫的《天山雪歌送蕭治歸京》中，詳細地描述了天山地區的嚴寒和美麗的雪景。

▷ 天山雪歌送蕭治歸京 ［岑參］

天山雪雲常不開，千峰萬嶺雪崔嵬。

北風夜卷赤亭口，一夜天山雪更厚。

能兼漢月照銀山，複逐胡風過鐵關。

交河城邊鳥飛絕，輪台路上馬蹄滑。

晻靄寒氛萬里凝，闌幹陰崖千丈冰。

將軍狐裘臥不暖，都護寶刀凍欲斷。

正是天山雪下時，送君走馬歸京師。

雪中何以贈君別，惟有青青松樹枝。

〔譯文〕天山上下雪的烏雲長年不開，深厚的雪堆滿了千峰萬嶺，赤亭口晚上不停地刮著北風，到天亮雪下得更厚。它和明亮的月光一樣使群山披上銀裝，被塞外的狂風吹過了鐵門關。交河城邊飛鳥因大風雪而絕跡，到輪台的路上馬蹄因雪而打滑。天色陰晦，萬里原野都凝結著寒氣。山陰斷崖處縱橫交錯地結了千丈長的冰。將軍穿了狐裘還睡不暖，都護的寶刀凍得快斷了。正在天山下雪的時候，送您（指詩題中的蕭治）騎馬回歸首都長安。在這茫茫大雪中用什麼給您送別呢？只有那青綠的松樹枝最合適了。

岑參在任北庭節度使幕府判官時，還寫了下面這首有關天山的七絕：

題僧讀經堂（岑參）　（明）黃鳳池編《唐詩畫譜》

▷ 趙將軍歌　　[岑參]

九月天山風似刀，城南獵馬縮寒毛。
將軍縱博場場勝，賭得單于貂鼠袍。

〔譯文〕九月間天山吹來的寒風猶如快刀，城南出去打獵的馬兒凍得像縮起了牠們的絨毛。趙將軍賭博場場大勝，贏得了單于（指西域少數民族首領）的貂鼠皮袍。

輪台城頭夜吹角

唐代北庭都護府所在地庭州（今新疆吉木薩爾）管轄的境內有個輪台縣，這就是唐代的輪台，其故址大致在今新疆烏魯木齊東北的米泉縣境內。唐人邊塞詩中提到的輪台，絕大多數都是指這個地方。

唐玄宗天寶年間封常清任北庭都護時，輪台駐有重兵。天寶十三年至唐肅宗至德二年（西元754年至757年），詩人岑參在安西北庭節度使（兼安西北庭都護）幕府中任判官，經常駐輪台。在此期間，這位傑出的邊塞詩大家，寫了一系列描述輪台及與輪台有關的詩篇。例如下面這首《輪台即事》，就很好地描述了輪台的塞外風光。

▷ 輪台即事　　[岑參]

輪台風物異，地是古單于。
三月無青草，千家盡白榆。
蕃書文字別，胡俗語音殊。
愁見流沙北，天西海一隅。

〔譯文〕輪台的景物風光與內地大不相同，這是古代單于所統治的地方。天氣那麼寒冷，三月了，地上還沒有青草，家家都種著白榆樹。用的異族文字不同於漢字，語言習俗也完全是另外一套。在這極遠西方的一角，沙漠之北的輪台，真叫人犯愁啊！

唐玄宗天寶十四年（西元755年）八月，駐輪台的一位姓武的判官回長安，軍中置酒歡送。正好下起了不合時令的大雪。詩人岑參在宴席上，結合奇異的雪景，寫下了傑出的邊塞詩名篇《白雪歌送武判官歸京》。

▷ 白雪歌送武判官歸京 〔岑參〕

北風卷地白草折，胡天八月即飛雪。
忽如一夜春風來，千樹萬樹梨花開。
散入珠簾濕羅幕，狐裘不暖錦衾薄。
將軍角弓不得控，都護鐵衣冷難著。
瀚海闌杆百丈冰，愁雲慘澹萬里凝。
中軍置酒飲歸客，胡琴琵琶與羌笛。
紛紛暮雪下轅門，風掣紅旗凍不翻。
輪台東門送君去，去時雪滿天山路。
山回路轉不見君，雪上空留馬行處。

〔譯文〕猛烈的北風捲地而來，連堅韌的塞外白草（即芨芨草）都被吹折。這胡人聚居的地方八月就下起了大雪。就好像一晚上忽然颳來春風，吹開了千萬樹潔白的梨花。雪花飄入珍珠串成的簾子，浸濕了絲織成的帳幕。穿上狐皮袍也不覺暖，被窩更是薄得涼氣直鑽。嚴寒使將軍拉不開飾有獸角的硬弓，都護（北庭都護府的最高長官）的鐵甲更冰冷得沒法穿。沙漠裡縱橫著厚厚的冰層（百丈冰是誇張地指其厚），愁人的陰暗烏雲似乎凝固在萬里長空中。中軍（遠古時代軍隊分左、中、右三軍，中軍為主將所在，此處用以借指輪台的節度使幕府）設酒宴歡送即將回長安的客人，席上胡琴、琵琶和羌笛合奏助興。時已傍晚，轅門外仍是大雪紛飛，紅旗都凍硬了，勁吹的北風也不能使它翻捲。在輪台東門送您上路，去時天山腳下的道路已被大雪覆蓋，道路轉到山后看不見您了，只在雪上空留著馬蹄走過的蹄印。

岑參這首詩，以寫輪台的雪景而著名。它雖是送別詩，可直接寫送別的句子並不多，而且沒有什麼悲傷淒苦的情調。雖然如此，可從詩最後兩句可知，詩人一直在轅門外佇立，望著老朋友漸漸遠去，直到山回路轉看不見了，還一直望著雪上的馬蹄印，留戀不已。

天寶十三年（西元754年）冬，北庭節度使兼都護封常清由北庭率軍出征播仙（當時西域的一個小國，故址在今新疆且末），詩人岑參寫了兩首七言古詩，送封常清西征。現選介其中一首。

▷ 走馬川行奉送出師西征 〔岑參〕

君不見走馬川，雪海邊，
平沙莽莽黃入天。輪台九月風夜吼，
一川碎石大如鬥，隨風滿地石亂走。
匈奴草黃馬正肥，金山西見煙塵飛，
漢家大將西出師。將軍金甲夜不脫，
半夜軍行戈相撥，風頭如刀面如割。
馬毛帶雪汗氣蒸，五花連錢旋作冰，
幕中草檄硯水凝。虜騎聞之應膽懾，
料知短兵不敢接，車師西門佇獻捷。

〔譯文〕你看那西征的行軍路線，沿走馬川，經雪海，穿越沙漠，只見風捲黃沙一片迷蒙直達天際。九月裡輪台的晚上，狂風怒號，走馬川裡大如鬥的礫石，被風吹得滿地亂滾。塞外草黃，秋高馬肥，敵人乘此機會發兵進攻，金娑嶺之西烽煙和敵騎捲起的塵土滾滾而來，我大唐的封大將軍出師西征了。軍情是那麼緊張，將軍晚上都不脫盔甲，半夜行軍增援，兵器互相碰撞作響，凜烈的寒風吹在臉上，痛如刀割。雪花落在急馳的戰馬身上，化作汗氣蒸騰而起。馬身上的五花馬鬣（剪成五瓣的馬頸長毛）和有著魚鱗狀斑紋的馬毛，都迅速地蒙上了一層白霜，在帳幕中起草文書，連硯臺中的墨汁都凍成了冰。聽見我大唐的軍隊前來征討，敵人聞風喪膽，料想他們根本不敢與我軍正面交鋒，不久就可以在車師的西門等候舉行戰勝的獻俘祝

春山晚行（岑參）　（明）黃鳳池編《唐詩畫譜》

捷儀式了。

這首詩有一個很大的特點，即句句都押韻，而且三句一轉韻，這種格式使詩的節奏鮮明，有一種急促向前的感覺，很好地配合了詩的內容。

封常清征伐的播仙，即左末城。距播仙二百五十公里外有左末河，即現代的車爾成河，這是封常清行軍必經之地。詩題中的「走馬川」，有人認為即左末河，川與河同義，走馬與左末同音，「左末」原係譯音，故亦可讀成走馬。左末河和播仙，都在出兵的輪台（實為庭州）之南，詩題寫西征應是以中國內地為准。此外，有的研究者認為，走馬川的川字作為平川講，即河流兩岸的平原，稱川原，因為只有在平川上，大如鬥的碎石才能隨大風滿地亂滾。

據《新唐書・西域傳》和《新唐書・地理志》，雪海並非湖泊，而是一片春夏都經常下雪的苦寒之地，它位於距熱海不到五十公里處。征播仙行軍到不了遙遠的熱海附近，詩中是誇張地形容所去之地的冷和遠。

詩中的「車師」為漢代時西域國名，車師前國和車師後國，前國故地在交河，即今新疆吐魯番；後國故地在務塗谷，即唐代的庭州，今新疆的吉木薩爾一帶。岑參詩中當指車師後國的故地，因當時為北庭都護府所在地。

不破樓蘭終不還

在唐代的邊塞詩中，提到最多的國家，也許就是樓蘭了。你看，七絕聖手王昌齡的《從軍行》中有：「不破樓蘭終不還」，詩仙李白的《塞下曲》中有：「願將腰下劍，直為斬樓蘭」，等等。甚至在送人赴西域時的送別詩中，也要借用「樓蘭」來鼓舞遠行者的雄心壯志，例如下面這首七律：

▷ 送康祭酒赴輪台　　［曹唐］

灞水橋邊酒一杯，送君千里赴輪台。

霜粘海眼旗聲凍，風射犀文甲縫開。
斷磧簇煙山似火，野營軒地鼓如雷。
分明會得將軍意，不斬樓蘭不擬回。

〔譯文〕我在長安城郊灞河邊上舉起這杯酒，給您餞行送您遠赴幾千里外的輪台（今新疆米泉縣境內）。初霜堵住了泉眼，軍旗凍硬不能飄揚；銳利如箭的北風，透入犀牛皮的甲冑，使得甲縫綻裂。沙漠中的遠山籠罩著煙霧，好像點燃了烽火，野營時軍車圍成一圈（這叫「軒地」），圈內圈外鼓聲雷動。我想您是懂得將軍意圖的，要是不斬下樓蘭王的頭顱，是不打算回來的。

可是，前面那些有關樓蘭的慷慨激昂的詩句，只是詩人們用以表達豪邁之氣，並不是真的要去攻打樓蘭國或殺樓蘭王。因為在唐王朝誕生的二百多年前，古樓蘭國已神秘地在沙漠深處消失了。

古樓蘭國在哪裡？它在歷史上是怎樣的？為什麼又消失得蹤影難覓呢？

1900年3月，瑞典探險家斯文赫定，又一次率領探險隊到羅布泊地區考查。同行者共八人，其中有兩名是當地的維吾爾人，名叫艾爾得克和科達克拉。探險隊從阿斯辛布拉克向西南進行時，途中走散了。艾爾得克一人遇到狂風，他獨自騎在馬上亂跑，被風帶到一座古城的廢墟。這城中有高大的泥塔，塔附近的殘垣斷壁上有著雕刻精美的木板，還有官署和民房的遺址。就這樣，艾爾得克無意中發現了沉睡了一千多年，像夢幻一樣在人們記憶中縈回的古城。

斯文赫定原以為艾爾得克在狂風飛沙中遭遇了不幸，沒想到他回來了，並且帶來了意想不到的新發現和一些從古城取來的雕花木板。1903年3月，斯文赫定做了充分準備後，率隊來到這座古城，發現了大量文物，其中有一枚漢代的木簡（寫有文字的木片），上寫有「樓蘭」二字。斯文赫定推定，這就是消逝了千餘年的古城樓蘭。他後來發表的考察報告和所收集到的文物，使全世界的考古界為之震動。

樓蘭古城遺址，位於新疆塔克拉瑪幹大沙漠的東部，羅布泊以西不遠處。羅布泊古代曾有鹽澤、蒲昌海、牢蘭海、孔雀海、涸海等名稱，當地則叫它羅布淖爾，意思是多水彙集的湖泊。羅布泊是我國第二大鹹水湖，但現在已完全乾涸。

從樓蘭城的位置可知，它東距敦煌約八百公里，其間盡是連綿不斷的沙丘和滿地礫石的戈壁，沒有水，沒有生物。更為艱險的，是包圍著樓蘭的「雅丹」地形。雅丹是維吾爾語，意思是「險峻的土丘」。它由一系列平行的「壟脊」和「溝槽」組成，沿著大風吹颳的方向延長。壟脊高由半米至十餘米，長可達數百米；溝槽窄的一兩米，寬的數十米。在這種地形中，通行的困難可想而知。

唐玄宗天寶八年（西元749年），詩人岑參赴位於龜茲（今新疆庫車）的安西大都護府任職。旅途經過圖倫磧（今新疆塔克拉瑪干沙漠），在這條艱險的道路上，荒無人煙的悲涼景色，勾起了詩人的詩思和鄉愁，於是寫了下面這首七絕：

▷ 磧中作 〔岑參〕

走馬西來欲到天，辭家見月兩回圓。
今夜不知何處宿，平沙萬里絕人煙。

〔譯文〕騎馬西行，準備到天邊去，離家後已見到月亮兩次圓了（即已經兩個月了）。在這茫茫的大沙漠中，今夜到哪裡住呢？只見平廣的黃沙綿延萬里，毫無人煙。

在繼續前進的道路上，岑參偶然遇到了返回長安的使者，欣喜之餘，寫了下面這首七絕：

▷ 逢入京使 〔岑參〕

故園東望路漫漫，雙袖龍鍾淚不乾。
馬上相逢無紙筆，憑君傳語報平安。

〔譯文〕東望故鄉，道路是多麼漫長，流個不停的淚水濕了我的雙袖。旅途中騎在馬上遇見回長安的使者，沒有紙筆無法寫家信了，請你傳話給我的親人，說我一路平安。

樓蘭是一個在兩千一百多年前就見諸文字記載的西域國家，其國名可能來自牢蘭海（即羅布泊），樓蘭是牢蘭的諧音。樓蘭國全盛時，領土東達古陽關，西至圖倫磧南緣的尼雅河，南抵阿爾金山，北到哈密。不過，樓蘭國人口很少，只有一萬多人，國土大部分是沙漠、戈壁和鹽鹼地。因此，古樓蘭人以逐水草放牧牲畜或在孔雀河與羅布泊中捕魚及狩獵為生。

西漢時（西元前206年至西元8年），樓蘭地處絲綢之路上，東西方不斷往來的使節和商隊都要經過這裡，使這個小國繁榮起來。可在這時，匈奴勢力侵入西域，樓蘭國小無力抵抗，因而受其轄制。在西漢王朝與匈奴在西域的鬥爭中，樓蘭經常給匈奴傳送情報，攻殺西漢使臣，搶劫商旅，甚至阻斷了絲綢之路的交通。漢昭帝元鳳四年（西元前77年），大將軍霍光派傅介子出使樓蘭。傅到樓蘭邊境時，揚言帶有很多黃金絲綢，將分賜給西域各國，通知樓蘭王前來領取。樓蘭王貪圖財物來了，傅介子事先佈置武士，在宴席上刺殺了樓蘭王，並立他的兄弟尉屠耆為王。新王為避開匈奴的壓迫，遷都到伊循（今新疆若羌縣的米蘭），改國名為鄯善（今新疆的鄯善縣與此無關）。

在羅布泊邊上的樓蘭城，被漢朝作為軍事要塞及商旅過往歇息之地，這時更加繁盛。可是到了東晉孝武帝太元元年（西元376年）以後，樓蘭在歷史上就消失了。

武則天垂拱年間（西元685年至688年），詩人陳子昂任麟台正字的官職。當時北方的強敵突厥連年入侵，武則天多次派軍征討。由於軍情緊急，一位將軍剛從西北邊塞回來，立即又被調往北方去戍邊。陳子昂和友人（一位姓陸的縣令）特別贈詩給這位將軍。這時雖然離樓蘭消失已有三百多年，可詩中仍用了「樓蘭國」這個名詞，實際上藉以指即將前往的邊塞。

▷ 和陸明府贈將軍重出塞　［陳子昂］

忽聞天上將，關塞重橫行。
始返樓蘭國，還向朔方城。
黃金裝戰馬，白羽集神兵。
星月開天陣，山川列地營。

晚風吹畫角，春色耀飛旌。

寧知班定遠，猶是一書生。

〔譯文〕我突然聽說你這位善用兵的將軍，又要到邊關上去戍守了。你剛從樓蘭國回來，又將去朔方城（漢武帝元朔二年，即西元前127年，漢大將軍衛青命校尉蘇建所築，故址在今內蒙杭錦旗西北）。戰馬上裝飾著黃金，白旄（飾有白犛牛尾的旗子）指揮著漢家的大軍。你善於根據天象佈陣，看山川地形安營紮寨。晚風中響起了號角的悲鳴，春光中軍旗飄揚。你們可曾知道，這位像定遠侯班超一樣立功異域的將軍，原來是一個讀書人呀！

詩題中的「明府」，在唐時指縣令。詩第一句「天上將」，用的是西漢將軍周亞夫的故事。據《漢書・周亞夫傳》，「亞夫為太尉，東擊吳楚，至霸上，趙涉遮說亞夫曰：『兵事尚神密，將軍何不從此右去，走藍田，出武關，抵雒陽，間不過差一二日，直入武庫，擊鳴鼓。諸侯聞之，以為將軍從天而下也。』太尉如其計。」

樓蘭，這個漢代時絲綢之路上的繁榮城市，為何在一千六百多年前消失了呢？這完全是由於一個字——水。原來在漢代時，羅布泊地區氣候溫暖濕潤，幾條內陸河都注入羅布泊。據《漢書》記載，蒲昌海（羅布泊古稱）廣袤三百里。如將三百里（一百五十公里）當作羅布泊的直徑計算，則它的面積將有一萬多平方公里。從人造地球資源衛星拍攝的照片上，可以大致看出羅布泊在古代的範圍，其面積與上面的估算是基本符合的。

在東漢時的羅布泊附近，樹木繁茂，野獸成群。由於有了水，也就形成了一些綠洲，使樓蘭人有了生活的基地。可後來由於氣候變乾旱，流入羅布泊的河流水量減少，湖的面積日漸縮小，原有綠洲沙漠化、鹽鹼化，樹木大量枯死。在生存條件越來越惡劣的情況下，人們被迫放棄了他們的故城而遷徙了。歷史上曾一度繁榮的樓蘭古城，現在只剩下一片廢墟，其中出土的漢代絲織品和魏晉時期的紙文書，僅供考古學家研究了。

望月（王昌齡）　（明）黃鳳池編《唐詩畫譜》

碎葉城西秋月團

在樓蘭古城的北面，有著絲綢之路北線上的重要城市西州，即今日新疆的吐魯番。吐魯番位於一個面積五萬多平方公里的低窪盆地中，盆地中心比海平面低一百五十四米。這裡的氣候非常乾旱，年平均降雨量僅十六毫米，可蒸發量卻在三千毫米以上，因此，盆地內有著很多的戈壁和沙漠。盆地內由於升溫快散熱慢，形成了極其酷熱的夏季，每年六月至八月，持續氣溫在四十攝氏度以上有一個多月，最高氣溫可高於四十七攝氏度，地表溫度可高達八十二攝氏度。

火焰山就在吐魯番盆地中部，它東西長近一百公里，由第三紀紫紅色砂岩組成，由於乾旱而寸草不生。在烈日照射下，空氣擾動紅光閃爍，整座山猶如燃起了熊熊烈火，火焰山就由此而得名。

除炎熱外，吐魯番還是我國最大的「風庫」，平均每年八級以上大風的日數有七十二天以上。

唐代詩人岑參在安西大都護府（位於龜茲）任職時，曾多次經過西州，對火焰山附近的氣候、景色深有體會。

▷ 火山雲歌送別 ［岑參］

火山突兀赤亭口，火山五月火雲厚。
火雲滿山凝未開，飛鳥千里不敢來。
平明乍逐胡風斷，薄暮渾隨塞雨回。
繚繞斜吞鐵關樹，氛氳半掩交河戍，
迢迢征路火山東，山上孤雲隨馬去。

〔譯文〕火焰山高聳在赤亭口，五月裡火山上堆著厚厚的紅色雲彩。紅雲滿山像凝住一樣不散，千裡外飛歸的鳥兒不敢在此停留。一早火雲偶然被風吹散，傍晚時它又似乎要降雨而積聚起來。四周景物消失在彌漫的雲氣之中，鐵門關的樹已不可見，交河城亦被半遮。火山東邊回長安的路是多麼遙遠，山上的一朵孤雲好像隨著你的馬（指被送的友人騎馬東歸）而慢慢遠去。

交河是絲綢之路上首要的軍事重鎮，位於今新疆吐魯番縣城西約十公里處。交河城建築在一個高達三十余米的土臺上，台兩側各有一條小河，這兩條河在土台的首尾兩端交會，使土台成為一個柳葉狀的小島，因而得名為交河。由於河的沖刷，土台邊緣成為陡削的懸崖，使交河地勢險要易於守衛。

西漢時，交河城屬於車師前王國，又名車師前王庭。車師前王國在十六國時滅亡，此後交河屬於高昌國，為高昌第二大城市。唐太宗貞觀十四年（西元640年）唐滅高昌後，在險要的交河城設立了安西大都護府，至唐高宗顯慶三年（西元658年）遷至龜茲（今新疆庫車）。

盛唐時的詩人李頎，在他寫的七言古詩《古從軍行》中，提到了交河。

▷ 古從軍行 ［李頎］

白日登山望烽火，黃昏飲馬傍交河。
行人刁鬥風沙暗，公主琵琶幽怨多。
野雲萬里無城郭，雨雪紛紛連大漠。
胡雁哀鳴夜夜飛，胡兒眼淚雙雙落。
聞道玉門猶被遮，應將性命逐輕車。
年年戰骨埋荒外，空見蒲桃入漢家。

〔譯文〕戰士們白天爬到山上瞭望烽火，傍晚到交河邊上去飲馬。行軍中風沙蔽天的夜晚，只有刁鬥聲陣陣（刁鬥為古代軍中使用的銅炊具，容量一斗，白天用來做飯，晚上敲擊它代替打更用具）。那細君公主彈過的琵琶，奏出了幽怨之聲（細君指劉細君，為漢武帝時嫁到西域烏孫國的漢公主）。荒野雲天，萬里見不到城鎮，無邊的沙漠中雨雪紛紛。夜夜聽見大雁飛過的哀鳴，傳來胡人傷心的哭泣聲。聽說玉門關還被遮斷不准進入，我們只有跟著輕車都尉（漢代武官名）在關外拼死命了。每年有多少戰士的骸骨埋在塞外的荒野中啊！換回來的只是西域小國進貢的幾匹好馬，引進的葡萄、苜蓿，種滿了漢朝宮苑罷了！

這首詩前半篇寫邊塞上戰士生活的悲苦，後半篇借詠漢朝故事，諷刺唐代統治者喜好邊功輕啟戰爭，不顧士兵的生命，而所得到的，不過是供統治者們享受的幾種奢侈品罷了。

唐玄宗天寶年間（西元742年至756年），唐王朝在西北邊疆與吐蕃經常發生戰爭，此外，在西域又因常與大食國爭奪西域各小國的控制權而發生戰鬥。唐軍由於頻繁的戰爭，需要不斷地補充兵員，因而常徵調關中一帶的人民從軍戍邊。大約在天寶末年，詩人杜甫寫了一組九首《前出塞》，描述了一個士兵從軍赴邊戍守十年的感受和遭遇，相當細緻地寫出了邊塞戰士的心情與生活。

▷ 前出塞九首（選一） ［杜甫］

挽弓當挽強，用箭當用長。
射人先射馬，擒賊先擒王。
殺人亦有限，立國自有疆。
苟能制侵陵，豈在多殺傷。

〔譯文〕拉弓要拉硬弓，射箭要選用長箭，射人應該先射他騎的馬（因為馬大易射中，馬倒了人也跑不掉），消滅敵人要先抓首領。殺人也應該有個限度，作為一個國家，統治的疆域應該有一定的邊界。只要能制止外來的侵犯，那就不必要大肆殺傷對方。

在疏勒（今新疆喀什）北面，有著熱海，它又名大清池，即今吉爾吉斯斯坦境內的伊塞克湖。著名的碎葉城，就在熱海附近，它的故址在今吉爾吉斯斯坦的托克馬克城附近。熱海和碎葉都是唐代絲綢之路上的要地。從唐高宗顯慶三年（西元658年）至唐玄宗開元七年（西元719年），唐朝廷在此設立了碎葉鎮，為受安西大都護府管轄的「安西四鎮」之一。後來，唐朝廷同意西突厥可汗進駐碎葉城，碎葉鎮就搬到了焉耆。以後，唐朝廷為平定叛亂，保護絲綢之路暢通，曾多次派軍攻打及進駐碎葉城和熱海一帶。

唐詩人岑參，在北庭大都護府任職時，一次送姓崔的侍御史回長安，他寫下了這首描述熱海景色的七言詩：

熱海行送崔侍御還京 ［岑參］

側聞陰山胡兒語，西頭熱海水如煮。
海上眾鳥不敢飛，中有鯉魚長且肥。
岸旁青草常不歇，空中白雪遙旋滅。
蒸沙爍石燃虜雲，沸浪炎波煎漢月。
陰火潛燒天地爐，何事偏烘西一隅。
勢吞月窟侵太白，氣連赤阪通單于。
送君一醉天山郭，正見夕陽海邊落。
柏台霜威寒逼人，熱海炎氣為之薄。

〔譯文〕我從旁聽到陰山（此系泛指西域的大山，並非實指陰山）的胡人說，那西邊的熱海中水熱得像煮沸的一樣。鳥兒都不敢從熱海上空飛過，但海中的鯉魚卻又長又肥。岸邊一年四季都長著青草，飄落的雪花還在離熱海很遠的空中就融化了。這炎熱蒸燙了沙子和礫石，燒紅了邊疆天上的雲霞，熱海中沸騰的波浪煎煮著升起的月亮。整個天地像爐子似的被地下陰火燒著，為什麼偏偏只烘烤西北這個角落。這炎熱的威勢侵到極西處的月宮中，直通到太白金星之處。熱氣經過西州（今新疆吐魯番）附近的赤阪，一直傳到單于都護府（今內蒙古和林格爾西北土城子）。我舉杯送您於天山腳下的城外，見夕陽正落在熱海之邊。您侍御史是那麼威嚴、冷峻，連熱海的炎威也要為之消減。

詩中最後兩句「柏台」指御史府中的列柏台，詩中即借指侍御史。因為御史專管糾彈不法的官員，鐵面無私，好像逼人的寒霜肅殺之氣，由於這股氣，使熱海的炎熱也被沖冷了一些。由詩的第一句「側聞」可知，詩人並沒有親自去過熱海，頭四句及後面的描述有很多想像成分，在詩中加以誇張，顯示出熱海地區奇異的景色。據現在所知，熱海的水並不是熱的，而是那裡的土地冬天不凍，故名熱海。

唐詩人王昌齡，在他寫的一組七首著名的七絕《從軍行》中，第六首寫到了碎葉城。

▷ 從軍行（其六）　［王昌齡］

胡瓶落膊紫薄汗，碎葉城西秋月團。

明敕星馳封寶劍，辭君一夜取樓蘭。

〔譯文〕帶著胡瓶落膊，騎著紫色薄汗馬的騎兵已經出發，秋天的圓月，正掛在碎葉城西。帶著皇帝剛下的詔書和封賜的寶劍星夜急馳，要為朝廷立即拿下反叛的樓蘭城。

此詩第一句中的「胡瓶」指騎兵的行軍水壺，由於是從當時的胡人那裡學來的，故稱胡瓶。「落膊」又稱搭膊，是一種中段有口袋的長帶子，騎兵纏在臂上便於攜帶物品，還可起防護作用。「薄汗」應寫成「駁鶾」（ㄅㄚˊ ㄏㄢˋ），指邊疆上胡人培育的一種長毛馬，性能耐寒。詩中「封寶劍」為皇帝封賜給帶兵主將的寶劍，俗稱尚方劍，它表示主將對部下有生殺大權，可先斬後奏。

第十章　大唐藝術

吳生遠擅場

唐玄宗天寶八年（西元749年）冬天，詩聖杜甫遊覽了洛陽城北的玄元皇帝廟，寫了一首五言古詩《冬日洛城北謁玄元皇帝廟》：

▷ 冬日洛城北謁玄元皇帝廟（摘錄）　　　[杜甫]

畫手看前輩，吳生遠擅場。
森羅移地軸，妙絕動宮牆。
五聖聯龍袞，千官列雁行。
冕旒俱秀髮，旌旆盡飛揚。

〔譯文〕畫師們總是尊崇他們的前輩，可吳道子的技藝遠遠勝過了所有的畫師們。這寺院牆上的壁畫簡直神妙奇絕，它森嚴肅穆景物眾多，氣勢磅礴驚天動地。五位聖人穿著龍袍，成千的官員依次排列成行。皇帝們畫得神采奕奕，各種旗幟都像在迎風飛揚。

傳說在唐高祖武德三年（西元620年），晉州（今山西臨汾）有個名叫吉善行的人，在羊角山見一穿白衣的老人遠遠對他叫著說：「你代我告訴大唐天子，我是太上老君，就是他的祖先。」吉善行上報皇帝後，唐朝廷立即尊太上老君為先祖，並在西京長安和東京洛陽都建立了廟。唐高宗給老君上尊號為玄元皇帝，於是老君廟都稱玄元皇帝廟。

唐玄宗時，畫家吳道子在洛陽玄元皇帝廟的牆壁上，繪了玄宗以前的五位唐代皇帝像。吳道子以他高超的技藝，把這五位皇帝畫得莊重威嚴，栩栩如生，因而得到了當時無數人的讚揚。玄元皇帝廟的這幅壁畫，被稱作《五聖圖》。這一年的冬天，杜甫在洛陽玄元皇帝廟中參觀了《五聖圖》，被吳道子那絕妙的畫筆所感動，故在詩中專門寫了八句讚揚畫家和他的傑作。

吳道子，又名道玄，是唐代最傑出的畫家。他主要活動在唐玄宗的開元、天寶年間，正是這繁榮的盛唐時代，孕育了這位偉大的藝術家。在歷史上，吳道子被人們尊稱為「畫聖」。吳道子在不到二十歲時，畫技就已經很有名氣了。他年輕時，當過縣尉等低級官吏，可他更熱愛繪畫。不久，他便辭去官職，到東都洛陽從事繪畫。在文學家和藝術家彙集的洛陽，他學習到很多東西，並且一面觀摩洛陽寺廟殿堂中精美的壁畫，同時自己又繪製了大量的壁畫。由於吳道子的天才和勤奮，使他的作品遠遠超過了前人，因而獲得了巨大的名聲。

後來，吳道子的聲名傳到皇帝唐玄宗的耳中。玄宗是一位愛好藝術的君主，他將吳召入宮中，並加封官職，使他成了一名宮廷畫家，並且下令說，除非有皇帝的詔書，否則吳不准作畫。幸好，這道命令並未嚴格執行。

唐玄宗開元年間，吳道子隨皇帝到洛陽，遇見了張旭和裴旻（ㄇㄣˊ）將軍。張旭是唐代著名的書法家，擅長草書，吳道子曾跟隨他學習書法。裴將軍則是舞劍名手。吳道子的畫、張旭的書法、裴將軍的舞劍，在當時都被稱為絕技。

據歷史記載，裴旻曾跟隨幽州（今北京）都督孫佺北伐，被當時的外族奚人包圍，裴旻站在馬上舞刀，敵人從四面射他，箭下如雨，可在一片刀光之中，飛箭都觸刀刃而斷墜地，奚人大驚失色，連忙退走，裴旻毫未受傷。後來裴將軍任龍華軍使，鎮守北平（今河北盧龍縣），北平當時多虎，裴將軍善射，曾於一天射殺虎三十隻。

大詩人王維，寫了一首七絕《贈裴旻將軍》，詩中讚美道：

▷ 贈裴旻將軍　〔王維〕

腰間寶劍七星文，臂上雕弓百戰勳。

見說雲中擒黠虜，始知天上有將軍。

〔譯文〕將軍腰間寶劍上的七星閃著寒光，臂上掛的雕弓隨同將軍百戰，立下了巨大的功勳。聽說你在雲中（今山西大同，唐代時是邊塞之地）又活捉了狡猾的敵人頭領，這才知道將軍真是天上的神人啊！

裴旻因為母喪，求吳道子在洛陽天宮寺畫幾幅壁畫，為他母親祈福，並要送吳一大筆金帛作為謝禮。吳道子說：「張旭師曾因觀看公孫大娘舞劍而得到啟發，使他的草書更加矯若龍蛇，變化奇絕，我不要別的，只請將軍在我作畫之前舞一次劍，使我能得到激勵。」裴將軍聽後，笑著答應了。

作畫的那天，洛陽天宮寺擠滿了來參觀的人群，在一片空地上，裴將軍裝束以後，當眾表演劍舞。只見寒光閃閃，猶如雪花亂飛，舞得興起，將寶劍擲入雲霄，高數十丈，有如電光下射，裴旻舉起劍鞘，劍準確地穿入鞘中。觀眾數千人，無不大驚失色。吳道子看畢，畫思如湧，立即在壁上揮毫，飛快地完成了一幅極精美的佛像。當天，「草聖」張旭也興致勃勃，寫了滿牆的草書。旁觀的洛陽人欣喜無比，說：「想不到一日之中，能看到了三絕！」

唐玄宗天寶年間，皇帝忽然想看蜀地嘉陵江的山水奇景。於是命令吳道子人蜀去寫生。吳在飽覽嘉陵山水後回到長安，玄宗向他要寫生畫看，他說：「臣無畫稿，全記在心裡。」玄宗命他在大同殿的牆壁上畫出來。吳道子憑著自己驚人的記憶和高明的畫技，在一天之內，畫完了嘉陵江三百里的山水景色。

在此之前，玄宗曾命另一名畫家李思訓也在大同殿壁上畫嘉陵江山水，李思訓是工筆畫家，所繪圖畫極其精細，但速度甚慢，畫了好幾個月才完。玄宗皇帝在比較了兩人的作品後讚歎說：「李思訓數月之功，吳道子一日之跡，都是極其高妙的。」

題畫（李邕）　（明）黃鳳池編《唐詩畫譜》

吳道子在當時，留下了大量的作品。據《宣和畫譜》的記載，北宋宮廷中收藏了他的作品九十二幅。至於壁畫，那就更多了，而且規模宏大。據說唐代的首都長安和東都洛陽兩地，寺觀中有吳道子所繪的壁畫二百餘間。吳道子的繪畫，主要是宗教畫，如佛像、神像及仙境、地獄等。由於一千多年來的變亂和人為的破壞，吳道子的壁畫已全部無存。

吳道子的畫風，影響至為深遠，直到今天，民間畫工仍尊奉他為祖師爺。他獨創的佛教圖像樣式，被稱作「吳家樣」而世代流傳。

屏風周昉畫纖腰

下面，我們先看一首七絕：

▷ 屏風絕句　［杜牧］

屏風周昉畫纖腰，歲久丹青色半銷。
斜倚玉窗鸞發女，拂塵猶自妒嬌嬈。

〔譯文〕屏風上有著周昉畫的仕女圖，年代久遠了，顏色已經半褪。可是那位靠在窗前頭髮梳得如此漂亮的少女，在拂去屏風上的灰塵後，卻嫉妒畫上的姑娘怎麼那麼嬌美，似乎壓倒了自己。

詩中的周昉，是中唐時代的著名人物畫家，而繪製貴族婦女更是他的擅長，被人們譽為「古今冠絕」。在周昉的仕女畫上，充分反映了唐代人們的審美觀念，即美貌的婦女都是「人物豐，肌勝於骨，曲眉豐頰」，用現代的話說，以較胖為美，尤其要臉頰豐滿甚至鼓出，手臂圓肥如藕。可是，又要求十指尖尖，並且是溜肩膀，這些似乎矛盾的特點要塑造在同一位少女身上，真有些難為造物的老天了。

這首七絕是比周昉約晚一百年的詩人杜牧的作品。杜牧在一扇屏風上，見到了這位名畫家畫的仕女圖，雖然年代久遠、色澤陳舊，可所畫的人物依然是那麼可愛。

周昉所畫的人物，不僅做到形似，即外表像，而且妙於傳神，即重視表現人物的內心世界。傳說唐代著名功臣郭子儀的女婿趙縱，曾請當時的著名畫家韓幹和周昉各畫一幅肖像。兩幅畫都畫得與本人非常相像，人們把它們放在一起，分辨不出兩畫的優劣。後來，趙縱的妻子回娘家，郭子儀將這兩幅肖像擺在一起問她：「這是誰？」回答說：「是我丈夫。」郭子儀又問說：「哪一幅最像？」他女兒細看了一會兒說：「兩幅都很像，可韓幹所繪只是外貌像，而周昉所繪畫出了趙郎他的神氣、性情和言笑的姿態。」於是，郭子儀令送給周昉彩錦數百匹。這個故事說明，周昉的人物畫超過了韓幹。

周昉的作品流傳至今的，最著名的是瀋陽博物院所藏的《簪花仕女圖》，這是一幅長卷，上繪有六位貴族婦女，她們的衣飾華麗，有的頭髮上還插著盛開的牡丹花。人物體態豐盈，是唐代的標準美人。

遺畫世間稀

王維字摩詰，最高官職是尚書右丞，故後世人稱王右丞。雖然人們一提起王維，首先會想到他是盛唐時代與李白、杜甫齊名的詩人，可是，他在音樂、繪畫和書法上的造詣和成就，幾乎可以與他的詩歌相提並論，因此，他又是唐代一位傑出的藝術家。

不過，對後世影響最為深遠的，除詩歌外，還是王維的繪畫。王維是山水畫派南宗之祖，他的水墨山水畫，筆力雄健，獨具風格。王維對自己也以畫師自詡，這可以看他寫的《偶然作六首》：

▷ 偶然作六首（其六）　[王維]

老來懶賦詩，惟有老相隨。
宿世謬詞客，前身應畫師。
不能舍余習，偶被世人知。
名字本皆是，此心還不知。

〔譯文〕我老來變得疏懶，久不賦詩，只有衰老與我相伴隨。我的上一輩子，錯當了個詩人，其實應該是畫師。這一生不能拋捨前生帶來的習慣，因此才以詩和畫著名。雖然詩人和畫家的名聲我原來皆有，可我並不認為自己真是詩人和畫家。

王維的畫，富於田園風味，如陡峻的山，棧道，村莊，捕魚，雪景及各種植物，同時，由於他有高深的文學藝術修養，因此所繪的畫詩味很濃，具有耐人尋味的意境。而且作畫時隨興所至，不受某些成規的約束。例如王維畫植物不問四時，常將桃、杏、荷花等同畫在一幅風景中，他畫的《袁安臥雪圖》中，在雪中畫了芭蕉樹。

比王維約晚百年的詩人張祜，在欣賞了當時已很稀見的王維山水畫後，寫了兩首五言詩，讚美王維所畫的風景使人看時覺得如身臨其境。

▷ 題王右丞山水障二首　〔張祜〕

（一）

精華在筆端，咫尺匠心難。
日月中堂見，江湖滿座看。
夜凝嵐氣濕，秋浸壁光寒。
料得昔人意，平生詩思殘。

（二）

右丞今已歿，遺畫世間稀。
咫尺江湖盡，尋常鷗鳥飛。
山光全在掌，雲氣欲生衣。
以此常為玩，平生滄海機。

〔譯文一〕天地之精華全集中在畫家的筆頭上，咫尺大的畫幅中顯示了畫家無比的匠心。使得在堂中就見到了日月，滿座的賓客都欣賞著畫上的江水湖光。夜間山中凝結的濕霧似乎彌漫到了堂中，深秋的景色使四壁涼氣襲人（由「日月中堂見」至「秋浸壁光寒」四句，都寫的山水障上所畫的景物）。想當時王維在這幅山水障中，灌注了他詩歌中高妙的意境。

〔譯文二〕王右丞早已逝去了，他留下的畫已是世間的稀有之物。咫尺的畫幅中包羅了江河湖泊，鷗鳥像平常一樣在江湖上飛翔。山嶺的風光可以放在手掌中，雲氣似乎像從觀看者的衣中散出（「咫尺江湖盡」至「雲氣欲生衣」四句，也是對畫上景物的讚美）。能夠經常與這樣的山水障作伴，那這輩子真像生活在仙境之中了。

在王維去世後不久，唐代文名最著的僧人皎然，在一次欣賞王維畫的《滄洲圖》後，寫了一首五言古詩。雖然原畫早已失傳，可是從皎然的這首長詩中，我們可以看到畫的內容，以及原畫是多麼的精彩逼真。

▷ 觀王右丞維滄洲圖歌 ［皎然］

滄洲誤是真，萋萋復盈視，
便有春渚情，褰裳掇芳芷。
颯然風至草不動，始悟丹青得如此。
丹青變化不可尋，翻空作有移人心。
猶疑雨色斜拂座，乍似水涼來入襟。
滄洲說近三湘口，誰知捲得在君手。
披圖擁褐臨水時，翛然不異滄浪叟。

〔譯文〕使人誤以為真到了水邊之地，再看看長得茂盛的青草，真是一片春天江中小洲的情景，我禁不住要撩起衣裳去採摘草叢中的野花。風颯颯地吹來，可這裡的草卻不動，我這才明白，原來是用丹青繪出的一幅圖畫。這圖上的丹青變化，奇妙不可捉摸，虛空的景象變得好似實際存在，迷亂了人們的心意。剛懷疑小雨斜灑在座位上，又好像水中的涼氣襲人衣襟。正說這水邊之地靠近湘江口，誰知您已將這些景色捲起來拿在手中。當披著粗布衣打開圖觀賞時，人就像在水邊一樣，自由自在真不異於隱居在江上的老人（翛，音ㄒㄧㄠ，自由自在之意）。

大弦嘈囋小弦清

唐代音樂十分發達，所用樂器種類繁多。吹奏樂器有笛、篳篥（ㄅㄧˋ ㄌㄧˋ）、簫、笙；打擊樂器有方響、鑼、鼓、鈸、拍板；彈奏樂器有琴、琵琶、箜篌和箏等。其中最重要的，大約要算是琵琶了，在音樂家中，也以琵琶高手最多。

在演奏方法上，唐代的音樂家們也不墨守成規，而是有很多改進。唐代以前，琵琶都用專制的「撥」來彈奏，唐太宗貞觀年間，著名樂師裴神符首先用手指直接彈，豐富了演奏法。對於琵琶的弦，也有很多改進，如採用粗弦、皮弦等。更有意思的是在現存的敦煌唐代壁畫上，有一幅「反彈琵琶伎樂天」，樂師將琵琶放在背後彈奏，其姿勢非常優美，至於演奏的技巧，當然比一般要困難多了。

大約是晚唐時的詩人牛殳，也寫了一首《琵琶行》。由於白居易的《琵琶行》名氣太大，牛殳這首詩就很少有人知道。可是，牛殳此詩所寫的內容，與白居易的詩有很大的不同。白詩寫的一位彈琵琶樂伎的身世，牛殳卻用了一系列故事來說明琵琶聲音的優美動人，讚美琵琶勝似任何其他音響，很有其特色。

▷ 琵琶行 ［牛殳］

何人劚得一片木，三尺春冰五音足。
一彈決破真珠囊，迸落金盤聲斷續。
飄飄搖搖寒丁丁，蟲豸出蟄神鬼驚。
秋鴻叫侶代雲黑，猩猩夜啼蠻月明。
潏潏汩汩聲不定，胡雛學漢語未正。
若似長安月蝕時，滿城敲鼓聲嚇嚇。
青山飛起不壓物，野水流來欲濕人。
傷心憶得陳後主，春殿半酣細腰舞。
黃鶯百舌正相呼，玉樹後庭花帶雨。
二妃哭處山重重，二妃沒後雲溶溶。

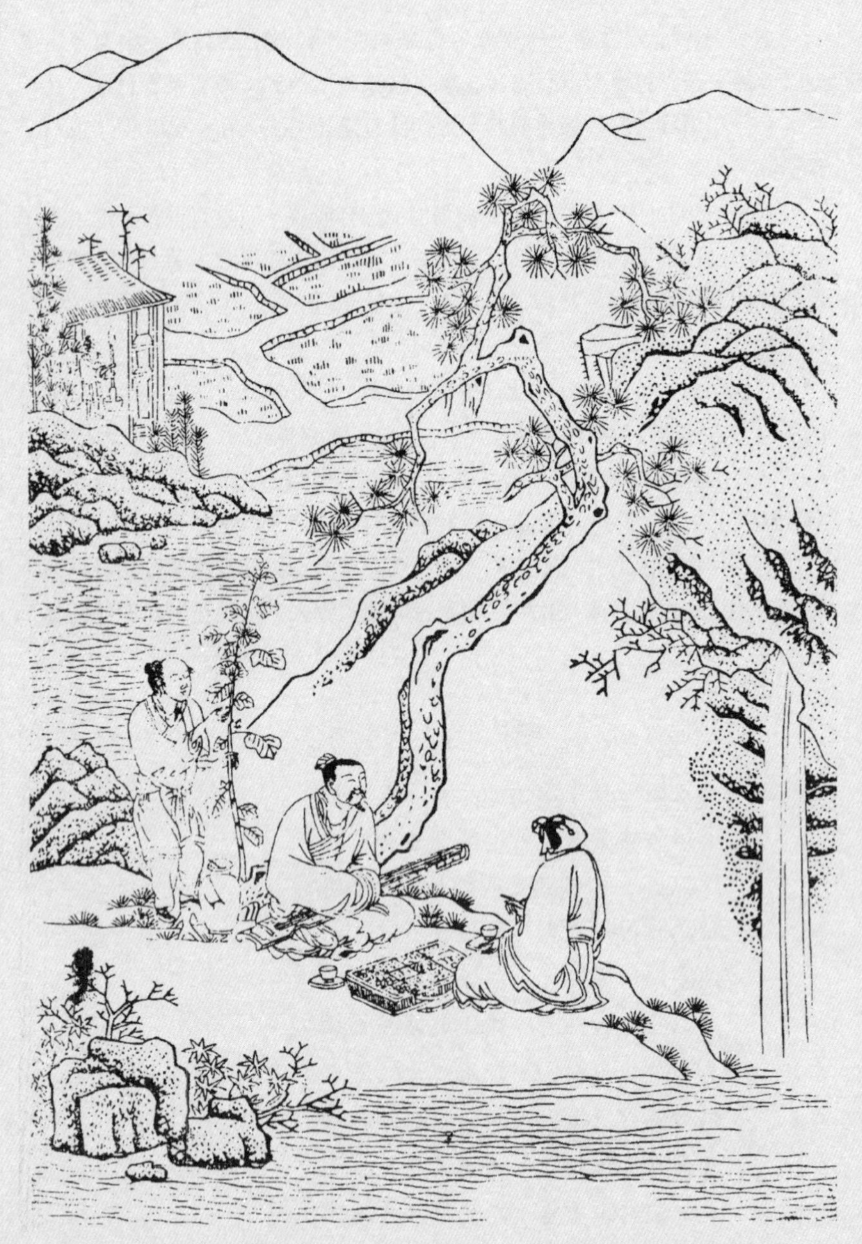

三台（王建）　（明）黃鳳池編《唐詩畫譜》

夜深霜露鎖空廟，零落一叢斑竹風。

金谷園中草初綠，石崇一弄思歸曲。

當時二十四友人，手把金杯聽不足。

又似賈客蜀道間，千鐸萬磬鳴空山。

未若此調吻吻兮啁啁，嘈嘈兮啾啾。

引之於山，獸不能走；吹之於水，魚不能游。

方知此藝不可有，人間萬事憑雙手。

若何為我再三彈，送卻花間一樽酒。

〔譯文〕是誰砍下一塊木頭做成琵琶，長三尺五寸像春冰似的光潔，上面五音皆備。一彈就好像撕破了裝珍珠的口袋，珍珠陸續掉落在金盤中悅耳聲不斷。悠揚的樂聲如珍珠落盤的叮叮，又像剛出蟄的昆蟲爭鳴，使鬼神為之驚歎。悽楚如深秋的大雁在黑夜中呼喚伴侶，又好似猩猩在月光下悲啼。流水般的細聲動盪不定，如像胡人小孩學漢語語音不正。低音如同長安月蝕時，滿城敲鼓一片凝重（古代認為月蝕是天狗吃月，故擊鼓以嚇走天狗）。凝重的琵琶聲飛起雖如青山，可它不會壓物，長流不停如像要濕人的溪水。琵琶彈到傷心處，使人想起亡國之君陳後主，春天喝得半醉正看細腰舞。優美清脆的琵琶聲，好似黃鶯和百舌鳥互相呼叫。迷人處如同陳後主時的樂曲《玉樹後庭花》。琵琶彈到哀怨處，像舜帝的二妃在舜死的群山中哭泣，二妃投湘水自盡濃雲漫漫。夜深時供奉二妃的祠廟霜露滿地空寂無人，只有晚風在斑竹叢中掠過。琵琶彈到輕快處，如同金穀園中春草初綠，主人石崇演奏《思歸曲》，他的客人二十四友，端著酒杯聽出了神（金谷園是晉代大官僚石崇的名園，他與當時名士潘岳等結成二十四友，常在園中飲宴遊樂）。琵琶彈到清越處，好似商旅行經崎嶇的蜀道，千鈴萬磬聲在叢山中環繞。琵琶啊！琵琶！聲音多麼美妙，任何樂音也不如它如此豐富多彩，如此感人動物。琵琶聲傳入山中，獸會佇立靜聽；琵琶聲引入水中，魚兒迷戀不再遊動。這我才知道，這種技藝絕無僅有，人間萬事真是僅憑雙手就能創造。彈琵琶的樂師啊，請為我多彈幾曲，讓我在花前喝完這一樽酒。

唐德宗貞元初年（約西元785年至790年），西域康國（故地在今烏茲別克斯坦共和國撒馬爾罕一帶）人康昆侖在宮廷中任供奉樂師，他彈奏琵琶的技藝極為高妙，當時被譽為「長安第一手」。

一天，康昆侖到長安南郊翠華山遊玩，晚上在莊嚴寺借宿。飯後，他在寺內閒逛，忽然看見禪堂的桌子上放了一把琵琶。康昆侖隨手拿來一看，這琵琶製作頗為精緻，特殊的是，琵琶弦比一般的粗得多，他撥了一下，聲音宏亮深沉。於是問旁邊管接待賓客的知客僧：「這琵琶是誰的？」這時，從門外進來一位僧人答了話：「是前天一位施主忘在這兒的。請問這位施主尊姓大名？」知客僧連忙介紹說：「師兄，這位就是有名的琵琶長安第一手，康昆侖康供奉。」接著又向康昆侖介紹說：「這位師兄俗家姓段，法名善本，剛從五臺山清涼寺雲遊到此。」

面對這樣一把好琵琶，康昆侖不覺技癢，正好知客僧請他彈奏一曲，於是他也就不客氣，調好弦，彈了一曲新翻的《楊柳枝》。由這位長安第一手指下流出的精彩樂聲，吸引來了全寺大大小小的僧眾，琵琶聲剛停，讚歎之聲不絕。可是，就站在康昆侖邊上的段善本和尚，卻面無表情，一言未發。康昆侖以為他可能不懂音樂，也就沒有理會。

第二天康昆侖剛回到長安家中，就聽說東市派人送來了重禮，請他擔任與西市「鬥聲樂」的壓場。原來東市和西市是長安兩個商業集中之處，每逢盛大節日，總要各湊一筆錢舉辦「鬥聲樂」大會，各請高手演奏，以壓倒對方為榮。這次東市請到了長安第一手，人們都認為它必勝無疑。

兩市在長安天門街的東西兩側，各搭起一座華麗的彩樓，演奏就在樓上進行。到下午的時候，東邊彩樓上康昆侖出場了，他是皇帝面前的供奉樂師，一般人平時沒有可能聽他的演奏，這次是難得的機會，人們紛紛湧來，在東邊的彩樓下擠得水泄不通。

康昆侖彈了一曲技術要求很高的名曲《六么》，他又把原調變成羽調，彈起來就更困難。可是他指法純熟，彈得十分動人。一曲剛完，樓下喝彩之聲如雷。下面，該西邊彩樓上獻藝了。

這時，西邊彩樓上出場的是一位戴著帽子的女人，她抱著琵琶對台下的聽眾說：「奴家也彈《六么》，不過剛才康供奉用的羽調，奴家把它移到楓香調上彈。」說完，手在琵琶弦上掃了兩下，聲如雷霆，接著，美妙的樂聲從她手底不停地流出，輕柔時宛如山泉流響，清亮好似鳥兒歌唱，雄壯時又如千軍萬馬，風馳電閃。台下的人都聽呆了，曲終很久，台下仍鴉雀無聲，突然，爆發出極其熱烈的歡呼，經久不息。

本來準備看笑話的康昆侖，感到不勝慚愧，自己比她差得太遠了。於是，他恭恭敬敬地走進後臺，求那女人收自己為徒。女人笑了笑說：「等我換了衣裳再說吧！」

一會兒，出來的竟是在莊嚴寺見過的和尚段善本，怪不得那天他對康昆侖彈的《楊柳枝》無動於衷。由於康昆侖的誠心，段善本收下了這個徒弟。他先叫康昆侖再奏一遍《六么》，靜聽之後說：「你的技法太雜了，怎麼還帶有邪聲？」康昆侖大驚，回答說：「師傅您真是神人，我小時候在康國老家，曾跟一位元女巫師學過音樂，後來又跟隨過好幾個老師學琵琶，邪聲和雜七雜八的技法，可能都從這裡來的。」

康昆侖按照師傅的要求學習，幾年之後，不僅學到了段善本的全部技法，而且後來超過了他，成為唐代最著名的琵琶高手。

唐玄宗開元年間，西涼府都督郭知運向皇帝進獻了《涼州曲》，後來，段善本自製了《西涼州》，並傳給徒弟康昆侖，叫做《道調涼州》或《新涼州》。宮廷中每逢奏起此曲時，歌女們就跟隨著樂聲唱道：

▷ 涼州歌 [郭知運]

（一）

漢家宮裡柳如絲，上苑桃花連碧池。
聖壽已傳千歲酒，天文更賞百僚詩。

（二）

朔風吹葉雁門秋，萬里煙塵昏戍樓。
征馬長思青海北，胡笳夜聽隴山頭。

〔譯文一〕春天裡宮中的垂柳細軟如絲，皇家園林裡豔紅的桃花映著碧綠的池水。為慶祝皇上聖壽已傳送千歲酒，天上星辰呈現祥瑞，皇帝賞賜給百官們新作的詩歌。

〔譯文二〕深秋的雁門關（故址在今山西雁門關西雁門山上），北風吹落了枯葉，關外萬里荒漠中的滾滾煙塵，遮暗了邊塞上戍守瞭望的高樓。看見戰馬，使人們又想起在青海之北的戰鬥，夜晚，胡笳吹起了那悲涼的樂曲《隴頭水》。

唐憲宗元和年間（西元806年至820年），當時的音樂世家曹家，祖父曹保，曹保的兒子曹善才，孫子曹綱，都是著名的琵琶演奏家。白居易在他的名作《琵琶行》中，有「曲罷常教善才服」，即指的曹善才。曹綱善於運撥，彈時琵琶聲猶如風雷震響。詩人白居易在聽了曹綱精彩的琵琶演奏後，激動之餘引起聯想，寫了下面這首七絕：

▷ 聽曹綱琵琶兼示重蓮　［白居易］

撥撥弦弦意不同，胡啼番語兩玲瓏。
誰能截得曹綱手，插向重蓮衣袖中。

〔譯文〕每一次彈撥每一根弦，都奏出不同的意境，有的像胡人悲啼，有的像西域的番語，都是那樣的生動感人。有誰能將曹綱這兩隻珍貴的手，接在重蓮的那雙手上。

這首詩的頭兩句，讚揚了曹綱所奏的琵琶樂聲優美多變。後兩句中的重蓮，大約是曹綱的女弟子或另一個彈琵琶的姑娘，她的技藝比曹綱差多了，所以詩人才說恨不得將曹綱一雙奇妙的手，接在重蓮技藝不高的手上。

白居易的好友，詩人劉禹錫在聽了曹綱的演奏後，寫了下面這首讚歎的七絕：

▷ 曹綱　［劉禹錫］

大弦嘈囋小弦清，噴雪含風意思生。
一聽曹綱彈薄媚，人生不合出京城。

〔譯文〕琵琶的大弦奏出粗壯的聲音而小弦卻無比清脆，好似噴出潔白的雪霧吹著輕風，包含了無限的情意。一聽見曹綱彈教坊的大麯《薄媚》，感到只有在首都才能有這種藝術享受，人真是不應該離開京城啊！

誰家玉笛暗飛聲

笛這種樂器，起源極其古老，距今已有五千年以上的歷史。可是，在商、西周及春秋戰國的古代樂器中，雖有豎吹的簫，卻不見有橫吹的笛。直到秦漢時代，樂曲中出現了《橫吹曲》，樂器中也出現了「橫吹」，即笛。據古書記載，它由西域傳入，出自羌族（今藏族的祖先）中，因此又稱「羌笛」。唐詩中就常稱笛為羌笛，如「羌笛何須怨楊柳」（王之渙《涼州詞》）、「更吹羌笛關山月」（王昌齡《從軍行》）等；而《折楊柳》《關山月》等，都是用笛吹奏的漢代《橫吹曲》。

笛子原來都用竹制，可自唐代起，也有玉笛和鐵笛，有記載說唐玄宗即常吹玉制之笛，同時，並有古代玉笛實物流傳到現在。唐代詩人李白，在詩中特別喜愛用「玉笛」，例如：「黃鶴樓中吹玉笛」、「誰家玉笛暗飛聲」、「胡人吹玉笛」等等。當然，詩中所指的很可能是製作精美或飾有金玉的竹笛，不一定是真正的玉制之笛。真正用玉石雕刻的笛子，是非常珍貴的工藝品，不是平民百姓及樂工們能用得起的。

雖然說笛子及某些用笛吹奏的樂曲，是秦漢時由西域傳入的，可是到了唐代，無論是吹奏技術還是曲譜，都已受到了深深的漢化。例如在詩人李白的五言詩《觀胡人吹笛》中，就可以見到這一點。

▷ 觀胡人吹笛　［李白］

胡人吹玉笛，一半是秦聲。
十月吳山曉，梅花落敬亭。
愁聞出塞曲，淚滿逐臣纓。

竹里館（王維）　（明）黃鳳池編《唐詩畫譜》

卻望長安道，空懷戀主情。

〔譯文〕那胡人吹出的美妙笛聲中，有一半是秦地的音調。十月深秋的清晨，《梅花落》的笛聲傳遍了宣城的敬亭山。那悲涼的《出塞》曲使人聽後更是愁悶不已，淚水滴滿了我這個被朝廷逐出臣子的帽纓。我遙望通向長安的大道，懷著對國家命運的無限憂思，可是又有什麼用呢？

唐玄宗天寶十二年（西元753年），李白五十三歲，他第三次來安徽，直到天寶十五年，詩人一直在安徽南部遊歷。天寶十四年，唐王朝危機深重，安史之亂即將爆發，李白在皖南宣城聽見胡人吹笛，由此而引起對國事和時局的憂思，遂寫下了這首五言詩。由詩的開始兩句可知，在唐代，即使是西域的胡人吹笛，其技藝和曲調也有一半以上具有秦地（今陝西，唐都城長安所在地）的特徵，即大部分已經漢化了。

中唐詩人張祜，寫了這樣一首七絕：

▷ 李謨笛　［張祜］

平時東幸洛陽城，天樂宮中夜徹明。
無奈李謨偷曲譜，酒樓吹笛是新聲。

〔譯文〕開元盛世天下太平，玄宗皇帝到了東都洛陽城，上陽宮中徹夜奏樂燈火通明。誰知給李謨偷記下了曲譜，因此在洛陽的酒樓上，都聽見了他吹的宮中新製作的樂曲聲。

此詩寫的是唐代時，天下第一笛手李謨少年時的故事。唐玄宗開元年間的一個冬天，皇帝在東都洛陽的上陽宮中。正月十四日，玄宗皇帝命樂師寫了一首新曲《紫雲回》，深夜樂曲寫好後，皇帝興致很高，親自用玉笛吹了此曲。次日是元宵節，玄宗皇帝換上普通人的衣服，帶著隨從偷偷地到洛陽大街上觀燈。在經過一座酒樓時，聽到樓上有人吹笛，聲音十分悅耳，不禁停了下來。聽著聽著，忽然大吃一驚，原來樓上吹的正是昨夜才寫好試吹的新曲《紫雲回》。第二天一早，玄宗派人秘密地捉來了吹笛的人，一看，原來是個不到二十歲的少年，玄宗問他是從哪裡學到《紫雲回》的，少年答道：「我就是善吹笛的少年李謨，前天晚上到離上陽宮不遠的天津橋上賞月，深夜聽到宮中有人吹奏此曲，我在橋上插小棍記下了曲譜，所以學會了吹奏此新曲。不止是這首，前些日子我已用同樣方法學會了好幾首宮中的新曲。」玄宗聽後非常驚訝，命他當場吹奏偷學的新曲，果然是技法奇絕，笛聲美妙，於是就將他留在宮中，當了一名皇家的供奉樂師。

李謨任供奉樂師後，因為技藝超群，在唐玄宗開元年間被譽為「天下第一笛手」。李謨自己對這個稱號也十分得意。有一年，李謨因有事，請假到了越州（今浙江紹興）。他因為名氣大，當地的官方以及私人都紛紛宴請，希望欣賞他的吹笛絕技。這時有十個到越州來考進士的人，聽說「天下第一笛手」來了，十人湊了一大筆錢，專門邀請李謨到越州的鏡湖上乘舟夜遊，李謨答應了。這時邀請者感到十個人太少，於是互相約定每人再邀請一位客人，其中有一人忘了此事，臨時匆忙找不到合適的朋友，於是叫了鄰居一個農民老頭獨孤生來湊數。這天晚上，月色朦朧，微風拂起輕浪，景色奇麗。船至湖心，李謨拂拭心愛的竹笛，開始吹奏，只見笛聲傳遍湖上，輕雲消散，月光如霜，水天寂靜，彷彿有鬼神前來傾聽。一曲奏畢，船上的客人都讚譽不已，認為從未聽過這樣美妙的音樂，可唯有獨孤生這老頭兒一言不發，大家有些生氣。李謨認為老頭兒看不起自己，也很不高興，於是再吹奏了一曲，更加奇妙，在座的人無不驚歎，可獨孤生不僅無動於衷，臉上反而露出了有點嘲諷意味的微笑。請獨孤生來的人很後悔地說：「這老頭久居偏僻的農村，音樂他一竅不通。」客人們也都嘲笑他，獨孤生也不回答，只是微笑。李謨實在沉不住氣了，就對他說：「您這樣，究竟是瞧不起人，還是有特殊本事？」獨孤生說：「您怎麼知道我不會吹笛呢？」客人們於是紛紛道歉。獨孤生對李說：「您試吹《涼州曲》。」曲終，獨孤說：「您吹得夠好的了，但音調裡雜了胡人聲調，大概跟龜茲（今新疆庫車）人學過吧！另外，曲子的第十三疊錯成水調，您知道嗎？」李謨聽後大驚，說：「老先生您實在了不起，我的老師就是龜茲人，可我自己並不覺得笛音帶龜茲腔調。第十三疊的錯，我更不清楚了，請您指教。」於是將自己最好的一支笛子擦淨，請獨孤生吹。獨孤看後說：「此笛並不好，吹至音高急促的入破時，必定會破裂，您不可惜吧？」李說：「不怕，沒關係。」獨孤生一吹，笛聲響入雲霄，在座的人都感到驚恐。吹至第十三疊，指出李謨吹奏的錯誤；待吹至入破時，笛子果然經受不住而破裂，因此未能終曲。李謨再三拜謝他的指點，在座的客人也都佩服不已。第二天，李謨及眾位客人都去看望獨孤生，惟見茅屋還在，可人已不知去向了。

下面我們看幾首有關吹笛的唐詩佳作：

▷ 春夜洛城聞笛 〔李白〕

誰家玉笛暗飛聲，散入春風滿洛城。
此夜曲中聞折柳，何人不起故園情。

〔譯文〕是誰家在吹笛，飛出了美妙的樂聲，隨著柔和的春風傳遍了洛陽城？在這夜深人靜的時刻，悲涼傷別的《折楊柳》曲聲在耳畔回繞，有誰能不勾起懷念故鄉的愁思啊！

中唐詩人張祜，寫了下面這首詠歎邊塞上荒涼景色的七絕：

▷ 塞上聞笛 〔張祜〕

一夜梅花笛裡飛，冷沙晴檻月光輝。
北風吹盡向何處，高入塞雲燕雁稀。

〔譯文〕這一夜，不停地傳來從笛裡飛出的樂曲《梅花落》，寒冷的沙漠和堂前的圍欄上，都灑滿了明月的光輝。北風已吹盡了，它到何處去了呢？原來帶著笛聲高高地飛入了燕雁都很稀見的邊塞雲端。

晚唐詩人崔櫓寫的七絕《聞笛》，使讀者好像看見了笛聲在漫天飛舞。

▷ 聞笛 〔崔櫓〕

銀河漾漾月暉暉，樓礙星邊織女機。
橫玉叫雲天似水，滿空霜逐一聲飛。

〔譯文〕銀河中水光蕩漾月兒光輝燦爛，高樓擋住了天上織女星的織錦機。樓上的橫笛聲響徹雲霄，天涼如水，滿空的白霜隨著這一聲聲妙奏而漫天飛舞。

夜聞觱篥滄江上

唐代使用的樂器中，大約沒有一種像觱篥一樣，有著那麼多的異名和別名。它在漢初傳入時，稱作「必栗」，隋時寫作「觱篥（ㄅㄧˋ ㄌㄧˋ），後又有用「悲栗」者，到了唐中期，有好古的人又將它寫成更難「觱篥」（音ㄅㄧˋ ㄌㄧˋ），其實這些名字都是此樂器古龜茲語的音譯。此外，還有人將它意譯為：笳管、管子等。

據研究，觱篥是古龜茲國所創造的吹奏樂器，最初全部用蘆葦製作，古詩中多次提到過的「胡笳」、「蘆管」，可能就是它的前身。觱篥大約在漢代時，即已沿絲綢之路東傳入中原，經過樂工們的改進，用竹子做觱篥的管身（後又有用木料的），上開九個音孔，管的一端，插上蘆葦製成的簧片，演奏時嘴含簧片，手按音孔豎吹。

最初全用蘆葦製成的觱篥（或胡笳），音調低沉悲咽，最能引起人們淒傷和思念之情。唐玄宗天寶七年（西元748年）時，顏真卿被派到河隴（今甘肅、青海一帶）任職，詩人岑參在長安為他寫了一首送別詩《胡笳歌送顏真卿使赴河隴》，詩中就描述了悲吟的胡笳。

▷ 胡笳歌送顏真卿使赴河隴　［岑參］

君不聞胡笳聲最悲，紫髯綠眼胡人吹。
吹之一曲猶未了，愁殺樓蘭征戍兒。
涼秋八月蕭關道，北風吹斷天山草。
昆侖山南月欲斜，胡人向月吹胡笳。
胡笳怨兮將送君，秦山遙望隴山雲。
邊城夜夜多愁夢，向月胡笳誰喜聞。

〔譯文〕你難道不知道，那紫鬚綠眼胡人吹的胡笳聲音最為悲淒？他一曲還沒有吹完，已經使在邊塞上戍守的士兵們鄉思縈迴，愁腸百結（樓蘭為漢代時西域國名，故址在今新疆羅布泊附近，詩中用以借指唐代的邊塞地區）。涼冷的秋天八月，通向蕭關（古關名，故址在今寧夏固原縣東南，唐代時為從長安至西北邊塞地區的交通要道）的道路上，北風吹斷了天山的枯草。昆侖山南月亮升到中天即將西下，夜已深了胡人還對著月亮在吹胡笳（詩中的天山為橫貫新疆中部，即唐代西域地區的大山脈；昆侖山位於今新疆與青海邊界上，詩中都用以泛指唐代荒涼的塞外地區）。在胡笳的幽怨聲中送您起程，我在秦山遙望您正在翻越的隴山，心中充滿思念之情（秦山即終南山，隴山在今陝西隴縣西北，赴河隴必經之地）。您到邊塞後思念家鄉會愁夢不斷，這月夜中悲涼的胡笳聲，是誰也不願意聽的啊！

篳篥管身改用竹制後，表現能力大大擴展，同樣能奏出急促跳躍的歡快之音。盛唐時的詩人李頎，寫有一首七言長詩《聽安萬善吹篳篥歌》，詩中敘述了篳篥的來歷及其音調的美妙多變。

▷ 聽安萬善吹篳篥歌 ［李頎］

南山截竹為篳篥，此樂本自龜茲出。
流傳漢地曲轉奇，涼州胡人為我吹。
傍鄰聞者多歎息，遠客思鄉皆淚垂。
世人解聽不解賞，長飆風中自來往。
枯桑老柏寒颼遛，九雛鳴鳳亂啾啾。
龍吟虎嘯一時發，萬籟百泉相與秋。
忽然更作漁陽摻，黃去蕭條白日暗。
變調如聞楊柳春，上林繁花照眼新。
歲夜高堂列明燭，美酒一杯聲一曲。

〔譯文〕砍下南山的竹子製成篳篥，這種樂器出自西域龜茲。流傳到內地後變得更為動聽，來自涼州（今甘肅武威）的胡人安萬善

對琴（劉長卿）　（明）黃鳳池編《唐詩畫譜》

為我吹奏。旁邊聽的人都在歎息，遠離家鄉的旅客流出了思鄉的淚水。世上的人們愛聽可不會欣賞，這樂聲像是在暴風中來來往往，吹得枯桑老柏樹颼飀（音ㄙㄡ ㄌㄡˊ，風聲）作響，吹得九隻鳳雛驚慌亂叫。這樂聲像是龍吟虎嘯，宇宙中其他一切都靜悄悄。忽然它又吹出了鼓曲《漁陽摻》，好似黃雲遮蔽了白日天昏地暗。變調吹奏，像是樂曲《楊柳枝》，使人眼前好像新見了上林苑（皇家園林）的似錦繁花。這樂聲又像是燈燭通明的除夕夜晚，一曲美妙的篳篥聲如同一杯美酒。

詩題中的「安萬善」，是西域安國（唐代時國名，故地在今烏茲別克斯坦境內）的音樂家，以善吹篳篥著稱。李頎在聽了他的精彩演奏後，寫了上面這首詩加以稱讚。

唐代宗大曆三年（西元768年），詩人杜甫攜家人乘船，由蜀地夔州（今四川奉節）沿長江東下，準備回到洛陽一帶去。由於四處都有戰亂，這年冬末，他的船停泊在嶽州（今湖南岳陽）避亂，生活異常困難，心情沉重憂傷。一天晚上，江上有人吹篳篥，悲涼的樂聲在黑夜中陣陣傳來，更引起了詩人的無限憂思和感傷，於是寫了下面這首七言詩：

▷ 夜聞篳篥　［杜甫］

夜聞篳篥滄江上，衰年側耳情所向。
鄰舟一聽多感傷，塞曲三更欻悲壯。
積雪飛霜此夜寒，孤燈急管復風湍。
君知天地干戈滿，不見江湖行路難。

〔譯文〕黑夜中大江上傳來陣陣悲涼的篳篥聲，老衰的我側著耳朵靜聽，它勾起了多少愁思（此句的「情所向」，有人將「情」釋為「尋」，則意思為尋找音樂聲傳來的方向）。在吹奏者的鄰船聽得更為真切，使人感傷萬分，三更時忽然改吹邊塞的樂曲悲壯無比。積雪深厚飛霜滿天，今晚有多麼冷啊！面對一盞昏暗的油燈，急促的篳篥聲像暴風急流似的捲來。您知道全國到處都充滿了戰亂，這江湖上的道路，可真是難行走啊！

泠泠七弦上

匣中琴　［于武陵］

世人無正心，蟲網匣中琴。
何以經時廢，非為娛耳音。
獨令高韻在，誰感隙塵深。
應是南風曲，聲聲不合今。

〔譯文〕如今世上的人們，沒有誰能嚴格遵守那些最古老的道德規範，只能聽憑琴放在匣中，讓蟲子在上面結網。為何將它長期棄置不彈呢？因為現代人覺得它的聲音不悅耳動聽。雖然它有著崇高的格調，可有誰為它的縫隙中落滿灰塵而感歎呢？看來是因為琴所彈奏的樂曲即使再有名（《南風》是傳說中帝舜所奏的樂曲），它也不為今天的人們所欣賞了。

詩中所詠為七弦琴，是漢族的古老樂器，據說為神農氏發明，在漢朝時定型。七弦琴外形為一長形木質音箱，面板用桐木或杉木製成，上張弦七根；底板用樟木，開有兩個窄而長的音孔，稱為「鳳沼」、「龍池」。

在于武陵的這首詩中，提出了一個自古至今爭執不休的問題，即七弦琴究竟是格調極高，聲音無比清雅，但彈奏很難，會欣賞似乎就更困難，還是由於構造所限，琴聲太單調，彈奏技藝也難於改進或無法改進，因此不為人們所欣賞而日趨沒落。

詩人白居易，寫了一首五言詩《廢琴》，意思是琴被人廢棄了。琴為何被人廢棄，人們愛聽的又是什麼呢？我們可以讀一讀白居易的原詩。

▷ 廢琴　［白居易］

絲桐合為琴，中有太古聲。
古聲淡無味，不稱今人情。
玉徽光彩滅，朱弦塵土生。
廢棄來已久，遺音尚泠泠。
不辭為君彈，縱彈人不聽。
何物使之然，羌笛與秦箏。

〔譯文〕用桐木和絲弦製成的琴，彈出的是太古時代的聲音。這種古聲淡而無味，不符合現代人的愛好。玉徽失去了光彩（徽為古琴表面標示手撫抑之處的記號，玉徽是鑲小玉片的記號），紅色的琴弦已蒙上灰塵。這琴雖然被廢棄已久，但餘音泠泠，素淡清雅。我不是不願為您彈一曲，而是彈也沒人聽。是什麼樂器使人們喜愛而廢棄琴呢？原來是羌笛與秦箏啊！

在唐代，琴不僅不為廣大平民百姓所喜愛，就是在文人學士、達官貴人之中，也沒有多少人愛聽，這在唐人詩歌中，屢有所見。

▷ 聽彈琴　［劉長卿］

泠泠七弦上，靜聽松風寒。
古調雖自愛，今人多不彈。

〔譯文〕在泠泠作響的七根弦上，可以靜聽琴曲《風入松》。這種古曲雖然高雅，可現在的人卻都不彈它。

《風入松》是三國末年音樂家嵇康所作的琴曲集。劉長卿是初唐人，可見至少在唐代初年，由於各種新形式胡樂的盛行，人們對七弦琴已失去了興趣。在晚唐詩人司馬劄寫的《彈琴》一詩中，有「所彈非新聲，俗耳安肯聞」，更說明了琴這種樂器的衰落。

涼館聞弦驚病客

唐憲宗元和二年（西元807年），以所寫的詩奇麗、險怪而著稱的詩人李賀，由他的家鄉福昌（今河南宜陽）來到東都洛陽，當時他剛十八歲。這時，著名文學家兼詩人韓愈也在洛陽。按照唐代的慣例，李賀帶著自己的詩稿，前去拜望韓愈。當時韓愈正送客回來，疲倦極了，別人遞給他李賀的詩卷，他只想睡覺，一面脫衣服一面看，第一篇就是《雁門太守行》，當他讀了頭兩句後，精神倍增，立即穿好衣裳，請李賀趕快進來。

▷ 雁門太守行　［李賀］

黑雲壓城城欲摧，甲光向日金鱗開。
角聲滿天秋色裡，塞土燕脂凝夜紫。
半卷紅旗臨易水，霜重鼓寒聲不起。
報君黃金臺上意，提攜玉龍為君死。

〔譯文〕敵軍像濃密的黑雲高壓城垣，眼看城即將陷落。雲隙中射出的日光照在戰士的鎧甲上，像片片金鱗在閃耀。深秋的天空中，彌漫著進軍的號角聲，戰士們的鮮血灑在邊塞的泥土中，夜間凝成了紫色。馳援部隊半卷著紅旗急速前進，已經臨近了易水（在今河北易縣之北，詩中借指邊塞地區，因為雁門和易水之間的距離達數百公里，太遠了），夜寒霜濃，鼓皮鬆弛鼓聲低沉。為報答君王的信任和重用，我們一定緊握武器（「玉龍」指寶劍）和敵人血戰到底。

這首詩描寫將士們英勇作戰，誓死報國的情景，詩的意境蒼涼，語氣悲壯，而用字和造句卻又異常奇麗，是李賀的名作。詩題中的「雁門」為秦、漢時的郡名，治所在秦及西漢時為善無（今山西右玉南），東漢時移治陰館（今山西代縣），詩中用以借指經常發生戰爭的邊塞地區。詩中的「黃金台」，故址在今河北易縣東南北易水南。相傳燕昭王置千金於臺上，招納天下賢士。

元和六年（西元811年）春，李賀被任命為奉禮郎，這是當王公大臣祭祀時，在旁邊招呼排位次、擺祭品、司儀等的小官，職位低下亦不為人尊重。韓愈於元和六年秋，自河南內調為職方員外郎，於是與李賀二人都在長安。

這時，長安來了一位擅長彈奏七弦琴的和尚，人稱穎師。他到長安後，與文人學士們廣泛交往，為人們演奏，希望得到賞識。當然，穎師作為出家的僧人，不是想借琴藝博取一官半職，而是要詩人們為之寫詩，以求留名於世。穎師達到了自己的目的，他那精湛的琴藝，激動了當時在長安的名詩人韓愈和李賀，他們在聽了演奏後，都精心地為之寫了贈詩。這些詩篇都是名作，由於它們的流傳，穎師和他的琴藝，也就名垂千古了。

▷ 聽穎師彈琴 ［韓愈］

昵昵兒女語，恩怨相爾汝。
劃然變軒昂，勇士赴敵場。
浮雲柳絮無根蒂，天地闊遠隨飛揚。
喧啾百鳥群，忽見孤鳳凰。
躋攀分寸不可上，失勢一落千丈強。
嗟餘有兩耳，未省聽絲篁。
自聞穎師彈，起坐在一旁。
推手遽止之，濕衣淚滂滂。
穎乎爾誠能！無以冰炭置我腸。

〔譯文〕輕柔的琴聲，猶如小兒女在竊竊私語，忽而親密無間，忽而又相嗔怪。突然，琴聲變得慷慨激昂，好似勇士開赴戰場，它像無根的浮雲柳絮，在廣闊的天地間隨風飛揚。又像是喧鬧的百鳥群中，有一隻鳳凰在引吭高歌。琴聲上揚，彷彿是手足並用的攀登，分寸難上，又突然下跌，一落千丈低音奏響。可歎我雖有兩耳，但不大懂得音樂，可聽見穎師您彈琴，使我感動得坐立不安。猛然推動穎師的手止住彈奏，我已是淚水浸濕了衣裳。穎師啊！穎師，你真有本事啊！別把寒冰和火炭輪番放進我的腸中吧！

一天，穎師帶著琴來到李賀的住所，詩人當時正有病臥床，聽琴以後精神一振，披衣而起，病似乎立即好了。他立即為穎師寫了下面這首七言古詩：

▷ 聽穎師彈琴歌　　［李賀］

別浦雲歸桂花渚，蜀國弦中雙鳳語。
芙蓉葉落秋鸞離，越王夜起遊天姥。
暗佩清臣敲水玉，渡海蛾眉騎白鹿。
誰看挾劍赴長橋，誰看浸發題春竹。
竺僧前立當吾門，梵宮真相眉棱尊。
古琴大軫長八尺，嶧陽老樹非桐孫。
涼館聞弦驚病客，藥囊暫別龍鬚席。
請歌直請卿相歌，奉禮官卑復何益。

〔譯文〕浮雲都已散去，明月傍著天河，琴聲美妙，好似雌雄雙鳳相對而鳴（「別浦」指牛郎織女分別的天河；「桂花渚」指中有桂樹的月宮；「蜀國弦」為古樂府曲名，詩中借指琴聲）。深秋荷葉凋落，鸞鳥離去，越王在夜晚遊天姥山，傾聽神仙天姥的歌聲（「鸞」，傳說中美麗的神鳥，常作仙隊坐騎；「姥」音母，天姥山在今浙江天臺縣西，傳說登山者曾聽到過仙人天姥的歌聲）。琴聲泠泠，好似德行高潔的人的水晶玉佩在敲響；琴音渺渺，如像仙女騎著白鹿，踏海消逝在迷茫的煙霧之中。這時，還有誰去看周處到長橋下水中殺蛟；更沒人去觀賞張旭用頭髮蘸墨書寫狂草。那信佛的和尚站在我的門前，你看他眉有棱角，面容莊嚴，猶如菩薩轉世。他拿的古琴弦柱粗大長達八尺，用的嶧山之陽的老桐樹而不是桐孫製成。（「軫」，琴上的弦柱；一般的琴長三尺六寸六分，長達八尺的是大琴；「嶧陽」為嶧山之陽，位於今山東鄒縣，所產的桐木宜於制琴。「桐孫」為桐木的旁枝，據說桐木與其他樹木相反，它後生的孫枝比主幹堅實，故最宜制琴，詩中穎師拿的是古琴，故說非現代桐孫所製的。）清美的琴聲，驚起了病臥家中的我，精神為之一振，藥囊也暫從席子上拿開（席為龍鬚草編，故稱「龍鬚席」）。穎師啊！你請人寫詩讚美你的琴藝，應該請卿相大官才能增高聲譽，我這奉禮郎官職卑微，對你沒有用處。

詩的頭兩句寫月夜彈琴，三至八句形容琴音的悽楚、超逸、清泠、縹緲和對聽者的吸引力。後八句則是對演奏者、琴的描寫，以及詩人的感歎。詩的最後兩句，說明詩人對自己所擔任的低微官職奉禮很不滿意。

天下誰人不識君

▷ 席間詠琴客　［崔珏］

七條弦上五音寒，此藝知音自古難。
惟有河南房次律，始終憐得董庭蘭。

〔譯文〕七條弦上彈出的琴音是多麼清泠（「五音」是我國古代的五聲音階上的五個音，相當於現代簡譜的1、2、3、5、6；唐代稱合、四、乙、尺、工；更古時稱宮、商、角、徵、羽），這個技藝的知音者自古以來就很少有。惟有河南人房琯（字次律），他始終看重愛護精於琴藝的音樂家董庭蘭。

詩的作者崔珏，是晚唐宣宗時人。此詩是他在參加一次宴會時，見到有客人彈琴，有所感觸而寫。詩中的董庭蘭，是盛唐時的音樂家，擅長演奏七弦琴，技藝十分高妙。董庭蘭的琴藝，受到官員房琯的賞識，當了房的門客，而且長年跟隨著他。

唐玄宗天寶五年（西元746年），房琯在長安任給事中的官職，他曾經舉行宴會，會上請賓客們聽董庭蘭彈奏《胡笳弄》，當時詩人李頎也在座，聽後寫了下面這首長詩加以讚譽：

▷ 聽董大彈胡笳弄兼寄語房給事 ［李頎］

蔡女昔造胡笳聲，一彈一十有八拍。
胡人落淚沾邊草，漢使斷腸對歸客。
古戍蒼蒼烽火寒，大荒沉沉飛雪白。
先拂商弦後角羽，四郊秋葉驚慼慼。
董夫子，通神明，深山竊聽來妖精。
言遲更速皆應手，將往復旋如有情。
空山百鳥散還合，萬里浮雲陰且晴。
嘶酸雛雁失群夜，斷絕胡兒戀母聲。
川為淨其波，鳥亦罷其鳴。
烏孫部落家鄉遠，邏娑沙塵哀怨生。
幽音變調忽飄灑，長風吹林雨墮瓦。
迸泉颯颯飛木末，野鹿呦呦走堂下。
長安城連東掖垣，鳳凰池對青瑣門。
高才脫略名與利，日夕望君抱琴至。

〔譯文〕東漢末的蔡文姬根據胡笳的聲音，創作出了琴曲《胡笳十八拍》。她在歸漢時彈奏此曲，使胡人落下的淚水沾濕了邊塞的野草；漢朝的使者也為之感歎悲傷。塞外士兵戍守的高臺，因年代悠久而變得蒼黑，臺上的烽火也驅不走深秋的寒意；無邊無際的沙漠戈壁，飛舞著潔白的雪花。

你看他先拂商弦接著彈角弦和羽弦，琴聲一起，四郊的秋葉也被驚得慼慼（ㄘㄘ）而下。董庭蘭的琴藝能感動鬼神，引得深山裡的妖精也來竊聽。看他指法是如此嫻熟，彈奏得心應手；那抑揚頓挫，往復迴旋的琴聲，帶來了多少情意。好像是空曠的山谷中，群鳥散而復聚。音調低沉，猶如浮雲蔽天；音調清朗，如同雲開日出。悲淒的琴音，像是失群的雛雁在深夜哀叫；又好似胡人的孩童依戀母親不忍別離的哭聲（蔡文姬在匈奴生有兩個孩子，她歸漢時離別使她們母子悲痛不堪，詩中借用其事）。河水為傾聽而波平浪靜；鳥兒為靜聽而停止了鳴叫。漢朝公主劉細君遠嫁烏孫，思念故鄉時的哀怨之情，文成公主下嫁吐蕃，遠赴拉薩途中沙塵引起的鄉愁，都從他的琴音中流出（「邏娑」為拉薩在唐代時的譯音）。幽咽之極的琴聲，忽而轉變為瀟灑飄逸，好似林中的風聲和瓦上的雨聲；輕快如樹梢的飛泉，悠揚像野鹿在堂前鳴叫。

房給事的住處在長安城東靠近宮廷要地，那裡鳳凰池（中書省的俗稱）對著宮門青瑣門。給事他才氣甚高，不看重名與利，只是日夜盼望董大你抱琴去彈奏。

東漢末年，大文學家兼彈琴能手蔡邕的女兒蔡琰（字文姬），在連年的戰亂中被擄入匈奴十二年。曹操是蔡邕生前的好友，歎息蔡沒有後人，於是派使者帶了很多金銀財寶到匈奴將蔡琰贖回。蔡琰博學多才，精通音樂，在匈奴時有感於胡人樂器胡笳聲音的悲涼，於是按其聲創作了琴曲《胡笳十八拍》。蔡琰歸漢時，在曹操使者面前彈奏了此曲，悲淒的琴聲使胡人、漢使都為之傷心落淚。董庭蘭彈奏的《胡笳弄》，不是蔡琰的《胡笳十八拍》，而是根據笳聲或其悲涼的意境另寫的琴曲。

大約也在天寶年間，詩人高適在外地遇見即將離開的董庭蘭。高適為他寫了兩首七絕送行：

▷ 別董大二首　［高適］

（一）

六翮飄搖私自憐，一離京洛十餘年。
丈夫貧賤應未足，今日相逢無酒錢。

（二）

千里黃雲白日曛，北風吹雁雪紛紛。
莫愁前路無知己，天下誰人不識君。

〔譯文一〕我落泊不得志只能暗自悲傷，離開尋求功名富貴的首

葉道士山房（顧況）　（明）黃鳳池編《唐詩畫譜》

都已十餘年了。作為男子漢真不應貧賤到此地步，今日和你難得的相逢可拿不出酒錢。

〔譯文二〕極目千里黃雲漫漫，白晝變得好似黃昏，凜烈的北風吹著飛過的雁群，大雪紛紛落下。朋友，你不用愁在未來的旅途上沒有知己，天下有誰不認識你這位元琴藝超群的音樂家呢？

落花時節又逢君

唐代時，由西域傳人的胡樂廣泛流行。最初這些胡樂都只是有曲無詞，即只能用樂器演奏，而不能由人來歌唱。唐代詩歌極為盛行，於是就有樂工或歌手將詩人們所寫的絕句配上曲譜來歌唱，逐漸地由絕句發展到用律詩配樂。在唐玄宗開元、天寶年間，詩歌和胡樂都達到極盛，詩歌配樂的歌唱也就盛行一時。歌手們用名詩人的佳作配曲，而詩人們也以自己的詩能被人作為歌詞演唱為榮，並且經常為配曲歌唱而專門寫詩作為歌詞，著名的例子如李白寫的三首《清平調詞》，以及唐代詩人們寫的大量的《甘州》《涼州曲》《伊州》《蘇摩遮》《火鳳辭》等等。

唐代宗大曆初年（約西元766年至770年），長安有一位左金吾將軍韋青。作為高級軍官，他掌管護衛皇帝的禁兵。可是，他在當時最著名的，既不是帶兵有方，也不是武藝超群，而是音樂。韋青不僅精通音樂理論，而且是當時著名的歌唱家。

詩人顧況，當時四十多歲，是韋青的好友，曾贈給他下面這首七絕：

▷ 贈韋青將軍 ［顧況］

身執金吾主禁兵，腰間寶劍重横行。

接輿亦是狂歌者，更就將軍乞一聲。

〔譯文〕將軍您手執金吾掌管禁兵（「金吾」是傳說中的鳥，能避免不吉利的事或物，皇帝出行時，金吾將軍手執金吾的圖像開道），腰間掛著寶劍看重建立功業。我這個像接輿一樣的狂人也喜歡唱歌，將軍，請您給我們唱一曲吧！

詩中的「接輿」，是楚國一位善於唱歌的狂人，楚昭王時，他看見楚國的政策多變，難以依循，於是假裝瘋狂不出任官職。

一天，韋青從大明宮下班回來，在快到他在昭國坊的住處時，見到槐樹下圍著一群人，正在聽一位歌女賣唱。這種事在長安街頭本不稀奇，可是這位歌女的嗓音嘹喨，婉轉動人，使韋青情不自禁地勒住了馬，側耳細聽，這姑娘唱的，是初唐詩人李嶠寫的長詩《汾陰行》的最後四句：

山川滿目淚沾衣，富貴榮華能幾時？
不見只今汾水上，唯有年年秋雁飛。

作為行家的韋青發現，姑娘有著天生美妙的嗓音，也有一定的經驗，可是缺乏訓練。於是，他下馬過去，原來是一老一小父女倆，正在乞求聽眾們施捨幾文活命錢。韋青問了他們幾句，知道老頭姓張，他女兒才十四歲，名叫紅紅，同時還發現，紅紅有著驚人的音樂記憶力，老人也有一些音樂根底。於是，韋青就收留了他們，讓他們當了自己家中的樂工和歌女。

幾年之後，經過韋青的精心教導和訓練，紅紅的技藝日益成熟，成了長安城內有名的歌手。尤其是她自己琢磨，創造出了一套快速的記譜法。

在當時的宮廷中，有一位很得皇帝賞識的歌手，人稱王善才。他將著名的古曲《長命西河女》加以改編，成了一首很優美動聽的新曲。然後，他去找老友，音樂行家韋青徵求意見，準備在修改完美以後，在代宗皇帝面前演唱。

王善才到韋青家後，說明來意，韋青很高興，想讓張紅紅也聽聽，於是藉故到後堂去，告訴紅紅在屏風後靜聽並記譜。韋青出來後，王善才便用心地唱起了他改編的歌曲，唱完後，問韋青對自己這首新曲有何意見。韋青聽後，笑了笑，走到屏風後，再出來時說：「你唱的並不是新曲呀！我的女弟子早就會唱了。」王善才大吃一驚，覺得這不可能，剛要分辯，韋青已把紅紅叫了出來，讓她唱給王善才聽。於是，紅紅唱起了這首新編的《長命西河女》：

▷ 長命西河女 [王善才]

雲送關西雨，風傳渭北秋。
孤燈燃客夢，寒杵搗鄉愁。

紅紅不但唱得曲調準確，歌詞一字不差，而且改進了王善才所唱的不穩之處，使這首歌更為優美動聽了。王善才幾乎不相信自己的耳朵，明明自己改編的新曲，從未傳授別人，怎麼這位姑娘能如此熟練地演唱呢？正在疑惑，韋青和紅紅請他到屏風後一看，桌上用小豆排列著許多符號，原來這就是王善才剛才唱《長命西河女》時，紅紅在屏風後一面聽一面用小豆快速排列記下的曲譜。這真是了不起的天才，不僅聽一遍就學會了新歌，而且連樂譜也速記下來了。

當然，這種小豆記譜法是極為簡略的，需要與記譜人的超群記憶力配合才能使用，王善才當時就看不懂這個曲譜，以後因為沒有進一步總結，這個很有意思的記譜法就失傳了。可是，紅紅從此之後卻出了名，當時的人們都不叫她的姓名，而稱她為「記曲娘子」。

在盛唐時，出了一位著名的音樂家李龜年。他精通多種音樂技能，擅長吹笛和篳篥，能擊羯鼓，而最拿手的，則是唱歌。李龜年年輕時，曾經當過蘄州蘄縣（今湖北蘄州鎮西北）縣丞。後因音樂受到唐玄宗賞識，被任為皇家樂隊隊長。李龜年的兩位兄弟李彭年善舞，李鶴年亦善歌。龜年受到玄宗皇帝的特別寵倖，家住洛陽通遠裡，建築極為豪華。

唐玄宗天寶十四年（西元755年）安史之亂爆發，次年長安陷落，玄宗皇帝倉皇向成都逃跑，連文武百官都來不及通知。李龜年輾轉逃到湘潭，在湘中採訪使舉行的宴會上，請他唱了兩首詩人王維的名作：

▷ 相思 [王維]

紅豆生南國，秋來發幾枝。
勸君多採擷，此物最相思。

「紅豆」是一種高大的紅豆樹所結的種子。它形如黃豆而略大，色鮮紅而亮，乾後異常堅硬，在唐代，人們就把它當作裝飾品鑲在首飾上。此外，還常將它當作愛情的信物送給自己的心上人，故又稱「相思子」。

▷ 伊州歌 ［王維］

清風明月苦相思，蕩子從戎十載餘。
征人去日殷勤囑，歸雁來時數寄書。

〔譯文〕在月明風清的夜晚，她在苦苦地相思，她的丈夫從軍遠出，已經十年多了。在他臨行之前，她曾殷勤地叮囑，在有人回來的時候，務必捎信給我。

此詩原名《失題》，《樂府詩集》將它作為《伊州歌》的第一疊，第一句改為「秋風明月獨離居」。

李龜年在宴席上唱罷，滿座的賓客都為之欷歔流淚，遙望遠在成都的玄宗皇帝方向悲傷歎息。

安史之亂發生十餘年之後，叛亂雖然已經平定了七八年，可全國仍是戰亂迭起，很不安定。玄宗皇帝和他的兒子肅宗皇帝，也已先後死去。當年侍奉玄宗皇帝的許多供奉及宮內人員，早已星散，流落四方，憶起開元、天寶年間的繁華舊事，真是不堪回首。唐代宗大曆三年（西元768年），詩人杜甫由蜀地乘小船沿長江東下，欲回中原。由於戰亂及投靠親友不著，在今湖南北部一帶漂泊。大曆五年（西元770年）春，杜甫船泊潭州（今湖南長沙），偶然遇到了在江南流落了多年的李龜年。二人相見，談起在長安時的往事，感慨萬分，杜甫為他寫了一首充滿感傷惆悵的七絕：

▷ 江南逢李龜年 ［杜甫］

岐王宅裡尋常見，崔九堂前幾度聞。
正是江南好風景，落花時節又逢君。

〔譯文〕當年在長安時，我們在岐王府中經常相見，在崔九的廳堂裡，多少次欣賞你那動聽的演奏與歌唱。沒想到在這遙遠的江南，春末的落花時節和你又再度相逢。

詩中提到的「岐王」，名李范，唐玄宗的弟弟；「崔九」是任殿中監的崔滌，唐玄宗的寵臣，他排行第九。杜甫在寫了《江南逢李龜年》一詩後不到一年，即在大曆五年的冬天，這位詩人就因貧病交迫，在岳陽的舟中去世了，時年五十九歲。至於李龜年，根據詩人李端寫的一首五律《贈李龜年》可知，他在外漂泊多年之後，又回到了長安，不過由於年齡及政局變遷，未見他再入宮廷。

▷ 贈李龜年 ［李端］

青春事漢主，白首入秦城。
遍識才人字，多知舊曲名。
風流隨故事，語笑合新聲。
獨有垂楊樹，偏傷日暮情。

〔譯文〕你在青年的時候就侍候皇上，到頭髮斑白時又回到了長安。幾乎所有的才子您都認識，眾多的舊樂曲您都非常熟悉。您瀟灑的舉止和傑出的技藝已被編成故事，您連言談語笑，都顯示出了新製作樂曲的節拍。只有那垂著長條的柳樹，使您感到年已老大而有些傷懷。

一舞劍器動四方

在唐代，把小型而且娛樂性強的舞蹈，分成健舞與軟舞兩大類。健舞動作急速剛健，包括《劍器》《胡旋》《胡騰》《柘枝》等；軟舞動作緩慢安詳，表情比較細膩，包括《涼州》《綠腰》《回波樂》《春鶯囀》等。

唐玄宗時，唐代出了一位以舞劍器而聞名的舞蹈家公孫大娘。開元五年（西元717年），她在郾城（今河南郾城）的一個廣場上舞劍器渾脫，觀眾如山，圍得水泄不通。詩人杜甫當時年方六歲，也鑽進人叢中，親眼觀賞了公孫大娘的絕技，留下了極為深刻的印象。五十年後，即唐代宗大曆二年（西元767年），杜甫在夔州（今四川奉節）別駕（州刺史的屬官）元持家中，再一次看見了舞劍器，這次舞者是公孫大娘的弟子——臨穎李十二娘。她的舞姿豪健，有著與公孫大娘一樣的風格。杜甫當初看公孫大娘演出時，正處於唐朝全盛時期，當時的公孫大娘還是個美麗的姑娘。而此時杜甫已五十六歲，頭上白髮蒼蒼，比杜甫至少大十幾歲的公孫大娘，自然是不堪問了，連她的弟子李十二娘，也都進入了中年。自從唐玄宗天寶末年發生了安史之亂，十幾年來戰亂沒有平息過，杜甫自己也被迫在蜀地漂泊，「開元盛世」成了人們記憶中難以追回的好日子。而當時的皇帝唐玄宗，以及他的兒子唐肅宗，都已先後去世。所有這些，使詩人杜甫感慨萬分，在這種情況下，他寫下了七言詩《觀公孫大娘弟子舞劍器行》。

▷ 觀公孫大娘弟子舞劍器行　［杜甫］

昔有佳人公孫氏，一舞劍器動四方。
觀者如山色沮喪，天地為之久低昂。
㸌如羿射九日落，矯如群帝驂龍翔。
來如雷霆收震怒，罷如江海凝清光。
絳唇珠袖兩寂寞，晚有弟子傳芬芳。
臨頴美人在白帝，妙舞此曲神揚揚。
與餘問答既有以，感時撫事增惋傷。
先帝侍女八千人，公孫劍器初第一。
五十年間似反掌，風塵 洞昏王室。
梨園弟子散如煙，女樂餘姿映寒日。
金粟堆南木已拱，瞿塘石城草蕭瑟。
玳宴急管曲複終，樂極哀來月東出。
老夫不知其所往，足繭荒山轉愁疾。

〔譯文〕過去有位美麗的公孫大娘，每逢她一舞劍器，就會使四方的人們轟動。觀眾密集重疊如山，一個個激動得口瞪目呆，大驚失色，只覺得天地都隨著她的劍而起伏不停。光耀閃爍，猶如羿射落了九個太陽；矯夭變化，好似一群天神騎龍在飛翔。起舞時動作迅疾，劍光如電，霹靂轟鳴；舞到終場戛然而止，像是清江碧海，波平如鏡，水光凝然。當年紅唇的公孫大娘已經老了，她珠袖飛揮的舞姿也已看不見了，現在有弟子傳下了她高超美妙的技藝。臨潁的李十二娘在白帝城，妙舞劍器神態飛揚。和她問答知道了情況，使我更為時事而感慨悲傷。玄宗皇帝當年的八千名侍女中，公孫大娘的劍器舞從開始就是第一。五十年的時光，過得真快啊！規模大時間長的安史之亂，使得王室衰敗。長安城內的皇家樂工在戰亂中流落四方，歌姬舞女們人都老了，身世淒涼。金粟山的唐玄宗陵墓上，所種的小樹已長大得粗如拱把了（「拱把」指兩手的食指尖對食指尖，拇指對拇指圍成的圓圈），我所在的瞿塘峽白帝城也已是草木蕭條衰敗。元別駕宅中宴會上急促的劍器樂曲已經終了，觀舞的極樂情緒過去了，東升的月兒帶來了悲哀和感慨。我真不知到什麼地方去才好啊，跑遍了蜀地，腳底都起了老繭，回想起來，到處都是戰亂和動盪不安，跑這麼快又有什麼意義呢？

杜甫的這首詩，上半首極力描述公孫大娘舞劍器的雄健舞姿，以及弟子傳得的精彩舞技，下半首感歎五十年來的變遷和人事零落。

左旋右旋生旋風

胡旋舞是一種健舞，跳起來左旋右轉，迅急如風，因為它最早在西域的少數民族中流行，故稱胡旋舞。

唐玄宗開元、天寶年間，西域的康國、史國、米國等（故地都在烏茲別克斯坦境內），都曾多次向唐朝廷貢獻跳胡旋舞的胡人姑娘，推測此舞就是在這個時候傳入內地。

跳胡旋舞的主要是女子，有獨舞、雙人舞至三四人舞。亦有男子跳的，例如安史之亂的禍首安祿山，也以善舞胡旋著稱。胡旋舞所用的樂器主要是鼓，例如用笛鼓二、正鼓一、和鼓一，唐代常用的主要樂器，在胡旋舞中都可用以伴奏。在舞蹈者的腳下，經常是一塊圓形的小氈子，舞者無論怎樣旋轉，都不應轉到氈子外去。另也有記載說舞者立在圓球上，縱橫騰踏、旋轉如風而不會掉下來，這恐怕是屬於雜技範疇了。

在中唐詩人元稹和白居易的《新樂府》詩中，各有一首《胡旋女》，記載了唐玄宗天寶年間胡旋舞的流行情況，以及詩人們對此的看法，其中並有一些胡旋舞舞姿的描寫。

▷ 胡旋女（摘錄） ［元稹］

天寶欲末胡欲亂，胡人獻女能胡旋。
旋得明王不覺迷，妖胡奄到長生殿。
胡旋之義世莫知，胡旋之容我能傳。
蓬斷霜根羊角疾，竿戴朱盤火輪炫。
驪珠迸珥逐龍星，虹暈輕巾掣流電。
潛鯨暗嗡笪海波，回風亂舞當空霰。
萬過其誰辨終始，四座安能分背面。

〔譯文〕唐玄宗天寶末年胡人安祿山將要叛亂，西域胡人貢獻給朝廷善跳胡旋舞的姑娘，胡旋舞旋得英明的皇帝不知不覺被迷惑了，使奸詐的胡人安祿山乘機混進了長生殿（奄，忽然之意）。胡旋的含義世人不知道，可胡旋的舞姿我卻可以描述一番。好似颳斷了秋後經霜蓬草的迅急羊角風，竹竿頂上旋紅色盤子好似火輪一樣炫目。胡旋女轉起來耳飾上的珍珠飛舞如流星，彩色如虹的舞衣絲巾，在空中劃過疾如閃電。急轉的圓圈，像巨鯨潛水吸氣激起的旋渦，又似回轉風捲起霰珠當空舞。轉過萬圈誰能看得清開始與結束，四座觀眾哪能分得清胡旋女的前身與後背？

白居易在讀了元稹的《胡旋女》後，也用此題寫了一首，無論從內容還是從藝術水準看，都比元稹的作品要高明。

▷ 胡旋女·戒近習也 〔白居易〕

胡旋女，胡旋女，心應弦，手應鼓。
弦鼓一聲雙袖舉，回雪飄搖轉蓬舞。
左旋右轉不知疲，千匝萬周無已時。
人間物類無可比，奔車輪緩旋風遲。
曲終再拜謝天子，天子為之微啟齒。
胡旋女，出康居，徒勞東來萬里餘。
中原自有胡旋者，鬥妙爭能爾不如。
天寶季年時欲變，臣妾人人學圓轉。
中有太真外祿山，二人最道能胡旋。
梨花園中冊作妃，金雞障下養為兒。
祿山胡旋迷君眼，兵過黃河疑未反。
貴妃胡旋惑君心，死棄馬嵬念更深。
從茲地軸天維轉，五十年來制不禁。
胡旋女，莫空舞，數唱此歌悟明主。

〔譯文〕胡旋女啊！胡旋女，她心裡想著旋律，手跟著鼓聲。弦鼓樂聲一起，她雙袖齊舉跳起了胡旋舞。似回轉的飛雪那樣輕飄，像風吹的蓬草那樣旋轉。左旋右轉不知疲倦，千圈萬周轉個不停。人間沒有東西能和她的舞姿相比，飛奔的車輪轉得太慢，迅急的旋風也嫌太遲。曲終跳完後向天子行禮，天子答以微微一笑。胡旋女是康居人，她跋涉萬里來長安真是多餘啊！中國原就有會跳胡旋舞的，要比跳得好跳得妙你可不如。天寶末年要發生大變亂了，宮女大臣人人都學這轉圈舞。宮裡有楊玉環外面有安祿山，這兩個人都特別能跳胡旋舞。楊玉環受寵在梨花園中封為貴妃，安祿山更榮幸地坐在皇帝特為他掛的金雞大障前，並且被皇帝收做乾兒子。祿山的胡旋迷住了君王的眼睛，他的叛亂軍隊從漁陽打過了黃河，皇帝還不相信他真的反叛了。楊貴妃的胡旋迷住了君王的心，她死在馬嵬坡使皇帝思念難忘。從此以後國家不斷地發生戰亂，五十多年了未能太平。胡旋女呀胡旋女，你不要白白地跳舞，同時將這首詩歌唱給皇帝聽吧，讓他能從歷史的事件中吸取教訓。

由詩下小注「戒近習也」可知，胡旋舞在唐玄宗天寶年間盛行了一番後，因發生安史之亂而衰落。而在五十年後的唐憲宗時，胡旋舞又開始流行，故白居易寫此詩希望皇帝看了後，能有所警戒。

由詩可知，在唐玄宗天寶年間，胡旋舞極為盛行，連玄宗的寵妃楊玉環及寵臣胡人將領安祿山，都擅長跳胡旋舞。據說安祿山肥胖無比，腹垂過膝，體重達三百三十斤，可在唐玄宗面前跳起胡旋舞來，卻轉得迅疾如風。

與胡旋舞相提並論的，是另一種健舞胡騰舞，它起源於西域的石國（古代西域國名，故址在烏茲別克斯坦的塔什干一帶），後逐漸東傳至內地，唐代時在宮廷及民間非常流行。

胡騰舞是男子跳的獨舞，舞者多半是石國人。舞時頭戴尖頂的胡帽，帽上有珠，閃亮生光，叫做珠帽。身穿窄袖胡衫，前後上捲，束以繡有葡萄等花紋的長帶，帶一端下垂，舞時隨風飄揚。胡騰舞節奏也很急促，以跳躍、騰踏動作為主，舞者經常顯露出強烈奔放的情感，以及如癡如醉的神情。胡騰舞也是在地毯上跳的，走環形舞步，伴奏的都是胡樂，樂器以琵琶和笛子為主。

唐代宗永泰二年（西元766年），由於邊防部隊精銳大量內調，以平定安史之亂，造成邊防空虛，吐蕃乘機入侵，將原來唐王朝的領土河西走廊及隴右地區（今甘肅隴山以西）全部佔領，絲綢之路中斷。原在被占區生活的許多少數民族藝人逃亡到內地，以表演樂舞為生。唐代詩人李端，在一次欣賞了從涼州來的胡人跳的胡騰舞之後，想到廣大失地多年不能收復，非常感慨，因而寫了一首七言古詩《胡騰兒》記述此事。

▷ 胡騰兒　［李端］

胡騰身是涼州兒，肌膚如玉鼻如錐，
桐布輕衫前後捲，葡萄長帶一邊垂。
帳前跪作本音語，拈襟擺袖為君舞。

安西舊牧收淚看，洛下詞人抄曲與。
揚眉動目踏花氈，紅汗交流珠帽偏。
醉卻東傾又西倒，雙靴柔弱滿燈前。
環行急蹴皆應節，反手叉腰如卻月。
絲桐忽奏一曲終，嗚嗚畫角城頭髮。
胡騰兒！胡騰兒！故鄉路斷知不知？

〔譯文〕這個胡騰舞藝人是涼州一帶的胡人。他的皮膚潔白如玉，鼻子尖如錐。桐花布做的輕柔衣衫前後卷起（據《後漢書》，桐花布用梧桐木花織成，潔白不汙），腰上系著繡有葡萄花紋的長帶，一頭長長地垂下。舞前半跪在營帳前用胡語致詞，然後拈起衣襟揮動衣袖翩翩起舞。原在安西都護府鎮守的將軍們擦著淚水觀看（唐安西都護府設在西域的龜茲，即今新疆庫車，此時已被吐蕃攻佔），洛陽的文人們給演員抄寫了伴奏的樂曲。你看他腳踏花氈，揚眉動目，胭脂染紅的汗水下滴，鑲珠的帽子歪戴。舞姿似醉，東倒又西歪，燈前見他輕柔的雙靴不停地來回騰踏。隨著節拍轉圈跺腳，反手叉腰人向後仰，曲身如弓反立氈上。琵琶橫笛合奏一曲終了，忽然聽見城頭上響起了軍中號角的嗚嗚聲。舞胡騰的胡兒啊！你知不知道，河西隴右一帶已全被吐蕃侵佔，你是再也回不去故鄉了。

唐德宗貞元十二年至十七年間（西元796年至801年），詩人劉言史在中丞王武俊家中晚宴上，看到了胡騰舞的表演，於是寫了一首七言古詩，詳細描述了胡騰舞的服飾和舞姿。

▷ 王中丞宅夜觀舞胡騰 [劉言史]

石國胡兒人見少，蹲舞樽前急如鳥。
織成蕃帽虛頂尖，細氈胡衫雙袖小。
手中拋下葡萄盞，西顧忽思鄉路遠。
跳身轉轂寶帶鳴，弄腳繽紛錦靴軟。
四座無言皆瞪目，橫笛琵琶遍頭促。

亂騰新毯雪朱毛，傍拂輕花下紅燭。
酒闌舞罷絲管絕，木槿花西見殘月。

〔譯文〕石國的胡人人們很少見到，你看他在酒宴前蹲著跳舞迅疾如飛鳥。他頭戴尖尖的胡帽，穿著細棉布雙袖窄小的胡衫（「氎」音ㄉㄝˊ，指棉布，在唐代應為木棉布）。接過一杯葡萄美酒一飲而盡，摔碎酒盞急速起舞，向西回望，想起故鄉路途遙遠。騰跳轉圈，腰帶上的金鈴叮噹作響。腳穿柔軟的錦靴，踏著快速的舞步。四座的觀眾悄然無聲，瞪目注視，只有那伴奏的琵琶和橫笛在急促地撥彈吹奏。在那新毛氈上頻繁地騰跳，卷起紅色的碎毛飛舞如雪。急速迴旋的風拂下了紅燭上輕飄的燭花。舞畢酒宴將散音樂停息，那木槿花的西邊掛著即將西下的月亮。

紫羅衫動柘枝來

柘枝舞在唐代也屬於健舞，據研究它和胡騰舞一樣，來自西域的石國。石國又名柘枝，最初跳柘枝舞的也是石國的姑娘，後來，中原的女子也逐漸學會了，不僅宮廷、軍營和官員家中有會舞柘枝的樂伎，甚至社會上出現了以舞柘枝為業的藝人，叫做「柘枝伎」。由此可知柘枝舞的流行情況。

跳柘枝舞時，舞女穿五色繡羅的寬袍，頭戴胡帽，帽上有金鈴，腰繫飾銀腰帶。舞蹈開場時擊鼓三聲為號，隨後以鼓聲為節奏。柘枝舞動作明快，旋轉迅速，剛健婀娜兼而有之，同時，注重眉目傳情，眼睛富於表情。

唐代詩人所寫的有關柘枝舞的詩歌，其數量超過了其他任何一種舞蹈，這些詩對柘枝舞的服飾、舞姿等描述得非常詳細。白居易一次與劉禹錫同時觀賞了柘枝舞，白先寫了一首七律《柘枝妓》，劉禹錫見詩後，和做了一首《和樂天柘枝》。

▷ 柘枝妓 [白居易]

平鋪一合錦筵開，連擊三聲畫鼓催。
紅蠟燭移桃葉起，紫羅衫動柘枝來。
帶垂鈿胯花腰重，帽轉金鈴雪面回。
看即曲終留不住，雲飄雨送向陽臺。

〔譯文〕平鋪好地毯，華美的舞臺大幕拉開了。鼓聲三敲，催促伴宴的柘枝舞來到。主人的愛姬桃葉擺好了照明的紅燭（「桃葉」原為晉代書法家王獻之的愛妾，此處借指宴會主人的姬妾），那舞柘枝的姑娘穿著紫色綢衫上場了。她腰上垂下來飾有花鈿的長腰帶，在不停的旋轉中，帽上的金鈴叮噹作響，潔白的臉龐一轉一來回。樂曲終了這美妙的舞姿留不住，她像雲飄雨送的巫山神女一樣消失了。

由上詩可知，柘枝舞可在宴會上表演助興，擊鼓三聲舞蹈開始，舞女穿紫色綢衣，腰垂飄曳的長花帶，帽有金鈴。而旋轉，是柘枝舞中的一種重要動作。

▷ 和樂天柘枝 [劉禹錫]

柘枝本出楚王家，玉面添嬌舞態奢。
松鬢改梳鸞鳳髻，新衫別織鬥雞紗。
鼓催殘拍腰身軟，汗透羅衣雨點花。
畫宴曲罷辭歸去，便隨王母上煙霞。

〔譯文〕柘枝舞原出自楚國的王家，舞女的面容嬌美舞姿可愛。她那蓬鬆的鬢髮改梳成鸞鳳雙髻，穿著有鬥雞花紋薄紗製成的新衫。她柔軟的腰身，隨著鼓聲的節拍在擺動，快速的舞步使汗水像雨點一樣濕透了她的綢衣。樂曲終了她告別歸去，像仙女一樣隨著王母娘娘飛入了煙霞深處。

詩的首句說柘枝舞出自楚國王家，按楚國在我國南方（今湖北、安徽一帶），古代認為是南蠻聚居之地，即柘枝舞出自南蠻諸國，這種說法雖然唐代就有，但根據不足。據近代研究的結果，一般認為柘枝舞來自西域的石國。

柘枝舞很重視面部的化妝，眉毛要畫得濃黑，兩眉之間放上花鈿。唐末詩人和凝有詩曰：

▷ 宮中曲 〔和凝〕

身輕入寵盡恩私，腰細偏能舞柘伎。
一日新妝拋舊樣，六宮爭畫黑煙眉。

〔譯文〕這位妃子體態輕盈特別得到皇帝的寵愛，她腰肢細軟善於跳柘枝舞。這一天她扔棄舊樣化了新妝，皇宮內的宮女妃嬪爭著學她用黑煙描畫出濃眉。

中唐詩人張祜，多次在達官貴人或豪門富戶的家中，欣賞過柘枝舞，並經常即席賦詩為樂。這些詩流傳到現在的有五首之多，從各方面記述了柘枝舞的情況。

▷ 觀楊瑗柘枝 〔張祜〕

促疊蠻鼉引柘枝，卷簷虛帽帶交垂。
紫羅衫宛蹲身處，紅錦靴柔踏節時。
微動翠蛾拋舊態，緩遮檀口唱新詞。
看看舞罷輕雲起，卻赴襄王夢裡期。

〔譯文〕在急促的鼉皮鼓聲中，跳起了柘枝舞（「鼉」音駝，即揚子鱷，古代傳說用它的皮蒙鼓，聲震如雷）。她戴著垂下帶子的捲簷胡帽，穿著紫色綢衫蹲下身體，柔軟的紅錦靴子踏著節拍。她眉眼流動變換著表情，半遮紅唇唱著新詞的歌。舞將結束時好像飄起了輕雲，如同神女在夢中去見楚襄王。

在此詩中，說明柘枝舞女戴卷簷高胡帽，穿紅錦軟靴，臉上變換著豐富的表情，一面跳舞一面唱歌。

在唐代，從事音樂舞蹈等職業的人屬於低下的階層，以舞蹈為業的舞女（唐代叫「歌舞伎」）不是來自西域的胡姬，就是出身於平民百姓，而貴族官員的子弟以樂舞為愛好玩玩可以，但絕不可以此為業，否則會被認為是有辱門第。

唐詩人李翺，在鎮守潭州（今湖南長沙）時，一次舉行宴會，會上有一個舞柘枝的姑娘，面容非常憂愁憔悴。這時一位知情官員殷堯藩，在宴席上當場寫了一首七絕送給她：

▷ 潭州席上贈舞柘枝妓 ［殷堯藩］

姑蘇太守青娥女，流落長沙舞柘枝。

滿座繡衣皆不識，可憐紅臉淚雙垂。

〔譯文〕原蘇州太守韋應物的女兒，現在流落在長沙為別人跳柘枝舞。宴席上所有穿錦繡衣服的官員們都不知她是誰，可憐她美麗的臉上流下了雙雙淚水。

李翺見詩後詢問，才知道這姑娘原來是大詩人、曾任蘇州刺史的韋應物的女兒。她對李說：自己因為兄弟早亡，無法自立，只好以舞柘枝為職業，實在是有辱先人，說完悲傷哭泣不已。李翺聽後很難受，說：「我和韋家原來是親戚。」於是叫這姑娘脫下舞衣，換上普通服裝與他夫人相見。夫人見姑娘言語清楚，風姿大方，非常高興。於是由李翺作主，將她嫁給自己門客中的一位讀書人。

歸作霓裳羽衣曲

在唐代當時，以及以後的歷史中，最著名的唐代舞蹈，要算是《霓裳羽衣舞》了。它不屬於唐代的健舞，也不是軟舞，而是獨立的大曲，後來配舞而成。

關於《霓裳羽衣曲》的來源，有著不同的說法，但都帶有神祕意味或神話色彩。唐宣宗大中年間（西元847年至859年）的詩人鄭嵎，寫了一首長達一千四百字的七言長詩《津陽門》，專門記述了盛唐時皇帝唐玄宗的故事，其中有一段談到了《霓裳羽衣曲》的來歷。

▷ 津陽門（摘錄）　［鄭嵎］

蓬萊池上望秋月，無雲萬里懸清輝。
上皇夜半月中去，三十六宮愁不歸。
月中秘樂天半聞，丁瑺玉石和塤篪。
宸聰聽覽未終曲，卻到人間迷是非。

〔譯文〕八月十五中秋節，玄宗皇帝和侍從們在宮中的蓬萊池邊賞月，只見萬里無雲，高懸的明月吐出清輝。皇帝在半夜和羅公遠一起到月宮去了，眾多的妃嬪宮女真擔心他不再回來。月宮中的仙樂在半空中回蕩，只聽見玉石叮噹，塤和篪（遠古時代竹管制橫吹的樂器，專用於奏雅樂；「塤」也是一種古代吹奏樂器）和諧地吹響。皇上聽著尚未終曲，已經回到了人間，忘卻了大半。

玄宗皇帝從月宮回來後，正好西涼府都督楊敬述進獻《婆羅門曲》，玄宗聽後覺得它的聲調與自己在月宮中所聽的相符，於是將二者合編為《霓裳羽衣曲》。

可是根據唐代詩人劉禹錫所寫的一首詩，卻說此曲是唐玄宗自己創作的。

▷ 三鄉驛樓伏睹玄宗望女幾山詩，小臣斐然有感　［劉禹錫］

開元天子萬事足，唯惜當時光景促。
三鄉陌上望仙山，歸作霓裳羽衣曲。
仙心從此在瑤池，三清八景相追隨。
天上忽乘白雲去，世間空有秋風詞。

〔譯文〕開元天子唐玄宗當時是萬事皆足，一心享樂。可就是覺得光陰過得太快，想要求仙長生。於是在路過三鄉驛時眺望仙山女幾山，回來後就寫了《霓裳羽衣曲》。從此玄宗皇帝的心思，一直在王母娘娘住的瑤池，成天盡想著仙人住的三清聖地和八景城（「三清」為道教指的玉清、上清和太清；「八景城」為仙人玉晨道人所居）。可是，玄宗皇帝最後還是乘白雲走了，世上只空留下他寫的《望女幾山》的求仙詩（《秋風詞》原為漢武帝作，詩中用以借指玄宗寫的《望女幾山》詩）。

此詩所提到的「女幾山」，與唐代流傳的神仙故事有關。「女幾」是陳市上的一位酒店老闆娘，她釀造的酒很美。有仙人到她店中飲酒，用五卷書抵押酒錢。女幾打開書一看，原來是仙方養性長生之術，於是抄錄它的要訣，依法修煉。幾年之後，仙人又來了，笑著對她說：「偷仙術不用師教，有翅膀了為何不飛。」於是女幾隨仙人走了，在一座山上修煉多年後成仙而去。她所隱居的山人們就稱之為女幾山。

據《新唐書・禮樂志》說：「河西節度使楊敬述獻《霓裳羽衣曲》十二遍。其他的樂曲結束時，一般都節奏變強烈或急速，唯有《霓裳羽衣曲》結束時更加緩慢。」而《資治通鑿・唐紀》中除有一段與上述相同的記述外，還專門說：「俚俗相傳，以為帝遊月宮，見素娥數百舞廣庭，帝紀其曲，歸制《霓裳羽衣舞》，非也，」由這兩段正史記載可以推測，《霓裳羽衣曲》確係河西節度使楊敬述所獻，後又經精通音樂的玄宗皇帝親自修改加工而成。由於此曲來自西涼，故必然帶有胡樂的味道。大約後來玄宗皇帝在旅途上眺望女幾山，有所感觸而根據曲子編出了《霓裳羽衣舞》。

《霓裳羽衣》樂舞編出後，最先掌握並精通的當然是玄宗皇帝自己，以及他的寵妃楊玉環。為了他們自己能經常觀賞，於是親自教皇家梨園弟子練習《霓裳羽衣》樂舞。在中唐詩人王建所寫的一組《霓裳詞十首》中，詳細地記述了《霓裳羽衣》樂舞編出後宮廷中的教習和演出活動。

▷ 霓裳詞十首（選三）　［王建］

（一）

弟子部中留一色，聽風聽水作霓裳。

牧豎（崔道融）　　（明）黄鳳池編《唐詩畫譜》

散聲未足重來授，直到床前見上皇。

（五）

伴教霓裳有貴妃，從初直到曲成時。

日長耳裡聞聲熟，拍數分毫錯總知。

（七）

敕賜宮人澡浴回，遙看美女院門開。

一山星月霓裳動，好字先從殿裡來。

〔譯文一〕梨園弟子中選出一部分人，學習玄宗皇帝聽風聲和水流聲而做出的《霓裳羽衣曲》（詩人在此處亦說此曲是玄宗聽風聲、水聲有感而作，與各種神話無關）。由於散聲（絃樂器不按弦時撥彈所發出的最低聲）不行須再學，一直到坐席前找玄宗皇帝請教。

〔譯文五〕協助皇帝教霓裳的有貴妃楊玉環，從開始一直到樂曲練成。天長日久曲子都聽熟了，節拍即使有分毫錯誤都知道。

〔譯文七〕皇帝賞賜宮人到華清池溫泉洗澡回來了，遠遠看見她們住處的院門開了。當星星月亮在山邊出現時，霓裳羽衣舞開始了，只聽見殿裡觀看的人首先叫好。

唐敬宗寶曆元年（西元825年），大詩人白居易被任命為蘇州刺史，好友元稹任浙東觀察使兼越州（今浙江紹興）刺史，二人任所距離不遠，經常詩歌往還，彼此唱和。一次，白居易問元稹，在他管轄的範圍內樂舞藝人很多，有沒有會跳《霓裳羽衣舞》的，元稹回答：「七縣十萬戶，無人知有霓裳舞。」白居易聽後，很是感慨。他回想起唐憲宗的時候，自己在長安曾欣賞過全部的《霓裳羽衣舞》的舊事，以及以後因種種變遷未能再見的憾事。因此，詩人寫了一首長詩《霓裳羽衣歌》，其前半段詳盡地描述了這個樂舞的服飾、音樂和舞姿，成為我們現代研究《霓裳羽衣舞》的惟一較詳盡的資料。

▷ 霓裳羽衣歌‧和微之 ［白居易］

我昔元和侍憲皇，曾陪內宴宴昭陽。
千歌百舞不可數，就中最愛霓裳舞。
舞時寒食春風天，玉鉤欄下香案前。
案前舞者顏如玉，不著人間俗衣服。
虹裳霞帔步搖冠，鈿瓔累累佩珊珊。
娉婷似不任羅綺，顧聽樂懸行復止。
磬簫箏笛遞相攙，擊擫彈吹聲邐迤。
散序六奏未動衣，陽臺宿雲慵不飛。
中序擘騞初入拍，秋竹竿裂春冰坼。
飄然轉旋回雪輕，嫣然縱送遊龍驚。
小垂手後柳無力，斜曳裾時雲欲生。
煙蛾斂略不勝態，風袖低昂若有情。
上元點鬟招萼綠，王母揮袂別飛瓊。
繁音急節十二遍，跳珠撼玉何鏗錚。
翔鸞舞了卻收翅，唳鶴曲終長引聲。
當時乍見驚心目，凝視諦聽殊未足。
一落人間八九年，耳冷不曾聞此曲。
湓城但聽山魈語，巴峽惟聞杜鵑哭。
移領錢唐第二年，始有心情問絲竹。
玲瓏箜篌謝好箏，陳寵觱篥沈平笙。
清弦脆管纖纖手，教得霓裳一曲成。
虛白亭前湖水畔，前後只應三度按。
便除庶子拋卻來，聞道如今各星散。
今年五月至蘇州，朝鐘暮角催白頭。
貪看案牘常侵夜，不聽笙歌直到秋。
秋來無事多閑悶，忽憶霓裳無處問。
聞君部內多樂徒，問有霓裳舞者無。

答雲七縣十萬戶，無人知有霓裳舞。
唯寄長歌與我來，題作霓裳羽衣譜。
四幅花箋碧間紅，霓裳實錄在其中。
千姿萬狀分明見，恰與昭陽舞者同。
……
由來能事皆有主，楊氏創聲君造譜。
……
李娟張態君莫嫌，亦擬隨宜且教取。

〔譯文〕我在元和年間侍奉唐憲宗，曾經參加昭陽殿裡的皇家宴會。宴會上數不盡的千歌百舞，可我最愛的就是《霓裳羽衣舞》。春風吹拂的寒食節時演出霓裳舞，地點就在玉石欄杆下香案之前。跳舞的姑娘貌美如玉，穿著人間沒有的特製舞衣。彩虹樣的衣裳雲霞一樣的披肩，戴著飾有步搖（一種首飾，插在頭髮中或冠上，上有成串的珠玉垂掛，人走時珠玉串隨之搖動，謂之「步搖」）的花冠，身上掛滿了閃爍的瓔珞和玉佩，嬌弱的身軀好像經不住羅綺的衣裳。聽著樂聲行行又停住，擊磬彈箏吹簫笛，眾樂的聲音和諧升起。開始的散序六遍奏過，舞女們像靜止的雲兒一點也不飛動。第七遍中序奏出清脆的舞拍，像秋竹驟裂春冰突坼，舞女們飄然迴旋像飛雪那樣輕盈，微笑著起伏美如遊龍，垂下軟手，柔似柳絲，斜曳裙裾，像初生的雲霞。美豔的臉上姿容有多少變化，迎風的舞袖傳送出無限情意。像是上元夫人招來了萼綠華，王母娘娘揮動衣袂告別許飛瓊（萼綠華和許飛瓊都是傳說中的仙女）。突然間音樂碎密，節奏急促，曲子已奏到第十二疊，樂聲像跳躍的珍珠、敲響的美玉一樣鏗鏘圓潤。舞女們像飛翔的鸞鳥一樣舞罷收翅，鶴唳似的一長聲全曲終了。

我在看《霓裳羽衣舞》時真是驚異非常。目不轉睛，傾耳細聽仍舊不夠。此後從長安朝中貶到外地八九年，再也沒有聽過霓裳曲。我剛貶到江州任司馬時，聽見的只是山魈（古代傳說中的一種獨腳鬼怪）的叫聲，調到忠州任刺史時，在蜀地聽見的只是杜鵑鳥的哭啼。直到任杭州刺史第二年，才有心情過問音樂。杭州官妓商玲瓏善奏箜篌，謝好擅長彈箏，吹奏樂有陳寵的篳篥和沈平的笙。利用她們在弦樂和管樂方面的技能，教出了一曲《霓裳羽衣》。在杭州西湖邊的虛白亭前，前後只聽了三回。後因任滿改官太子左庶子離開杭州，聽說以後這個音樂班子便星散了。今年五月到蘇州任職，公務繁忙我頭白得更快，為批改公文常到深夜。直到秋天也沒聽過音樂歌唱。秋天閑來無事有些煩悶，忽然想起《霓裳羽衣舞》，但無人可詢問。

聽說您管的範圍內樂舞藝人眾多，請您問一下是否有會霓裳舞的。您回答我說在七縣十萬戶居民中，沒人知道有霓裳舞。只好給我寄來一首長詩，詩名叫做《霓裳羽衣譜》（此詩已佚）。四張寫滿字的印花箋紙上，記錄了全套《霓裳羽衣》的音樂和舞姿。舞蹈的千姿萬態在詩中可以清楚看見，與我當年在昭陽殿裡看的沒有兩樣。……從來有創造的事都要有才幹的人做，開元年間楊敬述向玄宗皇帝貢獻《霓裳羽衣曲》的新聲，而今天您為我編成了全套的霓裳樂舞譜……您別嫌蘇州的官妓李娟和張態長得不夠美，我準備隨時教她們這霓裳舞。

由中我們知道，自從唐玄宗創作了《霓裳羽衣舞》之後，經過了七八十年，在唐憲宗時宮廷中仍演出全套《霓裳羽衣舞》。此舞的樂曲共十二疊，前六疊沒有節拍，故舞女們靜止不動，直奏到第七疊中序時，出現了清脆的節奏（秋竹竿裂春冰坼），舞女們開始翩翩起舞。直到第十二疊，以一長聲結束。從「上元點鬟招萼綠，王母揮袂別飛瓊」可以推測，白居易看的霓裳是雙人舞，而且兩人舞姿不同。詩中表明，白居易在任杭州刺史時，曾招集精通樂器的官妓排練過《霓裳羽衣》曲，練成後曾演奏過三次，而且詩中記述了一個重要的情況，即詩人元稹不僅精通樂舞，而且用長詩的形式，為白居易編寫了全套的《霓裳羽衣》樂舞譜，可惜此詩沒有流傳下來。

《霓裳羽衣舞》很長時間內，只在宮廷內練習及演出，民間對此舞毫無所知。一直到此舞創作後八十多年的唐敬宗時，情況仍舊如此。後來雖逐漸流到民間，但都不完全，宮廷中也逐漸失傳了。

第十一章　唐朝婦女

上陽宮人白髮歌

每一代皇帝都要從民間強選大量的少女入宮。這些女子除了極少數可能得到皇帝的寵愛外，絕大部分連皇帝的面也不容易見到。而且，女子入宮後不能出宮，一輩子在宮中侍候皇帝和妃嬪們，或者唱歌跳舞，或者幹著灑掃刺繡等辛苦的勞役。

極少數受到皇帝寵愛的妃嬪們，處境也很緊張。平時要小心翼翼地伺候奉承皇帝，討他的歡心。一旦小有過錯或皇帝生氣，立即有不測之禍，輕則打入冷宮或罷斥出宮，重則監禁或賜死。如唐代玄宗皇帝對待他最寵愛的貴妃楊玉環，情況也不例外。

天寶年間的一天，玄宗在宮中宴請他的兄弟諸王，楊貴妃也在座。席上命念奴唱歌，寧王（唐玄宗的哥哥）吹紫玉笛伴奏。宴會散後，玄宗上廁所，楊貴妃一人獨坐，忽見寧王所吹的紫玉笛在桌上，於是拿來吹了起來，正像詩人張祜所寫：

▷ 寧王玉笛　[張祜]

虢國潛行韓國隨，宜春深院映花枝。
金輿遠幸無人見，偷把寧王玉笛吹。

〔譯文〕虢國夫人悄悄地走了韓國夫人跟著，宜春院裡鮮花盛開。皇帝的車駕遠遠地離去沒人會看見，楊貴妃正在偷偷地吹寧王的紫玉笛呢！

遣懷（柳宗元）　（明）黃鳳池編《唐詩畫譜》

玄宗出來看見，對她說：「你自己有玉笛幹嘛不用，這紫玉笛是寧王的，他剛吹過，你怎麼能吹？」貴妃聽說後，觸動了她和另一妃子江彩萍（即梅妃）爭寵的醋意，便回答說：「寧王吹完已很長時間了，我吹一下有什麼關係。還有人腳被別人踩著，連鞋幫都開綻了，皇上你也置之不問呀，為何單單責備我呢？」

原來以前玄宗寵愛梅妃時，一次宴會上寧王喝醉了，當梅妃前來敬酒時，他有意無意地踩了梅妃的繡鞋，使鞋上所綴珍珠脫落。這個調戲皇帝愛妃之罪是要殺頭的。由於玄宗很友愛，在寧王親自前來認錯賠罪後就算了。玄宗聽了楊貴妃的挖苦諷刺後，勃然大怒，立即命太監高力士將她送回楊家，不許再入宮。楊家原來因貴妃得寵而權勢熏天，可貴妃這次被趕出皇宮，立即嚇得楊國忠及貴妃的姊妹們大哭，認為禍在旦夕。後來貴妃想了好多辦法，託了不少人，才重新入宮又受到玄宗寵愛。

唐玄宗天寶初年，楊玉環被封為貴妃，得到玄宗的專寵。從天寶五年（西元746年）起，宮內其他的妃嬪宮女就再也沒有人能接近皇帝了。據說楊貴妃很嫉妒，宮中婦女凡長得比較美的，都命令搬到遠處其他宮中去，實際上就是軟禁。唐東都洛陽皇城西南，洛水和谷水之間，唐高宗時建立了一座上陽宮，就被用來作為軟禁這些妃嬪宮女的地方。可是在天寶年間，還有太監奉皇帝祕密聖旨到民間挑選美女，當時人叫他們花鳥使。這些被強迫選來的姑娘，還沒進宮見到皇帝的面，就被轉運到像上陽宮這類地方，從十幾歲的青春時代一直軟禁到老。

詩人白居易創作了《上陽白髮人》，用生動的語言描繪了上陽宮中宮女們獨居孤寂的痛苦生活。

▷ 上陽白髮人·湣怨曠也 ［白居易］

上陽人，紅顏暗老白髮新。

綠衣監使守宮門，一閉上陽多少春。

玄宗末歲初選入，入時十六今六十。

同時採擇百餘人，零落年深殘此身。

憶昔吞悲別親族，扶入車中不教哭。

皆云入內便承恩，臉似芙蓉胸似玉。

未容君王得見面，已被楊妃遙側目。
妒令潛配上陽宮，一生遂向空房宿。
宿空房，秋夜長，夜長無寐天不明，
耿耿殘燈背壁影，蕭蕭暗雨打窗聲。
春日遲，日遲獨坐天難暮。
宮鶯百囀愁厭聞，梁燕雙棲老休妒。
鶯歸燕去長悄然，春往秋來不記年。
唯向深宮望明月，東西四五百回圓。
今日宮中年最老，大家遙賜尚書號。
小頭鞋履窄衣裳，青黛點眉眉細長。
外人不見見應笑，天寶末年時世妝。
上陽人，苦最多。少亦苦，老亦苦，
少苦老苦兩如何！君不見昔時呂向美人賦，
又不見今日上陽宮人白髮歌。

〔譯文〕上陽宮的宮人哪！她們的青春紅顏已暗暗逝去，新長了滿頭白髮。穿綠衣的官員把守著宮門（唐代長安和洛陽兩處都城的皇家宮殿、園苑設的管理官員為監。正監從六品下，穿深綠官服；副監從七品下，穿淺綠色官服），宮女們在上陽宮裡一關就是多少年。她們在唐玄宗天寶末年時送到這裡，來時十五六歲，現在已過了六十；同時被花鳥使選中的有一百多人，年深日久死得只剩下這幾個。回想起當年被選中與親人離別時，父母送我上車不讓悲哭。都安慰說我的臉美似荷花，乳胸潔白如玉，一進宮就會得到皇帝的寵愛。誰知還沒讓皇帝看見我們，楊貴妃已經是醋意大發側目而視。暗中命令將我們全軟禁到洛陽的上陽宮中，這一輩子就只能一個人孤單單地守空房了。那日子叫人怎麼過啊！漫長清冷的秋夜輾轉難眠，只有如豆的殘燈映著深濃的黑影，窗外是那永無休止的淒涼雨聲。春天的太陽走得是那樣緩慢，一人獨坐天什麼時候才黑啊！聽不得那黃鶯的宛囀嬌鳴，看不得那樑上燕子的雙宿雙飛。黃鶯飛走燕子歸去又是一年，春往秋來忘了時光的流逝。只在深宮中眺望明月，前後共見了四五百次月兒圓。如今宮中年紀最大的宮女，大家（大家是皇帝左右親近的人對皇帝的一種親昵尊稱）賜給她尚書的稱號（唐代宮內有女尚書，為正五品官）。她們在宮中幾十年，一直穿小頭鞋和窄小的衣裳，並且畫著細長的眉毛。宮外人要是看見會好笑，可這是天寶末年她們進宮時最時髦的打扮啊！上陽宮的宮女真苦啊！年輕時苦，老了更苦，一輩子苦怎麼辦呢？皇上啊！你看看過去呂向寫的《美人賦》（開元年間，呂向給皇帝獻《美人賦》，諷刺派花鳥使強選民女入宮的事），再聽聽今日我寫的上陽宮人《白髮歌》吧！

閨中少婦不知愁

唐代的首都長安和東都洛陽，是官僚和貴族聚居的地方。那些貴族的婦女們，雖然物質生活豪華奢侈，可精神上卻經常很空虛。盛唐時的著名詩人王維，寫了一首七言古詩《洛陽女兒行》，概括地描述了唐代東都洛陽貴族婦女的面貌：

▷ 洛陽女兒行　［王維］

良人玉勒乘驄馬，侍女金盤膾鯉魚。
畫閣朱樓盡相望，紅桃綠柳垂簷向。
羅幃送上七香車，寶扇迎歸九華帳。
狂夫富貴在青春，意氣驕奢劇季倫。
自憐碧玉親教舞，不惜珊瑚持與人，
春窗曙滅九微火，九微片片飛花瑣。
戲罷曾無理曲時，妝成只是熏香坐。
城中相識盡繁華，日夜經過趙李家。
誰憐越女顏如玉，貧賤江頭自浣紗。

長門怨（白居易）　（明）黃鳳池編《唐詩畫譜》

〔譯文〕對門住的洛陽貴族家的姑娘，年紀剛剛十五歲。她的丈夫騎著用美玉裝飾馬具的駿馬，婢女用金盤送上燒好的細切鯉魚。她住在那對面相望的彩畫樓閣上，房前紅桃爭豔綠柳拂著房檐。姑娘出嫁時，親人送她上了垂著綾羅幃幔的香木車，在迎親的寶扇儀仗的前導下，來到洞房的九華彩帳前。她丈夫長在富貴之家驕奢任性，比晉代以奢侈著名的石崇還要厲害。他喜歡碧玉親自教她舞蹈，毫不吝惜地將珊瑚這類財寶送人。春日通宵歡娛，直到曙光臨窗才滅了九微燈火。九微燈的燈花片片飛向雕花的窗格。成天戲樂，這新娘連溫習舊歌曲的時間也沒有，每日妝扮好了就穿著熏香的衣服坐在那裡。在洛陽城裡相識往來的盡是像趙飛燕、李平（漢成帝的後妃）這樣的貴戚豪家。有誰會憐愛貧賤美麗的越地（春秋戰國時越國所在地，今浙江東北部一帶）姑娘，她只能一輩子在江邊過浣紗的生活罷了！

著名的七絕聖手、詩人王昌齡寫了一首有關富貴人家少婦的詩《閨怨》：

▷ 閨怨　　　［王昌齡］

閨中少婦不知愁，春日凝妝上翠樓。
忽見陌頭楊柳色，悔教夫婿覓封侯。

〔譯文〕那富貴人家的少婦在閨中從沒有什麼憂愁，春天她打扮好緩步上了彩繪的高樓。忽然看見野外的楊柳綠了，這才後悔為了立功封侯而讓丈夫從軍，扔下自己孤單單的一個人。

《閨怨》詩中少婦的丈夫，是為了獵取功名、得到高官而離家從軍的，去時也得到了她的同意。她在丈夫走後也並沒有多大的苦惱，只是在春光明媚、桃紅柳綠時感到無人陪伴，因而有點寂寞難受罷了。

詩人李商隱在一首《無題》詩中，描述了富貴人家的一個小姑娘從小長大的生活情況和樂事以及到她懂事時，又是如何地為自己的終身大事而苦悶憂慮：

▷ 無題　［李商隱］

八歲偷照鏡，長眉已能畫。
十歲去踏青，芙蓉作裙衩。
十二學彈箏，銀甲不曾卸。
十四藏六親，懸知猶未嫁。
十五泣春風，背面秋千下。

〔譯文〕這八歲的小姑娘就知道愛美，偷偷摸摸對著鏡子照自己的模樣。她那麼聰明，學大人畫了長長的眉毛。十歲那年春天出去郊遊，穿著像荷花一樣的衣裙。十二歲學彈箏，她是那樣地刻苦用功，套在手指上撥弦的骨爪（即銀甲）從未卸下過。十四歲懂事了，知道姑娘大了應藏在深閨裡，連最親密的男性親屬也要迴避。可她猜想到，爸媽還沒有將她出嫁的打算。十五歲了，終身大事使她多麼憂慮，可有什麼辦法，只有對著春風哭泣，在秋千架下背著女伴暗自傷心。

侯門一入深如海

在唐代，由於婦女沒有獨立的經濟地位，必須依附於男子。因此，即使是官僚貴族家中的婦女，除明媒正娶的妻子地位較高外，其他如姬妾、婢女等，地位比較低下，習慣上可以買賣或贈送。某些有權勢或武力的大官或將領，甚至會用各種卑劣的手段劫奪其他較低級官員的姬妾。

唐代有個秀才崔郊，住在漢上，家庭很貧困。他姑母有個婢女，長得很秀麗，並且精通音樂。崔郊愛上了她，並且立了嫁娶的誓言。崔的姑母也非常窮，並且不知此事，不久將婢女賣給掌握當地軍政大權的節度使于頔。于對此婢女寵愛無比。崔郊知道後，思念不已，可毫無辦法，只好在節度使府署附近往來徘徊。寒食節時，此婢女外出，在柳樹下遇見崔郊，兩人相對哭泣。分別時崔贈給她一首七絕：

▷ 贈去婢 ［崔郊］

公子王孫逐後塵，綠珠垂淚滴羅巾。

侯門一入深如海，從此蕭郎是路人。

〔譯文〕公子王孫（指崔郊自己）跟在你的後面，綠珠（晉代石崇的寵姬，此處借指婢女）的淚水一滴滴地落在綢巾上。節度使府的大門一進去深如海，你我是再也見不到了，從此我就像陌生的過路人一樣會被你忘掉。

崔郊這首詩流傳後，被抄送到于頔處，于讀後，召見崔郊。于頔這個人平時暴虐成性，動輒殺人，大家不知是福是禍，都替崔郊擔心。崔郊提心吊膽地見了于頔，誰知于和他握手說：「『侯門一入深如海，從此蕭郎是路人。』是你寫的？詩寫得真不錯呀！我這大門也不算深嘛，早給我寫封信，問題不就解決了。」說完命令婢女與崔同歸，並且贈送了一大筆嫁妝。

三日入廚下

唐代民間婦女中，有兩種有趣的習俗，一是「拜新月」，一是「鏡聽」。拜新月就是在有新月的晚上，姑娘偷偷地對著剛升起的新月禱告，訴說自己祕密的心願，祈求這充滿希望的新月保佑它成為現實。唐詩人李端在他寫的一首《拜新月》中，就描述了這個情景。

▷ 拜新月 ［李端］

開簾見新月，便即下階拜。

細語人不聞，北風吹裙帶。

〔譯文〕打開簾子望見了新月，連忙走下臺階來向它行禮祈求。她訴說心願的聲音那樣小，別人誰也聽不著，只見寒冷的北風吹起了

閨情（李端）　（明）黃鳳池編《唐詩畫譜》

她的裙帶。

這首詩的第三句寫得比較生動，表現出了姑娘那種害羞的心情和四周環境的寂靜。她訴說的是什麼心願呢？詩中雖然沒有明說，可讀者一想也就明白了。

在《聊齋志異》中，有一篇有趣的故事「鏡聽」，其中描述了古代用鏡聽預測吉凶的習俗。當一位婦女有件使人心煩的事而又不能很快知其結果時，例如丈夫外出長期沒有音信，不知吉凶如何時，便找一面鏡子，用錦囊裝著，不讓人看見，獨自向灶神虔誠的行禮禱告後，雙手捧著鏡子，念七遍咒語。然後出去偷聽別人的談話，根據這些話語來推測吉凶。唐代詩人王建，寫了一首七言古詩《鏡聽詞》，描述了一個丈夫出遠門的婦女，用鏡聽測吉凶，聽見好話後高興的情況。

▷ 鏡聽詞　〔王建〕

重重摩挲嫁時鏡，夫婿遠行憑鏡聽。
回身不遣別人知，人意丁寧鏡神聖。
懷中收拾雙錦帶，恐畏街頭見驚怪。
嗟嗟嚓嚓下堂階，獨自灶前來跪拜。
出門願不聞悲哀，郎在任郎回未回。
月明地上人過盡，好語多同皆道來。
卷帷上床喜不定，與郎裁衣失翻正，
可中三日得相見，重繡鏡囊磨鏡面。

〔譯文〕她一次又一次地撫摩著結婚時的鏡子，丈夫出遠門久無音信，只有憑鏡聽來預示吉凶。轉身不讓別人知道，自己用意虔誠鏡聽才靈驗。將鏡子上的一雙錦帶收拾在懷中，免得在街上讓人看見會大驚小怪。小心翼翼地下了堂前的臺階，獨自到灶前來跪拜祈禱。出門聽別人說話時怕聽見悲哀的話語，只要他健康回不回來都好。一直在街頭等到月亮上升行人都沒了，聽到的都是吉利的話。回來捲上帷幔睡覺時都歡喜得安不下心來，給丈夫裁衣時高興得連正反都弄錯了。如果三天內能夠和我那冤家相見，為感謝這鏡子的靈驗，我一定要再繡一個鏡囊，重新將鏡子磨得亮亮的。

王建還在他的一首五言絕句《新嫁娘》中，描述了唐代新娘子過門後的情況：

▷ 新嫁娘 ［王建］

三日入廚下，洗手作羹湯。
未諳姑食性，先遣小姑嘗。

〔譯文〕新婚後三天，新娘下廚房去開始做飯了。她洗淨手做好了湯。可因為不知道婆婆喜歡甜的還是鹹的，又不便直接去詢問，於是先送給小姑子嘗嘗。

詩人李白有首名作《長干行》，詠的是商人妻子思念遠行丈夫，擔心受怕的情景：

▷ 長干行 ［李白］

妾發初覆額，折花門前劇。
郎騎竹馬來，繞床弄青梅。
同居長干裡，兩小無嫌猜。
十四為君婦，羞顏未嘗開。
低頭向暗壁，千喚不一回。
十五始展眉，願同塵與灰。
常存抱柱信，豈上望夫台。
十六君遠行，瞿塘灩澦堆。
五月不可觸，猿聲天上哀。
門前遲行跡，一一生綠苔。
苔深不能掃，落葉秋風早。
八月蝴蝶來，雙飛西園草。

感此傷妾心，坐愁紅顏老。
早晚下三巴，預將書報家。
相迎不道遠，直至長風沙。

〔譯文〕我還是小姑娘，頭髮剛能遮住額頭的時候，在大門口折花遊戲。你騎著竹馬來和我玩，兩人繞著井上的欄杆追逐，互相投擲青梅。我們同住在長干裡，兩個小小的年紀，沒有嫌疑和顧忌。十四歲嫁給了你，害羞得都不敢和你說話。老在房角對牆壁低著頭，叫上千遍也不答應。十五歲才消塗了羞澀，願意即使化為塵灰也要和你在一起。我想你像古代的尾生一樣，對愛情無比堅貞，不會使我有長期離別的痛苦。我十六歲時，你出遠門去經商，船隻常過危險的瞿塘峽和灩澦堆。五月漲水，灩澦堆暗藏水中，可別撞上它啊，猿猴在高入雲霄的山峰上哀啼。我們家門前你常走的路上，一處處地長了綠色的青苔。青苔多了沒法再掃，偏偏秋風落葉的天氣又來得那麼早。八月份蝴蝶來了，在西園的草地上雙雙飛舞。看見這些想想自己形影孤單，怎麼能不傷心，憂愁我的青春年華會過早地逝去。你什麼時候將從三巴（指巴郡，即今四川重慶市；巴東，今四川奉節東北；巴西，今四川閬中）回來，預先給家裡捎封信。我一定去迎接你，雖不能太遠，可也要到長風沙。

長風沙在今安徽安慶東長沙邊，距金陵（今江蘇南京）長干裡有三百五十公里。詩中「常存抱柱信，豈上望夫台」兩句，用了古代的兩個傳說：抱柱信指古代有一個名叫尾生的人，與姑娘約定在一座橋下相會，姑娘到時未來，潮水忽然上漲，尾生怕離開後姑娘來了自己失信，於是抱著橋柱等待，結果被水淹死。望夫台即望夫山，說古代有男子久出不歸，其妻登山望夫，由於過分悲傷而在山上變成了石頭，這塊人形的石頭就叫做望夫石。

古代的生產方式，是所謂「男耕女織」，即男子耕田種地，婦女養蠶繅絲織布帛。可在有的農村家庭中沒有男人，耕種田地的工作落在婦女身上，生活就更苦了。中唐詩人戴叔倫在七言古詩《女耕田行》中，就描述了這種情況：

▷ 女耕田行　　　〔戴叔倫〕

乳燕入巢筍成竹，誰家二女種新穀？
無人無牛不及犁，持刀砍地翻作泥。
自言家貧母年老，長兄從軍未娶嫂。
去年災疫牛囤空，截絹買刀都市中，
頭巾掩面畏人識，以刀代牛誰與同！
姊妹相攜心正苦，不見路人惟見土，
疏通畦壟防亂苗，整頓溝塍待時雨。
日正南岡下餉歸，可憐朝雉擾驚飛，
東鄰西舍花發盡，共惜餘芳淚滿衣。

〔譯文〕巢裡有了新生的小燕，筍已長成了竹子，這是誰家的兩個姑娘在種穀子？她家裡沒男人又沒牛無法犁地，只好拿著刀砍地翻土。她們說家窮母親年老，哥哥從軍走了尚未娶嫂嫂。去年鬧瘟疫牛病死了，只好剪下一段絹到集市上買把翻土用的刀。翻土時怕人看見用頭巾遮住臉，用刀代替牛犁地還有誰啊！姊妹二人心裡真苦啊，低頭對著田地幹活不敢抬頭看人。整理好畦和壟免得禾苗雜亂，修好溝渠田塍等待下一場好雨。太陽到正南時收工吃飯，路上驚飛了正在尋求配偶的野雞。春天即將過去，百花已經凋謝，姑娘們的青春是多麼寶貴！可在這貧困艱辛的環境中只能虛度年華，怎麼能不使她們淚濕衣襟啊！

為他人作嫁衣裳

晚唐著名詩人秦韜玉，寫了一首《貧女》詩，道出了唐代窮人家姑娘的可憐情景。

▷ 貧女　［秦韜玉］

蓬門未識綺羅香，擬託良媒益自傷。
誰愛風流高格調，共憐時世儉梳妝。
敢將十指誇針巧，不把雙眉鬥畫長。
苦恨年年壓金線，為他人作嫁衣裳。

〔譯文〕貧窮人家的姑娘沒有那華美的綢緞衣裳，想找個好媒人託付終身大事，可想到世人的只重富貴，越發增加了傷感。有誰能懂得愛我的高尚品德，大家喜歡的是梳著時髦儉妝的浮淺姑娘。我敢和別人比誰的針線活幹得好，可比誰的眉毛畫得長有什麼意思呢？可憐我年年辛苦縫紉刺繡，都是在給別的姑娘趕製出嫁用的衣裳啊！

秦韜玉的這首詩還有另一種含意。它借貧女寫出了潦倒不得志的讀書人的遭遇。詩人當時可能在某個大官部下做幕僚，以自己的文才替主人寫奏章作詩文，自感懷才不遇，心情悲苦淒涼。

唐代宗大曆元年（西元766年）春天，詩人杜甫從蜀地雲安（今重慶雲陽）到夔州（今四川奉節），見到當地重男輕女的風俗習慣，婦女特別勞累辛苦，又因連年戰亂男丁減少，女子難於出嫁等情況，寫了下面這首詩：

▷ 負薪行　［杜甫］

夔州處女發半華，四十五十無夫家。
更遭喪亂嫁不售，一生抱恨長諮嗟。
土風坐男使女立，男當門戶女出入。
十猶八九負薪歸，賣薪得錢應供給。
至老雙鬟只垂頸，野花山葉銀釵並。
筋力登危集市門，死生射利兼鹽井。
面妝首飾雜啼痕，地褊衣寒困石根。
若道巫山女粗醜，何得此有昭君村？

〔譯文〕夔州的老姑娘頭髮都半白了，四五十歲了還沒有婆家。又因為連年戰亂男子減少更嫁不出去，只能抱恨終生長歎息了。當地風俗男尊女卑，男的當家做主女的幹活維持家裡的生計。十之八九的婦女都要上山打柴，賣柴後的錢用來養活全家。一直到老還是梳著未婚姑娘的雙鬟髮式，插的是銀釵和野花山葉。費盡氣力攀登高山去趕集賣柴，還要冒著生命危險出門販鹽。辛苦的生活使她們的臉上總是帶著淚痕，穿著單薄的衣裳奔忙在險窄的山路上，疲困不堪。如果說是因為夔州的姑娘長得粗醜沒人要，可在附近的昭君村就出過像王昭君這樣的著名美人呀！（相傳昭君是歸州人，今湖北興山縣有昭君村，距夔州很近）

寧辭擣衣倦，一寄塞垣深

在唐代，婦女主要依附於男子生活，由於種種原因，例如丈夫被徵發去邊境上作戰或戍守，多年不能歸來；或者被負心男子所遺棄；或迫於封建禮教而分離等等，使她們失去了依附而孤獨地過著悲苦的生活。唐代的詩人們寫了很多有關這方面的詩篇，代這些婦女們傾訴出不平，表達了她們的願望，抨擊了當時種種不合理的現象和風俗習慣。

唐初實行府兵制，農民有一部分要服兵役，二十一歲時應徵，至六十歲免役。他們平時務農，農閒時受訓練，按規定在一定時間到首都或邊境上守衛或作戰，去時須自備武器、被服和糧食。

後來府兵制逐漸敗壞，而被募兵制代替。募兵原來是自願的，唐中期後因戰爭頻繁國力下降，邊境上經常打敗仗甚至全軍覆沒，老百姓不願再去從軍，於是發生統治者強征硬抓人民入伍當兵的暴行。

不管是府兵或募兵，軍士們與親屬的離別總是痛苦的。尤其是政治腐敗或發動侵略戰爭時，軍人們的服役時間往往漫無限制地延長，甚至到死方休，這樣就造成了無數家庭長期離散的悲劇，使一些婦女過著無比痛苦的生活。

詩人李白寫了四首《子夜吳歌》，其中第三、四兩首即描述守邊戰士家屬對親人的想念，以及為丈夫準備冬衣的情況：

▷ 子夜吳歌四首（選二） ［李白］

（三）

長安一片月，萬戶擣衣聲。
秋風吹不盡，總是玉關情。
何日平胡虜，良人罷遠征。

（四）

明朝驛使發，一夜絮征袍。
素手抽針冷，那堪把剪刀。
裁縫寄遠道，幾日到臨洮。

〔譯文三〕長安城的夜晚一片月光灑地，只聽見傳來千家萬戶擣衣的聲音。那秋風雖然在不停地吹著，可總也吹不散她思念那遠在玉門關外丈夫的心情。何時才能平定胡人在邊境上的騷亂，讓我丈夫能早日從遙遠的出征地區回到家鄉。

〔譯文四〕明天一早，政府派往邊境傳送書信和物品的使者要出發了，今晚一定要把他的綿戰袍絮好。這寒冬的時節，拿針都凍手，怎樣用剪刀啊！綿衣做好後寄給遠方的丈夫，要多少日子才能送到他戍守的地方啊（臨洮是唐代邊防重鎮，即今日甘肅岷縣，此處用以泛指邊境）！

《子夜吳歌》相傳是晉代一位女子所創作的樂府歌曲。李白在此借用了它的形式。詩中談到的「擣衣」，有各種解釋：大致是將織好的布帛或做好的冬衣放在平滑光潔的石頭（砧）上，用木棒反覆敲打。敲的目的可能是將布帛打平整，以便裁製衣服。如為製成的綿衣，則敲打它使之柔軟適體。唐代時的擣衣，由兩位婦女相對站立各執一杵對搗。

唐憲宗元和二年（西元807年）詩人白居易擔任盩厔（音ㄓㄡ ㄓˋ，今陝

秋閨新月（王建）　　（明）黃鳳池編《唐詩畫譜》

西周至）縣尉，這是一個直接與百姓接觸的小官。當時農民經常因租稅過重負擔不合理而破產，甚至落到衣食無著的地步。詩人對此感到深切的同情，但又無力改變，只能用詩篇來記述所見到的現象。

▷ 觀刈麥・時為盩厔縣尉 ［白居易］

田家少閑月，五月人倍忙。
夜來南風起，小麥覆隴黃。
婦姑荷簞食，童稚攜壺漿，
相隨餉田去，丁壯在南崗。
足蒸暑土氣，背灼炎天光，
力盡不知熱，但惜夏日長。
復有貧婦人，抱子在其旁，
右手秉遺穗，左臂懸弊筐。
聽其相顧言，聞者為悲傷。
家田輸稅盡，拾此充饑腸。
今我何功德，曾不事農桑，
吏祿三百石，歲晏有餘糧。
念此私自愧，盡日不能忘。

〔譯文〕農家少有閑的時光，五月裡人們加倍地繁忙，夜裡颳起了炎熱的南風，覆壟的小麥一片金黃。婦女們挑著飯籮，小孩們提著水罐，一起到田間去送飯，忙著割麥的男勞力都在南崗。腳下熱氣像鍋蒸，火似的烈日烤著脊樑。氣力耗盡也不覺得疲勞，只是珍惜夏日天長。有一個貧苦的農婦，把孩子抱在身旁，右手拿著拾來的麥穗，左臂挎著破舊的竹筐。聽了她訴說的苦難，人人都替她感到悲傷。她家的田地因為繳納租稅而賣盡，只好撿拾失落的麥穗來充填饑腸。如今我有什麼功績和品德，又不曾種田栽桑，可每年拿著三百石糧食的薪俸，到年底家中還有餘糧。想到這裡真暗自感到慚愧，終日在心頭不能淡忘。

詩中的「三百石」，一般認為指詩人每年的實際薪俸。白居易在當縣尉時，官階是將仕郎，從九品下，按唐制從九品官員每月俸祿為粟三十石，一年三百石為其總數。

猶抱琵琶半遮面

唐憲宗元和十年（西元815年），詩人白居易在長安任太子左贊善大夫，這是一個不管事的閑官。這年六月三日，宰相武元衡和御史中丞裴度在早晨上朝時遇刺，武元衡被殺，裴度受了重傷。刺客並放出威嚇的流言說：「誰敢要求抓我，我就先殺誰。」國家出了這樣嚴重的大事，掌權的官僚們居然穩坐不動，有的人被刺客的威脅嚇倒，閉口不敢說話。白居易非常氣憤，立即上奏章要求搜捕刺客。可是掌權的宰相們不但不讚揚白居易的勇敢精神，反而說他是東宮的閑官，不應該在諫官還未上奏章之前搶先議論朝政，並且捏造了另一些誹謗他的流言。於是在八月份白居易被貶為江州（今江西九江市）司馬。

詩人受到這樣無辜的打擊，心情自然是抑鬱不快的。第二年秋天，他送友人到湓浦口（江西的一條小河湓水在九江附近流入長江處），聽見附近船中有人夜彈琵琶，彈得很好，完全是長安的流派。於是白居易請彈琵琶的婦女演奏，奏畢問了她的身世。原來是長安社會底層的樂伎，年輕時過了一段燈紅酒綠的生活，等到年長色衰，便嫁為商人婦而漂泊在異鄉，很有不堪回首之感。白居易聽後，聯繫自己的貶官在外，同樣感到淒傷。在這種情況下，寫出了名作七言長詩《琵琶行》：

▷ 琵琶行　［白居易］

潯陽江頭夜送客，楓葉荻花秋瑟瑟。
主人下馬客在船，舉酒欲飲無管弦。
醉不成歡慘將別，別時茫茫江浸月。
忽聞水上琵琶聲，主人忘歸客不發。

尋聲暗問彈者誰，琵琶聲停欲語遲。
移船相近邀相見，添酒回燈重開宴。
千呼萬喚始出來，猶抱琵琶半遮面。
轉軸撥弦三兩聲，未成曲調先有情。
弦弦掩抑聲聲思，似訴平生不得意。
低眉信手續續彈，說盡心中無限事。
輕攏慢撚抹復挑，初為霓裳後六么。
大弦嘈嘈如急雨，小弦切切如私語。
嘈嘈切切錯雜彈，大珠小珠落玉盤。
間關鶯語花底滑，幽咽泉流冰下難。
冰泉冷澀弦疑絕，疑絕不通聲暫歇。
別有幽愁暗恨生，此時無聲勝有聲。
銀瓶乍破水漿迸，鐵騎突出刀槍鳴。
曲終收撥當心畫，四弦一聲如裂帛。
東船西舫悄無言，唯見江心秋月白。
沉吟放撥插弦中，整頓衣裳起斂容。
自言本是京城女，家在蝦蟆陵下住。
十三學得琵琶成，名屬教坊第一部。
曲罷曾教善才伏，妝成每被秋娘妒。
五陵少年爭纏頭，一曲紅綃不知數。
鈿頭雲篦擊節碎，血色羅裙翻酒汙。
今年歡笑復明年，秋月春風等閒度。
弟走從軍阿姨死，暮去朝來顏色故。
門前冷落鞍馬稀，老大嫁作商人婦。
商人重利輕別離，前月浮梁買茶去。
去來江口守空船，繞船月明江水寒。
夜深忽夢少年事，夢啼妝淚紅闌杆。
我聞琵琶已歎息，又聞此語重唧唧。

郡中即事（羊士諤）　（明）黄鳳池編《唐詩畫譜》

同是天涯淪落人，相逢何必曾相識。
我從去年辭帝京，謫居臥病潯陽城。
潯陽地僻無音樂，終歲不聞絲竹聲。
住近湓江地低濕，黃蘆苦竹繞宅生。
其間旦暮聞何物，杜鵑啼血猿哀鳴。
春江花朝秋月夜，往往取酒還獨傾。
豈無山歌與村笛，嘔啞嘲哳難為聽。
今夜聞君琵琶語，如聽仙樂耳暫明。
莫辭更坐彈一曲，為君翻作琵琶行。
感我此言良久立，卻坐促弦弦轉急。
淒淒不似向前聲，滿座重聞皆掩泣。
座中泣下誰最多？江州司馬青衫濕。

〔譯文〕我晚上在潯陽江（九江北的一段長江）邊送別客人，那是楓葉變紅荻花白頭秋風瑟瑟的時節。我下馬和客人一起來到船中，擺上酒宴可沒有音樂伴奏。這悶酒喝醉了更使人感傷，你看那水天茫茫一片，月影落在江裡，我們就要分別了。忽然聽見水上有彈琵琶的聲音，送客的我忘了回去，客人聽得也不願開船。追著聲音尋問彈者是誰？琵琶聲停了可遲遲地不見回答。將送客船移近那彈琵琶的船，邀請彈的人出來相見，再點上燈火重新擺上酒宴。千呼萬喚她才出來，有些不好意思還抱著琵琶半遮著臉。她先轉軸定弦彈了幾下，雖不成曲調可已有它的味道。她用那掩抑的手法彈奏著，那幽怨低沉的樂聲含有多少情思，好像在訴說自己那不得意的一生。她低頭隨手不停地彈著，說盡了心中無限的往事。只見她輕攏慢撚又抹又挑（攏、撚、抹和挑都是彈奏琵琶的手法，攏和撚用左手，抹挑用右手），先彈《霓裳羽衣曲》後彈京城裡流行的《六么》樂曲。那粗弦低沉的聲音猶如急雨，細弦輕促好似避人的低聲細語。粗細弦的樂聲交響在一起，好像大大小小的珍珠落在玉盤中那樣清脆悅耳。宛轉如同黃鶯在花下啼叫（間關是鳥叫聲），低沉時好似泉水緩慢艱難地流過冰下。

幽咽梗塞又如冷澀的冰泉，絲弦像凝住了樂聲漸漸消失。另外一種幽情暗恨緩緩升起，此時無聲比有聲更使人感傷。汲水的瓷瓶突然炸裂水漿迸濺，全副武裝的騎兵沖出刀槍乒乓作響，樂曲由低沉急轉為高昂。彈奏終了時撥子在琵琶中心劃過，四弦齊響的和聲猶如撕裂絹帛。東西兩條船上是那麼安靜，只有大江中心閃耀著秋月的銀光。

她低著頭慢慢地將撥子插在弦中，整理了一下衣裳收斂起彈奏時的激動表情。說自己本來是京城人，家住在長安城東南的蝦蟆陵附近（蝦蟆陵為長安曲江附近的遊樂地區）。十三歲時就學會了彈琵琶的技藝，分在官辦的教練歌舞機構教坊的第一班中。演奏完樂曲連著名的老師傅都佩服，打扮起來美豔得秋娘（唐時長安著名娼女）都要嫉妒。五陵的紈袴子弟爭著來這裡尋歡作樂聽琵琶，一曲終了賞賜的紅色絲綢不計其數。醉醺醺地在桌上打拍子敲碎了鑲珠翠的發梳，血紅色的綢裙沾滿了翻倒的酒漿。年復一年的歡笑，時光在秋月春風中不知不覺地過去了。兄弟從軍一去沒有消息，阿姨也已去世，青春年華逝去，我的容顏也衰老了。尋歡作樂的客人不來了，門前冷冷清清，老了只好嫁給一個商入託付終身。商人只重視賺錢把離別看得很平常，前月又到浮梁（唐地名，今江西景德鎮）買茶去了。他走了我一人在江口守著空船，只見那明亮的月光灑在寒冷的江水上。在深夜忽然夢見了少年時代的往事，夢中哭醒，淚水流在搽了脂粉的臉上。

我聽了琵琶已激動非常，再聽她說的身世更使人感歎不已。我們同樣是流落在天涯海角的人，過去雖不認識，可今日相逢也真是難得啊！我自從去年被貶謫離開長安，一直在潯陽城中臥病。潯陽這個偏僻的地方沒有好音樂，一年到頭都聽不到絲竹的聲音。住的地方靠近大江，地勢低而潮濕，房子四周叢生著蘆葦苦竹。在這裡成天聽見些什麼呢？無非是杜鵑的鳴叫和悲哀的猿啼罷了！在那春暖花開或秋月當頭的時候，也常常一人獨自借酒澆愁。難道這裡沒有人唱山歌或吹笛子，可那聲音嘈雜混亂實在難聽。今晚有幸聽了您演奏的琵琶，好像是天上的仙樂使人耳目為之一新。您別推辭請坐下再演奏一曲，我給您寫一首《琵琶行》配作歌詞。她聽我說後感動得站了很久，然後坐下用更高的音調急速彈奏。那悽楚的聲音和剛才大不一樣，滿座的人聽見都忍不住掩面流淚。座中誰傷心得最厲害？江州司馬我的青衫已被淚水全浸濕了（唐代最低官階官員穿青衫）。

《琵琶行》一詩完成後，立即獲得了廣泛的傳唱。它和白居易的另一名詩《長恨歌》一樣，在唐代是婦孺皆知，並且遠傳國外。因此在白居易去世時，唐宣宗李忱在他寫的悼念詩篇《吊樂天》中，有著這樣的詩句：「童子解吟長恨曲，胡兒能唱琵琶篇。」

第十二章　詩歌、愛情與記憶

愛情，是唐代詩人經常歌詠的題材。詩人們將愛情中的歡樂與悲傷，那種焦慮、期待、思念、追憶等等經歷和感受，寫入了他們的詩篇。一千多年以後的今天，許多這類詩篇我們讀起來仍然感到是那麼新鮮，那樣親切真摯。

此情可待成追憶

李商隱生於西元813年，858年去世。他是懷州河內（今河南沁陽）人，字義山，號玉谿生、樊南生。因此他的詩文集常被稱作《樊南文集》或《玉谿生詩集》等。李商隱在青年時期即已顯露出文學才能，十七歲時受到天平軍節度使令狐楚的賞識，教會了他寫給皇帝上奏章用的駢文，二十五歲時在令狐楚之子令狐的幫助下，考取了進士，不久到涇原節度使王茂元部下當幕僚，並且娶了王的女兒。王氏聰慧美麗，並通詩文，李很早就愛上了她，對這個婚姻是非常滿意的，可這卻帶來了嚴重的後果。

當時正是兩大官僚集團，即以李德裕為首的李黨和以牛僧孺等為首的牛黨尖銳對立，進行著劇烈的爭權奪利鬥爭的時代。李商隱早年受到令狐楚的栽培，並與其子令狐交情不錯。令狐是牛黨，因此按習慣李也應該屬牛黨。可王茂元卻是李黨，李商隱做了王的女婿，在當時看來是背叛牛黨投向李黨，因此深為牛黨中人所痛恨。

唐武宗即位後，任命李德裕為宰相，非常信任，這是李黨勢力最興盛的時期。唐武宗在位僅五年就死了，由於李德裕的政治才幹，使唐朝廷有了些興旺景象。不巧的是，在唐武宗統治的五年中，李商隱因母親去世按習俗在家守喪三年，等他喪滿再出來從事政治活動時，幾個月之後武宗死去，李德裕被繼位的唐宣宗貶斥，牛黨開始得勢。在李商隱三十九歲時，牛黨的令狐當了宣宗的宰相，他認為李商隱辜負了他的家恩，因此有意壓制他，對他請求幫助的一些書信詩文置之不理。這樣，李商隱一生就只當過校書郎、縣尉之類的小官，或者在大官的幕府中幫忙，長期漂泊在外，窮困潦倒。

李商隱不僅事業上境遇坎坷，懷才不遇，同時在愛情上也是苦惱重重。他談過多次戀愛，但都以失意和痛苦而告終。他娶的王氏夫人雖然很滿意，可不幸在婚後十三年，即李商隱三十八歲時去世了。王氏的夭亡，對李的打擊很大，也許因為忘不了她而再也沒有結婚。

李商隱寫了一首極其著名的七律《錦瑟》。相傳李將它放在自己詩集的最前面作為卷首。詩是這樣的：

▷ 錦瑟　［李商隱］

錦瑟無端五十弦，一弦一柱思華年。
莊生曉夢迷蝴蝶，望帝春心托杜鵑。
滄海月明珠有淚，藍田日暖玉生煙。
此情可待成追憶，只是當時已惘然。

〔譯文〕錦瑟啊！錦瑟！你為何會有五十根弦呢？我數著這一根根的弦和絃柱，想起了那逝去的青春年華。那迷蒙難追的往事啊！就像當年莊周在夢中，不知是自己變成了蝴蝶，還是蝴蝶變成了自己。又好似古代蜀國的君主望帝，國亡身死化為杜鵑，一片悲恨只能寄託在啼血的哀鳴之中。當圓圓的明月照耀時，大海中鮫人悲傷哭泣滾落的淚水，是多麼圓潤的珍珠。在溫暖的陽光下，藍田山裡埋藏的美玉升騰起似有似無的縷縷輕煙。多少的歡樂與悲傷並不只在如今才使人追憶，就在當時我已是迷惘而無所適從啊！

詩中的「瑟」為古代一種絃樂器，錦瑟即華美的瑟。相傳最古的瑟為五十根弦，後世改為二十五根弦。滄海句用了古代的一個傳說：在大海裡生活著一種鮫人，形體與人無異，但他們哭泣時，淚珠滾落下來就是珍珠，而且珍珠的圓潤與否與月亮的盈虧有關，月圓珠亦圓，月缺珠亦缺。藍田句指陝西藍田古代出產美玉，即藍田玉，詩句寫的一種傳說，在溫暖陽光的照射下，埋藏在山中的美玉會升起若隱若現的輕煙，古代采玉的人則在日暖時尋找這種不易捉摸的輕煙，以便發現美玉。

《錦瑟》一詩，要是僅從字面上看，並不太難解釋，問題是作者寫這首詩是什麼意思？詩句所寫的究竟指的是什麼？由於詩人自己未作說明，而且又沒有其他充分的資料可作旁證，因此一千多年以來，有過很多的猜測、假設以及考證。就在李商隱寫《錦瑟》後約四百年，金代的著名詩人元好問覺得此詩含義難明，因而寫了下面這首七絕：

▷ 論詩三十首（選一） ［金　元好問］

望帝春心托杜鵑，佳人錦瑟怨華年。
詩家總愛西昆好，獨恨無人作鄭箋。

此詩頭兩句從《錦瑟》詩中引出，第三句的西昆原為北宋時代一些詩人專門模仿李商隱的風格寫詩而形成的流派，謂之西昆體，其實西昆體的詩好用一些冷僻典故，詩意晦澀難懂。前人評論認為沒有學到李商隱的長處，反而將他的缺點發揮了。此處西昆二字也包括李商隱本人的詩。因此，元好問詩第三、四句意思是：人們雖非常喜愛《錦瑟》這類好詩，可是沒有人將它詳細注釋出來真是遺憾啊！詩中「鄭箋」的意思是指漢代鄭玄給《詩經》做注釋，自己謙虛不說是注，只是說明古人詩的意思或加了自己的體會，以便讀者能懂，後世稱為鄭箋。清初詩人王士禛也曾說過：「一篇《錦瑟》解人難。」由此可知，歷代都認為《錦瑟》的真正含義是個難解的謎。

比較集中而為較多人接受的說法有兩種，即認為《錦瑟》是悼亡詩或作者感傷身世的自述。將《錦瑟》作為詩人憶念亡妻的悼亡詩時，一些意見和解釋綜合起來大致是這樣：瑟本來只有二十五弦，弦都斷了則為

春女怨（朱絳）　（明）黃鳳池編《唐詩畫譜》

五十弦，而「斷弦」是我國俗語喪妻的意思。又有人認為李商隱結婚時年二十五歲，推測其妻當時也二十五歲，古代以琴瑟喻夫婦，故錦瑟有五十弦喻夫婦好合。也有人認為是作者見瑟思人，怪錦瑟弦多奏出悲惻之音。詩第三句莊周夢中變化指作者妻子物化，也有人認為同時暗用了莊周也死了妻子的典故。詩第四句是指詩人身在蜀中，說自己像望帝化成的杜鵑一樣，悲痛得啼血哀鳴。第五句說自己的歡樂幸福好像鮫人泣下的珍珠一樣，看來像是珍珠，實際上是瞬息間就破滅了的水泡，很快就消失了。第六句用了《搜神記》中的神話，說吳王夫差小女兒紫玉和韓重相愛，由於夫差反對，紫玉氣結而死。後來紫玉突然現形，她母親想擁抱她，可紫玉像煙一樣消失了。故藍田的美玉生煙也是可望而不可即的意思。最後兩句說當時和這樣慧美的妻子在一起真是如夢如迷，現在她已逝去多年，那些情景怎樣再追憶呢！

將《錦瑟》作為詩人感傷身世的自述，即對自己過去年華中某些重大事情的記述與追憶，可能是比較合適的。持這種看法的一些解釋是：詩的頭兩句說詩人見到錦瑟的五十根弦，想起自己已年近五十，過去身世不堪回首。也有人解釋為詩人聽到淒涼哀怨的瑟聲，不由地聯想起自己的身世。詩的第三至第六句，有兩類解釋。一類認為莊生句是詩人指自己一生像做了一場虛幻迷惘的夢，夢醒仍茫然不知所措。第四句用蜀王望帝禪位給宰相，自己卻死去化為杜鵑的典故，比喻詩人自己一事做差（指因娶王氏女而捲入牛李黨爭的游渦中遭受排擠），使美好的理想歸於破滅，只能像杜鵑一樣悲鳴寄恨。滄海句借明珠被棄於滄海，喻自己的才華不能為世所用，珠有淚同時也抒寫詩人內心的悲哀。藍田句是詩人以藍田美玉喻自己才華，它雖深埋山中，可自己的詩文就像日暖良玉生煙一樣，顯露在世界上。也有人解釋為，過去美好的幸福每一憶及，就像美玉在日暖時升騰的輕煙，雖然似乎可以望見，但再也不能回來了。《錦瑟》詩中間四句的另種解釋是：莊生句乃詩人悼念王氏夫人的去世；望帝句指詩人妻子死後，他隨大官柳仲郢入蜀及在蜀地的思念；滄海句指李德裕由宰相一直貶到崖州（今海南省瓊山縣）做小官司戶參軍，不久死在貶所。崖州近海，故以鮫人之泣珠悼念李德裕；藍田句指寫此詩時令狐綯正當宰相，權勢炙手可熱，好像藍田玉在日照下都熱得冒煙了一樣。《錦瑟》詩最後兩句是說上述的感慨並不只是今日追憶往事才產生，就在當時已使人不勝惘然了。

大約在唐文宗大和元年或二年（西元827年或828年），十六七歲的李商隱到玉陽山（王屋山的分支，位元於今河南濟源）當道士學仙，住在玉陽山東峰的玉陽觀中。在玉陽山的西峰，有一座靈都觀，觀內住著一位當道士的公主，以及隨從公主一同當女道士（當時叫「女冠」）的許多宮女。其中有一位女冠姓宋，她原是公主歌舞隊中的成員，不僅年輕貌美，並且有一定的文化和藝術修養。當時，玉陽觀和靈都觀之間來往較多，李商隱和姓宋的女冠很快就墮入了愛河。

由於道觀規矩森嚴，李商隱和他的心上人平時很難相見，只是經常暗中傳遞詩歌和書信，偶然有一次短暫的相聚，就成為巨大的歡樂，但經常伴隨著他的總是離別、相思和苦惱的等待。就這樣，也維持不了太長的時間，他們的戀愛終於被發現了。當時的道觀管理上層，對下面幾乎操有生殺的大權，幸好玉陽山諸道觀中的上層道士中有一位姓劉的，給李商隱講了些好話，而宋氏女冠可能是公主喜歡的人，因此兩人受到從輕的發落，李商隱被逐出道觀，宋氏則被遣送回宮中，大約被罰去守皇陵。

在這場悲劇的初戀中，李商隱付出了自己的全部感情，他愛得如癡如醉，如癲如狂。我們可以看幾首據認為是這段時間內的作品。

▷ 無題　［李商隱］

紫府仙人號寶燈，雲漿未飲結成冰。
如何雪月交光夜，更在瑤台十二層。

〔譯文〕我那位住在神仙洞府，名叫寶燈的仙人啊！這麼晚了你怎麼還不來，我們約好共飲的玉液瓊漿，已經結成了冰。你為何在這月光和雪光交映的晚上，獨自一人在高樓頂上賞雪呢？

▷ 碧城三首（其一）　［李商隱］

碧城十二曲闌杆，犀辟塵埃玉辟寒。
閬苑有書多附鶴，女床無樹不棲鸞。

星沉海底當窗見，雨過河源隔座看。

若是曉珠明又定，一生長對水精盤。

〔譯文〕在那仙境碧霞城的十二樓，彎彎曲曲的欄杆將我指引到她住的地方。她頭上辟塵的犀角簪多麼光潔，身上溫潤的玉珮使人感到暖意洋洋。仙鶴為這些住在閬苑中的仙女們傳遞書信；在女床山上（實指道觀中），隨處都棲居著成雙成對的鳳鸞。天將破曉，窗外明亮的星星已沉向海底；歡聚過去了，銀河又將橫隔在我們中間。如果我們像清晨露珠一樣短暫的相聚，能變成明亮的珍珠一樣永存，那我一定要將其放在珍貴的水晶盤中相伴終生。

這首詩較之前面的《無題》進了一步，是詩人與意中人宋氏女冠在女方的道觀中一夜幽會之後，於破曉前離開，事後回憶所寫。詩題《碧城》係截取詩首句的前二字而成，仍是「無題」詩。詩中用了很多有關仙境的典故。「碧城」本是道家祖師元始天尊的居處，用以借指心上人所住的道觀；「犀」指傳說中的辟塵犀，它的角辟塵，「玉辟」因玉質溫潤，古代認為可以辟寒；「閬苑」、「女床」都是神仙居處；「河源」指天上的銀河，古代傳說它是黃河的河源；「曉珠」指清晨晶瑩的露珠，稍晚即蒸發消失；末句中的「水精」即水晶。

玉陽之戀的悲劇，李商隱終身難忘。詩人晚年在長安時，曾偶然與當年的心上人相遇。此時她住在長安永崇坊的華陽觀中，已成了高級的女道士，故李商隱稱她為宋華陽或宋真人。宋真人告訴李商隱，當年在玉陽山的初戀敗露時，玉陽山的清都觀有一位地位很高的道士劉先生，是她的親戚，李商隱和宋真人當時之所以被從輕發落，僅一個逐出道觀，另一個遣送回宮中了事，劉先生起了很大的作用（「先生」是對道教中上層人士的尊稱）。

後來在長安的一個月夜，宋真人與她的兩個女道士姊妹邀請李商隱前去共同賞月，李因故未去，於是寫了一首七絕作答：

▷ 月夜重寄宋華陽姊妹　［李商隱］

偷桃竊藥事難兼，十二城中鎖彩蟾。

應共三英同夜賞，玉樓仍是水精簾。

〔譯文〕你我又想修道學仙，又想獲得人世間的男女情愛，實在是很難兼得啊！當年那仙境十二樓一樣的靈都觀，鎖著像彩蟾一樣的你不得自由。今夜我本應該和你們三姊妹共同賞月，可是你們所住的玉樓仍像水晶簾子一樣，隔開我使我可望而不可即啊！

詩中的「偷桃」指漢武帝在接待神仙西王母時，東方朔從窗戶偷看，王母說：「這個偷看的小兒偷過我三次仙桃了。」偷桃在詩中借指「偷香」，即暗指李與宋的戀愛；「竊藥」指嫦娥偷吃不死之藥後飛到月宮去的故事，詩中用以借指修道學仙。「十二城」見詩《碧城三首》，指仙境，實指宋真人當年住的道觀靈都觀；「彩蟾」指宋真人。

李商隱和初戀的心上人宋真人在長安重逢時，李商隱年已四十多歲，妻子早已去世。他是高貴的進士出身的官員，有一定的社會地位。宋真人年齡與李商隱相仿，身分是女道士，當然也是獨身。但在唐代，尤其在中唐和晚唐時，有身分地位的官員，甚至一般的平民百姓，與女道士調情、戀愛、幽會乃至長期私通，都是極常見之事，社會上既無人注意，也不會發生什麼大問題。可是，卻沒有官員會娶女道士為夫人的，因為當時的風俗習慣認為，這太門不當戶不對了。朝廷官員屬於社會最上層，女道士的地位無法與之相比，而且是塵世外之人，是不能允許再入紅塵涉足婚姻的。

另一方面，李商隱此時在官場受盡打擊，愛情和婚姻上也苦惱重重，加之身體衰弱多病，因而對世事幾乎萬念俱灰。他四十歲喪妻之後，在東川節度使柳仲郢的幕府任職時，柳仲郢見詩人孤身一人無人照顧，於是下令將樂伎張懿仙給李商隱為妾，據記載張懿仙不僅人長得美豔，而且能歌善舞，可是卻被李商隱婉言拒絕了。自此以後的多年中，李商隱都是獨身一人過著孤寂的生活。

根據上述的兩種原因可以知道，李商隱與宋真人晚年在長安只能保持一種友誼或情人關係，並沒有結為正式夫婦。

一般的唐詩，總有一個詩題，概括說明詩的內容或含義。可是李商隱卻在他的某些作品中一反常例，用了《無題》這個等於沒有題的詩題。這說明詩人有著難言之隱。正因為這樣，這些無題詩看來迷離恍惚，含義深遠；可文字瑰麗，情意悱惻。千餘年來，無數人吟誦著它們，引用著它們，同時想探討出詩人寫每首《無題》的含義。可是由於根據不足，很多注釋都有穿鑿附會之嫌。一般說來，人們認為《無題》詩主要都是愛情詩，其中也可能有寓意的政治詩，至於每一首到底寫的哪件事，恐怕只能是個謎了。

▷ 無題二首 〔李商隱〕

（一）

昨夜星辰昨夜風，畫樓西畔桂堂東。
身無彩鳳雙飛翼，心有靈犀一點通。
隔座送鉤春酒暖，分曹射覆蠟燈紅。
嗟餘聽鼓應官去，走馬蘭台類轉蓬。

（二）

聞道閶門萼綠華，昔年相望抵天涯。
豈知一夜秦樓客，偷看吳王內苑花。

〔譯文一〕昨夜是個多麼美好的晚上啊！微風輕吹，星星在眨眼，在那彩畫高樓的西畔，桂木廳堂的東側。我們不像鳳凰有著雙翼能飛聚在一起，可彼此的心卻像犀角相通那樣心心相印。在那歡樂的宴席上紅蠟閃耀，美酒飄香，她和女友們玩著隔座送鉤，分曹射覆的遊戲，那樣子是多麼可愛！可我在聽到報曉的更鼓後，就要到官衙去辦那些乏味的公事，真像大風中的蓬草那樣，不知飄零到何時啊！

此詩中「靈犀」，指犀牛角中心的髓，它像一條白線兩端相通，犀牛彼此之間用角尖相觸來表示情意。「送鉤」和「射覆」是古代的遊戲，送鉤是將鉤藏在幾個人的手中讓別人猜，射覆是在器皿內藏著東西使人猜，分曹即分隊或分組。

〔譯文二〕那住在閶門（蘇州的一個城門，暗指吳國故址）的女仙萼綠華啊！過去和她好像還隔著天涯。誰知我這個身為女婿的客人，一夜之間偷看到了吳王后宮的美豔姑娘。

詩中萼綠華為傳說中的仙女，唐代常用以借指美麗的妓女或女道士；「秦樓客」指秦穆公有一個女兒弄玉，嫁給善吹簫的蕭史，每天在樓上吹簫，美如鳳鳴，後真有鳳凰降臨，夫婦二人均騎鳳仙去。故詩中用秦樓客比喻女婿。

我們再看另一組《無題》：

▷ 無題四首（選二） ［李商隱］

（一）

來是空言去絕蹤，月斜樓上五更鐘。
夢為遠別啼難喚，書被催成墨未濃。
蠟照半籠金翡翠，麝熏微度繡芙蓉。
劉郎已恨蓬山遠，更隔蓬山一萬重。

（二）

颯颯東風細雨來，芙蓉塘外有輕雷。
金蟾齧鎖燒香入，玉虎牽絲汲井回。
賈氏窺簾韓椽少，宓妃留枕魏王才。
春心莫共花爭發，一寸相思一寸灰。

〔譯文一〕說來不來，一去就杳無音信，叫人怎麼是好！深夜夢醒，月亮已經西下，鐘樓上敲起了五更。在夢境中也是悲痛的離別，使人不禁哭醒。多麼地想念啊！在急切中寫封信給你，連墨都沒能磨濃。燭光朦朧地照著畫有翡翠鳥的金色屏風（也可釋為：畫有翡翠鳥的燈罩半掩著燭光）。爐中熏香的芬芳氣息，微微透過繡著芙蓉花的帷帳。劉郎他已恨仙境蓬萊山遙遠無法到達，可我和你卻遠得像是隔了萬重蓬萊山啊！

詩中的「劉郎」可能指漢武帝劉徹，他曾派人去海中尋找仙境蓬萊山，想得到不死之藥；也可能是指東漢時的劉晨，據說他與阮肇一起入天臺山采藥，遇見仙女留住半年後，因思家而歸，再去找此仙境已路迷不可尋。

〔譯文二〕當年在芙蓉塘畔的相會使人永世難忘，颯颯的東風帶來溫柔的細雨，隱隱的雷聲猶在耳畔。愛情上的重重阻礙，像鎖閉嚴密的金蟾（即蛤蟆）形香爐，又好似深不可測的古井，可香爐總有能啟閉的鼻鈕，使香料能夠放入，使用玉虎（即轆轤）和井繩，也一定能汲上井水，我們也終於克服困難而曾短暫相聚。賈充的女兒在簾後窺見韓壽年輕貌美，愛上他而和他私通；魏國甄皇后對曹植那樣情深，是愛他的才華。在這春花萌發的時節，我為何又激起了這份相思？對於我，一切都已過去，每一寸相思的情意，都早已化成了一寸飛灰。

詩的第五、六兩句，用了下列典故：晉代大官賈充任命韓壽為他的僚屬，韓壽年輕貌美，賈充的女兒一次在門簾後窺見而愛上了他，二人於是私通。賈氏並將皇帝賜給她父親的西域異香送給韓，此香用後芬芳之氣整月都不消失，被賈充聞到，問明此事後，為了保持面子，就將女兒嫁給了韓壽。宓妃為傳說中的伏羲氏之女，溺死於洛水而成為洛水之神，詩中用以借指魏國曹丕的皇后甄氏。曹丕的弟弟曹植曾要求娶甄逸的女兒為妻，可其父曹操卻將甄氏給了曹丕，後因愛衰，甄氏被郭皇后進讒言致死。曹丕故意將甄後的遺物玉鏤金帶枕賜給曹植，讓他睹物思人而悲痛。曹植回歸封地的途中宿於洛水邊，夢見甄後來見，傾訴了愛慕之情，曹植非常感動，寫下了著名的作品《洛神賦》。

在李商隱所寫的十幾首《無題》中，下面這首是最為著名的：

▷ 無題　[李商隱]

相見時難別亦難，東風無力百花殘。

春蠶到死絲方盡，蠟炬成灰淚始乾。

曉鏡但愁雲鬢改，夜吟應覺月光寒。

蓬山此去無多路，青鳥殷勤為探看。

〔譯文〕你我相見是多麼困難，可是離別，更是使人難捨難分。東風既無力保護百花使之免於凋謝，人世間的歡樂又哪能長存。我們的愛情，像春蠶一樣只有到死情絲才會吐盡，像蠟燭一樣，燒成灰燼悲傷的淚水才會流乾。在這難以忍受的期待中，年華悄悄逝去，她害怕晨妝照鏡時見到頭髮斑白。寂寞的夜晚吟著相思的詩句，月光更使人倍感寒涼。她住的蓬萊山離這裡並不太遠。青鳥啊！青鳥！煩你殷勤一點替我向她傾訴情意，並帶來她的消息吧！

此詩以作者的口氣，敘述了他與所愛的姑娘相會又被迫分離。他向姑娘表示了至死不渝的堅貞愛情，又關懷地怕她因相思而愁壞了身體。最後表示要克服障礙，力求兩心聯在一起的意願。詩的第三、四兩句，是膾炙人口的名句。千百年來，它已成為無數男女向對方表達自己的愛情堅貞不渝的誓言。

詩中「蓬山」即蓬萊山，為傳說中東海裡的仙山；「青鳥」為王母娘娘座前的三足神鳥，它是王母的信使，此處借指暗傳消息的使者。

李商隱，這個寫了許多瑰麗而又悲淒的《無題》詩的大詩人，在四十六歲的盛年時就病逝了。從上述那些無題詩可以了解，他畢生處於憂憤悲傷的心境中。在他寫的五律《風雨》中，更深深地表現了這種情感：

▷ 風雨 〔李商隱〕

淒涼寶劍篇，羈泊欲窮年。

黃葉仍風雨，青樓自管弦。

新知遭薄俗，舊好隔良緣。

心斷新豐酒，銷愁鬥幾千。

〔譯文〕我白白地在那寶劍篇中，表示出自己濟世治國的志向。又是一個年末了，我仍然淒涼無托，四處漂泊。我身世飄零，猶如被那風雨摧殘的深秋黃葉，可那富貴之家，卻在高樓上奏樂歡宴，盡情享樂。新交的知己遭到世俗的惡意誹謗（新知可能指詩人妻子王氏，由於和她結婚而使李商隱捲入朋黨的勾心鬥角之中；另說可能指李黨的鄭亞，李商隱曾任鄭的幕僚），舊日的朋友關係又疏遠了（舊好指牛黨的令狐綯）。我所盼望的事情，只能是借喝新豐酒來排解憂愁了。

詩中提到的《寶劍篇》，指唐宰相郭元振寫的七言古詩《古劍篇》，郭在其中借詩言志，李商隱此處用以借指自己的遠大志向。新豐為唐地名，位於今陝西臨潼縣東，漢唐時以產美酒著名。此處用了馬周困處新豐，後來受到唐太宗賞識的故事，李商隱在《風雨》詩中借指自己的才能無人重視。

李商隱長期處在困難的環境和不快的心情中，過早地去世是可以想像的。他的友人崔珏，在知道他去世的消息後，寫了悼念的詩文：

▷ 哭李商隱　［崔珏］

虛負淩雲萬丈才，一生襟抱未曾開。
鳥啼花落人何在，竹死桐枯鳳不來。
良馬足因無主踠，舊交心為絕弦哀。
九泉莫歎三光隔，又送文星入夜台。

〔譯文〕你空有著凌雲萬丈的文才，可一生也不曾有過得意的時候。又是鳥啼花落的季節，可你人已不在，竹子死去梧桐枯萎，鳳凰再也不來了（傳說鳳凰只吃竹實，並且必定棲息在梧桐上）。你的駿馬由於失去主人而屈曲了牠的腿，老朋友們都因為你的逝去而悲傷。住在陰間的鬼魂們，別再歎息你們那裡沒有日、月、星三光了，老天給你們送來了光芒閃耀的文曲星李義山。

贏得青樓薄倖名

杜牧是晚唐時有代表性的著名詩人，他與另一詩人李商隱一起，被人並稱為「李杜」或「小李杜」。杜牧的名作很多，尤以七絕最佳，例如本書中引用的《過華清宮》和《泊秦淮》，等等，此外七絕《山行》也是膾炙人口的佳作：

▷ 山行　　[杜牧]

遠上寒山石徑斜，白雲生處有人家。
停車坐愛楓林晚，霜葉紅於二月花。

〔譯文〕深秋時節我沿著彎曲的小路上山，在那白雲生成的地方有著人家，因為愛楓林的晚景而停下車來欣賞。那經霜的紅葉啊！比二月的鮮花還要紅豔。

唐文宗大和七年（西元833年）四月，杜牧在揚州淮南節度使牛僧孺幕中任職。牛很重視杜牧的才能，請他掌管府中的文辭公務。杜牧是貴公子出身，喜好聲色冶遊，揚州又是個繁華城市，他白天辦完公務，晚上就一人出去亂逛。後杜牧因調任監察御史而從揚州赴長安，臨行前，與一位相好的女郎告別，寫了下面這兩首七絕：

▷ 贈別二首　　[杜牧]

（一）

娉娉嫋嫋十三餘，豆蔻梢頭二月初。
春風十裡揚州路，捲上珠簾總不如。

（二）

多情卻似總無情，惟覺樽前笑不成。
蠟燭有心還惜別，替人垂淚到天明。

〔譯文一〕你看她體態輕盈，美好多姿，才十三歲多一點。就像二月初的豆蔻花一樣，淡紅鮮豔，含苞欲放。在揚州最繁華的十里長街上，站在飾有珍珠的簾子下的少女們，有誰能比得上她呢！

〔譯文二〕平時她好像對我沒有什麼情意，可在臨別的酒宴上她卻難受得無法歡笑，這時我才知道她原來對我一往情深。連蠟燭也因為離別而深感悲傷，替情人們流著燭淚一直到天明。

杜牧早年曾先後在沈傳師幕、牛僧孺幕及崔鄲幕中任職，這都是輔佐他人的職務，而自己卻沉浸在歌兒舞女堆中，長年一無所成。離開揚州多年以後，杜牧回憶起早年的這段生活，有些悔意，因而寫了下面這首七絕：

▷ 遣懷 〔杜牧〕

落魄江湖載酒行，楚腰纖細掌中輕。
十年一覺揚州夢，贏得青樓薄倖名。

〔譯文〕當年我像是落魄得在江湖上生活載酒而行隨外行樂，每天在那細腰苗條輕盈得像能在掌上跳舞的姑娘堆中廝混。揚州生活的這些年真像是一場大夢，所得到的只是歌兒舞女們罵我為薄倖郎的名聲。

詩的第二句用了下列典故：楚國國王喜好細腰姑娘，於是宮女為了使腰細故意少吃，甚至有餓死的。楚腰就成了細腰的代稱。掌中輕指體態苗條輕盈的姑娘，來源於漢朝的皇后趙飛燕，傳說她身輕如燕，能在人托的金盤上跳舞。

杜牧到長安任監察御史不久，在當年七月就分司東都，即到東都洛陽去任職。一天，在洛陽閒居的李願司徒大擺宴席，招待洛陽知名人士，賓客很多。由於杜牧是監察官員過失的御史，因此不敢請他赴宴。杜牧聽說李司徒家的歌舞非常著名，在洛陽要數第一，很想去欣賞。於是託人暗中通知李司徒，說杜想來。李不得已，只好請他赴宴。請帖送到時，杜正在對花飲酒，已經半醉，接請帖後立即來到李家。當時宴會已開始，兩邊侍立著歌舞女郎上百人，不僅技藝精熟，而且都長得很美。杜牧一個人坐在

送人遊湖南（杜牧）　　（明）黃鳳池編《唐詩畫譜》

南面，仔細看了一遍，喝了三大杯酒後問李說：「聽說有個名叫紫雲的，是誰呀？」李指給他看，杜注視了一會兒說：「真是名不虛傳，應該把她送給我。」這句話說得如此粗魯無禮，可偏偏又出自杜牧這個著名才子、監察御史之口，惹得主人低頭大笑，周圍女郎們也全都笑了起來。杜牧大約也感到自己醉後狂言欠妥，於是又喝了三大杯，站起來朗吟了下面這首七絕：

▷ 兵部尚書席上作　　〔杜牧〕

華堂今日綺宴開，誰喚分司御史來。
忽發狂言驚滿座，兩行紅粉一時回。

〔譯文〕華貴的廳堂中正舉行盛大宴會，誰請了我這個分司東都的御史來。忽然說出了狂言使滿座賓客大驚，連兩邊的女郎們都一齊回頭注視我這個無禮的客人。

宴會結束後，主人李願真的將紫雲送給了杜牧。

杜牧離開揚州牛僧孺幕府後，聽說湖州（今浙江吳興）風光佳麗，而且姑娘長得特別美，於是專程去遊覽。湖州刺史招待他很周到，杜牧玩了幾天後對刺史說：湖州這地方名不副實，我要告辭了。刺史說：過幾天將在江中舉行龍舟賽會，到時全城的人都會出來看熱鬧，那時你再看看湖州的姑娘吧！那一天，杜牧從早到晚，也沒見到一個他看得上的。到傍晚人將散時，他忽然見到一個婦女領了個十一二歲的小姑娘，姑娘美極了，杜牧非常喜歡，想求親，可姑娘太小，於是和她母親約定說：「我去長安後，當設法求任本州的最高地方長官州刺史，你姑娘等我十年，如果過了十年我不來，那你姑娘可以嫁給別人。」同時送姑娘母親一箱絹作為聘禮，並且寫了一張條子，說明自己十年內將來娶她，過時可另嫁。

杜牧後來多次改官，歷任監察御史，左補闕，黃州（今湖北黃岡）、池州（今安徽貴池）、睦州（今浙江建德）刺史，然後又做了幾年京官，才得到實踐前言的機會，外放為湖州刺史，這時距他上次到湖州已十四年了。杜牧到任後第三天，就打聽那個姑娘的下落，得知已嫁人三年，並且生了兩個小孩。姑娘的母親帶著女兒女婿，並且抱著小孩來見杜牧，拿出他當年寫的十年為期的紙條。杜牧自認失信來遲，於是贈給姑娘一首七絕《歎花》：

▷ 歎花　[杜牧]

自恨尋芳到已遲，往年曾見未開時。
如今風擺花狼藉，綠葉成蔭子滿枝。

〔譯文〕怨恨自己尋覓鮮花來遲了，前些年我曾見到它未開之時，如今經風一吹花已凋零落地，花謝後綠葉成蔭，果實已結滿枝頭。

詩中實際上是以鮮花比喻那位姑娘，子滿枝指她已有兩個孩子了。

唐末詩人崔道融，在讀杜牧的詩集以後，寫了一首七絕《讀杜紫微集》，對杜牧的經濟才略和文章著作，做了很恰當的褒貶：

▷ 讀杜紫微　[崔道融]

紫微才調後知兵，長覺風雷筆下生。
還有枉抛心力處，多於五柳賦閒情。

〔譯文〕杜牧才學超人，懂得兵法。他筆下的文章經常是氣魄宏大，有風雷跟隨之勢。可是他也有不少浪費自己才力之處，寫了很多有關冶遊、豔情的詩篇。

杜牧曾任中書舍人的官職，唐中書省亦名紫微省，故稱杜牧為杜紫微。

待月西廂下

中唐詩人元稹，寫了一篇著名的傳奇《鶯鶯傳》，後世根據它的內容，編寫成了很多小說和戲曲，例如《會真記》《西廂記》，等等。《鶯鶯傳》實際上是元稹年輕時的親身經歷，故事大致是這樣的：唐德宗貞元年間，有一個讀書人張君瑞，因外出旅行而住在蒲地的普救寺中。這時有一姓崔的貴官的孀婦回長安，路過此處也暫住普救寺。這時著名將軍渾瑊在蒲地去世，他的部下乘喪亂搶劫，崔家既有錢財又帶著年輕的女兒，害怕被劫驚惶不知所措。幸好張君瑞與蒲地一位將軍是好友，請來了一些軍隊保護，得以安全度過。不久新將上任亂軍歸營，地方上安定了，崔家設宴招待張生表示感謝。張在席上看見崔家姑娘鶯鶯美豔非常，愛上了她。託婢女紅娘多次致意，鶯鶯不理。後來紅娘告訴張生，姑娘喜歡文詞。於是張生寫了兩首七絕《春詞》託紅娘轉送鶯鶯。其中第二首是：

▷ 春詞二首（選一） ［元稹］

深院無人草樹光，嬌鶯不語趁陰藏。
等閒弄水浮花片，流出門前賺阮郎。

〔譯文〕那草木繁茂的深院中悄無一人。嬌懶的黃鶯她不做聲藏在樹蔭裡（此處嬌鶯暗指鶯鶯姑娘）。閒時戲玩水中浮游的花瓣，讓它流到門外去傳送消息給情郎。

次日紅娘又來，給了張生一張彩箋，說是鶯鶯給的，張打開一看，其中有詩一首：

▷ 答張生 ［崔鶯鶯］

待月西廂下，迎風戶半開。
拂牆花影動，疑是玉人來。

〔譯文〕站在西廂下等待月兒上升，輕風把門兒吹得半開。映在牆上的花影來回搖動，是我那可愛的情人來了嗎？

此詩非常有名，改編的戲曲《西廂記》，名稱即從第一句詩而來。

張生揣摩詩意，認為是叫他晚上越牆而過去赴約會，去後崔鶯鶯真來了，可嚴肅地批評了張生一頓，張生失望而歸，病倒在床。過了幾天，突然紅娘來告訴他說：「來了來了，你還躺著幹什麼！」不久鶯鶯來了，見了張生羞得幾乎不能抬頭，張生病立時也好了。從此二人私下往來了前後兩個月。後來張生進京趕考，只好與崔氏分別，約定考取後回來求親。誰知沒有考取，張生只好留在長安不歸。

兩年多以後，崔已嫁別人，張亦另娶。後來張生經過崔的夫家，說是崔的表兄求見，崔始終不見，張生有些生氣，崔知後寫了一首詩給他：

▷ 絕微之 [崔鶯鶯]

自從銷瘦減容光，萬轉千回懶下床。
不為傍人羞不起，為郎憔悴卻羞郎。

〔譯文〕分別後人已消瘦容貌憔悴，千思萬想懶得下床。不是因為別人不起來，我為你傷心憔悴卻又為你的薄情而羞愧。

微之是元稹的字，絕微之即與元稹斷絕來往。

過了幾天，張生將走，崔又賦詩一章謝絕張的探望之意：

▷ 告絕詩 [崔鶯鶯]

棄置今何道，當時且自親。
還將舊來意，憐取眼前人。

〔譯文〕你拋棄的如今已隔得那樣遠了，當時卻是那樣的相親。你還是將過去對我的情意，來愛你現在的夫人吧！

若干年之後，元稹回憶起當年的往事，對鶯鶯仍懷念不已，有些後悔自己為何會離開神仙一樣的情人，於是用東漢時劉晨、阮肇兩人入天臺山採藥遇仙女的典故，寫了一首七絕《劉阮妻》：

▷ 劉阮妻 [元稹]

芙蓉脂肉綠雲鬟，罨畫樓臺青黛山。
千樹桃花萬年藥，不知何事憶人間。

〔譯文〕劉阮二人娶了肌膚紅潤美如荷花、頭髮黑綠蓬鬆如雲霞的仙女為妻，居住在青碧山林叢中的彩畫樓臺上。漫山遍野盛開著桃花，生長著長生不老的靈藥。生活在這樣美好的仙境中，是什麼事還使他們懷念人間呢！

詩題「劉阮妻」是說劉晨與阮肇遇仙女後，雙雙結為夫妻。可二人不久思家求歸，回到人世，已過去幾百年了。詩末句「不知何事憶人間」，正是詩人元稹的自道，也是他自己的慚愧和悔恨。

東鄰嬋娟子

唐德宗貞元十六年（西元800年）二月十四日，白居易參加了中書侍郎高郢主持的進士科考試，結果中了第四名進士。考中之後，白居易立即動身回洛陽，要把這個極其榮耀的喜信告知在洛陽的母親和其他親人。

回到洛陽後不久，白居易就專門到東城的東第五南北街的毓材坊，去一家住宅探望。他見到了什麼呢？

▷ 重到毓材宅有感　〔白居易〕

欲入中門淚滿巾，庭花無主兩回春。
軒窗簾幕皆依舊，只是堂前欠一人。

〔譯文〕我剛想進入中門，可看見這荒涼的情景已忍不住淚水簌簌地流下。庭院中花兒仍在迎春開放，可已兩年沒有了主人。窗戶簾幕都和過去一樣，只是廳堂前少了一個人。

這首詩帶有深深的悲傷，從詩中描繪的情景看，這是詩人過去常來拜訪的地方，那時，堂前總有一個人在等他。可如今呢？景物依舊，卻使詩人觸目傷心，那就是因為「堂前欠一人」。

這個人就是白居易的初戀。在白居易以後所寫的思念她的詩中，詩人稱她為「湘靈」，這可能是姑娘的真名，更可能是白居易用湘江的水神「湘靈」代表他這位美好的戀人。我們現在還不知道是什麼原因，使白

示家人（李白）　（明）黃鳳池編《唐詩畫譜》

沒能娶她。可是，白對她的感情卻極為深摯難忘，以至於在以後的十幾年中，詩人曾多次寫下思念她的詩篇。

四年之後，即唐德宗貞元二十年（西元804年），白居易在長安任校書郎的官職也一年了。這年冬天，詩人到河北道（轄區包括今山東黃河以北地區、河北全境及遼寧南部）南部去旅行，冬至這天，白居易正住在邯鄲的驛站中，晚上，詩人在燈前獨坐，又想起了他那位戀人湘靈，深深的思念，化作了一首五言絕句形式的詩篇。

▷ 冬至夜懷湘靈　［白居易］

豔質無由見，寒衾不可親。
何堪最長夜，俱作獨眠人。

〔譯文〕我那美豔的湘靈無法見到，被寒褥冷難以接近。這漫漫的長夜叫人怎樣忍受啊！我和她都是孤眠獨宿。

不僅這次旅途上，就是在過去考中進士以前（白居易二十八歲中進士），白居易就寫過多首有關湘靈的詩篇。例如他在二十多歲時所寫的《寒閨夜》：

▷ 寒閨夜　［白居易］

夜半衾裯冷，孤眠懶未能。
籠香銷盡火，巾淚滴成冰。
為惜影相伴，通宵不滅燈。

〔譯文〕已經是半夜了，被褥是那樣的涼冷，真懶得一個人孤眠獨宿啊！薰香已經燒盡。火也滅了，滴在手巾上的淚水已凍成冰花。太孤單了，哪怕有影子陪伴著也好，只好通宵都不滅燈吧！

此詩是白居易與湘靈在冬天離別後，詩人想像湘靈對他思念的情況，因而寫下的作品。

對於湘靈，白居易雖然未能娶她，可對她的感情卻一直深藏在心裡。十三年之後，即唐憲宗元和十二年（西元817年），白居易已結婚九年，並已有了女兒。這時，白居易因上書皇帝言事得罪，被貶為江州司馬已兩年。江州天氣潮濕，黃梅雨後的一天，詩人在庭院裡晾曬箱子中的衣物時，忽然發現一雙繡花男鞋，這是當年湘靈親手做了送給他的。詩人對此，感傷而又惆悵，於是寫下了一首充滿深情，可又無比感傷的五言詩。

▷ 感情　［白居易］

中庭曬服玩，忽見故鄉履。
昔贈我者誰，東鄰嬋娟子。
因思贈時語，特用結終始。
永願如履綦，雙行復雙止。
自吾謫江郡，漂蕩三千里。
為感長情人，提攜同到此。
今朝一惆悵，反覆看未已。
人只履猶雙，何曾得相似。
可歎覆可惜，錦表繡為裡。
況經梅雨來，色黯花草死。

〔譯文〕我在庭院中晾曬衣物，忽然看見一雙故鄉的繡花鞋。這雙鞋是誰送給我的，就是東鄰那位漂亮的姑娘。我忘不了她送我鞋時所說的話：「這雙鞋送給你，作為我們愛情的象徵。但願我們兩人永遠像這雙鞋，走到哪兒成雙，停在哪兒成對，永遠不會分離。」我自從被貶謫到江州，從長安漂泊了三千里，有感於她對我的深情，將這雙鞋一直帶到此地。今天再次見到無比惆悵，反反覆覆地看個不停。如今鞋還是一雙，可是我和她卻彼此分離天各一方，哪裡能夠成對成雙。更使我歎息不已的是，鞋子用錦緞做面裡子都繡了花，這回經過梅雨之後，顏色灰敗，繡的花草全壞了。

卻話巴山夜雨時

贈內詩是詩人寫給自己妻子的詩篇，內容多半描述別離後的思念，預想再見時的歡樂；或者妻子與自己同甘共苦的家庭生活。這類詩與熱戀時或寫給情人的詩不同，感情一般比較內斂而深沉。

唐憲宗元和三年（西元808年），詩人白居易三十七歲，在長安任左拾遺和翰林學士之職，大約在這年的七八月間，他與友人楊虞卿的堂妹結婚。新婚不久，白居易寫了一首與妻子共勉的五言詩《贈內》：

▷ 贈內　　〔白居易〕

生為同室親，死為同穴塵，
他人尚相勉，而況我與君。
黔婁固窮士，妻賢忘其貧。
冀缺一農夫，妻敬儼如賓。
陶潛不營生，翟氏自爨薪。
梁鴻不肯仕，孟光甘布裙。
君雖不讀書，此事耳亦聞。
至此千載後，傳是何如人。
人生未死間，不能忘其身。
所須者衣食，不過飽與溫。
蔬食足充饑，何必膏粱珍。
繒絮足禦寒，何必錦繡文。
君家有貽訓，清白遺子孫。
我亦貞苦士，與君新結婚。
庶保貧與素，偕老同欣欣。

〔譯文〕你我生為同住一室的親人，死後將成為同埋一穴的塵土。對其他人都互相勸勉，更何況我和你。黔婁（春秋時齊國人，齊國和魯國都請他當高官，他不去，生平非常窮苦，死時衾不蔽體）雖然是窮困的讀書人，可他的妻子很賢慧而忘掉了他的貧窮；冀缺雖是一位農民，可他們夫妻之間相敬如賓；詩人陶潛不會賺錢養家，他的妻子親自打柴做飯；東漢時的賢士梁鴻不肯做官，他的妻子孟光甘心情願穿戴貧苦人家的衣飾。您雖然沒有讀過書，可這類的事也會聽說過。等到千年以後，人們是怎樣看我們兩人的呢。人活在世界上，不可能忘掉自身。都需要衣和食，也就是飽和溫暖。用蔬菜下飯也足以充饑，何必一定要吃精美的山珍海味；穿繒帛絮上粗絲綿的衣服就足以禦寒，何必非要穿錦繡華麗的服裝。您家裡也留下有教導，傳給子孫的應該是清白。我也是講究氣節的窮讀書人，和您新結婚，希望今後安於貧窮保持樸素，高高興興地白頭偕老。

唐憲宗元和十年（西元815年），白居易因事被貶官為江州（今江西九江）司馬，次年在抑鬱的心情下，又寫了一首五律《贈內子》：

▷ 贈內子　［白居易］

白髮方興歎，青蛾亦伴愁。
寒衣補燈下，小女戲床頭。
暗澹屏幃故，淒涼枕席秋。
貧中有等級，猶勝嫁黔婁。

〔譯文〕白髮蒼蒼的我剛剛歎息，頭髮烏黑的妻子也跟著是那麼憂愁。勞累一天了，她還在燈下補著我的冬衣，不懂事的小女兒正在床頭玩耍。屋裡的屏風幃帳是那樣的破舊，秋涼了床上還只是一領席子和枕頭。同樣是窮人也有差別啊！嫁給我總比嫁給一貧如洗的黔婁要強一點吧！

在《贈內子》這首詩中，詩人用輕淡的辭句描述了他在江州的日常生活，寫出了一對患難夫妻之間同呼吸、共命運的深厚情意。

詩人李商隱在與王茂元女兒結婚後不久，去長安應博學鴻詞科考試未被錄取，消息傳來，他妻子也替他感到不平。李商隱知道後，在旅途上寫了下面這首寄給妻子的五律《無題》：

▷ 無題　［李商隱］

照梁初有情，出水舊知名。
裙衩芙蓉小，釵茸翡翠輕。
錦長書鄭重，眉細恨分明。
莫近彈棋局，中心最不平！

〔譯文〕你像初照房梁的朝日那樣光耀，剛出綠水的紅蓮也比不上你的美豔，早就引起了多少人的注目和愛慕。那芙蓉一樣的裙衩多麼纖小，輕柔的翡翠釵（用翡翠鳥尾羽製成的釵）插在如雲的美髮上。寄給我的長長的書信中帶來多少深摯的情意，因為思念而皺起的細眉又含有多少憂愁。別靠近那中心隆起的彈棋局吧！看見它就更勾起你為我抱不平的心情啊！

詩中的彈棋是古代一種遊戲，據記載是兩人對局，黑白棋子各六枚，擺好後互相對彈。棋局用石製，方二尺，中央隆起，頂為小壺，四角微微上翹。

除上面的《無題》外，李商隱還寫了一些寄內的詩，其中最有名的是七絕《夜雨寄北》。

▷ 夜雨寄北　［李商隱］

君問歸期未有期，巴山夜雨漲秋池。
何當共剪西窗燭，卻話巴山夜雨時。

〔譯文〕你問我幾時歸來，可還定不了啊（君即你，指妻子）！蜀地秋天的晚上總是下雨，雨水都灌滿了池塘。何時才能和你一起在西窗下剪燭夜談，告訴你在這巴山夜雨的淒涼環境裡，我對你是多麼想念啊！

此詩寫於唐宣宗大中二年（西元848年），詩人這年夏秋之交在蜀。詩題說明此詩作於一個秋雨的晚上，寄北是寫來寄給北方的妻子或親友。此外詩題也作《夜雨寄內》，則含意就更明顯。

三月閨怨（袁暉）　（明）黄鳳池編《唐詩畫譜》

此詩的涪句淺顯，可情意深長，情調也比較明快，是李詩中膾炙人口的傑作。除贈內的意思外，也有人認為此詩是寫給北方友人的。

貧賤夫妻百事哀

悼亡詩是詩人悼念自己去世的妻子所寫，其中有些寫得情真意摯，帶有深切的悲痛，使讀者也為之傷感。

李商隱的妻子王氏於唐宣宗大中五年夏秋之交時去世。不久，他的妻弟王十二和連襟韓瞻邀請他去喝酒。李因妻子去世的祭日臨近，心情悲痛，沒有前去，同時寫了下面這首七律寄給請他的主人：

▷ 王十二兄與畏之員外相訪見招小飲，
時予因悼亡日近不去，因寄　［李商隱］

謝傅門庭舊末行，今朝歌管屬檀郎。
更無人處簾垂地，欲拂塵時簟竟床。
嵇氏幼男猶可憫，左家嬌女豈能忘。
秋霖腹疾俱難遣，萬里西風夜正長。

〔譯文〕在老丈人家的兒子女婿之中，我只配在行列之末。今天王家的歌舞宴會只有畏之你才能享受了。我的室內空而無人，只有長簾垂地，鋪著竹席的床上積滿了灰塵。她去了，可留下的兒女是那樣幼小可憐。連綿的秋雨和思念她的心中悲痛如何才能排解啊！只有那遠方吹來的涼冷西風，陪伴著我度過這漫漫長夜。

詩中的謝傅指東晉時的謝安，死後封贈太傅，此處借指作者岳父王茂元。晉代潘岳小字檀奴，後人稱他檀郎。唐人常稱女婿為檀郎，詩中用以借指韓瞻。嵇氏指晉代嵇康，他的兒子十歲時就死了母親，詩中借指自己兒子幼小。晉代詩人左思有兩個女兒，曾寫有《嬌女詩》，此處借指自己女兒。腹疾可實指腹瀉等疾病，也可指心中的悲痛。

在悼亡詩中，最有名的大約要算中唐詩人元稹所寫的幾首七了。

元稹的妻子是太子少保韋夏卿的小女兒韋叢。當時，元稹當著小官祕書省校書郎，生活貧困。可韋氏很賢慧，她雖然是富貴人家的姑娘，但能勤儉持家並體貼丈夫。七年後，即唐憲宗元和四年（西元809年），元稹升為監察御史，韋叢因病去世，時年二十七歲。韋死後，元稹寫了不少悼亡詩，其中以三首《遣悲懷》最為後人稱道。

▷ 遣悲懷三首　　［元稹］

（一）

謝公最小偏憐女，嫁與黔婁百事乖。
顧我無衣搜藎篋，泥他沽酒拔金釵。
野蔬充膳甘長藿，落葉添薪仰古槐。
今日俸錢過十萬，與君營奠復營齋。

（二）

昔日戲言身後意，今朝都到眼前來。
衣裳已施行看盡，針線猶存未忍開。
尚想舊情憐婢僕，也曾因夢送錢財。
誠知此恨人人有，貧賤夫妻百事哀。

（三）

閑坐悲君亦自悲，百年都是幾多時。
鄧攸無子尋知命，潘岳悼亡猶費詞。
同穴窅冥何所望，他生緣會更難期。
惟將終夜長開眼，報答平生未展眉。

〔譯文一〕你這謝公（指東晉宰相謝安，他最愛聰慧的侄女謝道蘊，此處借指韋夏卿）最憐愛的小女兒，自從嫁給我這一貧如洗的丈夫百事都不如意。見我沒衣服翻遍了藎草編的箱子，因為我賴著要你買酒而拔下了金釵。心甘情願地天天吃野菜豆葉，掃下了古槐的落葉當作柴燒。今天雖然我的薪俸超過了十萬錢，可只能給你設祭，並且給僧人施齋飯祈求你來生幸福了。

〔譯文二〕過去開玩笑說你我死後會怎樣，今天都成為眼前的現實。你的衣裳已經快施捨完了，可你做的針線還保存著我不忍打開來看。因為懷念你而使我寬待舊日的婢僕，也曾因為夢見你而向寺廟施捨錢財求神保佑。我確實知道，死別是人人都有的恨事，可我們這一對曾度過貧賤生活的夫妻，在回憶時有著多少可悲哀的往事啊！

〔譯文三〕當我閑坐下來時，禁不住為你的夭逝而悲傷，也為自己的遭遇而歎息。失掉了你，就是活上百歲又有什麼意思。你我命中注定像晉人鄧攸一樣沒有兒子（韋氏生過五個孩子，但僅活一女孩），我像潘岳（晉人，擅長寫哀悼文字，妻死，寫有三首悼亡詩）一樣寫詩悼念你，可這有什麼用處。現在只能希望死後同葬在一個墳墓裡了，可在那陰森森的地下有什麼值得嚮往的呢？至於說來生再結為夫婦，那更是虛無縹緲難以期待。我只有終夜不合上眼睛地思念，來報答你對我的深情厚意。

《遣悲懷》第一首寫婚後的貧困生活和韋氏的賢德，在「野蔬充膳」，「落葉添薪」的情況下，韋氏毫無怨言。可是等到丈夫「俸錢過十萬」時，韋氏卻早已去世，詩人只能為她祭奠祈禱了。但這有什麼用呢！她是什麼也見不到了。這種對比的寫法，愈加使人深感悲痛。第二首寫韋氏去世後詩人的傷懷，物在人亡，所有與她過去有過聯繫的一切，都引起詩人的哀思。更何況曾是一同從貧賤中過來，當年那些艱辛的往事，回憶起來歷歷在目，讓人怎能排解啊！第三首是詩人憶念韋氏後的誓言，「同穴窅冥」，「他生難期」，唯有永遠想念著她，才能對她那終生未能展眉的憂思作一點報答。

除前面的《遣悲懷》三首外，元稹還寫了悼念韋叢的七絕《離思五首》，其中的第四首最為人們所稱道：

▷ 離思五首（其四）　[元稹]

曾經滄海難為水，除卻巫山不是雲。

取次花叢懶回顧，半緣修道半緣君。

〔譯文〕曾經到過滄海的人，瞧不上別處的水；見過巫山那美妙無比、變幻多端的雲霞，天下的雲都將黯然失色。就是從那豔麗的花叢中經過，我也懶得回頭看，一半是因為我專心於品德學問的修養，另一半是因為一直在思念你。

因為這是一首悼亡詩，可知前兩句是描述詩人和妻子之間夫婦感情的深厚，而第三句的「花叢」，則應釋為「其他的姑娘們」。這樣，上面這首七絕的含義是：你我夫妻之間的感情，深廣如滄海之水，美好如巫山之雲，人世間是無與倫比的。你逝去後，我見過多少美好的姑娘，可毫無眷戀之意。這一半是因為我專心於品德學問的修養，一半是因為對你終生難忘。

國家圖書館出版品預行編目資料

唐詩的故事 / 王曙 著；-- 二版 . --
新北市：新潮社，2021.01
冊；　公分 . --
ISBN 978-986-316-789-1（平裝）. --

831.4　　　　109020980

唐詩的故事

王曙／著　　二版 / 2021年2月

〈代理商〉
聯合發行股份有限公司
新北市新店區寶橋路235巷6弄6號2樓
電話 (02) 2917-8022＊傳真 (02) 2915-6275

〈企劃〉

〔出版者〕新潮社文化事業有限公司
電話 (02) 8666-5711＊傳真 (02) 8666-5833
〔E-mail〕editor@xcsbook.com.tw
〔印前〕東豪印刷事業有限公司
授權：張明　Printed in TAIWAN